影响与对话

西方马克思主义意识形态批评研究

上海市学术著作出版基金

博士文库

影响与对话

西方马克思主义意识形态批评研究

孙士聪　著

世纪出版集团　上海人民出版社

序

　　孙士聪博士的学位论文《影响与对话——西方马克思主义意识形态批评研究》在有关专家的关心和支持下,获得了上海市社科规划办"博士文库"的资助,终于要出版了,在此我首先向他表示祝贺,向有关专家和市规划办表示感谢。

　　士聪要我为他这部著作写序,作为他的博士生导师,我自然义不容辞。士聪在三年读博期间,十分刻苦用功,尤其在确定博士论文选题后,更是全身心投入,广觅资料,勤奋写作。撰写过程中,他的构思虽然几度调整,但关注的重点始终落在西方马克思主义文论对新时期以来中国文论发展、特别是马克思主义文论中国化的影响上。这既是选这个题目的缘由,也是这篇论文的理论目标和新意所在。

　　在影响我国当代文论发展的西方理论话语中,西方马克思主义文论应该占有重要地位。从时间上看,早在1935年,卢卡奇的《左拉与现实主义》一文翻译发表在《译文》上,这样算来,西方马克思主义文论在中国话语语境中也走过了70余年的历程。70余年间,中国社会发生了巨大的历史变迁,也给西方马克思主义文论和美学在中国的理论旅行打上了深刻的烙印,某种程度上塑造并描画出理论接受线路的曲折和复杂,决定了它在现实语境压力下的理论形态呈现。从新时期之前的早期接触、到20世纪八九十年代的争论与推进、再到20世纪90年代中期以来的理解与对话等历史阶段,西方马克思主义文论至今仍在新世纪文论地图中延展变化着。从其理论本身来看,西方马克思主义文论因其对于马克思主义的或主观或客观上的坚持而在某种程度上对于中国马克思主义文论尤其是新时期以来的文论具有独特的亲和力,因而使其对于中国当代文论的影响程度得到加强。在一个马克思主义意识形态化和制度化的语境中,中国当代文论尤其是新时期文论对于某些问题域的打开和探讨往往自觉不自觉地要将自身的合法性和权威性根植于马克思主义文论和美学之中,仿佛不如此就不足以自恃。在苏联马克思主义文论和美学于 20 世纪 90 年代前后对于中国当代文论的影响迅速淡化以后,西方马克思主义文论和美学在一定程度上及时地填补了这一空缺,虽然连其理论本身合法性都在一定时期充满质疑和争议,但是,由于其自身的或许有些争议的马克思主义色彩,也许更多的是由于其理论和思想上的冲击力和穿透力,因而受到了中国学界的高度关注,并被引以为重要的理论资源。清理和反思西方马克思主义文论对我国新时期文论所产生的影响,既可以是平行研究,也可以是影响研究,士聪这篇论文属于后者,它主要是在意识形态批评这一特定视阈展开研究了西方马克思主义文论与我国新时期文论的影响和对话。

该文在我看来有三个特点:

首先,该文在宏观上将研究置于双向对话的论域中,西方马克思主义文论对于我国新时期文论的影响是显而易见的,但是,它是否以及如何受到我国文论的熏陶和影响却鲜有研究,事实上,正像海德格尔在老子哲学思想中聆听天启般的声音一样,西方马克思主义理论家也将目光投向中国文论传统和一些现代理论家的思想领域。文章拿出两章的篇幅在宏观上清理中国视野中的西方马克思主义文论和西方马克思主义文论中的中国元素,在历时性梳理西方马克思主义文论在我国语境中的接受和研究的同时,也论证了中国戏曲传统和思想以及毛泽东思想作为理论资源分别在布莱希特、阿尔都塞、马舍雷等西方马克思主义理论家的理论话语中的存在,揭示西方马克思主义文论作为马克思主义文论在特定社会文化语境中具体化的成果,一定程度上受到作为马克思主义文论中国化成果的毛泽东思想的影响,反过来又给我们思考马克思主义文论中国化以启示。

其次,作为影响研究,该文在意识形态批评这一论域中力图展开中西马克思主义文论影响和对话的具体过程,尤其侧重于揭示在这一过程中那些似乎是不言而喻的影响和对话到底在哪些理论点上发生和展开的,作者将其比喻为讲述一个理论旅行的故事。这故事的概貌似乎并不陌生,然而,推动这一故事发展的情节乃至细节却往往湮没在貌似不言而喻的清晰之中而面目模糊。比如西方马克思主义意识形态批评和艺术生产理论对于新时期文论思考文艺和政治的关系,以及对于思考文艺本质论和生产维度论都产生了影响,然而,对于影响所发生的时间以及在具体理论观点和体系创建上的体现,却往往人言人殊。对于这些问题以及类似问题展开清理,不仅仅是一个事实性还原和事实判断的问题,它实际上还打开了一个思考和评判新时期文论建设和发展的维度和视野,这对于我们今天回顾我国当代文论的来路、思考其发展前景无疑是有益的。比如,作者指出,艺术生产论是西方马克思主义意识形态批评理论的重要组成部分,也是我国当代马克思主义文论的发展进程中的重要问题域,中西马克思主义艺术生产论共同根植于马克思关于艺术生产的经典论述中,并由此确立沟通和对话的基础。文章分别对包括从本雅明到伊格尔顿在内的西方马克思主义艺术生产论以及中国现代文论视域中的艺术生产论进行了梳理,并立足于新时期语境考察了中西马克思主义艺术生产论的沟通和对话,阐述了西方马克思主义艺术生产论之中国影响和效应的动力机制、展开过程以及效应点所在,强调西方马克思主义艺术生产论在中国的理论旅行中淡化了其原本对于艺术与资本、审美文本与意识形态生产的重视,转而拓展了新时期文艺本质论问题的理论视野,并成为观察和思考当代文化产业以及展开文化产业研究的理论依据之一。

第三,该文强调和坚守价值论视野,这尤其体现在文章对于西方马克思主义文论和美学的审美乌托邦倾向中合理因素的理解中。新时期以来我国学者对于西方马克思主义文论和美学的研究经历了一个逐步推进的过程,整体上逐步摆脱意识形态的导性诉求中的龟缩状态而趋于理性对话和学术交流的道路,也取得了很大成绩。但涉及审美乌托邦问题,一般则更多地给予否定性评价,这一方面缘于西方马克思主义文论和美学本身的现实处境和理论追求,另一方面也应该看到"文革"乌托邦冲动所造成的痛苦记忆和当下消费主义倾向造成的对于超越性、精神性维度的遮掩等现实语境的缠缚。西方马克思主义文论和美学的乌托邦倾向无可否认,也不必否认,但是,无论如何都不应该以其虚妄性、非现实性等负面认识遮蔽了对于其正面价值的发掘,作者充分注意到这一点。在考察了作为西方马克思主义审美乌托邦倾向之文化和理论根源的西方文化乌托邦传统、审美本身的超越性维度以及近代思想家的理论探索之后,文章阐述了西方马克思主义审美乌托邦倾向中所内含的人学视野、批判精神和超越性维度,讨论了他们在中国新时期语境中之所以被遮蔽的根源。在此基础上,以新时期文论关于"人"的思考以及对于审美超越性的认识为中心,讨论了中西马克思主义文论对话中的错位,阐述了在消费意识形态蔓延的社会文化语境中西方马克思主义审美乌托邦倾向对于新时期文论建设的影响和启示。这是很有意义的。当然,也应该指出,西方马克思主义美学的乌托邦倾向是一个十分复杂的、很值得进一步探讨的论域,文章限于篇幅和结构安排的限制,有些问题比如马尔库塞与阿多诺在乌托邦路径上的区别没有深入展开。

当然，这篇论文还存在这样那样的不足。在论文答辩时专家们就提出过不少宝贵的意见，在论文出版前，士聪虽然已经尽力作了修改补充，但还有许多问题只能留待今后进一步深入地研究了。希望士聪以这部著作作为起点，在未来的学术道路上取得更大的进步。

朱立元

写于 2008 年 6 月端午节

目　录

影响与对话

绪 论

一

马克思主义文论中国化是一个不断展开的社会实践和理论创造过程,中国马克思主义文论作为这个过程的伟大成果,与苏联马克思主义文论、西方马克思主义文论共同构成了马克思主义文论的三种基本范式和当代形态[1]。如果说,中国马克思主义文论在早期阶段主要受到苏联马克思主义文论的重要影响,那么,发轫于 20 世纪 70 年代末的新时期文论则与西方马克思主义文论产生了复杂的内在关联。西方马克思主义文论作为马克思主义文论在一个完全不同于中国的社会文化和历史语境中具体化的产物,为我们思考和审视马克思主义文论中国化问题敞开了新的视域。

对于马克思主义文论中国化问题而言,西方马克思主义文论作为新视域的敞开是可能的,也是必要的。其可能性在于中西马克思主义文论相互沟通的理论视界。中西马克思主义文论虽然生成于社会性质、思想传统、现实背景等都差异巨大的社会文化土壤中,具体的思想观点和理论关注点等诸多方面也不尽相同,但他们仍然存在相互沟通的基本平台。首先是理论旗帜相同。西方马克思主义文论与西方其他非马克思主义文论思潮的最大不同就在于,它始终高举马克思主义旗

1

帜,虽然众多西方马克思主义理论家在这面旗帜上标识出形形色色、路径迥异的理论标尺和思想进路,但其基本目的还是"补充"、"发展"而不是抛弃马克思主义,不是与马克思主义割裂绝交。其次是理论出发点相同。中西马克思主义文论所面对的具体社会文艺现实各不相同,但他们都力图通过将马克思主义理论具体化而对现实做出有效阐释或提出解决之道,正是在这一过程中,马克思主义文论在西方社会和文化语境[2]中形成了在当代文艺思潮中具有重要影响的西方马克思主义文论,而在我国则通过"中国化"而形成了对于中国文艺实践具有根本指导性质的中国马克思主义文论。再次是关注现实的理论取向相同。无论是 30 年代的左翼文学运动和延安革命文艺运动,还是 50 年代的对于资产阶级文艺思想的清理,中国马克思主义文论总是与中国革命和建设进程基本保持同步,马克思主义文论中国化也作为"整个马克思主义化的总过程和大系统的一个不可分割的有机组成部分"[3]而存在,而西方马克思主义作为一种理论和学术思潮则根源于对 20 世纪以来的一系列重大社会历史事件所提出的现实问题的回答,从俄国十月革命胜利后中西欧一系列无产阶级革命运动的失败到 20 世纪 20 年代资本主义经济危机中法西斯主义的兴起,以至 50 年代苏共十二大、60 年代巴黎的五月风暴等,这一切都进入西方马克思主义者思考的视野,并成为其理论发展的重要推动力。最后是所承担的理论使命相同。西方马克思主义文论与新时期文论在某种程度上面临的一个基本相同的时代课题,这就是对于苏联马克思主义文论模式的反思。对于西方马克思主义理论家而言,在批判苏联社会政治生活模式的同时,反思其马克思主义文论的某些僵化、教条式解说的思维定式,并试图通过对于马克思经典文本的再发现和再阐释来建立一种能够有效解答所面临的时代问题的文论,是他们认真思考的重要课题,这也正是我国新时期文论所必须面对的。

影响与对话

如果说,相互沟通的理论视界使我们从西方马克思主义文论视域审视马克思主义文论中国化成为可能,那么马克思主义文论中国化本身也赋予这种审视以必要性。若从俄国十月革命以后马克思主义经典著作在中国的传播和接受算起,马克思主义文论中国化已走过了九十余年的历程。九十余年来,马克思主义文论深刻地影响了中国文艺发展的历史进程,其自身也受中国文艺发展历史进程的影响而中国化了。马克思主义文论中国化直接促进了中国马克思主义文论的产生和发展,并在20世纪50年代以后主导了中国文艺的发展方向;它不仅高举文艺社会功利性而在社会革命、政治和经济生活中发挥了重要作用,而且从思维方式、表达方式、批评方向等层面"推动了中国文学理论批评的整体转型"[4]。但是,在强调其对文艺实践和文艺发展的深远影响和重大意义的同时,也应该清醒地看到这一过程中所存在的问题。首先,我国早期马克思主义文论首先是作为马克思主义、作为救亡图存的民族革命的一部分而接受的,其成长发育也主要是在论战中进行,并伴随着与传统文论"断裂"的主观意愿,因此早期马克思主义文论本身并非文艺创作实践的理论升华,而是一种横向移植,如此一来,现实背景的浓重和理论背景的单薄就可能在某种程度上为马克思主义文论的急进功利化播下了不祥的种子。其次,我国最早接受的马克思主义文论主要转译自日本,到20世纪50年代前后苏联文论占据我们的接受视野,并在后来相当长时期内对我国文论建构产生了决定性影响[5],而等到后来重译马克思主义原典时,我们的马克思主义文论在某种程度上已经定型。因此,马克思主义文论早期接受的间接性凸显对马克思主义文论原典进行当代阐释的急迫性。此外,在马克思主义文论从边缘地位上升至中心地位以后如何继承和发扬马克思主义的批判精神,以及把马克思主义基本原理与时代条件结合起来通过系统研究进一步发展马克思主义文论,也是马克思主义文论中国化过程中不容忽视的重要问题。

事实上,作为马克思主义文论的当代形态之一,西方马克思主义文论及其与中国当代文论的关系已经受到学界重视,一个典型的例子就是20世纪90年代中期,"西方马克思主义文论与中国新时期文论比较研究"被列入国家社会科学基金项目[6]。但是,西方马克思主义文论之作为马克思主义文论在新的历史条件下而展开的具体化过程本身还应得到更为深入的关注。马克思主义改造现实世界、创建新世界的实践性理论品格保证其自身的开放性、待完成性,因此,它能够在苏联、在中国、在欧美等不同的文化空间中具体化,并指示出其自身在"化"中的存在和发展。作为马克思主义文论具体化的理论成果,西方马克思主义首先意味着一个影响广泛而深远的理论和学术思潮。它时间上跨越80余年,地域上由从欧洲转移到以英国、美国为主导的说英语的地区[7],且理论家众多,各种观点、倾向相反相成,乃至截然对立而又多元共存。然而就这一生成过程而言,西方马克思主义文论又显然具有其独特的历史行程、理论路径以及先天的优势和不足,这就为我们从当代文论现实性、批判性、人文性以及对待马克思主义原典等方面思考马克思主义理论中国化提供了有益的借鉴和难得的参照。

从根本上说,西方马克思主义文论发轫于对现实问题的思考和回应,因而体现出鲜明的现实性品格。首先是对中西欧无产阶级革命运动现状的思考。与马克思主义中国化过程中马克思主义被引进、吸收并应用于社会和文艺实践不同,西方马克思主义将这种思考指向了对马克思主义本身的反思,表现在哲学上或者向黑格尔回归,或者强调马克思与恩格斯之间的断裂,或者关注于马克思自身的断裂,在文艺领域则表现为注重汲取当代西方哲学、文艺思想,并致力于在与马克思主义的"杂交"中"补充"、"发展"马克思主义文论。在被称为"西方马克思主义圣经"的《历史与阶级意识》中可以看出卢卡奇对齐美尔、韦伯、狄尔泰等思想的吸收,而黑格尔主义马克思主义、结构主义马克思主义、存在主义马克思主义等清楚表明了"补充"、"发展"马克思主义的努力。作为西方马克思主义文论的主要代表,法兰克福学派理论家都不同程度上吸收了精神分析学思想。而美国当代学者詹姆逊以马克思主义指导,对包括从结构主义到解构主义、从精神分析到后现代主义在内的当代西方美学和艺术理论进行了吸收融合,建构走向辩证批评的文化阐释文论。固然,西方马克思主义文论如此这般的"阐释"、"补充"、"发展"在一定程度上偏离乃至背离了马克思主义,但又显然与当代西方各种反马克思主义、非马克思主义倾向以及其他当代西方文艺思潮有着明显的区分。与此相对,中国马克思主义文论由边缘走向中心后获得了支配性指导地位,这固然有利于加强马克思主义文论研究的系统性和有效性,但同时也在一定程度上潜藏着丧失宽容性和开放性的危险,最明显的表现之一就是将马克思主义教条化,遮蔽了马克思主义开放、发展、待完成的维度,于此西方马克思主义文论应该具有启示意义。

与对现实的关注相联系,西方马克思主义文论生成和发展过程中始终贯穿着鲜明的批判精神,这既体现在西方马克思主义者对艺术与现实关系的思考中,也体现在社会文化批判和乌托邦救赎冲动中,而在法兰克福学派中尤为明显。法兰克福学派文论是"社会批判理论"在文艺领域的具体化,它主张以人道主义为基础,揭示一切既定现实的非合理性,通过对资本主义社会中权力、资本和异化现象的批判寻求指向推翻现存社会再生产过程的革命结论。这一批判思路不仅为整个法兰克福学派规定了基本理论格局,而且也是整个西方马克思主义文论对于资本主义总体性异化现实的基本态度。相对于西方马克思主义文论对于资本主义现实的否定和批判,中国马克思主义文论则对于社会主义现实更多地采取肯定和发展的态度。不同的现实诉求呼唤不同的理论指向,这原本无可厚非,然而,伴随着市场经济突飞猛进,全球化和市场化在思想文化领域造成越来越大的影响,同时各种文艺思想空前活跃,西方诸"后学"大量涌入,面对这一系列新现象新问题,辩证地认识和思考西方马克思主义文论以批判精神为主导的理论路向,对于马克思主义文论及其中国化来说就具有了特殊的现实意义。

西方马克思主义文论生成和发展历程中存在一个极为重要的理论转向问题,即由经典马克思主义所关注的政治经济领域向文化领域转移。早在反思中西欧无产阶级革命的普遍失败时,卢卡奇就将其归因于无产阶级主观心理准备的不足和"阶级意识"的不成熟,因此他强调主观意识、倡导主体性革命。进入20世纪60年代,面对西方现代资本主义日益严重的社会精神危机,西方马克思主义理论家将思考的焦点集中到文化层面,希望通过审美和文艺的批判拯救被压抑的、异化了的人性和主体性。正如安德森所指出的,"自20年代以来,'西方马克思主义'渐渐地不再从理论上正视重大的经济或政治问题了","它注意的焦点是文化"。"在文化本身的领域,耗费'西方马克思主义'主要智力和才华的,首先是艺术。"[8]而就西方马克思主义理论家本身来说,革命路向的转移与理论家的个人际遇也最终使他们投身于诗学与审美领域的探索。从街头遁入书斋,却高扬文化革命的旗帜,这就带有了浓重的乌托邦色彩。当主体和精神在现实物质力量的压迫下无力伸张时,赋予艺术和审美形式以拯救社会的政治职能,显然是无奈而悲壮的。理论路向上的转向使西方马克思主义在经典马克思主义的薄弱环节进行了深入研究,从而在美学、文艺学领域取得重要成果。与此相对,中国马克思主义文论则在某种程度上来说具有重视意识形态功利性的传统,这一方面源于马克思主义文论与重视经世致用的古典文论传统相契合,另一方面也与启蒙革命、救亡图存的革命实践需要有密切关系。但是,在强调文艺政治性、功利性的同时为审美自主性和无功利性留下必需的空间,也是马克思主义文论中国化必须思考的问题。

马克思主义文论中国化是一项复杂的系统工程,其中如何对马克思主义原典进行当代阐释无疑是一个重要环节,西方马克思主义文论之对马克思的阐释为我们提供了有益的镜鉴。整体上讲,西方马克思主义文论高度关注审美与艺术在现当代资本主义社会中所发生的种种变化,并结合自身对于马克思主义的阐释和"补充"而对不断发展变化的资本主义社会和文化实践做出了严肃的剖析和批判。回到马克思主义原典,对马克思主义文论进行当代阐释,是西方马克思主义努力的主要方向之一。有学者指出,发掘马克思思想中被遮蔽的部分,吸收当代资本主义文化成果,运用马克思主义基本原理和当代伟大思想成果解决现实社会问题和艺术、审美问题,构成了西方马克思主义文论复兴马克思主义的主要路径,[9]这个分析是清醒的,然而西方马克思主义文论对于马克思主义的阐释本身也不能游离于进一步思考的视域之外。从现代阐释学意义上说,重新阐释马克思主义文论涉及对阐释者与阐释对象、阐释者与其身处的历史语境、阐释对象与当下的历史条件等一系列复杂关系的认识,只有先行认识并正确处理了这些关系才能使阐释走向科学。西方马克思主义理论家在此做出了许多新的可贵的探索,但也需要指出其中存在的两种倾向:一种是朴素的僭越,即"人们常常把自己对对象的理解与被理解的对象这两个不同的东西混淆起来"[10]。无论是法兰克福学派所理解的人本主义的马克思,或者如阿尔文·古尔德纳所说的"批判的马克思",还是阿尔都塞的"科学主义的马克思",他们都将自己所理解的马克思等同于马克思主义理论本身,只此一家,别无分店。与此相关,另一种倾向则是所谓客观主义,即认为客观存在着一个纯粹的、不需要阐释也不受任何阐释沾染的马克思文论,实际上,在朴素的僭越背后潜藏的就是这样一种客观主义信念[11]。既要把阐释对象与阐释者对阐释对象的阐释区分开来,又要依靠阐释者来把握阐释对象的意义,这是阐释的悖论,在此,西方马克思主义文论的探索和失误为我们的思考提供了有益的借鉴。

马克思主义文论中国化内在地要求对马克思主义原典的解读，但这并不意味着我们能够返回到一种静止的马克思主义理论那里，也不意味着可以对马克思主义理论进行任何主观主义的臆说。阐释意味着阐释者与阐释对象之间的交流和对话，其效果首先取决于阐释者对其自身历史性的认识。因此，我们的解读也必须立足于我们当下的现实的社会生活之中，立足于我们对于当下现实社会生活的理解之中，在21世纪初的今天，就是立足于对中国现代化进程的本质及其主导性价值趋向的领悟之中，而马克思主义文论中国化作为一个不断展开的社会实践和理论创造过程，也内含着"既忠于现实又忠于马克思主义"[12]的要求。总之，西方马克思主义文论的可贵探索及其失误和不足为中国马克思主义文论的发展提供了有益借鉴，也在一定程度上推动着关于马克思主义文论中国化问题的思考走向深入。

二

西方马克思主义文论为审视和思考马克思主义文论中国化问题敞开了新的视域，然而这一视域的敞开只为我们的研究提供了基本的立场和前提，因为不论对于马克思主义文论经典的当代阐释，还是对于作为马克思主义文论当代发展成果之一的西方马克思主义文论的接受和研究，都显然不是静态孤立的观照所能胜任的。德国学者弗兰克指出："每一种意义，每一种世界图像，都处在流动和变异之中，既不能逃脱差异的游戏，也无法抗拒时间的汰变。"[13]对于任何理论而言，流动、差异和汰变不仅是历史流转的表征，而且也是理论跨文化对话的必然效应。对此，赛义德概括为包含四个阶段的"理论旅行"："首先，有一个起点，或类似起点的一个发轫的环境，使观念得以进入话语。第二，有一段得以穿行的距离,一个穿越各种文本压力的通道,使观念从前面的时空点移向后面的时空点,重新凸显出来。第三,有一些条件,不妨称之为接纳条件或作为接纳所不可避免之一部分的抵制条件。正是这些条件才使被移植的理论或观念无论显得多么异样,也能得到引进和容忍。第四,完全(或部分)地被容纳(或吸收)的观念因其在新时空中的新位置和新用法而受到一定程度的改造。"[14]在我们看来,"理论旅行"包括了互相关联的两个命题:首先,任何一种理论都是特定语境的产物,语境的特定性既可以体现为社会语境的历史性,也可以体现为理论自身的逻辑规定性,但无论如何,它们不仅构成了理论赖以立足的文化土壤,而且规定了理论视野、阐释效力和历史行程。其次,当一种理论或一个观念作为特定历史环境的产物而进入不同的社会文化语境中时,也就必然意味着与出发点情况迥异的再现过程和制度化过程的开始,意味着理论和观念在错综复杂的移植、流通以及交换过程探问自身重新立足、萌发、成长的可能性。上述两个命题互为前提:差异的社会文化语境为理论旅行提供了基本势能,而理论旅行又将社会文化语境从背景推向前台。如果说,从卢卡奇到戈德曼的理论旅行体现了从不仅仅是地理概念的布达佩斯到巴黎的情境性迁移的压力和约束,以及理论影响过程的动态展开,从而为赛义德的思考提供了具体的案例,[15]那么,西方马克思主义文论在中国的理论旅行显然不仅以更宏大的规模行走在更广阔的时空之中,而且将上述作为思考马克思主义文论中国化问题的视域激活并流转起来。由此,我们则不仅可以从当代文论现实性、批判性以及对待马克思主义原典等方面考察审视西方马克思主义文论之作为新的视域向马克思主义理论中国化问题研究的敞开,我们还可以进一步追问:西方马克思主义文论在中国语境压力下,它所指向的对象、它原本的阐释效力以及逻辑路向发生了怎样的变化?它如何引起并应对了新语境的挑战,自身又发生了以及如何发生了怎样的变异?

如果可以把某些误读或者遮蔽判断为观念和理论从一文化语境向另一文化语境进行历史转移的一部分，那么，这种误读或者遮蔽能否以及如何成为我们探究中国当代文论发展和演进的独特视角？这样一来，对于西方马克思主义文论之在中国的理论旅行的考察将不再仅仅是一个关于理论知识的引进和增殖的话题，也非现象学意义上对于西方马克思主义文论本身的纯粹现象学还原，而毋宁说是在阅读一个"他"和"我"都处身其中并作为主角的故事，故事发生、展开在西方马克思主义和中国的双重语境张力中，并在曲折的情节中生长着反观自身和他者的双重视角，而生长这一双重视角的论域也就成为一个影响与对话的论域。

在进行深入探讨之前，厘清西方马克思主义作为术语之相对稳定的内涵却是必要的，尽管它在中国语境中同样处于理论旅行的变异和流动之中。一般认为，西方马克思主义是一个后来追加的命名，它最早出现于卡尔·科尔施于1930年重版的《马克思主义与哲学》著作中的一篇题为《〈马克思主义与哲学〉问题的状况》的增补材料中，主要指20世纪20年代出现的以卢卡奇、科尔施为代表的与俄国马克思主义不同的思想倾向；20世纪50年代中期梅洛·庞蒂在《辩证法的历险》中将这一概念阐释为在卢卡奇影响下出现的与列宁主义相对的、从人本主义和社会历史批判角度来理解和发展马克思主义的思潮；20世纪70、80年代佩里·安德森在此基础上做了进一步修正和扩展，把二战以后出现的带有新实证主义和结构主义特征的马克思主义派别也归入其中。可以看出，"西方马克思主义"是一个较为宽泛的历史性概念，但即便如此，这一概念还是具有确定的"家族类似"。首先，它有明确的地域性特征，传播、盛行于发达资本主义国家；其次，它有特定的思想文化内涵，以马克思主义自居，坚持批判资本主义及其文化，又与苏俄正统马克思主义不同，强调马克思主义的开放性，主张用各种西方现代哲学思潮来解释、补充、重建马克思主义;第三,它有完整的世代谱系,经历了以卢卡奇、葛兰西为代表的第一代,以本雅明、阿多诺、马尔库塞、列斐伏尔、弗洛姆、哈贝马斯等为代表的第二代,以及以詹姆逊、伊格尔顿等为代表的当代欧美马克思主义新发展;第四,虽然西方马克思主义理论家之间具体理论观点不同、甚至截然对立,但是作为一个整体来看,又具有大体一致的理论关注点,比如关注异化问题,强调审美与艺术的否定和批判功能等等。我们认为,"西方马克思主义"是一个具有地域性质的文化和意识形态概念,本文在较为宽泛的意义上将出现于西方发达资本主义国家、高举马克思主义旗帜而又与苏俄正统马克思主义相对立的"马克思主义"理论和思潮统称"西方马克思主义"[16]。

上述厘清固然可以为我们对于西方马克思主义文论的指称提供一个相对稳定的考察视野,然而随之而来的问题是对于西方马克思主义文论的把握,因为无论就理论的历史演进还是就理论的空间分布来说,这都无疑是一项十分艰巨的任务。公认的对于法兰克福学派美学和文论研究作出重要贡献的马丁·杰伊曾颇为感慨地说,对法兰克福学派的研究需要一种近乎百科全书式的学术视野[17],而实际上在《法兰克福学派史》中能够纳入他研究视野的也仅仅是法兰克福学派最初的短短 27 年时光。另一方面,对于中国学术语境而言,不仅西方马克思主义理论家不同程度上都曾经作为一个个理论热点而存在,而且无论在规模还是在持续时间上都与中国当代文论发生了甚为复杂的关联。他们的论著被系统译介,他们的理论观点、思想方法、学术话语广泛传播,并往往被视为新锐的理论武器而四处挥舞,即便今天,讨论文化研究的方法论问题也无法回避西方马克思主义理论家对于大众文化的理论思考,而对于现代性乃至后现代主义的言说如若绕过哈贝马斯、绕过阿多诺和本雅明的洞见也几乎是不可想象的事情。上述两个方面的现实意味着对于西方马克思主义文论在中国的理论旅行的全面考察将成为一项规模宏大几近无法完成的任务,而对于这样一个"他"和"我"都身处其中并作为主角的意蕴丰富的故事来说,如此全面考查也非明智之举。因此,我们赞赏当代学者在西方马克思主义文论和美学研究中已经作出的重大学术贡献[18],但这并不妨碍我们还是将本书的论域划定为西方马克思主义意识形态批评,以使本书对关于西方马克思主义文论的理论旅行的故事的阅读面对一个更为具体的情节,并从中揭示出西方马克思主义意识形态批评遭遇中国语境时发生的一些意义深长的认知性景观。当然,我们并不讳言对于西方马克思主义文论全面研究的无力承担,甚至不去讨论全部西方马克思主义理论家的文论和美学著作,抑或某个西方马克思主义理论家文论和美学思想的逻辑行程和理论价值,我们也不讳言这种选择所无可避免带来的作者个人的理论偏好和主观色彩,但是,对于西方马克思主义意识形态批评论域的划定却并非主观任意的,这不仅是因为这种个人偏好与西方马克思主义文论理论关注点和中国新时期文论热点问题之间有着某种程度上大范围的重叠,而且还因为这一论域本身作为中西马克思主义文论的共同视域而展现出与马克思主义文论的血脉继承。

三

意识形态是在近代西方哲学的发展中形成起来的一个重要的哲学概念。近代自然科学的发展导致了对中世纪神学和经院哲学的种种荒谬观念的批判,在批判虚幻观念和偏见、建构一门研究观念的科学的长期努力中,意识形态概念得以孕育。意识形态问题在马克思主义文论史上占有着特殊的地位,这不仅是因为马克思在意识形态这一概念被拿破仑打入冷宫后创制了 Ideologie 这一德语词,更为重要的是,马克思在唯物史观基础上恢复了意识形态的哲学意义,并使之成为马克思理论架构的重要概念。可以说,意识形态问题不仅是马克思主义澄清自身性质和确定自身地位的前提,也是理解和探讨马克思主义文论话语的重要通途。正如当代西方马克思主义理论家詹姆逊正确指出的,"意识形态理论是马克思对异化的认识中一个不可缺少的组成部分,同时也是马克思主义对意识形态分析和文化分析最有独创性的贡献之一"[19]。从某种程度上讲,对于意识形态问题的重视成为所有马克思主义文论当代形态区别于其他非马克思主义思潮的重要标志之一。历史地看,文艺与意识形态问题不仅贯穿于马克思主义文论发展史中,而且作为文学理论的元问题之一处于从极端化、庸俗化到淡漠化以至去意识形态化的不断摇摆和反复之中,并在不同的话语语境中具体化为特质各异的理论形态。

就西方马克思主义文论而言,意识形态问题是居于核心地位的重要问题。从卢卡奇、科尔施、葛兰西等开始,为了解释俄国十月革命的成功、西欧与中欧无产阶级革命的失败,20世纪30年代法西斯主义的兴起和无产阶级运动的衰落以及战后资本主义的稳定,西方马克思主义理论家的目光就逐渐从经济转向文化和意识形态领域,而后者则上升为阐释无产阶级革命意识衰落和顺从于资本主义社会秩序的基本要素。实际上,突出意识形态在当代社会的作用,构成了西方马克思主义家族的重要特征和主导倾向,西方马克思主义理论家对意识形态在当代西方资本主义社会的地位、作用和表现的研究,已经构成一个"家族相似"的文本群。卢卡奇对于"物化"的批判恢复了意识形态的马克思原初规定,葛兰西强调与政治领导权相对的意识形态领导权的重要性,法兰克福学派对"文化工业"的研究被认为是20世纪最为重要的意识形态批判形式之一,在阿尔都塞的"意识形态国家机器"理论中意识形态再生产与社会统治秩序的关系得到强调。它们不仅无可置疑地标示出意识形态问题在西方马克思主义理论话语中的突出地位,也构成了他们理论创新的重要领域。正是如此,国外有学者将这一现象概括为西方马克思主义传统中的主导意识形态命题(Dominate Ideology Thesis)[20],而国内也有学者指出:"当西方马克思主义者运用历史辩证法的中心范畴——总体性去分析社会现实时,他们反对第一国际修正主义的庸俗的经济决定论只从经济关系一维去分析社会现实的片面做法。他们认为,社会现实是由两大部分组成的,即经济关系、国家和政治制度意识形态。在西方发达国家中,意识形态起着特别重要的作用。"[21]就此而言,说意识形态成为西方马克思主义文论中具有弥漫性和浸润性的背景并不过分,不考虑意识形态及其效果就无法全面理解当代资本主义社会,同样也无法理解西方马克思主义理论家在文论和美学领域的思考和洞见。

就中国马克思主义文论而言,20世纪50年代以来的中国社会政治实践不仅为文艺理论的发展方向确立了基本的意识形态前提,而且初步形成了一套马克思主义话语方式和言说理路,从而将文论发展本身及其方向与意识形态运动和要求紧密联系起来,乃至在一定程度上将后者内化于自己的逻辑根基之中。究其实质,文论本身无法逸出意识形态的视野,而意识形态更为经常地将前者视为自己的领地,一个显而易见的事实是,在特定历史时期,文论本身就是社会意识形态斗争的组成部分和表现形式。实际上,马克思主义文论从作为一种理论学说被引进和传播到其主导地位的确立再到新时期以来的反思,就一直浸润于意识形态之中。早在20世纪40年代,毛泽东《在延安文艺座谈会上的讲话》就奠定了这一问题在我国文艺研究中的核心地位,而在之后的诸多文艺论争中,文艺的意识形态问题都或明或暗的作为一个极为重要的论题而一次次出现,以至于在某种程度上可以作为考量当代文论发展和演进的基本维度之一。考察中国当代文论关于意识形态问题的讨论固然可以发现某种情绪化因素的存在,但无论如何,一个基本的事实是:我们今天仍然生活在弥漫性的意识形态之中,或者说,企图寻找并建构一个超越于意识形态之上的纯粹空间,仍然是一种虚妄。在此,托多洛夫的意见值得引征:"作为确定价值的精神活动,意识形态被看成人类的一种主要能力,其作用应得到高度重视。"[22]因此,坦然承认马克思主义文论的意识形态动机是一回事,而剥离出学理层面的内在规定性则是另一回事,对于文艺理论来说,意识形态批评在某种程度上就成为理解意识形态神秘化的过程,具体说来就是揭示意识形态与文艺张力关系并敞开这一关系的过程,尽管这一过程本身也不得不处于特定意识形态语境之中。

可以说,正是对经典马克思主义意识形态话语的继承和阐释,赋予了现实语境差异巨大的中西马克思主义文论关于意识形态的思考以相对一致的理论视野与理解和对话的可能。如此一来,我们就又回到了前面谈到的"理论旅行"问题。赛义德将理论旅行细致地切分为四个阶段,但在我们看来,对于理论的被引进、接受以至在时空中变异和改造起决定性作用的乃是新的语境条件——"接纳的条件"或者"抵制的条件",用赛义德的话来说,"正是这些条件才使被移植的理论或观念无论显得多么异样,也能得到引进和容忍",具体到西方马克思主义文论在中国的理论旅行,则取决于中国语境的历史规定性和逻辑规定性。对于历史规定性,马克思在谈到哲学与时代的关系时指出,哲学是时代精神的精华,而黑格尔则说哲学是把握在精神中的时代,两种说法精当地勾画出理论与现实生活和历史时代的关系;对于逻辑规定性,重视文学功能性的文论传统、马克思主义意识形态化的文论语境以及新时期文论确立自身合法性的内在逻辑等方面成为其具体体现。如此,西方马克思主义意识形态批评在中国的理论旅行则成为一场在中国语境中展开的与中国马克思主义文论的沟通和对话,它历时性地延伸,又共时性地铺展。对于本书来说,我们固然可以立足于这一场域而反观西方马克思主义意识形态批评文论本身,比如他们是在怎样的语境中萌生,具有何种程度上的阐释效力和理论盲区,但本书更感兴趣的是:它们在中国语境尤其是新时期文论语境中遭遇了怎样的接纳或者抵制的条件,又是以怎样的面目呈现的? 它们对于新时期文论的影响是如何发生的,具体效应点何在? 对于我们所从事的马克思主义文论的发展和建设来说,影响和对话关系视域中的西方马克思主义文论提供了怎样有益的借鉴?

就中西马克思主义文论关系研究而言,国内已有一些学者进行了重要的卓有成效的努力,并取得一些突出的成果,但从目前的总体状况来看,还存在着诸多值得进一步深入的领域。比如,在研究路径上表现为平行研究多,而影响研究少,西方马克思主义文论在中国之类的研究多,而关于西方马克思主义文论对中国的影响或者中国对它的影响研究少。据资料所见,冯宪光于20世纪90年代中期就西方马克思主义文论对于我国新时期以来的文论影响做过国家社科基金项目的研究,研究成果于2002年以《马克思美学的现代阐释》为题出版,这应该是国内关于中西马克思主义文论和美学影响关系的最早研究成果。该书围绕美学和文论的人道主义问题、现实主义与现代主义之争、艺术生产论、艺术的文化学阐释、人文精神问题以及大众文化问题和语言学转向问题等诸方面对中西马克思主义文论和美学进行了富有成效的比较和剖析,整体来看更多的是一种平行研究,正如该书副标题"西方文论与中国新时期文论比较"所表明的,而对于影响研究尤其是西方马克思主义文论之于新时期文论的影响研究仍嫌重视不够。2006年国家社科基金一般项目"批判美学之中国效应研究"立项,从目前的研究成果来看,该研究主要以现代性为基本视域展开对于法兰克福批判美学与新时期美学的影响研究。此外,在关于马克思主义美学和文论在中国的接受和传播研究中也有对于西方马克思主义美学和文论的涉及。而关于西方马克思主义意识形态批评的研究,谭好哲出版于 2000 年的《文艺与意识形态》一书在讨论马克思主义意识形态文论话语时对此做出了精辟剖析,该书另一重要贡献在于将文艺与意识形态问题置于马克思主义文论、苏联马克思主义文论、西方马克思主义文论以及 20 世纪中国现代文论的不同语境中加以比较阐述,大大开拓了研究视野。《从立场到方法》一书对于 20 世纪国外马克思主义意识形态文艺理论进行了考察,从文艺意识形态性质和功能以及文艺意识形态批评方法和实践两方面评析了部分西方马克思主义理论家,但是中国语境没有纳入研究视野。因此整体而言,中西马克思主义文论的影响研究还有较大的探讨空间。

四

本书是在新时期文论语境下对西方马克思主义意识形态批评所做的影响研究。作为专题研究,我们不打算对西方马克思主义意识形态批评进行大而化之的宏观介绍,也不打算进入某一西方马克思主义理论家体系内部去考察其基本逻辑脉络,甚至不打算详尽比较西方马克思主义理论家在意识形态问题上理论旨趣的异同,我们只是立足于中国新时期文论语境考察一种异域理论在中国旅行中所发生的部分故事,以及这些故事背后所隐含的意义。这样一来,很多西方马克思主义理论家以及西方马克思主义理论中的重要论域就逸出了本书的视野,比如哈贝马斯就没有得到讨论,而西方马克思主义理论家关于大众文化的深刻思考也无法纳入讨论之中,这当然并不是说这些不重要,而是因为就作为本书中心论域的意识形态批评来说,有些理论家比如阿尔都塞、伊格尔顿等可能在此进行了更为集中的思考。概括说来,本书以西方马克思主义意识形态批评为中心,探讨中西马克思主义文论相互影响的概貌,并在这一认识前提下考察西方马克思主义意识形态话语的多元化走向,在此基础上,结合不同时期的西方马克思主义文论接受研究状况和具体语境,考察中西马克思主义文论在意识形态与艺术生产、意识形态与审美、意识形态与审美乌托邦等问题上的影响和对话。

本书分六章。第一、二章勾画西方马克思主义文论与中国新时期文论影响和对话关系的概貌。西方马克思主义文论对我国新时期文论产生了深层次影响,然而影响并非单向的,本书在历时性梳理西方马克思主义文论在我国语境中接受和研究的同时,论证了中国戏曲传统和思想以及毛泽东思想等作为理论资源分别在布莱希特、阿尔都塞、马舍雷等西方马克思主义理论家文论话语中的存在和表现,指出西方马克思主义文论作为马克思主义文论在西方具体化的成果,一定程度上受到作为马克思主义文论中国化成果的毛泽东思想的影响,反过来又给予我们思考马克思主义文论中国化以启示。

第三章主要讨论西方马克思主义意识形态多元化话语,以为下文的讨论廓清基地。在清理西方马克思主义文论与中国新时期文论影响和对话概貌的前提下,本章对作为核心概念的意识形态进行了概念史的梳理,揭示马克思理论话语中的意识形态并非仅仅是否定性的、批判性的,西方马克思主义理论家正是在此基础上将其由作为虚假意识的阶级向度扩展到心理、语言和日常生活等向度,而这种多元化理解正是西方马克思主义文论影响新时期文论的重要支点之一。结合对新时期语境和文论发展的情势以及西方马克思主义接受和研究状况,本书选择了西方马克思主义文论在意识形态与艺术生产、意识形态与审美、意识形态与审美乌托邦等作为考察西方马克思主义意识形态批评之中国影响和效应的论域。

第四章主要讨论意识形态与艺术生产问题。艺术生产论不仅是西方马克思主义意识形态批评的重要组成部分,而且也是我国当代马克思主义文论的发展进程中的重要问题域,二者根植于马克思关于艺术生产理论的经典论述之中,并由此获得沟通和对话的基础。本章分别对包括从本雅明到伊格尔顿在内的西方马克思主义艺术生产论以及中国现代文论视域中的艺术生产论进行了考察,并着重在新时期语境的延展中考察了中西马克思主义艺术生产论的沟通和对话,阐述了西方马克思主义艺术生产论之中国影响和效应的动力机制、展开过程以及效应点所在,指出西方马克思主义艺术生产论在中国的理论旅行中淡化了其原本对于艺术与资本、审美文本与意识形态生产的重视,转而拓展了新时期文艺本质论问题的理论视野,并成为观察和思考当代文化产业以及展开文化产业研究的理论依据,这一错位某种程度上暗含着遮蔽乃至丧失批判维度的危险。

第五章主要讨论意识形态与审美问题。意识形态与审美之间的关系是马克思主义文论的重要论域。本章分别考察了中西方马克思主义文论在各自不同的历史语境对此的思考和探索,阐述了两者之间的关联域及其与马克思主义经典作家基本阐述的理论渊源,指出新时期审美意识形态论是中国新时期马克思主义文学理论中国化的重要成果。20世纪90年代后期随着社会生活的转型以及文化研究的展开和西方马克思主义文论研究的深入,意识形态与审美的关系问题受到了重新审视和再反思,本章集中讨论了对于文艺的政治维度以及审美意识形态论的反思,认为反思表明了我国文艺理论研究在认识文艺本质问题上的深化,体现了社会经济生活新发展和审美文化新情势的推动以及西方马克思主义文论研究的深入对于我国文艺研究的思维空间的拓展,但应该走出非此即彼的对立思维方式的陷阱。

第六章主要讨论意识形态与审美乌托邦问题。西方马克思主义审美乌托邦倾向无可否认,但不应以审美乌托邦虚妄性、非现实性等负面认识遮蔽了对于其正面价值的发掘。本章从20世纪当代西方发达资本主义社会文化语境考察了作为西方马克思主义审美乌托邦倾向文化和理论根源的西方文化的乌托邦传统、审美本身的超越性维度以及近代思想家的理论探索,阐述了西方马克思主义审美乌托邦倾向中所内含的人学视野、批判精神和超越性维度,讨论了他们在中国新时期语境中之被遮蔽的根源。本章在考察西方马克思主义审美乌托邦倾向正负面因素的基础上以新时期文论关于"人"的思考以及对于审美超越性的认识为中心,讨论了马克思主义文论的对话和错位,阐述了面对日益清晰的消费意识形态西方马克思主义审美乌托邦倾向对于新时期文论建设的影响和启示。

注 释

[1] 对此,西方马克思主义当代理论家詹姆逊指出:"我们不应忘记如今马克思主义并不是只此一家,别无分店。事实上有形形色色的马克思主义理论话语。"罗伯特·戈尔曼也指出:"当代马克思主义就像一块五彩板,它是由不断修饰自己对过去和现在的评估,充满希望地审视和理解未来的各式各样的并且通常是彼此冲突的理论所拼成的。"我国学者刘纲纪将马克思主义美学研究和阐释也概括为苏联马克思主义美学、中国马克思主义美学和西方马克思主义美学三种基本形态,冯宪光以基本相同的思路将 20 世纪马克思主义文艺学概括为三种基本模式。分别参见:詹姆逊:《晚期资本主义文化逻辑》,三联书店 1997 年版,第 19 页;罗伯特·戈尔曼:《"新马克思主义"传记辞典》,重庆出版社 1990 年版,第 1 页;刘纲纪:《马克思主义美学和阐释的三种基本形态》,《文艺研究》2001 年第 1 期;冯宪光:《马克思主义美学的现代阐释》,四川教育出版社 2002 年版,第 3—28 页。

[2] 就此而言,虽然"西方"首先是一个地域性概念,但就其根源而言,与其说在于其地域性特征,毋宁说在于其与地域性相关的社会文化特征,而正是后者赋予其历史内涵的一贯性和稳定性。参见张一兵:《西方马克思主义哲学的历史逻辑》,南京大学出版社 2003 年版,第 5—6 页。

[3] 朱立元:《略论两个"中国化"之辩证关系》,《学术月刊》2005 年文艺学美学专辑。

[4] 季水河:《百年反思:20 世纪马克思主义文艺理论在中国的传播、发展与问题》,《湖南师范大学社会科学学报》2005 年第 1 期。

[5] 代迅:《马克思主义文艺理论中国化的内在逻辑》,《文学评论》1997 年第 4 期。

［6］冯宪光：《马克思美学的现代阐释》，四川教育出版社2002年版，第374页。

［7］佩里·安德森：《当代西方马克思主义》，余文烈译，东方出版社1989年版，第24页。

［8］佩里·安德森：《西方马克思主义探讨》，高铦等译，人民出版社1981年版，第96—97页。

［9］冯宪光：《'西马'文论与中国当代文论建设》，《文学评论》1999年第1期。

［10］俞吾金：《重新理解马克思》，北京师范大学出版社2005年版，第445页。

［11］比如苏联美学家卡冈说："马克思主义美学的形成与发展可以有充分理由地称作全部世界美学思想史的最高阶段。"参见：M·C·卡冈：《马克思主义美学史》，汤侠生译，北京大学出版社1987年版，第1页。

［12］卢卡奇：《审美特性》第1卷，徐恒醇译，中国社会科学出版社1986年版，第6页。

［13］转引自郭宏安：《二十世纪西方文论研究》，中国社会科学出版社1997年版，第2页。

［14］赛义德：《赛义德自选集》，谢少波等译，中国社会科学出版社1999年版，第138—139页。

［15］赛义德：《赛义德自选集》，谢少波等译，中国社会科学出版社1999年版，第148—149页。

［16］至于所谓"新马克思主义"，虽然美国当代西方马克思主义理论家的杰出代表詹姆逊更乐意接受这一称谓，国内也有学者坚持这一称谓，但是本文基于本土化的立场并在宽泛的意义上仍然将其视为西方马克思主义在新的历史形势下的发展形态，这就是说两个概念所指虽部分重叠，但在外延上却是一种包含关系。相关文献参看：罗伯特·戈尔曼：《"新马克思主义"传记辞典》，重庆出版社1990年版；马驰《新马克思主义文论》，山东教育出版社1998年版；张一兵等《〈西方马克思主义哲学的历史逻辑〉绪论》，南京大学出版社2003年版。

［17］马丁·杰伊：《法兰克福学派史》，单世联译，广东人民出版社1996年版，第4页。

［18］对于西方马克思主义文论和美学的研究，国内学者已经作出了相当重要的学术贡献，这不仅表现为研究路径的多元化，比如史论性质的全景式综论性和概述性研究，西方马克思主义理论家个案或群体的文论和美学思想研究，以及专题研究和中西马克思主义文论和美学的比较研究，也表现在专著、教材以及学术论文的惊人数量上。

［19］F.詹姆逊：《后现代主义与文化理论》，唐小兵译，北京大学出版社1997年版，第248页。

［20］这一命题的提出本身是出于对西方马克思主义理论家的批评，因为提出者将这一

命题界定为没有历史根据和理论操作意义的命题，"鉴于真正的任务是理解塑造了人们生活的经济和力量，最近几十年来关于意识形态已经谈论得太多了"，本文提到这一点并不意味着赞同上述观点，而是作为此处论述的一个辅助。参见：Abercrombie, Hill&Turner. The Dominate Ideology Thesis. London, 1980, p. 218—219.

[21] 俞吾金、陈学明：《国外马克思主义哲学流派新编：西方马克思主义卷》，复旦大学出版社 2001 年版，第 6 页。

[22] 托多洛夫：《批评的批评——教育小说》，王东亮等译，三联书店 2002 年版，第146 页。

第一章
中国视野中的西方马克思主义文论

　　不同文化和地域的文艺理论和思想的交互影响是当代文艺理论研究中的一个重要现象,对于我国新时期文论来说尤其如此。如果我们承认,中国新时期文论经过近 30 年的发展以与此前文论相当不同的面貌标示出新的发展和实绩,那么,说西方 20 世纪文论及其思潮的引进和吸收是推动一片新天地拓展的重要理论动力和思想资源也应该是一个事实性判断,其中西方马克思主义文论对于我国新时期文论的影响更是深层次的。然而影响从来就不是单向的,考察西方马克思主义文论对于中国当代文论建设和发展的影响并不意味着我们可以无视中国因素在西方马克思主义文论中的存在,尽管后者看起来如此这般的微弱、嗫嚅,但微弱不等于渺小,嗫嚅也不是无话可说。因此,本章在对中国视野中的西方马克思主义文论进行接受史的考察的同时,也在第二章尝试揭示出西方马克思主义文论中某些中国因素,从而为本研究的展开廓清基本立场。

第一节　早期接触:以卢卡奇为中心

　　如果从 1935 年《译文》发表卢卡奇[1]的《左拉与现实主义》算起,

西方马克思主义文论在中国已走过了 70 余年的历程。70 余年间,中国社会发生了巨大的历史变迁,也给西方马克思主义文论和美学在中国的理论旅行打上了深刻的烙印,某种程度上塑造并描画出理论接受线路的曲折和复杂,决定了它在现实语境压力下的理论呈现形态。历时性地来看,西方马克思主义文论在中国视野中的接受进程大体经历了新时期之前的早期接触、20 世纪 80 年代到 90 年代中期的争论与推进以及 90 年代中期以来的理解与对话这样三个历史阶段,至今仍在新世纪文论地图中延展变化。

在进入接受史的考察之前,澄清一种关于西方马克思主义文论接受进程的模糊认识是必要的。有一种观点认为,中国理论界正式接触和研究西方马克思主义始于 20 世纪 70 年代末期思想解放的潮流中,但最初的接触则可以追溯到 20 世纪 60 年代,卢卡奇等西方马克思主义学者被当做反面材料内部引进,20 世纪 80 年代西方马克思主义正式成为学术界的研究对象,并很快引起了极大兴趣,但此时仍在某种程度上带有纯粹批判的性质,而真正在进行平等的对话基础上对西方马克思主义深入而又富于成效地研究则是从 90 年代开始。[2]这一判断整体上是没有问题的,说其含糊,主要集中在以下两点:一是关于中国学者最早接触西方马克思主义理论的时间问题,二是关于我国 80 年代西方马克思主义接受和研究的性质问题。

关于第一点,本书认为,最初的接触并非晚至 20 世纪 60 年代,而是最早可以追溯到 20 年代,那时卢森堡、卢卡奇就已经进入人们视野之中,比如被卢卡奇称为“马克思的真正的学生”的卢森堡,她在 1919 年 1 月 15 日牺牲的消息在当年年初就刊登在我国《进化》杂志上,而在 1921—1922 年间,北京、上海、广州等地还几次举行过相当规模的集会以纪念这位著名的马克思主义革命家。[3]而在 40 年代,卢卡奇的《叙事与描写》已被译介,吕荧在写于 1944 年的该书的“译者小引”中就谈到了国内学者对于卢卡奇1940年所参与的那场论争的了解,并提出了自己的看法。[4]因此将最初的接触追溯至60年代并不确切。

关于第二点,说西方马克思主义在80年代正式成为学术界的研究对象、但某种程度上带有纯粹批判的性质,这一判断也是没有问题的,但正因为80年代接受中的批判性质只是在某种程度上的,而不是整体上的,因而说真正在平等的对话基础上进行深入而又富于成效地研究从90年代开始就有问题了,问题的关键在于这一看法某种程度上漠视了80年代的我国在西方马克思主义文论和美学研究领域的实绩。对此的具体论证将在下文展开,在此提出仅作为对上述接受和研究阶段划分依据的初步说明,即本书并非将这一接受和研究行程强行塞入到历史实践的阶段性之中,尽管两者存在着重叠,但作为主要依据的还是理论和思想本身的逻辑行程。

西方马克思主义理论家20世纪20年代就已经部分地为国人所知,比如卢森堡,她固然算不得西方马克思主义文论和美学的杰出代表,但作为西方马克思主义的理论先驱却是得到中西方学者公认的[5]。在当时的历史条件下如此早地进入中国人视野的卢森堡,其基本身份当然只能是一个作为革命家的马克思主义者,因此人们对她的关注也集中在其革命实践和革命思想方面。就西方马克思主义文论而言,最早进入中国并且成为中国早期接受主角的则是西方马克思主义早期著名理论家卢卡奇。

早在1935年,卢卡奇的《左拉与现实主义》由中国学者梦十译为中文发表在《译文》第2卷第2期上;1936年胡风根据日本学者熊泽复六的日译本转译了卢卡奇《小说理论》的一部分,发表在《小说家》杂志上;1940年《论现实主义》由王春江翻译发表在1940年1月15日的《文艺月报》上,同年,《叙事与描写》由老一代美学家吕荧翻译发表在《七月》杂志上(1946年该文单行本由新新出版社出版),当时作为主编的胡风为之写了"编校后记",肯定和支持卢卡奇在文学创作与世界观关系问题上的观点;1944 年《论文学与人物底智慧风貌》由周行翻译发表在《文艺杂志》第 3 卷第 3 期上。此后,虽然从 50 年代到 70 年代末,卢卡奇的《存在主义还是马克思主义》《青年黑格尔》以及卢森堡的《狱中书简》《社会改良还是革命》《资本积累》《国民经济学入门》等著作也相继译介出版,但这些著作也没有引起理论界的重视,"文革"期间更被贴上"内部教材、供批判使用"的标签,沦为反面的教材、批判的靶子。

可以看出,卢卡奇文论和美学的早期译介基本集中在了 20 世纪 30 年代到 40 年代,我们此处所要关注的问题是:卢卡奇何以在此时被集中译介? 卢卡奇文论思想中哪些思考吸引了当时中国学者的目光? 吕荧在写于 1944 年的《叙事与描写》的"译者小引"坦言自己"关于作者卢卡奇,知道得很少",仅从《国际文学》的后记中知道一些基本情况,而对于卢卡奇在现实主义问题上所引起的论争倒是相对了解得比较多。[6]这一线索意味着,对于上述提问的思考必须把 20 世纪 30—40 年代的社会现实和文论语境以及卢卡奇文艺和美学的理论关注点拖进研究视野之中,而稍加深入我们也会赫然发现,正是在这一历史时期,苏联马克思主义文论、卢卡奇以及中国马克思主义文艺工作者之间直接发生了复杂的关联。就此而言,对于这一时期卢卡奇的考察就在一定意义上成为研究西方马克思主义文论中国早期接受的一份标本。

显而易见的是,20 世纪 30—40 年代这一时期无论对于卢卡奇还是对于中国文论都是一个具有特殊意义的阶段。对卢卡奇来说,从1930 年起一直到 1944 年,除了侨居德国柏林的三年(1931 年到 1933年)之外,他在莫斯科苏共马列研究院和苏联科学院研究所度过了 11年的时间。11 年中,卢卡奇潜心于美学和文论研究,为自己赢得了最出色的马克思主义理论家的声誉,其间也参与了对当时"拉普"运动的批判。而对于 30 年代初尚为弱小的中国左翼文学运动来说,来自苏联和日本文艺运动和思潮的影响更显巨大,相比较而言,此时苏联文论的影响更多的是借道日本进入中国的。比如苏联的"辩证唯物主义"的创作原则就是转道日本,在中国接受为"普罗"现实主义的口号。"辩证唯物主义"的创作原则认为"只有受辩证唯物主义方法指导的无产阶级作家才能创造一个具有特殊风格的无产阶级文学流派"[7],这一原则在当时的苏联文艺理论界占主导地位。而"普罗"现实主义这一口号来自日本学者臧元惟人,他在《新写实主义论文集》[8]中提出无产阶级现实主义作为无产阶级的创作原则,这显然是苏联文艺理论与日本创作实际结合的产物。但无论如何,唯物主义世界观对于文艺创作的绝对的指导作用这一精神实质不仅没有什么改变,而且对左翼文学理论建设发生了巨大影响。然而,在卢卡奇看来,这种对于作家世界观与文艺创作之间复杂关系的简单化理解是有问题的,他对此提出了自己的看法,比如,他一方面认为,"作家必须有一个坚定而生动的世界观","没有世界观,就没有作品可言",[9]同时又指出世界观与作家创作之间关系的复杂性,强调要避免对世界观在创作中的作用问题上抽象的机械理解。这使他在当时斯大林文艺路线影响正盛、宗派主义和左倾势力猖獗的历史时期受到了批判,并在 1941 年被捕入狱。而此时卢卡奇的译著刚刚进入中国,这样一来,卢卡奇在苏联的遭遇不能不对于其文艺思想在中国的命运发生直接的影响,甚至其面纱尚未揭开,便堕入被批判的深渊。[10]不容否认,无论是苏联的"拉普"还是源自日本的"普罗"现实主义,他们关于文学的现实主义问题的阐述,对当时左翼文学创作和文论建设运动具有巨大的推动作用,但将作家世界观与文艺创作方法混为一谈并将前者视为唯一标准的做法也埋下了不祥的种子。

探讨卢卡奇文论在中国的早期接受,胡风是一个不能不谈的人物。这不仅仅因为他较早译介了卢卡奇理论著作,较早独具只眼地注意到卢卡奇文论之迥异于"普罗"现实主义之处,而且还因为,胡风对于卢卡

27

奇文论的理解以及他个人的命运在某种程度上可以视为西方马克思主义文论在中国的早期接受图景的一个象征。胡风与卢卡奇对话的平台除了上面提到的世界观与文艺创作方法关系问题之外,还有关于典型塑造问题、人的解放与主观精神问题等,此处仅以第一个问题为例进行考察。

在较早被译介到中国的《左拉与现实主义》中,卢卡奇批判了自然主义文艺倾向,认为对于"辩证的反映论、从而对于一种符合马克思主义精神的美学理论来说",强调现实主义和自然主义的区别,"正是问题的核心所在"。[11]而发表在胡风主编的《七月》上的《叙事与描写》的副标题就是"为讨论自然主义和形式主义而作"。问题还不仅在于它们(以及与《叙事与描写》同年译介的《论现实主义》)对于自然主义的批判,而更在于卢卡奇在阐述现实主义时所表达的对于世界观创作方法问题的深入思考,而这正是左翼文学创作所困惑并努力探询的问题。对此,胡风《叙事与描写》的"编后记"可谓一语中的,针对苏联文艺界在世界观和创作方法问题上对于卢卡奇抹杀世界观作用的批评,他写道:"问题也许不在于抹杀了世界观的作用,而是在于怎样解释了世界观的作用,或者说,是在于具体地从文艺史上怎样地理解了世界观的作用罢。"正是从这一理解出发,他高度评价该文"是一篇宝贵的文献"。[12]40余年后,胡风在回忆此事时说:卢卡奇"绝非反对世界观对创作有引导作用,而是具体地说明世界观是怎样在创作中发生作用的,要怎样才能对创作发生积极作用。批评家抓住这一点,不管卢卡奇原文和我的原意,马上断定我是反对正确的世界观对创作有主导作用的",并认为这篇文章"对在创作中进行艰苦追求的作家发生了好的影响"。[13]面对当时国内外对于卢卡奇众口一词的批评,胡风之所以敢于公开支持卢卡奇的观点,显然是因为他在卢卡奇那里找到了知音。实际上,在整个胡风的理论话语中,世界观在文艺创作中的作用自始至终是得到肯定的,他也从来没有否定过世界观对于作家主观意愿和创作对象的影响,他甚至批评抛弃这个基本立场而奢谈"高度的客观态度"的倾向,问题的关键只是在于,正确的世界观与正确的创作方法的统一。这一思路在其后的文艺思想中进一步发展为作家与世界观、作家与现实生活的双重统一问题,相对而言,后一种统一更为根本,因为"如果不经过和现实生活相融合这一过程,只是直接地从思想去制造作品,那我们要说,即使他所依据的是正确的思想结论,那作品也是虚伪的东西"。[14]应该说,胡风在现实主义问题上对于卢卡奇的理解是准确和到位的。

尽管胡风也许是当时少有的读过卢卡奇著作的人,尽管他敏锐地捕捉到卢卡奇文艺思想的火花,并从其脉动中体验到知音般的欣喜,但是,对于卢卡奇之于胡风的影响仍旧不应估计过高。两人固然都对于现实主义做出不同寻常的深刻理解,但具体到文艺内部规律的具体把握,又判然有别。比如同样是坚持艺术是对于现实的反映,卢卡奇从其"总体性"思想出发,认为真正现实主义乃是伟大作家对真理的渴望,对于自己主观的世界图景的无情态度,因此,他推崇和提倡尊重社会存在、排除意识形态干扰的真实反映社会存在的现实主义,当然,强调作家对于社会历史真实的尊重,也绝不等于说作家是镜子式的消极的、被动的,因为,作家对于社会总体性的真实把握、对于资本主义社会本质的揭示以及对于异化现实的关注等等,这些行为本身就标明了作家主观方面的活动,一种尊重客观真实的具有主观能动性的活动。如果说,卢卡奇的现实主义在作家与现实的统一中相对侧重于现实一面,而胡风则显然更看中作家的一面。在他看来,一个真正的现实主义者的艺术创作"是一个生活过程,而且是把他从实际生活得来的东西经过最后的血肉考验的、最紧张的生活过程"[15],就是用强烈的"主观战斗精神"拥抱、突击、扩张现实对象,并最终通过这种血肉追求而达到主客观的融合一体,因此,现实主义作家要把"客观的因素变成主观的所有",又

"把主观的所有变成客观的形体"[16]，正是在此意义上，有学者将其概括为"以主体激活现实主义"[17]。由此可以看出，即使对像胡风这样直接受过卢卡奇著作、而且理解深刻、眼光敏锐的学者来说，卢卡奇影响的深度和广度也还是有限的。无论对于胡风来说，还是对于卢卡奇在中国的接受来说，这种限度是特定时代及其特定话语语境的限度。

综上所述，卢卡奇文论在20世纪30年代到40年代进入我国文艺理论家视野，应该说是源于特定的历史机遇：首先是苏联马克思主义文论作为强势话语成为正处于理论建设时期的左翼文学运动的重要理论资源；其次是卢卡奇在莫斯科的长期停留及其后来引起的关于现实主义的论争正击中了当时文艺理论家所关注的焦点；三是当时特定社会现实决定了现实主义因其更切近现实而易于成为思考的重点；四是卢卡奇文论本身以现实主义作为自己的理论旗帜也契合了中国文论的需要。正是在上述合力的作用下，卢卡奇文论部分地进入中国理论视野，从而在某种程度上拉开了西方马克思主义文论在中国的"理论旅行"的序幕。

然而，也仅仅是序幕而已。这不仅是因为从整体来看，国内对于西方马克思主义文艺和美学的译介和传播在早期阶段无论在规模还是认识水平上还处于相当低的阶段，谈不上什么深入的研究，而且是因为50年代中期以后直至新时期以前，这刚刚拉开的序幕又黯然垂下。随着胡风被批判，卢卡奇也被批判为"老牌修正主义理论家"[18]，萨特、布洛赫、梅洛·庞蒂等西方马克思主义理论家的著作被作为批判资产阶级文艺思想的反面教材，只能内部发行，西方马克思主义及其文论完全沦为批判的对象，我国对于西方马克思主义美学、文论的接受和研究就此搁浅。

回顾西方马克思主义文论中国早期接受的这段历史，我们可以看到：首先，西方马克思主义文论的接受与我国政治生活紧密联系在一起,并随着后者的起伏回转而潮涨潮落,显示出与中国文论发展进程的步调一致性;其次,从接受的范围来说,所接触的理论家基本局限于早期理论代表,作为其美学和文论成就的代表的法兰克福学派理论家基本没有接触的机会;所关注的理论,无论批判与否,都基本集中在意识形态领域,这从一个侧面反映出对于文艺与政治、审美与意识形态关系问题的主导性理解和阐释西方马克思主义文论接受上的选择性;再次,如果说50年代以后至新时期之前,西方马克思主义文论在中国的接受及其效应还不是一无所有、两手空空的话,那么,我们则可以说,也许正是这期间的极端左倾的大规模简单化批判使我们知道了,在我们所理解的马克思主义文论之外,还有一类所谓"非马克思主义"的马克思主义理论家,还有一种与我们所理解的马克思主义文论以及与我们所熟稔的苏联马克思主义文论相当不同的马克思主义文论,甚至可以说,"当时有资格接触这些'反面材料'的高级理论家中,有少数好学深思之士愿意抱着同情理解的态度理解那些对于马克思主义的新阐释,并在80年代初表示了强烈的探索愿望",就此而言,说这为新时期关于"西马非马"与"西马即马"的论争储备了强大的心理势能,[19]也是有一定道理的。

第二节 新的起点:推进与论争

新时期之前的西方马克思主义文论在我国接受中的际遇突显了文化语境的压力效应,这一效应在一定程度上体现了意识形态的主导性和规范性,甚至可以说,西方马克思主义文论在中国的最初接触对于中国马克思主义文论的建构来说,基本还是一个反面参照的角色,而后者理论建构的冲动更多的来自于意识形态情势,而非理论本身的逻辑冲动使然,正是如此,西方马克思主义文论在中国的早期接触中学理层面的考量往往龟缩在主导意识形态的诉求之中。随着新时期的到来，西方马克思主义文论接受和研究获得了一个新的起点，虽然由于某种历史的惯性存在，围绕"西马非马"还是"西马即马"的论争一直未曾停歇，但至90年代中期以前，西方马克思主义在中国的接受和研究还是得到了较大推进。

从1978年开始到20世纪80年代末是中国社会发展进程一个十分重要的历史时期，在这时期，"文革"结束，拨乱反正开始，中国社会开始走上改革开放之路。伴随着经济、政治、文化、思想、历史、文艺的转型，西方马克思主义正式的译介和研究开始起步。就具体时间而言，80年代西方马克思主义在中国的接受和研究实际上可以往前推到1978年，那一年，全国首届西方哲学研讨会在太原召开，徐崇温就"西方马克思主义"做了专题发言，在学术界引起强烈反响，某种程度上推动了西方马克思主义理论研究在新时期的开展。据北京大学哲学系资料室统计，在1978年到1988年新时期最初的十年间，围绕西方马克思主义介绍和研究的论文就发表了近300篇，出版了40余部国内外学者的研究著作。这份统计资料分总论、早期西方马克思主义、法兰克福学派、存在主义马克思主义、结构主义马克思主义以及其他等六部分，对于我国80年代西方马克思主义研究状况进行了整理。在总论部分可以看出，西方马克思主义研究集中于马克思主义的实践观、阶级理论、社会观、经济基础与上层建筑的关系、国外马克思主义研究、西方马克思主义来龙去脉及特点等方面，基本限于哲学、政治学、社会学领域，没有涉及美学和文艺学；关于早期西方马克思主义研究，主要是卢卡奇、葛兰西的哲学思想，少数涉及科尔施，多半是介绍国外的研究成果，比如苏联、英国、美国，对于中国学者的研究则是介绍观点为主；对于法兰克福学派的研究状况也与此类似；存在主义马克思主义研究的对象是萨特，除了哲学研究以外，美学和文艺思想也受到重视，这就与以上几方面的研究不同,时间上集中于 1983—1984 年间,在各类研究中论文数量最大。结构主义马克思主义研究论文相比萨特要少得多,基本是评述,介绍。其他方面研究涉及布洛赫的希望哲学,生态学马克思主义以及赖希的心理学研究。[20]整体来看,80 年代的西方马克思主义哲学、政治学、社会学等诸领域研究涉及面广泛,学理层面的考察较为深入,美学领域虽有涉及,但十分单薄。实际上,与对西方马克思主义哲学等其他领域的研究相比,西方马克思主义文艺理论和美学领域研究的全面展开则要晚许多。一个基本的事实是,在哲学界第一次研讨西方马克思主义 10 年之后,全国首次“西方马克思主义文艺学美学研讨会”于 1988 年 12 月在四川成都召开。正是在这次会议以后,国内对于西方马克思主义文论的介绍和研究热情才逐步升温,考虑到 80 年代末期的实际情况,研究高潮的到来应是开始于 90 年代中期以后。

将全国首次“西方马克思主义文艺学美学研讨会”看做前此国内西方马克思主义文论和美学研究的一次检阅,视为测度 80 年代西方马克思主义美学和文论研究基本情势的一个表征,似乎并不为过。这里的看点有两个,一是会议提交的两部书,二是会议研讨的内容。两部书,其中一部是陆梅林选编的《西方马克思主义美学文选》(漓江出版社 1988 年版),另一部是冯宪光的西方马克思主义美学研究专著《西方马克思主义文艺美学思想》(四川大学出版社 1988 年版)。《西方马克思主义美学文选》在编选上将卢卡奇作为西方马克思主义美学的起点,首先以“《历史与阶级意识》发表之后”为目编选了卢卡奇、戴·莱恩等人的美学论文,然后在“西方马克思主义概述”的纲目下选译了包括安德森在内的国外西方马克思主义文论和美学研究成果,主体部分是按国别编选了涵盖了从本雅明到詹姆逊在内的公认的西方马克思主义美学和文论的杰出代表,最后的附录补充了萨特美学。该书将西方马克思主义文论的源头追溯至卢卡奇,以法兰克福学派诸公为代表,延伸至当代西方马克思主义理论家詹姆逊,应该说,清晰思路,认识公允。《西方马克思主义文艺美学思想》则对葛兰西、卢卡奇、法兰克福学派代表人物(阿多诺、本雅明、马尔库塞)、萨特的存在主义马克思主义、结构主义马克思主义以及英国马克思主义等文论和美学思想较早进行了系统研究,该书后来经过进一步丰富和完善出版为《西方马克思主义美学研究》。这两部书一在资料的及时编选,一在内容的系统研究,会议评价它们"具有开拓性",无疑是恰当的。

关于会议研讨的内容,根据会后发表的会议综述[21]来看,讨论集中于以下几个方面:第一,关于"西方马克思主义"概念本身存在不同认识。大部分学者认为这一概念具有明确的内涵,但对于具体内涵认识存在分歧,或从起源上被归结为政治性概念,或被归结为文化概念,或者认为二者兼具,后两种观点倾向于其纳入马克思主义之中。第二,关于"西方马克思主义"的外延则存在更多分歧。或以空间区分,以西方马克思主义指称发达国家的马克思主义,而以新马克思主义指称东欧的马克思主义;或以20世纪60年代为界,前此是西方马克思主义,后此是新马克思主义;或兼顾时空,将西方马克思主义视为新马克思主义中的一部分。第三,关于西方马克思主义文论和美学的发展过程,认为可以分为三个阶段:前期推崇批判现实主义,具有古典与现代相交叉的特征;中期推崇现代主义艺术,具有新人本主义特征;最后推崇后现代主义艺术,具有解构主义特征。第四,对待西方马克思主义文论与美学的基本立场,认为不能将其等同于马克思主义的当代形态,要厘清与马克思主义的界限,以马克思主义经典著作为基本参照系进行批判的分析。

由上述简要梳理可以看到,在20世纪80年代的西方马克思主义接受和研究中,当哲学领域的研究已经展开学理层面的探究时,美学和文论领域的研究却还为研究对象的范畴、外延以及研究对象的意识形态合法性等问题而处于在针锋相对的争论之中,学理层面的清理和掘进还在苦苦等待话语合法性证书的颁发;另一方面,比较西方马克思主义美学研究的开拓性著作《西方马克思主义文艺美学思想》与9年之后完善版《西方马克思主义美学研究》,可以清楚地显示出研究的推进程度,当然也同样清晰地反向考量出80年代的研究现状。因此,说80年代西方马克思主义文论研究高潮已经掀起并不符合实际。那么,应该如何解释西方马克思主义接受和研究中不同领域之间——尤其是哲学以及与之关系密切的美学研究之间——的时间差呢?问题的关键在于社会政治以及文化语境的现实制约以及西方马克思主义作为理论资源和思想启示对于这种制约的冲击(对于这一点,本书将在后面章节的考察中回溯)。具体说来,不仅西方马克思主义为新时期文论话语提供新的理论资源、开拓新的思维空间,而且反过来,新的理论资源、新的思维空间对于这一理论资源本身的接受和研究产生重要的推动。对此,只需指出下列事实:贯穿于整个80年代的文艺学和美学领域的论争,无论是异化、人道主义和人性讨论,还是文学主体性论争,抑或对于文体革命意义的发现,在话语喧嚣的背后显然都有明确的意识形态指向,即是说,文艺在批判意识形态对其自身的粗暴侵犯的同时又以其感性而擎起明确的意识形态批判的职能,而这原非文艺的主要本职所在,却可能是哲学的所擅之地。如此,西方马克思主义哲学和政治领域的发掘显然比美学和文论领域的发掘来得更为直接和有力。同样不能否认的是,异化、人道主义和人性讨论,以及文学主体性论争等也为西方马克思主义的接受和研究清理了基地,这一基地就是"人":由现实的人的生存处境,到文本中的人的形象,再返回到对于人的现实的关注。事实上,西方马克思主义文论在新时期的接受和研究从一开始就演绎和实证着上述逻辑行程。

新时期伊始,对于在马克思主义文论以及苏联模式的马克思主义文论理解和阐释上的僵化、教条的批判和反思,首先成为西方马克思主义文论在 80 年代接受和研究发轫的直接推动力。如果说,新时期之前的对于部分译介的作为反面材料的西方马克思主义著作的批判在特定意义上开拓了理解视野,并激起了探索的欲望,那么,1980 年的两本书则将这一切合法化、公开化了:一本书是英国学者柏拉威尔的《马克思和世界文学》(三联书店 1980 年版),它在中国读者面前第一次开列了一份马克思之后的马克思主义文论和批评家的名单,包括曾被我们批判的卢卡奇在内的公认的西方马克思主义理论家,如布莱希特、本雅明、戈德曼、费歇尔、葛兰西、马歇雷等,都赫然与我们熟稔的恩格斯、列宁、普列汉诺夫、梅林等正统马克思主义文艺理论家并置而论;一本书是伊格尔顿的《马克思主义与文学批评》(人民文学出版社 1980 年版),它较早在国人面前展示了完整的西方马克思主义理论家的文学批评风貌。从理论主体到理论本身,两本书对于开拓马克思主义文论视野具有显然的启示意义。

然而在 80 年代中期以前,对这一局面的乐观仍需谨慎。从这一阶段的译介情况来看,翻译西方马克思主义理论家的著作主要包括卢森堡的《卢森堡论文学》(人民出版社 1983 年版)、《卢森堡文选》(上卷)(人民出版社 1984 年版),葛兰西的《狱中札记》(人民文学出版社 1983 年版)、《葛兰西论文学》(人民文学出版社 1983 年版),卢卡奇的《卢卡契文学论文集》(中国社会科学出版社 1980 年版)、《理性的毁灭》(山东人民出版社 1984 年版),马尔库塞的《工业社会和新左派》(商务印书馆 1982 年版),而国外西方马克思主义研究专著则有《西方马克思主义探讨》(安德森,人民出版社 1981 年版)。这些译介在范围上比新时期以前有所扩大,但研究程度仍极为有限,因为作为西方马克思主义文论和美学成就集中代表的法兰克福学派著作只涉及了马尔库塞(至于为何是马尔库塞而不是其他人在此时受到关注将在下文涉及,在此不妨指出,意识形态问题显然是其中最为重要的砝码)。而另一方面,对于西方马克思主义的整体认识则是立足根本性否定这一前提之下进行有限度的肯定,基本思路表现为从马克思主义的某种传统观念出发,将西方马克思主义美学、文论定性为资产阶级或修正主义美学思潮,批判其对马克思主义美学、文论的挑战和歪曲,在对其总体否定的前提下,发掘西方马克思主义美学、文论思潮合理之处,[22]在某种程度上体现了冲破束缚、拓展视野过程中可以理解、也难以避免的谨慎、犹豫和艰难。

这一局面至80年代中期以后开始改善,主要体现在西方马克思主义文论原著和国外研究译介以及国内西方马克思主义文论研究和原著资料的编选等四个方面。从1986年到1990年短短4年间,译介的西方马克思主义文论原著有:卢卡奇《社会存在本体论》(华夏出版社1989年版),科尔施《马克思主义和哲学》(重庆出版社1989年版),霍克海姆《批判理论》(重庆出版社1989年版),马尔库塞《爱欲与文明》(上海译文出版社1987年版)、《现代美学析疑》(文化艺术出版社1987年版)、《单向度的人》(上海译文出版社1989年版)、《审美之维》(三联书店1989年版)、《现代文明与人的困境》(三联书店1989年版),本雅明《发达资本主义时代的抒情诗人》(三联书店1989年版),哈贝马斯《交往与社会进化》(重庆出版社1989年版),萨特《存在与虚无》(三联书店1987年版)、《存在主义是一种人道主义》(上海译文出版社1988年版)、《萨特论艺术》(上海人民美术出版社1989年版),阿尔都塞《保卫马克思》(商务印书馆1984年版),赖希《法西斯主义群众心理学》(重庆出版社1990年版),弗洛姆《爱的艺术》(工人出版社1986年版)、《在幻想锁链的彼岸》(湖南人民出版社1986年版)、《弗洛伊德的使命》(三联书店1986年版)、《逃避自由》(工人出版社1987年版)、《为自己的人》(三联书店1988年版)、《健全的社会》(中国文联出版公司1988年版)、《弗洛姆著作精选》(上海人民出版社1989年版),伊格尔顿《马克思主义与文学批评》(人民文学出版社 1988 年版),詹姆逊《后现代主义与文化理论》(陕西师范大学出版社 1986 年版),等等。译介的国外西方马克思主义文论研究著作有:戴伦·麦克莱伦《马克思以后的马克思主义》(中国社会科学出版社 1988 年版),马丁·杰伊《法兰克福学派的宗师:阿道尔诺》(湖南人民出版社 1988 年版),阿拉斯代尔·麦金太尔《马尔库塞》(中国社会科学出版社 1989 年版),阿·麦克伦泰《"青年造反哲学"的创始人——马尔库塞》(湖南人民出版社 1988 年版),安德森《当代西方马克思主义》(东方出版社 1989 年版)。国内西方马克思主义研究著作有:徐崇温《西方马克思主义论丛》(重庆出版社 1989 年版)、《法兰克福学派述评》(三联书店 1980 年版)、《用马克思主义评析西方思潮》(重庆出版社 1990 年版),李忠尚《新马克思主义析要》(中国人民大学出版社 1987 年版),冯宪光《西方马克思主义文艺美学思想》(漓江出版社 1988 年版),陈学明《二十世纪的思想库——马尔库塞的六本书》(云南人民出版社 1989 年版)。此外,在西方马克思主义文论著作选集编选方面,除了上文提到的《西方马克思主义美学文选》,还有董学文选编的《现代美学新维度——"西方马克思主义"美学论文精选》(北京大学出版社 1990 年版),该书以"现实主义与现代主义"、"本体论美学研究"、"艺术形式与文本结构"、"西方学者论'西方马克思主义'美学的当代意义"几个专题,辑录了卢卡奇、布莱希特、布洛赫、阿多诺、本雅明、马尔库塞、阿尔都塞、戈德曼、马舍雷、詹姆逊、沃尔夫等 11 位西方马克思主义理论家的文论、美学著作,与前者相比,该书在对西方马克思主义文论和美学原著材料选择上视野有所扩大。

从以上对西方马克思主义文论原著和国外研究译介以及国内西方马克思主义文论研究和原著资料的编选情况不厌其烦地举例中可以看到:首先,与 80 年代前期相比,这一时期西方马克思主义文论接受和研究在对西方马克思主义的把握上走向完整和全面,表现为纳入中国文论视野中的西方马克思主义理论家几乎涵盖了所有重要代表人物（但阿多诺似乎是个例外），而且基本勾勒出从早期、中期法兰克福学派直至后期的完整谱系；西方马克思主义著作的译介不仅突出了代表性，而且有些理论家（比如弗洛姆、马尔库塞）的几乎全部代表性美学和文论著作都已译介。这些充分表明，仍处在接受和阐释的争论之中的西方马克思主义文论和美学已经开始得到较为完整的把握，虽然学理层面上的探悉仍为初步，一个主要的表现就是对于作为法兰克福学派实际的精神领袖的阿多诺的忽视。忽视的原因既有阿多诺话语自身的艰涩，也有对于其理论批判的激进性的难以接受，当然，更为重要的还是接受的现实文化语境的限制（参看下文），但无论如何这一忽视都意味着对于西方马克思主义认知和把握的致命偏失（与此相关的则是将马尔库塞视为法兰克福学派核心的偏误）[23]，这一偏失的补救一直等到90年代中期以后马丁·杰伊的《法兰克福学派史》被译介才在某种意义上得以实现。

其次，进一步来看，80年代对于西方马克思主义文论的把握一个极为突出的特点就是与社会现实语境的缠缚关系。阿多诺之被忽视、弗洛姆和马尔库塞之受热捧虽与当时学界对于西方马克思主义认知和把握偏误不无关系，但后二者不约而同地对人道主义的强调以及试图通过融合弗洛伊德发展马克思的努力显然也是极为重要的原因。比如弗洛姆，在其纷繁复杂的理论中贯穿始终、涉及一切的思想主线就是"人道主义"，"一种把人以及人的发展、完善、尊严和自由放在中心位置上的思想和感情体系"[24]。事实上，以人为中心，以人的生存境遇为起点，通过揭示与人有关的一系列问题来探求拯救人类自己的人道主义之路，是弗洛姆的理论和实践的基本思路，这就契合了我国20世纪80年代文艺思潮的基本指向。新时期发轫于对那个刚刚走过的非人时期的批判和反思，"伤痕文学"、"反思文学"等以关注人、关注人性、呼唤人的价值和尊严为主导倾向的创作实践而成为时代和社会思潮的代言人，而文艺理论关于人性、人道主义的探讨也成为学术的热点。换句话说，80年代的社会文化语境和文艺思潮对于新的理论资源的寻找将弗洛姆推到了突出的位置上，而至于此人道主义与彼人道主义之间的差异似乎就落在话题之外了。另一方面，80年代社会文化语境中一个重要的倾向就是对于马克思主义文论本身的反思，这一反思既有来自于前此政治对于文艺的粗暴干预而导致的对于文艺意识形态性质的反拨式的厌恶，比如对于文艺工具论的批判，也有来自于某些直接的政治诉求的冲动，比如文学主体性讨论中的非学术性话语指向。反思的实践表征着重构的欲望，对于马克思主义文论建设和发展的思考则一路走向马克思主义经典文本的重读，一路走向对于西方马克思主义视域、尤其是对于西方马克思主义如何看待和发展马克思主义文论的思路的探求和考量，于是，融合弗洛伊德与马克思主义文论的弗洛姆和马尔库塞顺理成章地成为理论关注的热点。

就80年代西方马克思主义文论的接受和研究整体而言，一个基本的判断是在争论中有推进，并为90年代中期以后的研究深化做好准备。如果说，西方马克思主义在中国的接受和研究过程中一直伴随着各种各样的争论，那么，80年代显然是这些争论中话语最为喧嚣、观点对立最为突出的一个阶段，而在围绕西方马克思主义的所有争论中，关于"西马即马"还是"西马非马"的所谓"定性"之争显然更为持久和激烈，对于西方马克思主义文论研究本身来说也更为关键。

所谓"西马非马"，即是说西方马克思主义并不是马克思主义。具体说来，这一观点认为西方马克思主义是一种同马克思主义基本原则相违背、同列宁主义相对立的西方思潮，它用唯心主义和西方社会学的某些精神改造和扭曲马克思主义，有学者将其概括为一种小资产阶级激进世界观和左翼激进主义的情绪的反映，"一颗寄生在马克思主义身上的、异味的理论果实"[25]。一种具有代表性的观点认为,西方马克思主义作为一种理论思潮,其共同特征既包括在革命战略和策略上反列宁主义,也包括在哲学上主张按照现代西方哲学的某些流派理论去发挥和补充马克思主义,以重新发现马克思原来的设计,这一切表明了西方马克思主义思潮的非马克思主义性质,其实质在于对马克思主义辩证唯物主义和历史唯物主义的偏离,比如人本主义各流派偏离马克思主义唯物主义,而科学主义各流派则偏离了辩证法,因此提出,对待西方马克思主义理论必须以马克思主义基本原理和方法为依据批判地吸收和概括。

这一种观点也存在于英美学者中,所不同的是,如果说国内学者主要是立足于意识形态属性方面的定性,那么欧美学者一定程度上较多注意西方马克思主义理论家对理论问题的解决思路是否可取。从目前的情况看,较为流行仍然是安德森在《"西方马克思主义"探讨》一书中提出的看法。他认为,西方马克思主义无论在哪一个方面都是一种失败的产物,作为马克思主义,西方马克思主义不仅脱离工人运动,而且在理论上转向脱离实际的领域(哲学、美学),是左翼知识分子对马克思主义革命学说丧失信心的产物。他写道,在西方马克思主义著作中,"首先,认识论的著作占显著优势,基本集中在方法问题上。其次,美学成了将方法实际加以运用的实质性领域——或者更广义地说,成了文化领域的上层建筑。最后,理论上主要的离经叛道,提出了古典马克思主义所没有的新主题——大多数是以一种探索的方式——并流露出一种一贯的悲观主义。谈方法是因为软弱无能,讲艺术是聊以自慰,悲观主义是因为沉寂无为;所有这一切都不难在西方马克思主义的著作中找到。"[26]安德森的著作出版以后流传很广,不仅在英美马克思主义研究领域被视为权威性观点,而且对苏联、东欧和我国的西方马克思主义研究也产生了巨大的影响。

第一章　中国视野中的西方马克思主义文论

安德森的观点提出不久就遭到了一些学者的批评。1984年,斯坦福大学的波林·琼斯出版了探索性的著作《马克思主义美学——意识解放的日常生活基础》,对安德森的结论提出了质疑。琼斯认为,马克思主义美学的系统阐述是从卢卡奇开始的,《历史和阶级意识》为马克思主义美学的建立提供了哲学基础。卢卡奇系统地研究了资本主义社会的日常生活——商品拜物教——以及与日常生活密切联系的直接意识的虚幻性。在卢卡奇看来,艺术的真正作用是摆脱人们在日常生活中的片面性和虚幻性,实现人类学意义上的真正解放。琼斯指出,以卢卡奇的《历史与阶级意识》为开端的西方马克思主义努力在现代日常生活的条件下,揭示非拜物教的无产阶级意识产生出来的实践条件。西方马克思主义美学和文化理论把自己的理论重心从直接的政治问题转到意识问题上来,正是由现代资本主义的特点和工人阶级的状况所决定的。事实上,随着关于资本主义的发展会自发地产生出社会主义社会这种信念的彻底破产,意识问题逐渐成为马克思主义哲学的核心问题。琼斯认为,从这个角度看问题,安德森指责西方马克思主义放弃政治斗争的看法,表现出一种文化偏见。西方马克思主义美学所研究和阐述的问题表明,仅仅因为这些美学理论比较艰深难懂就对它们进行严厉的批评,指责他们脱离工人阶级运动,实际上是不公正的。[27]琼斯的著作针对安德森的判断进行了实事求是的论辩,我们认为她的看法基本是正确的。

　　与上述观点针锋相对的是"西马即马"论。这一观点认为,西方马克思主义不应被看做马克思主义发展中的异端,而应被看做马克思主义发展中的一种类型,是对经典马克思主义的必要补充。第一,"西方马克思主义"的主要代表人物多数是共产党员,都以反对资本主义实现共产主义为目的,因而他们的学说应该属于共产主义流派的学说;第二,"西方马克思主义"之所以能够在1968年的"五月风暴"中成为新左

影响与对话

派青年和工人的思想武器,正在于它如实反映并力图解决发达资本主义社会的矛盾,这说明它的唯物主义性质;第三"西方马克思主义"不仅不是非马克思主义的,而且由于从文化、心理、价值论等角度研究了当下资本主义社会的特点、规律等,在新的历史时代下提出了一些新的观点,从而对于马克思主义有所发展,正是如此,它才被称为"发达资本主义社会的马克思主义";第四,马克思主义的多元化发展不仅体现在社会主义国家的成功革命,而且也体现在当代资本主义国家中的多元化理论探索。西方马克思主义作为这种理论探索之一,又开创了文化批判类型的马克思主义,体现了特定的民族精神和社会现实要求对马克思主义的文化选择。总之,这一观点主张要从多样化的立场来平等地看待西方马克思主义,从民族精神和时代精神的结合中认识西方马克思主义存在的必然性和理论价值,认为西方马克思主义实际上既反映了西方共产党和进步学者摆脱教条主义束缚,结合西方发达资本主义社会具体历史条件和西方文化传统探索适合西方社会的道路的努力,也反映了他们剖析和批判现代资本主义文化和意识形态控制,力图用马克思主义的某些基本原理和方法来分析解决问题、探求西方发达资本主义社会中人的解放和自由之路的努力。因此,尽管其本身存在种种不足甚至是错误的东西,但简单地为它扣上非马克思主义的帽子是轻率的。

说上述争论对于西方马克思主义文论研究本身来说尤为关键,主要是因为身处于中国这样一个马克思主义制度化的国情下,这一论争所凸显的乃是现实的意识形态浸润。对于西方马克思主义文论的接受和研究来说,论争之所以持久和关键,主要原因也在这里。首先,社会文化语境、尤其是意识形态主导性具有先在的制约性,西方马克思主义文论之作为异域文化的理论产物必然臣服于并契合于这一主导性和制约性,在某种程度的策略性变异中取得自己存在的合法性基础。就20世纪80年代的具体语境而言,对于西方马克思主义文论的马克思主义性质的认定,一定意义上涉及学术话语的主导权问题,而并非纯粹的理论问题和知识问题。一方面,马克思主义从其引入、传播到其权威地位的确立和巩固为马克思主义文论的研究赋予了稳固的合法性基础,从而也在某种意义上为马克思主义文论研究者面对异域的同行提供了心理优势;另一方面,在马克思主义作为意识形态主导和权威的现实条件下,马克思主义文论研究的长期开展也为中国学者提供了对话和交流的学术底气:两者共同构成了西方马克思主义文论在中国接受中定性之争的基本前提。其次,中西马克思主义文论身处其中的意识形态差异意味着观念王国之和平共处的虚妄,也意味着彼此认识和评价的聚讼纷纭,并由此延伸至对于文艺本身性质的认识领域。在西方马克思主义文论研究的推进过程中,文艺本质问题受到长期关注和持续探讨,成为中西马克思主义文论的一个共同关注的交集论域,就体现了意识形态主导性对于文艺的意识形态属性与审美属性、生产属性之张力关系研究的规导。新时期文论从机械反映论到反映论再到审美反映论和审美意识形态论的提出,从意识形态属性到生产属性的讨论,以及从文学工具论批判到文学是人学以及向内转对于审美自律性的强调,贯穿其中的乃是意识形态主导性与文学回归之间的某种张力关系,它们构成了西方马克思主义文论接受的浸润性背景。要之,关于西方马克思主义定性问题的解决一方面等待社会语境的某种调整,另一方面等待西方马克思主义研究本身的推进,这些显然不是从新起点开始的西方马克思主义文论的接受和研究自身能够解决的,尽管 90 年代中期以后至今,该问题依然存在,但已不再是谈论西方马克思主义文论的前提性问题了。

第三节　跨世纪的探索:理解与对话

如果说,20 世纪 90 年代初期,西方马克思主义文论在中国的接受和研究中尚未完全摆脱围绕西方马克思主义文论性质问题的缠缚,总是在分析阐述之后留有一个貌似辩证的批判的尾巴,仿佛离开了这一尾巴,所作的阐述和分析就失去了存在的基础而无法自持,那么,90年代中期以后,这一扭扭捏捏、不尴不尬的情绪逐渐淡去,表现在不仅对于文本的解读和理论的阐释更加贴近西方马克思主义文论和美学立身的历史语境,从而也更见客观,而且一种立足于平等对话和交流基础上的学术交往也开始出现,并且在我国文论界产生重要影响。

进入20世纪90年代,伴随着社会文化语境的转折性变化,西方马克思主义文论的接受和研究似乎井喷式地繁荣起来。针对西方马克思主义理论家个人的研究著作和译著,仅是霍克海默、阿多诺、马尔库塞、弗洛姆、哈贝马斯等人的就达18种[28],此外,还有众多在西方马克思主义研究著作中以及当代西方文论研究著作中的专章论述。但即便如此,说西方马克思主义文论研究已达高潮也为时过早,这不仅是因为这些研究著作仍然没有完全摆脱长期的意识形态成见,学术层面的探讨和揭示往往成为意识形态评判的工具,也是因为它们在研究资料的占有方面还无法得到第一手的研究资料,因而对于某些事实的把握和描述也难以做到公允和全面。从社会学角度来看,这种繁荣固然非假,但这显然也并非完全是理论自身的逻辑诉求,而毋宁说,是现实的诉求向理论中的逃避并试图在理论中的实现。

90年代中期以来,西方马克思主义文论接受和研究得到进一步的深入和拓展,表现为在理解和对话的基础上展开对西方马克思主义文论、美学进行解读、批判、借鉴和吸收,出版了一大批研究专著,如张翼星《理论视角的大转移:"西方马克思主义"辩证观》、黄瑞祺《马学新论:从西方马克思主义到后马克思主义》、俞吾金《现代性现象学:与西方马克思主义者的对话》、姜哲军《西方马克思主义艺术与美学理论批评》、冯宪光《"西方马克思主义"美学研究》、衣俊卿《20世纪的文化批判:西方马克思主义的深层解读》、欧力同《法兰克福学派研究》、张一兵《文本的深度耕犁:西方马克思主义经典文本解读》、朱刚《20世纪西方文艺文化批评理论》、陈永国《文化的政治阐释学——后现代语境中的詹姆逊》、陈学明等《当代国外马克思主义研究名著提要》、马驰《"新马克思主义"文论》等。对此,张一兵等学者认为,"至90年代,前一时期以译介和人头式的简单评述为主体的西方马克思主义研究已经不再具有理论吸引力,深度研究模式开始提到议事日程中来。今天,关于西方马克思主义及其后继思潮的一个全新的科学研究时期终于开始"。[29]应该说,这一评价是准确的,当然,这一全新的科学研究时期的发轫有着现实的和理论的基础。

如果说,80年代西方马克思主义文论的引入主要还是出于打破文艺的封闭和僵化以及文艺理论研究方法和思维模式单一化的需要的话,那么,90年代中期以来,中国社会的迅速转型,市场经济的建立、大众文化的兴起以及人文价值的失落,现实地召唤社会文化批判,而西方马克思主义鲜明的批判意识及其深切的人文关怀契合了时代的需要,从而为学术界所接受,为知识分子审视时代文化精神拓展了批评视野、提供了批判武器。而另一方面,对于西方马克思主义文论在90年代中期以后的推进来说,1996年马丁·杰伊《法兰克福学派史》中译本(单世联译,广东人民出版社1996年版)的出版是一件重要的事件。该书立足于翔实的资料再现了法兰克福学派从1923年到1950年间的发展行程,在一些重要历史事实和理论问题方面进行了澄清,这不仅为国内研究极为宝贵的文献基础,而且有助于及时消除我们对于法兰克福学派的某些由于二手文献而导致的认识和理解的偏颇。正是基于内在逻辑和现实基础之上,我们看到西方马克思主义文论的批判维度在世纪末的重审和重建,从1997到1999年间诸多围绕此论题的专著同时推出,它们不约而同地将"批判"、"反思"、"批评"之类字眼作为标题鲜明地标示出思考的入思理路和理论指向[30],就在某种程度上证明了这一点。然而诡异的是,就在我国学界对西方马克思主义文论和美学研究不断推进的同时,后现代主义思潮也在悄然兴起,并迅速牵引了学界的目光;同时,随着国家对于文化产业的一系列政策性扶持[31],曾经被直接视为中国的"大众文化"批判的主要理论资源的法兰克福学派一方面受到深入反思,而且另一方面被迅速边缘化了。反思源于对作为异域理论之在中国话语语境中的适时性、有效性及其限度的警惕,而边缘化却是源于文化语境巨大转折下的策略性应对。当曾一度被广泛批判的直接与精英文化对立的大众文化/通俗文化在文化产业的旗帜下获得某种程度的合法性,当现代性和后现代性的经验逻辑和规范逻辑之间的错位越发扩大,那么,曾经的理论资源必须受到严厉地审查,才能在复杂的历史语境中保证其真正有效的阐释力,也才能保证批判理论的批判之矛不至于飘过现实对象的头顶。如果说,反思体现了理论本身在特定时空中延伸并寻求存在合法性的必然冲动,以及对于现实文化语境复杂性的理智体认和警醒剖析,那么,边缘化则在一定程度上体现了理论主体的立场游移和浮滑,而正是前者的反思进程推动了西方马克思主义文论研究在新世纪的深化和推进。

进入新世纪,伴随着西方文论伴随着西方马克思主义研究的复兴而呈现出新的繁荣的迹象,不仅西方马克思主义文论经典文本得到深度解读,专题性研究逐步展开,而且作为知识性储备的西方马克思主义命题词典得以编纂。[32]这一繁荣与90年代初期的繁荣不同的是,如果说后者更多地源自于意识形态语境的层面而理论本身的逻辑冲动,那么,前者则显然更多地源自于理论气质与现实指向的内在冲动。首先是美国以及欧洲重新研究法兰克福学派的热潮对于我国学界的影响(当然,其基本前提是中西方学术交流通道的通畅与宽广,对此,下文将涉),曾经在90年代被抛弃的法兰克福学派又一次得到重新的审视,并且构成与后现代思潮（话语规范意义上而非普遍经验意义上）并置的双向审视关系，其中，阿多诺的复活就是这一过程的最为显著的表征。上世纪 90 年代末期以来，从对批判精神与现代性问题的复杂关联的思考[33]到对大众文化批判理论本身及其局限性和现实性的辩证思考[34]，从批判精神的效果史到经典文本本真命意的深度发掘[35]，从文本学研究到美学问题史中的追问[36]，阿多诺得到了异乎寻常的关注。其次是我国社会主义市场经济随着其自身的发展而逐步展示出扎根于资本本性之中的某些社会和文化效应，为西方马克思主义文论和美学的批判精神的再次突出提供了背景。继 90 年代中期以后，关于批判理论的思考一直在延续，就清楚地表明了这一点，比如上面提到的阿多诺热。在西方马克思主义理论家中，阿多诺无疑是最无调和性倾向因而最为纯粹也最为激烈的批判者，因而这种悲壮情怀在新世纪以来很大程度上赢得我国人文知识分子的共鸣和敬意。第三是西方马克思主义文论对于新世纪我国当代文论话语与西方文论话语对话中理论中介作用。众所周知，随着学术视野的开拓和中西方当代文论话语的交流日益通畅，我国学者接触西方当代文论话语的滞后性已经极大缩短，然而对于并无深刻的经验性逻辑基础支撑的许多学者来说，进入西方当下颇为激进文论话语往往需要一个适宜的中介，而西方马克思主义文论尤其是法兰克福学派文论及时地承担了这一角色。

从以上对于 90 年代中期以来的中国学界对于西方马克思主义文论研究的历时性梳理可以大致勾画出这一研究的推进、影响及其效应领域，显然，这一阶段与上一阶段相比表现出不同的特点，也拥有不同的动力系统。如果说，对于西方马克思主义文论论域的选择性关注和研究表明了我们身处其中的话语语境的对于理论阐释性的诉求，因而这种关注和研究的取向也就在一定程度上成为我们研究自身问题的一种集体无意识，那么，考察上述西方马克思主义文论研究推进中不断展

影响与对话

开的现实背景和动力系统就具有风向标的意义,它不仅标示出社会文化语境的变迁幅度,而且测度出西方当代马克思主义文论与中国当代文论关系的某些新质。

我们的回顾将首先把马克思主义文论在中国语境中地位的巨大变迁纳入眼帘。一个简单的事实性对比就是,不仅关于西方马克思主义的定性问题不再成为前提性问题,而且对于西方马克思主义当代文论家的著作的译介热情和出版速度也有了显而易见的飞跃。西方当代学者的著作仅仅晚于原著的出版很短的时间就会被译介,而那些几乎同步出版的著作也早不鲜见。下面是关于当代西方马克思主义理论家的杰出代表F·詹姆逊的著作原版写作时间与中文版译介和出版时间的一个简单的对比统计表:

书　　　　　　名	写作时间	译介时间	中文版时间
《马克思主义与形式》	1970 年	1990 年	1997 年
《语言的牢笼》	1971 年	1991 年	1997 年
《政治无意识》	1981 年	1999 年	1999 年
《后现代主义与文化理论》(北大演讲)	1985 年	1986 年	1986 年
《后现代主义,或晚期资本主义文化逻辑》	1991 年	1997 年	1997 年
《马克思主义:后冷战时代的思索》	1990 年	1994 年	1994 年
《时间的种子》	1994 年	1997 年	1997 年
《文化转向》	1998 年	2000 年	2000 年
《布莱希特与方法》(中英文同时出版)	1998 年	1998 年	1998 年
《单一的现代性》	2003 年	2005 年	2005 年

从中可以清晰地看到,詹姆逊的著作译介从20世纪90年代中期以来,原版与中文版之间的滞后时间已经缩短至两年左右。也许,作为个案的詹姆逊由于和中国学界的特殊关系而并不具有十分的代表性,但是不容否认的事实是,中国文论话语对于西方马克思主义文论话语

49

的接受已经几乎处于同步的程度。对此,我们固然可以欣喜,因为就西方马克思主义文论的接受来说,在不远的过去学术交流的闭塞就与我们在研究对象把握上的偏离具有显而易见的因果关系,但欣喜之余我们也不得不忧虑:同步而来的观念离开了其孕育、成长的本土化语境能够同步快捷地适应新的土地吗? 有学者早就指出,"任何一种文艺理论,当它进入一种特殊的交流语境时,都会在不同的理解、解释和评价中出现变异和转换。"[37]实际上,正是理论变异转换中凸显了理论接受的主体性,并萌生反思自身和他者的冲动。

其次,我们在理论的旅行之外,也看到当代西方马克思主义理论家来华旅行的日益频繁,比如,伊格尔顿1983年来华讲学;詹姆逊1985年在北京大学讲学,1997年在华中师范大学演讲,后至2002年又有两次访华或演讲,或讲学;2001年4月当代西方马克思主义理论家杰出代表哈贝马斯访华,在京沪两地演讲。国际学者频繁访华表明了学术交流的日益密切,也表明了学术视野的极大开拓,更为重要的是,它意味着中国文艺理论经过新时期以来的发展和建设而开始获得某种程度上的自信,其中具有代表性的一个例证就是詹姆逊。自20世纪80年代中期到2002年夏,詹姆逊先后四次来中国讲学,时间长则四个月,短则十几天,在中国十几年讲学历程,跨越两个世纪。就国内学界对西方20世纪文论与美学的关注、介绍与产生影响而言,对于詹姆逊的接近可谓最密切而频繁;就国内学界倾听当代西方文论与美学的声音而言,对詹姆逊的态度也算得上严肃而认真。詹姆逊对于中国学界的吸引力,既源于他对经典马克思主义的推崇和尊重而导致的与中国学界精神上的亲和性,源于对包括中国在内的第三世界文化的尊重和对文化霸权与反霸权的思考而导致的中国学界情感上的亲和性,更有他关注西方社会文化现实、力图重新解释马克思主义这一思想指向所体现的理论特质因素,以及力图将马克思主义基本原理与社会实践相结合的基本思路,在某种程度上具有的与中国学界所有张扬的理论目标的相似性。因此,中国学界对于詹姆逊演讲的态度变化可以视为西方马克思主义文论在中国接受和研究进程的一个缩影。

毫无疑问,1985 年 9 月 12 日詹姆逊于北京大学演讲后现代理论思潮在中国的传播产生了重要影响,虽然这影响并非是即时性的。80 年代初期现代小说及其概念也曾被译介[38],但由于当时现代主义尚在其与现实主义的论争中受到质疑,因而在当时并未引起足够的注意,遑论后现代小说了。从 80 年代中期开始,后现代思潮也开始进入国内,不仅论述后现代小说以及后现代理论的研究论文大量增加,后现代理论得到广泛译介,詹姆逊在演讲中对于后现代主义特征的界定几乎成为关于后现代主义的真理性认识,而《后现代主义和文化理论》[39]一书也是被反复引用。1997 年詹姆逊于华中师范大学演讲后中国学界开始出现对话和批评冲动[40],而当 2002 年夏詹姆逊第四次来中国时,国内学界关于后现代、文化理论以及各种西方当代批评理论的介绍、研究已进入反思借鉴阶段,市场经济的迅速发展也成为一个任何话语语境的现实基础。最重要的是,经过新时期 20 年的发展和建设,中国当代文论经过曲折的行程也初步建立了自己面对世界的自信。在这种背景下,詹姆逊的观点(比如关于所谓"文学研究的终结")开始受到部分学者的质疑和批评。质疑和批评难以避免本土化经验规范的制约以及某种情绪化色彩,但是这一行为本身表明了学界对于西方马克思主义当代文论的一种走向成熟的基本态度,它既不同于 80 年代关于于西方马克思主义定性争论中简单化的否定和批评,也不同于 90 年代初期对于批判理论的某种过于狂热的接受以及不久之后的断然抛弃,而毋宁说,它代表了一种面向世界的日益成熟的本土化视野,虽然这一视野的疆域仍在流转变动之中。

最后,我国对于西方马克思主义文论的接受存在着与西方马克思主义形成、发展过程中相同或形似的境遇、动力因素和结构因素。对此,冯宪光指出,西方马克思主义是在特定的历史条件下,为了复兴马克思主义,使马克思主义更能面对现实,更有生命活力而产生和复兴,这就与我国新时期起步于对"四人帮"曲解马克思主义的拨乱反正基本相同,而二者在发展马克思主义文论和美学的思路上也某种程度上存在着一致性,比如注重发掘马克思思想中长期被遮蔽的部分,接受和吸收当代资本主义文化和理论成果,用马克思主义去面对现实并试图解决现实问题。正是由于这些相同或相似的境遇、动力因素和理论结构因素,中国新时期文论在比如文艺的人道主义、现实主义和现代主义、文艺的人文精神的失落、文艺的大众化等热点问题的提出、争论的发生等方面都与西方马克思主义文论似曾相识。[41]应该说,这一认识是深刻的。

需要进一步指出的是,上述相同或形似的境遇、动力因素和结构因素在中西马克思主义文论之间搭起了接受和对话的平台,但还应看到,我国马克思主义美学、文论的主导地位在其中起着更为根本的作用,这决定了西方马克思主义文论接受和研究具有与马克思主义美学、文论不同的特点,这些特点在接受背景、接受路径、接受的动机和效果等三个方面有具体体现。

从接受背景看,我国早期马克思主义文论首先是作为马克思主义、作为救亡图存的民族革命的一部分而接受的,其发育成长也主要是在译介、阐发和论战中进行,而接受主体虽然受到古典文论传统的熏陶,但他们主观上却保持与传统文论某种程度的"断裂",因此早期马克思主义文论的接受尽管无法完全脱离一定的文艺现实和传统,但其本身并非文艺创作实践的理论升华,而更像是一种横向移植。在某种程度上,现实背景的浓重和理论背景的单薄为一定时期内马克思主义文论的急进功利和庸俗化播下了不祥的种子。西方马克思主义文论和美学的大规模接受和研究则直接面临着推动新时期美学、文艺学建设和发展的现实背景,而其理论背景则相对较为深厚、扎实。马克思主义美学在我国的主导性地位以及西方马克思主义文论和美学本身的马克思主义倾向使后者获得接受的优先权,而新时期文艺学的批判与反思以及人学基础的确立、文艺自身的回归则为非本土文化的接受清理出了必需的基地,文艺研究方法和文艺观念的拓展和革新又准备了更为理想的接受和研究主体,这一切都为西方马克思主义的接受和研究做好了较充分的理论准备,因而也使接受更具理性。

从接受路径看,与马克思主义文论相比,西方马克思主义文论和美学的接受更为直接。我国最早接受的马克思主义美学、文论主要转译自日本,到50年代苏联文艺理论才占据我们的接受视野并在后来相当长时期内对我国文论建构产生了决定性影响[42],而等到后来重译马克思主义经典原著时,我们马克思主义文论早已定型,因此相对而言,早期马克思主义文论的在我国的接受具有间接性。相比之下,随着改革开放和现代化建设的展开和深化,可以接触和能够阅读西方马克思主义原著的接受和研究主体群迅速成长,西方马克思主义美学、文论原著的译介更为直接和便捷,比如徐崇温主编的"国外马克思主义和社会主义研究丛书"多译自西方马克思主义原著。这种接受的直接性使研究直面对象本身,从而抹去了对话与交流的诸多遮蔽,当然这也顺手为研究的浮泛倾向打开了边门。

从接受的动机和效果来看,如果说马克思主义文论和美学在中国大体经历了一个由功利性他律向理论性自律转变的过程并在这一转变之前就确立了自身的权威地位的话,那么,对于西方马克思主义文论和美学的接受则更像是赛义德所言的"理论旅行"的一个标本:如果说前者的中国接受首先源于民族革命的需要,则后者则首先出于新时期人道主义大讨论的现实和学术的双重背景;如果说前者以中国传统美学为参照,那么后者则以马克思主义美学为主导,从而在理论上表现出更大的选择性和变异性,比如作为西方马克思主义美学基本出发点的对于文艺和审美的革命意义及其功能的强调被淡化了,而其对于现代性的反思以及将这种反思与人的解放的关联却在接受中变异为将生产力的解放与人的解放的关联,针对启蒙工具理性的异化批判转变为对于官僚异化的批判,这些都在某种程度上遮蔽了对于现代性反思这一极其重要的维度。

综上所述,西方马克思主义文论和美学的接受和研究与马克思主义美学、文论的接受和研究以至确立意识形态主导地位存在着质的区别,但这种区别不应当成为屏蔽平等对话和交流的合法性允诺。如何在接受和研究中尽量摆脱先入为主的偏见和卡冈式的傲慢[43],保持一种开放的对话的姿态直面对象,则是一个值得长久深思的问题。西方马克思主义文论和美学固然不可能完全实现建立现代形态的马克思主义文论和美学的初衷,但作为马克思主义美学走向现代形态的一个重要中间环节,为探讨现代艺术与现代生活的复杂关系,为解决现代文艺和美学问题做出了可贵的尝试和努力。批判地研究它们的理论成果,无疑是我们今天建立现代形态的马克思主义文论和美学的一项必不可少的工作。西方马克思主义文论和美学接受和研究的 70 年历程告诉我们,什么时候正视这一问题,什么时候就能真正切入研究对象本身并获得较为公允的认识,正如詹姆逊所言,"钻进去对它进行深入透彻的研究,以便从另一头钻出来的时候,得出一种全然不同的、在理论上较为令人满意的哲学观点"[44];否则,我们便如卡夫卡笔下的土地测量员,叠加的脚印环绕在城堡之外,而城堡之内的真实却停留于幻想之中。

注　释

[1] 至于能否将卢卡奇划入西方马克思主义理论家行列,学界存在不同看法。美国学

者詹姆逊将其视为宽泛意义上的西方马克思主义理论家的代表,加拿大学者本·阿格尔、美国学者戈德曼、英国学者安德森,国内学者徐崇温、冯宪光、朱立元等,也将其视为西方马克思主义美学、文论的奠基者或理论先驱而将其纳入西方马克思主义之中;而另一种观点则认为卢卡奇不应列入西方马克思主义理论家之列,如英国学者帕金森就将卢卡奇分为前马克思主义与马克思主义两个时期,而国内学者陈学明则认为卢卡奇产生于20世纪30年代以后的以反映论为核心的现实主义美学、文论已经背离了他自己创立的西方马克思主义的思想路线,应将其排除在西方马克思主义之外。本文基于对西方马克思主义及其文论的宽泛理解而认同前一种观点,但同时也承认卢卡奇文论的基本理路和文艺观点在前期与后期的差异,后期卢卡奇与西方马克思主义文论的基本观点和思路更为切近。参看:詹姆逊:《语言的牢笼 马克思主义与形式》,百花洲文艺出版社1997年版,第136页以下;本·阿格尔:《西方马克思主义概论》,中国人民大学出版社1991年版,第193—203页;A·戈德曼:《新马克思主义研究辞典》,社会科学文献出版社1989年版,第538—544页;安德森:《西方马克思主义探讨》,高铦译,人民出版社1981年版,第34页以下;冯宪光:《"西方马克思主义"美学研究》,重庆出版社1997年版,第66—137页;徐崇温:《"西方马克思主义"论丛》,重庆出版社1989年版,第8—12页;朱立元:《法兰克福学派美学思想论稿》,复旦大学出版社1997年版,第2、17—54页;帕金森:《格奥尔格·卢卡奇》,上海人民出版社1999年版,第28页以下;陈学明:《评"西方马克思主义"的文艺、美学理论》,《广西师范大学学报》2004年第1期,又见陈学明《"西方马克思主义"命题词典》,东方出版社2004年版,第76—77页。

[2]徐友渔:《西方马克思主义在中国》,《读书》1998年第1期。

[3]程人乾:《罗莎·卢森堡——生平和思想》,人民出版社1994年版,第222页。

[4]吕荧:《〈叙事与描写〉译者小引》,新新出版社1944年版,第4—6页。

[5]参看本·阿格尔:《西方马克思主义概论》,中国人民大学出版社1991年版,第158—169页;普·弗兰尼茨基:《马克思主义史》(上),人民出版社1986年版,第217—231页;戴伦·麦克莱伦:《马克思以后的马克思主义》,中国社会科学出版社1988年版,第54—64页;安德森:《西方马克思主义探讨》,高铦等译,人民出版社1981年版,第14—25页;张一兵等:《西方马克思主义哲学的历史逻辑》,南京大学出版社2003年版,"绪论"第12—13页。

[6]吕荧:《〈叙事与描写〉译者小引》,新新出版社1944年版,第4页。

[7]张秋华等编选:《"拉普"资料汇编》,中国社会科学出版社1981年版,第376页。

[8]臧元惟人:《新写实主义论文集》,吴之本译,上海现代书局1930年版,139页以下。

[9]卢卡奇:《卢卡奇文学论文集》(一),中国社会科学出版社1980年版,第72页。

[10] 马驰:《卢卡奇美学思想论纲》,东北师大出版社 1997 年版,第 235—237 页。

[11] 杜章智编:《卢卡奇自传》,社会科学文献出版社 1986 年版,第 269—270 页。

[12] 胡风:《胡风评论集》(中),人民文学出版社 1985 年版,第 191 页。

[13] 胡风:《胡风评论集》(下),人民文学出版社 1985 年版,第 421 页。

[14] 胡风:《胡风评论集》(中),人民文学出版社 1985 年版,第 296 页。

[15] 胡风:《胡风评论集》(下),人民文学出版社 1985 年版,第 319—320 页。

[16] 胡风:《胡风评论集》(下),人民文学出版社 1985 年版,第 105 页。

[17] 刘锋杰:《中国现代六大批评家》,安徽文艺出版社 1995 年版,第 236 页。

[18] 周扬:《我国社会主义文学艺术的道路》,人民文学出版社 1960 年版,第 49 页。

[19] 徐友渔:《西方马克思主义在中国》,《读书》1998 年第 1 期。

[20] 北京大学哲学系资料室:《1978 年以来我国研究和介绍"西方马克思主义"的文章和著作目录》,1989 年。

[21] 枫寒:《新的开拓　新的探索——全国首次"西方马克思主义文艺理论和美学理论学术讨论会"综述》,《文艺理论与批评》1989 年第 2 期。

[22] 参见徐崇温:《法兰克福学派述评》,三联书店 1980 年版;《"西方马克思主义"》,天津人民出版社 1982 年版;薛民、敦庸:《"西方马克思主义"的主要特征试析》,《上海师范大学学报》1983 年第 2 期;林天斗:《西方马克思主义和文学上的现代主义》,《国外社会科学》1984 年第 11 期。

[23] 一个显而易见的事实是,国内出版于 1981 年评述法兰克福学派的著作《法兰克福学派》将全书一半的篇幅用在马尔库塞身上,而阿多诺和霍克海姆所占分量甚轻。参见:江天骥《法兰克福学派》,上海人民出版社 1981 年版。

[24] 弗洛姆:《马克思关于人的概念》,载《西方学者论〈一八四四年经济学者哲学手稿〉》,复旦大学出版社 1983 年版,第 90 页。

[25] 张战生等:《20 世纪以来若干马克思主义重大问题探析》,安徽人民出版社 2002 年版,第 307 页。

[26] 佩里·安德森:《西方马克思主义探讨》,高铦等译,人民出版社 1981 年版,第 175 页。

[27] 波林·琼斯:《马克思主义美学·导言》,《南方文坛》1987 年第 3 期。

[28] 赵涛:《近年来国内法兰克福学派研究述评》,《甘肃社会科学》2005 年第 6 期。

[29] 张一兵等:《西方马克思主义哲学的历史逻辑》,南京大学出版社 2003 年版,第 2 页。

[30] 参见朱立元:《法兰克福学派美学思想论稿》,复旦大学出版社 1997 年版;任皑:《批判与反思:法兰克福学派当代资本主义理论辨析》,安徽大学出版社 1998 年版;傅

永军:《控制与反抗:社会批判理论与当代资本主义》,泰山出版社 1998 年版;杨小滨:《否定的美学:法兰克福学派的文艺理论和文化批评》,上海三联书店 1999 年版;张翼星:《理论视角的重大转移》,重庆出版社 1997 年版。

[31] 1985 年,国家统计局《关于建立第三产业的统计报告》中将文化艺术纳入第三产业范畴;1988 年文化部、国家工商总局《关于加强文化市场管理工作的通知》中出现"文化市场"的范畴;1992 年国务院《重大战略决策——加快发展第三产业》正式启用"文化产业"范畴,1993 年文化部召开部分省市文化产业座谈会;1994 年国务院政策研究室、中宣部等共同课题组调研成果《完善文化经济政策》一书出版,提出文化产业发展的基本原则;1998 年文化部成立"文化产业司",1999 年时任国务院发展计划委员会主任的曾培炎明确提出要"推进文化、体育、非义务教育和非基本医疗保健的产业化",同年,"全国文化产业发展研讨会"在大连召开;2000 年中共十五届五中全会首次将文化产业发展纳入国民经济和社会发展计划中,次年写进九届全国人大四次会议通过的国民经济和社会发展"十五"规划纲要。参见:胡惠林、单世联:《文化产业学概论》,书海出版社 2006 年版,第 69—72 页。

[32] 参看张一兵:《西方马克思主义经典文本解读》,南京大学出版社 2004 年版;孙盛涛:《政治与美学的变奏》,社会科学出版社 2005 年版;陈学明:《西方马克思主义命题词典》,东方出版社 2004 年版;张秀琴:《西方马克思主义意识形态理论的当代阐释》,中国传媒大学出版社 2005 年版;姜哲军:《西方马克思主义艺术和美学批评》,社会科学文献出版社 2002 年版。

[33] 参看王凤才:《批判与重建:法兰克福学派文明论》,社会科学文献出版社 2004 年版;陈刚:《穿越现代性的苦难》,中国工人出版社 2002 年版;赵海峰:《阿多诺"否定辩证法"研究》,黑龙江人民出版社 2003 年版;陈胜云:《否定的现代性》,甘肃人民出版社 2005 年版。

[34] 参看赵勇:《整合与颠覆:大众文化的辩证法》,北京大学出版社 2004 年版;尤战生:《流行的代价:法兰克福学派大众文化批判理论》,山东大学出版社 2004 年版。

[35] 参看曹卫东:《他者的权力》,上海教育出版社 2004 年版;张一兵:《无调式的辩证想象》,三联书店 2001 年版。

[36] 参看张亮:《"崩溃的逻辑"的历史建构:阿多诺早中期哲学思想的文本学解读》中央编译出版社 2003 年版;孙斌:《守护精神的夜空——美学问题史中的阿多诺》,复旦大学出版社 2004 年版。

[37] 殷国明:《〈20 世纪中西文艺理论交流史论〉导言》,华东师范大学出版社 1999 年版,第 15 页。

[38] 参看董鼎山:《所谓"后现代派小说"》,《读书》1980 年第 12 期;曹风军摘译《后现代

小说》,《外国文学报道》1980 年第 3 期。

[39] 该书当年由陕西师范大学出版社出版,多次印刷,1997 年北京大学出版社又出版"精校本"。

[40] 参看詹姆逊:《后现代主义中的旧话重提》,《华中师范大学学报》1997 年第 6 期;胡亚敏《后现代主义文化与批评——华中师大文学批评与研究中心与詹姆逊座谈述要》,《华中师范大学学报》1997 年第 6 期。

[41] 冯宪光:《"西马"文论与中国当代文论建设》,《文学评论》1999 年第 1 期。

[42] 代迅:《马克思主义文艺理论中国化的内在逻辑》,《文学评论》1997 年第 4 期。

[43] "马克思主义美学的形成与发展可以有充分理由地称作全部世界美学思想史的最高阶段。"参见:M. C. 卡冈《马克思主义美学史》,汤侠生译,北京大学出版社 1987 年版,第 1 页。

[44] F. 詹姆逊:《语言的牢笼》,钱佼汝译,百花洲文艺出版社 1997 年版,第 3 页。

第二章
西方马克思主义文论中的中国元素

　　西方马克思主义文论对于 20 世纪中国文论尤其是新时期以来的中国当代文论的发展产生了重要的影响，但这并不意味着影响仅仅是单向的。当我们在倾听西方马克思主义理论家思想的脉动时，他们思考的目光也不时投向具有悠久历史和丰富意蕴的中国文化和思想，投向与他们同根同源的中国马克思主义文论。实际上，在影响我们的西方马克思主义文论中，有些就是西方马克思主义理论家在不同程度上融合中国传统思想文化和艺术理论以及作为马克思主义文论中国化成果的毛泽东思想的结果，前者以布莱希特为代表，后者以阿尔都塞与马舍雷为代表。当然，整体看，这种影响比起西方马克思主义文论对于中国 20 世纪文论的影响来说无论在规模还是在深度或广度上都要弱小得多，而这恰恰标示出中国当代文论尤其是马克思主义文论在今天的全球化语境中所应该承担的责任所在。本章将以布莱希特与中国戏剧传统、阿尔都塞和马舍雷与毛泽东思想之间的对话为个案来研究西方马克思主义理论家对于中国文化和思想理论资源的吸收、阐释和融合。

第一节　布莱希特与中国戏曲

　　贝托尔特·布莱希特是西方马克思主义文论与美学的重要代表之

59

一,也是世界著名戏剧家和戏剧理论家,他创立的与苏联斯坦尼斯拉夫斯基戏剧体系比肩的非亚里士多德的戏剧理论体系在戏剧发展史上具有里程碑式的意义。对于我国当代戏剧来说,一个不争的事实是,在对中国当代戏剧发展产生深远影响的西方戏剧家中,除了易卜生、斯坦尼斯拉夫斯基之外,布莱希特当属其中之一。然而需要指出的是,当我们吸取布莱希特戏剧理论资源以探寻中国现代戏剧发展之途时,布莱希特的戏剧理论资源中却分明流淌着中国思想文化传统和艺术理论的血液,揭示这一点,对于我们思考我国当代马克思主义文论的发展和建设应该有启示意义。

一、 中国传统思想文化的诱惑

布莱希特的戏剧理论无疑是德国文化传统的产儿,德国启蒙主义传统、黑格尔哲学、马克思主义理论和表现主义运动都对其产生了重要影响,但不容忽视的是,中国传统思想文化和艺术理论也在其中产生了十分重要的影响。对此,莱茵霍尔德·格里姆正确地指出,"促使他(按:指布莱希特)创立自己的理论的最终推动力,是他后来才得到的:这就是他同中国京剧演员梅兰芳的会晤。梅兰芳的有意识的、保持间隔的、却具有高度艺术性的表演风格,极其出色地体现了陌生化的表演方式——为此,布莱希特进行了多年的努力。诗人在这里找到了他所寻求的一切。他受到很大鼓舞。"[1]的确,梅兰芳的表演给布莱希特留下了深刻的印象。就是在那里布莱希特得出了对其戏剧理论来说具有决定性意义的结论,然而,格里姆的话并不全对,这不仅是因为,布莱希特没有受邀出席 1935 年 4 月 14 日在莫斯科对外文化协会礼堂举行的那次座谈会,从而丧失了与中国戏曲大师梅兰芳直接对话的机会,而且还因为,布莱希特从中国思想文化传统和艺术理论所获得的除了戏剧理论创立的"最终推动力",还应该包括思想文化上的浸润。

中国思想文化传统和艺术理论对于布莱希特的影响体现在他对于中国古代一些著名思想家不同程度的接受中。比如，老子"以弱胜强"的思想在布莱希特写于 1938 年的《老子西出关著道德经的传说》中有着鲜明的体现，而《一个不需要特别道德的国家》则较为完整地体现老子关于仁义道德是社会反常现象的思想。布莱希特写道："在那个特别需要道德的国家中，管理太糟。""一个能由人民自己管理的国家，不需要特别杰出的领导。一个在那里不会受到压迫的国家，不需要特别的对于自由的热爱。不感到非正义，人们不会去发展特别的正义感。不需要战争，也就不需要勇敢。机构完善，人就不用特别完善。"[2] 而老子则这样说："大道废，有仁义。智慧出，有大伪。"（《老子·十八章》）自然无为之道被废弃，乃是统治者实施有为之政的结果，他们"强作妄为，伸张自身的意欲，扩展一己的权益，对人民构成威胁并吞……社会乃渐混乱，人际关系乃渐失常"。[3] 这里老子既有对于空谈仁义道德的讽刺，也有对于社会日趋没落的批评，显然与布莱希特对当时第三帝国的批评相当一致，也由此可显出两者在思想和精神上的相通。

布莱希特对于老庄思想的吸收也体现在《四川好人》、《大胆妈妈和她的孩子们》等两部作品中。《老子·十一章》云："三十辐，共一毂；当其无，有车之用。埏埴以为器，当其无，有器之用。凿户牖以为室，当其无，有室之用。故有之以为利，无之以为用。"在《四川好人》中，布莱希特则强调，人、物只有于世无用才能终其天年，否则，就会像剧中女主人公沈黛那样，虽乐善好施，却四处碰壁，结果不仅卖掉了烟店，也失去了爱情；与此相对，自称沈黛表弟的隋达，却凭借冷酷无情而使烟店起死回生。一正一反，见出《老子》中"无用之用"的道理，而这在《大胆妈妈和她的孩子们》有着更为直接的表述。《大胆妈妈和她的孩子们》是布莱希特的一部著名戏剧作品，正如其副标题"三十年战争的一段编年史"所表明的那样，布莱希特从小人物的立场出发，通过大胆妈妈和她的孩子们的凄惨、辛酸、无奈的遭遇对于那场"伟大"的宗教战争作出了新的评价。他借大胆妈妈之口谈到那些专门讨男人喜欢的女人,她们之中为男人喜欢者被玩弄直至死掉,而不得男人欢心者反而得以继续活下去,布莱希特径直写道:"这就像那些长得笔直的树木,他们常常被砍去当屋梁用,而那些长得曲曲扭扭的树,反而可以安安稳稳地欢度年华。"[4]这一段话简直就是对《庄子·山木》篇的白话解说:"庄子行于山中,见大树,枝叶盛茂,伐木者止其旁而不取也。问其故,曰:'无所可用。'庄子曰:'此木以不才得终其天年'。"[5]树木以其无用而存活,人亦如是,而这正是战争流离中大胆妈妈的颇有几分残忍的生存智慧,所以她对自己的本来就丑的哑女儿脸上又平添了伤疤一事不仅不以为意,反而觉得是一件好事。但即便如此,布莱希特仍然安排了大胆妈妈连这一女儿也最终失去的情节,就此而言,布莱希特可谓深谙墨子、庄子心曲。他甚至比庄子更进一步:庄子讲无用而生,而在布莱希特看来,面对战争的残酷,即使无用也未必生,这无疑正是对于那场战争的深刻批判。

墨子也是布莱希特较为推崇并对其产生了重要影响的一位思想家。曾长期与布莱希特合作共事的音乐家汉斯·艾斯勒说:"1920—1930 年间,中国哲学作为思想启迪对布莱希特有过重大影响。对他来说,以对墨子的研究最为重要。"[6]据说,布莱希特在长达 15 年的流亡生涯中,伴随他的有两件与中国有关的物品:一是孔子的画像,一是德文版的《社会批评家墨子及其门生的哲学著作》。前者体现了布莱希特对于孔子的关注,他写于 40 年代的未完成的题为《孔子生平》的儿童剧就刻画孔子形象;后者则为布莱希特阅读经年,并经反复揣摩,最后写成 180 多页的《成语录》,其间可见布莱希特对墨子的平民主义思想以及唯物主义的伦理观等都颇有心得。墨子提倡兼爱,但又不绝私利:"利人乎,即为;不利人乎,即止。"(《墨子·非乐上》)"利人者,人亦从而利之。"(《墨子·兼爱中》)"与人谋事,先人得之;与人举事,先人成之。"
(《墨子·尚同下》)这种主张兼爱互利,反对绝对抽象的自我牺牲的思想,正中布莱希特下怀。他在《墨子—易经》"糟糕的年代"一节中谈论个人利益与集体利益的关系问题时写道:"但愿许多人赞同公共团体的这样一种状况,在这种状况中,关心自己的人同时也关心公共团体",这与墨子的表述基本一致。在道德准则与社会现实关系问题上,布莱希特与墨子也持相似的思路。布莱希特在《大胆妈妈和她的孩子们》中就指出人们的大胆与社会战争动荡之间关系,在《三角钱歌剧》中则借剧中人物麦基之口讲出一句至理名言:"先要吃饱,才有道德。"[7]这显然是布莱希特对于马克思关于经济基础与意识形态观点的理解和应用,墨子固然不会在现代意义上谈论存在与意识的关系问题,但却又持基本相同的思路,《墨子·七患》有云:"时年岁善,则民仁且良;时年岁凶,则民吝且恶。"

需要指出的是,布莱希特在包括《成语录》在内的作品中,多次提到许多中国古代哲人的名字,而其中又以墨子居多,但这并不全部意味着他就接受了墨子的思想或者受其影响,因为有很多时候这只是布莱希特借古人评论当下的政治和社会现实而已,实际上却与古人思想并没有什么关联,对此应具体问题具体分析。布莱希特受中国古代文化思想的影响固然是毋庸置疑的事实,但对此绝不能仅仅局限于表面的甚至字面上的理解,更不能阿Q式地盲目自大,揭示这一事实,是为了将中西文论之间的关系置于交互影响的双重视域之中。

二、 史诗剧理论与中国传统戏曲

在有所影响布莱希特的中国元素中,中国戏曲表演艺术的影响最为直接,对于其非亚里士多德戏剧理论来说尤其如此。"布莱希特承认,正是中国戏曲使他确信:可以把史诗性因素、戏剧性因素和抒情性因素在剧作中结合起来,可以实现'间离效果',在角色与演员之间、演员与观众之间保持距离。"[8]中国戏曲对于布莱希特的影响不仅表现在其戏剧创作中,比如《四川好人》《措施》以及借用中国古代戏曲情节的《高加索灰阑记》等作品,而更为主要的是表现在其非亚里士多德戏剧理论体系的建构之中。

布莱希特在1935年观看了梅兰芳的表演后,1936年便写下了一篇短文《论中国人的传统戏剧》,1937年又写下了《中国戏剧表演艺术中陌生化效果》的长文,详细记述了他对于梅兰芳演出的印象和评价。概而言之,布莱希特强调了以下四个方面。

首先是中国戏曲的象征性特点和"程式惯例"。象征性即戏剧的"虚拟性",布莱希特对于中国戏曲象征性的描述可以分为两个方面,一是道具的象征性,一是表演动作的象征性。布莱希特写道,"一位将军在肩膀上插着几面小旗,小旗多少象征着他率领多少军队。穷人的服装也是绸缎做的,但它却由各种不同颜色的小绸块缝制而成,这些不规则的布块意味着补丁。各种性格通过一定的脸谱简单地勾画出来。双手的一定动作表演用力打开一扇门等等。"[9]布莱希特认为,象征对于观众来说客观上具有"间离效果",象征化的表演在观众和角色之间拉开了距离,同时又没有成为引发观众对人物发生共鸣的障碍,比如《打渔杀家》中,萧恩父女的命运依然是观众关注的中心,表演的象征性并没有阻碍理解进程。在戏曲中,几个士兵就能象征千军万马,不同的脸谱象征人物的性格,一定的手势象征开门、关门等具体动作等等,它们经过一再的重复就成为布莱希特所准确地指认的"程式惯例",并且"代代相传"。

其次是中国传统戏曲"表演的双重性"。布莱希特指出,中国戏曲存在着双重的表演:"中国演员表演的不仅是人的立场态度,而且也表演出演员的立场态度。他们表演的是演员怎样用他的方式表现人的举

影响与对话

止行为。演员把日常生活语言转化为他自己的语言。当我们观看一个中国演员的表演的时候,至少同时能看见三个人物,即一个表演者和两个被表演者。"所谓双重性,简单说就是演员投身于被表演的角色之中,同时又必须意识到这是在表演。举例来说,如果表演一个姑娘在备茶待客,演员首先表演备茶,然后,他表演怎样用程式化的方式备茶,之后表演真正的少女备茶:或许有点儿激动地,或许耐心地,或者正在热恋中。而演员就是通过程式化的动作和表情传达出激动、耐心、热恋等内在情感变化。显然,这是就第三者的观察点来说的,而站在表演者的立场来说,更能看出这种双重性来。比如梅兰芳的表演:"梅兰芳穿着黑色礼服在示范表演着妇女的动作。这使我们清楚地看出两个形象,一个在表演着,另一个在被表演着。"[10]表演着的显然是意识到自己正在表演妇女这一角色的演员,被表演着的则是那个妇女,两者又统一在演员的表演之中。

再次,与"双重的表演"相联系,布莱希特提出中国戏曲表演打破了"第四堵墙":"中国戏曲演员的表演,除了围绕他的三堵墙之外,并不存在第四堵墙。他使人得到的印象,他的表演在被人观看。"所谓"第四堵墙",是布莱希特对于欧洲体验派戏剧一种表演范式的指称,即这种戏剧"把演员隐藏在四堵墙中,而各种场面安排又让观众看清楚",于是演员沉醉于人物角色之中,表演意识淡化、隐退了。布莱希特进一步考察了中国戏剧打破第四堵墙的两种基本方式:首先"中国戏曲演员总是选择一个最能向观众表现自己的位置,就像卖武艺人一般。""另一个方法就是演员自视自己的动作。"对于这两点,布莱希特后来进行了理论阐发,将这两种表达方式概括为高度艺术化的"自我异化",就是说,演员在表演中始终能够意识到自己正在从事表演活动,而不是完全化身为所表演的角色。在他看来,"演员在表演时的自我观察是一种艺术的和艺术化的自我疏远的动作,它防止观众在感情上完全忘我的和舞台表演的事件融合为一,并十分出色地创造出两者之间的距离。但这绝不排斥观众的感受,观众对演员是把它作为一个观察者来感受的,观众的观察和观看的立场就这样地被培养起来了"。[11] 演员为了尽可能地引导他的观众进入所表现的事件,并与人物的感情融为一体,则尽可能全部化身为他在剧中所扮演的角色;而与此相反,中国传统戏曲演员从一开始起就控制自己不要和被表现的人物完全融合在一起,不完全沉浸在自己所表演的角色之中,或者说,不被所表演的角色所覆盖。

第四,布莱希特认为中国戏曲演员追求一种惊愕效果。他写道,"演员力求使自己出现在观众面前是陌生的,甚至使观众感到意外。它所以能够达到这个目的,是因为他用奇异的目光看待自己和自己的表演。这样一来,它所表演的东西就使人有点惊愕。"[12] 对此,本雅明解释说,"布莱希特曾经考虑过这样的问题,即史诗剧所表现的事件是否应该是人们所熟悉的。戏剧之与情节的关系与芭蕾舞教师之与学生的关系是相同的:他的第一个任务就是尽最大可能使她关节放松。中国戏剧实际上就是这样进行的","如果戏剧要四处寻找熟悉的事件的话,那么,'历史事件就是最适合的'。这些事件通过表演风格、告示牌和字幕引申出来的史诗旨在消除轰动因素"。[13] 应该注意的是,尽管本雅明的解说将布莱希特的史诗剧与表演风格以及舞台联系起来不无道理,尽管他对于布莱希特文艺思想的把握也并无扭曲,但它与布莱希特一样(关于本雅明与布莱希特在思想理论上的关系,参见第四章第一节中部分论述),对于中国戏曲表演艺术的阐释显然是过度的。实际上,对于中国传统戏曲而言,表演程式惯例在观众那里具有相当稳固的审美根源性,与布莱希特从中发掘的震惊相去甚远,布莱希特对此的理解显然受到了其史诗剧理论强调调动观众的理性意识这一主旨的制约。

总之,布莱希特认为,中国戏曲演员总是在舞台上表演角色,而他自己永远都不会完全化身为角色,演员的表演并非引起观众的共鸣,而是激起观众的思考，"使感情变为认识"，这就是布莱希特所追求的戏剧理想。布莱希特认为，在戏剧表演中演员应该"具有一种特殊的技巧，将特定的社会状态的历史事实强调出来。这只有陌生化效果能够做到。没有这种效果，他就只能看见她怎样从容的完全变成舞台的形象"。"在各种艺术效果里，一种新的戏剧为了完成它的社会批判作用和它对社会改造的历史记录任务，陌生化效果是必要的。"[14]

布莱希特的陌生化理论是在1935年提出的，从时间上看是在观摩了梅兰芳的莫斯科演出之后。他在为《圆头党和尖头党》所写的说明中首次使用了"陌生化"一词，主张将每一场戏中的三至四个主要事件处理为"独立的几场戏，并且使之上升到——利用文字、音乐或者印象效果以及演员的表演技巧——高于日常的、显然的、预料中的水平（即：间离）"。[15]当然，"陌生化"一词与俄国形式主义文论家什克洛夫斯基有着千丝万缕的联系，探讨两者之间的联系并不是此处的任务，这里只想指出，在布莱希特的戏剧理论发展过程中，观看梅兰芳表演的1935年正是其史诗剧理论开始走向成熟的时期，而布莱希特最好的作品也大多出现在1935—1940年之间。这样一来，我们有理由推论，中国传统戏曲及其表演艺术对于布莱希特的戏剧理论和创作的最后成熟起到重要的促进作用，莱茵霍尔德·格里姆明确将这一作用概括为"创立自己（布莱希特——本文注）的理论的最终推动力"，也正是在这种意义上来讲的。对此，我们有必要通过考察布莱希特对于陌生化问题的理论阐发来进一步剖析这一"推动"作用的具体内涵。

如果说，《论中国人的传统戏剧》与《中国戏剧表演艺术中陌生化效果》更多地还是集中于对梅兰芳表演艺术的感性描述的话，那么，随后《戏剧小工具》以及《简述产生陌生化效果的表演艺术新技巧》则开始侧重于理论上的抽象和概括。对于布莱希特来说，戏剧表演要"防止观众与剧中人物在感情上完全融合为一。接受或拒绝剧中的观点或情节应该是在观众的意识范围进行,而不应是在沿袭至今的观众的下意识范围(内)达到"[16],这恐怕是梅兰芳表演给他留下的最为深刻的印象,所以他在《中国戏剧表演艺术中陌生化效果》中开宗明义写下上面这一段话。布莱希特反复强调:"陌生化效果的目的,在于赋予观众以探讨的、批判的态度,来对待所表演的事件。手段是艺术的。""为达到上述目的,必须清除台上台下一切魔术性的东西,避免催眠场的产生。"[17]何谓催眠场?布莱希特在《戏剧小工具》中以欧洲传统戏剧为例进行了描述:"观众似乎处在一种强烈的紧张状态中,所有的肌肉都绷得紧紧的,虽极度疲惫,亦毫不松弛。他们互相之间几乎毫无交往,像一群睡眠的人相聚在一起,而且是些心神不安地做梦的人,像民间对做噩梦的人说的那样:因为他们仰卧着。当然他们睁着眼睛,他们在瞪着,却并没有看见;他们在听着,却并没有听见。他们呆呆地望着舞台上,从中世纪——女巫和教士的时代——以来,一直就是这样一副神情。看和听都是活动,并且是娱乐活动,但这些人似乎脱离了一切活动,像中了邪的人一般。"[18]约翰·魏勒特对此作过精彩的概括值得引述:"从美国到俄国,戏剧一直执意控制观众的感情,阻止他们使用自己的头脑。观众被剧情吸引,同剧中人物发生共鸣;达到这一目的所凭借的手段使得现实的画面不再真实;而且,观众满意到着迷的程度,看不出这是假的。演出不论怎样精彩,其效果是将我们的思想置于一种无批判力的状态之中。"[19]在布莱希特看来,思想上的无批判状态正是"催眠场"催生的最大危害。

催眠场剥夺了观众理性思考的权利,从布莱希特批判的视角来看,戏剧本身就成了社会统治的同谋。这样一来,致力于打破生活幻觉的史诗剧就具有革命性意义,本雅明评论道,"它使观众像内行一样对戏剧感兴趣,然而又绝不是通过单纯教育的途径,经过这样一番努力,是可以实现一种政治意图的。"[20]实现这一意图的手段就是陌生化。布莱希特曾在《中国戏剧表演艺术中陌生化效果》提出两条途径,而在《戏剧小工具》中进一步指出,"创造陌生化效果的前提条件是,演员赋予他要表演的东西以明了的动作。关于第四堵墙的想象当然必须废除,在想象当中这堵墙把舞台同观众隔离开来,借此制造一种幻觉,似乎舞台事件是在没有观众的现实中发生的。在废除了第四堵墙的情况下,原则上允许演员直接面向观众。"[21]这实际上是对于他曾经提到的演员为什么要"像卖武艺人一般选择一个最能向观众表现自己的位置"这一问题的回答。面向观众的目的当然是为了打破第四堵墙,对于演员来说就是"自我疏远",在中国戏剧中则是演员的自我审视,"中国演员再现,但也再现再现的过程"。[22]对于观众来说,就是以人们的惊愕代替共鸣,不是与主人公发生共鸣,而是学会对于主人公的活动环境表示惊愕,并在理性的思考中领悟到戏剧的现实指向。总之,就像莱茵霍尔德·格里姆所指出的那样,"演员通过陌生化的表演——一种制造间隔的、进行评论的、或者使之历史化的表演,使观众保持进行评价的间隔,从而有可能理解所表演的东西的真正含义。从不充分理解,经过不理解的震惊,达到真正的理解——这种辩证的三部曲已证明是陌生化的基本原则"。[23]

此外,布莱希特在戏剧结构技巧方面也受到中国戏曲的影响。以《四川好人》为例,布莱希特的吸收借鉴体现在以下几个方面:首先是对"楔子"这一元杂剧形式吸收和运用,《四川好人》有"序幕"以及五个"幕间戏",从它的形式和功能来看,实际上就是元杂剧里常用的"楔子",前者介绍剧中事件的缘由、主要人物和他们之间的关系,后者把前后两场戏联系起来,起到前后两场戏之间的过渡作用;其次是对于中国戏曲常用的手法"自报家门"的借鉴,演员一上场便介绍他所扮演的角色;第三是对于作为中国戏曲艺术的主要组成部分的歌唱元素的借鉴,如《大胆妈妈和她的孩子们》里的"大投降之歌","所罗门之歌",《三毛钱歌剧》

里的"尖刀麦基之歌"、"大炮之歌",《尖头党和圆头党》里的"水车之歌"等等;第四是中国戏曲表演的虚拟性手法的借鉴,如《四川好人》第七场里怀有身孕的沈黛通过表情、身段、姿态等形体动作传达出她对于如何教导她尚未出世的孩子的想象,布莱希特后来将这一手法概括为象征性;此外,像"题目正名"这种元杂剧特有的剧本结尾方式,也被他灵活地吸收进史诗剧。[24]这些结构性因素的借鉴和运用对于打破生活的幻觉、恢复和唤醒观众的理性评判能力无疑是有帮助的。

需要明确的是,布莱希特对于中国戏剧表演艺术的阐释,固然可以说敏锐地抓住了其中的某些特质所在,但也不无误读。比如他说,中国戏曲演员"表演着巨大热情的故事,但他的表演不流于狂热急躁,在表演人物内心深处激动的瞬间,演员的嘴唇咬着一缕发辫,颤抖着,但这好像一种程式惯例,缺乏奔放的感情……演员表演时处于冷静状态,如上所述乃是由于演员与被表现的形象保持着一定的距离。力求避免将自己的感情变为观众的感情。也没有受到他所表演的人物的强迫;坐着的不是观众,却像是亲近的邻居。"[25]这里,布莱希特注意到了中国戏曲中"程式惯例"这一形式,对于演员和观众来说,这些程式惯例都以共同的理解为基础,因而情感的传达和接受都是顺畅的,但是这并不意味着演员的表演是为了使观众完全不动感情。客观地说,布莱希特出于阐述其陌生化理论的需要而过分强调了中国戏曲表演艺术中的具有"陌生化"特点的方面,突出演员与角色之间的距离,而对于演员的情感体验,以及演员对观众情感的感染明显估计不足,甚至有意忽视,这不能不说是对于中国戏曲表演艺术的某种程度上的误读。实际上,强调演员要恰到好处地传达出角色的情感以引起观众的共鸣是我国古典戏曲理论中经常论述的一个方面。现代京剧大师梅兰芳在谈到如何通过表情传达人物的内心情感时就说,"首先要忘了自己是个演员,再跟剧中人物融成一体,才能够做到深刻而细致"[26],这反而与斯坦尼斯拉夫斯基戏剧理论原则靠得更近。当然,对于布莱希特和中国戏曲表演艺术之间的跨文化对话来说,这种误读也并非荒唐,它从一个角度标示出文化和思想在"理论旅行"中的曲折和复杂,从西方到东方如此,从东方到西方亦如是。

总之,"由于布莱希特自 20 世纪后期起,政治上既信仰马克思主义,又对中国戏曲颇为推崇,所以在比较长的一个时期内,中国学术界一直对其抱有浓厚的兴趣,多次掀起布莱希特研究的高潮"。[27]布莱希特的政治倾向的确为其在社会主义文化语境中被谈论提供了某种"合法性"基础,而他与中国文化传统的密切关联又使他在中国当代戏剧界获得了特别的亲和力和认同感。正是如此,布莱希特戏剧创作及其理论对中国现代戏剧发展所产生的影响来得更为深刻。20 世纪 80 年代,布莱希特一度成为中国话剧的"摆脱困境的希望"所在,成为"艺术创新的同义语。人们对布莱希特抱着巨大的热情和期待,认为要挣脱传统戏剧观的束缚,打破舞台幻觉主义,就必须转向布莱希特,沿着布莱希特的道路前进;抓住了布莱希特,也就找到了突破口,找到了告别传统进入现代的坦途所在"。[28]事实上,布莱希特关于理性思考和情感共鸣的戏剧情理观、关于史诗剧结构和创作方法以及舞台表演中的陌生化原则等思想,对中国戏剧创作和理论冲破斯坦尼斯拉夫斯基戏剧理论体系的长期束缚起到了重要作用,但这并不意味着上述影响就应该成为探讨布莱希特与中国思想和文化之关系的唯一视角。就此而言,揭示布莱希特与中国戏曲和文化思想之间的关系,正是从相反的方面补上了中国影响这一维度,从而在中国和西方戏剧及其理论之间影响关系的理解问题上,由单向还原为双向的了。

第二节　阿尔都塞、马舍雷与毛泽东思想

如果说我国现代文艺理论在经过 20 世纪百年发展之后,在今天并

非哑然失语[29]、一无所有的话，那么，说它在大力汲取西方理论资源和我国古代思想资源的基础上已经在某种程度上开始形成新的理论素质和理论传统也不应为过，其中，毛泽东文艺思想作为马克思主义文论中国化的伟大成果，无疑是这一新传统的重要组成部分，它不仅成为我国文艺发展的重要指导思想，而且在一定程度上也成为一些西方马克思主义理论家的重要理论资源。[30]与布莱希特从中国传统戏曲表演艺术中汲取了理论构建的"最终推动力"不同，阿尔都塞和马舍雷在毛泽东的论著中找到了思想和理论的支撑。对于阿尔都塞来说，《矛盾论》成为其多元决定论的思想启迪，而对于马舍雷来说，《在延安文艺座谈会上的讲话》则成为切入文艺与意识形态问题的重要入口。

一、 阿尔都塞与毛泽东的《矛盾论》

作为著名的西方马克思主义理论家，阿尔都塞与西方马克思主义群体中其他成员的最大不同之处在于，他不仅在哲学、政治学、法学、语言学等领域，而且在文艺研究、文化研究、艺术史、音乐学等领域产生了重要而广泛影响，这一影响超越了欧美发达国家的边界，在第三世界发展中国家引起重要反响。事实上，阿尔都塞从未将自己的思想视界局限于法国，在他看来，"如若研究一个人及其著作对党的影响，那就不应局限于丑陋的法国政治之中，而必须考虑世界其他地方发生的事情"。[31]这种开阔的视野使他的目光穿过遥远的距离，一直落在中国思想的高原。在他看来，毛泽东就是这一思想高原上的巨人。

阿尔都塞生前未曾踏足中国，对此，他深以为憾，甚至到晚年，仍为自己丧失会见毛泽东的机会而悔恨不已："毛甚至曾经保证给我一次接见的机会，但是由于'法国政治'的种种原因而没有去见他，这是我所犯的一生中最愚蠢的错误"。[32]阿尔都塞具有强烈的"毛主义倾向"，晚年的表白正是这一倾向的直接体现，然而，阿尔都塞的"毛主义倾向"并非是一种单纯的崇拜,而更多的是一种思想和理论上的相通,他所关注和思考的是中国的革命实践和理论建构。比如,他在探讨斯大林主义的理论失误时,就将中国问题作为理论支撑之一,认为在中国革命的斗争、路线、实践的原则和形式中存在着针对斯大林主义偏向所作的历史上唯一的具体的批评,这是一种沉默的批评,一种从远方进行的批评,它通过从长征到"文化大革命"的政治和意识形态斗争的结果而表达出来。[33]当然,任何阐释都难以避免误读的成分在内,在阿尔都塞对于中国革命实践和理论建构的关注和思考中存在显而易见的一厢情愿的想象,但换一个角度来看,这种关注和思考本身正表明了思想之间的对话和交融,其中最为典型的则是毛泽东的《矛盾论》对于阿尔都塞多元决定论思想的影响。

毛泽东的《矛盾论》写于 1937 年 8 月,与前此的《实践论》一样,都是了为了推动克服存在于中国共产党内的严重的教条主义思想而写的。文章开宗明义:"事物的矛盾法则,即对立统一的法则,是唯物辩证法的最根本的法则。……列宁常称这个法则为辩证法的本质,又称之为辩证法的核心。因此,我们在研究这个法则时,不得不涉及广泛的方面,不得不涉及许多哲学问题。如果我们将这些哲学问题都弄清楚了,我们就在根本上懂得了唯物辩证法。"在指出了矛盾论之于哲学研究的重要性后,文章接着列出必须得到澄清的几大问题:"两种宇宙观;矛盾论的普遍性;矛盾的特殊性;主要的矛盾与主要的矛盾方面;矛盾诸方面的同一性和斗争性;对抗在矛盾中的地位。"毛泽东指出,矛盾的存在是普遍的,矛盾的斗争也是普遍的。矛盾存在于一切客观事物和思维过程之中,贯穿于一切过程的始终。矛盾的斗争也是如此。这就是矛盾的普遍性和绝对性。然而矛盾又具有特殊性和相对性,矛盾着的事物及其每一个侧面都各有特点,他们共居一体,又相互转化。用毛泽东的话来说就是"事物矛盾的法则,即对立统一的法则,是自然和社会的根本法则,因而也是思维的根本法则。它是和形而上学的宇宙观相反的。它对于人类的认识史是一个大革命"。[34]

阿尔都塞"十分看重毛泽东的《矛盾论》,他认为,毛泽东关于矛盾多元决定论的论述是对马克思列宁主义的重大发展,而对毛著作所体现的在实践中进行理论建构的理论实践精神极为赞赏"。[35]他在《矛盾与多元决定》中写道:"毛泽东于1937年撰写的《矛盾论》一文对矛盾问题作了一系列的分析;在那里,马克思主义的矛盾观似乎与黑格尔的观点毫无关系。这部小册子的基本概念,如主要矛盾和次要矛盾、矛盾的主要方面和次要方面、对抗性矛盾和非对抗性矛盾、矛盾发展的不平衡规律等,在黑格尔著作中都是无从找到的。毛泽东的文章是根据中国党内反教条主义的斗争而写出的,总的说来是一篇叙事文,在某些地方也用抽象的方法。在叙事部分,它的概念与具体经验相适应。在抽象部分,这些含义丰富的新概念主要是对一般辩证法的具体说明,而不是马克思的社会观和历史观的必然蕴涵(着重号为原文所加)。"[36]在这段评述中,阿尔都塞认为毛泽东在对于矛盾问题的阐述中创立了新的概念,并对矛盾运动辩证法做出了辩证说明和抽象概括;这些概括和说明密切联系具体经验,其目的在于对教条主义等错误倾向从哲学高度做出剖析和清理。就此而言,阿尔都塞对于《矛盾论》的整体把握是准确的;另一方面,阿尔都塞对《矛盾论》的阐发是置于对马克思和黑格尔之关系的大框架中进行的,正是这一思路既赋予考察《矛盾论》的不同视角,也同时带来难以避免的误读。

阿尔都塞认为,马克思的辩证法与黑格尔的辩证法在本质上是对立的,黑格尔辩证法的一些基本结构在马克思那里具有迥然不同的结构,"这也意味着,结构的这些不同是能够被揭示、描述、规定和思考的。既然是能够的,那也就是必需的;我甚至认为,这对马克思主义是生死攸关的。"[37]从方法论上,阿尔都塞认为,马克思在批判线性因果观和表现因果观的基础上提出了结构性因果观。这种新的因果观认为,结构存在于它的要素之中,结构的整体存在于它的效果之中,社会历史的真实制约就是一种来自于客观结构整体的规定性,这样,结构因果观就可以科学描述社会历史总体结构的内部关系了。具体到社会形态问题上,阿尔都塞指出:"在马克思主义的社会形态概念中每一种东西都是结合在一起的;一种要素的独立永远都不过是整体依赖的形式;而且差异在交互作用中是受到归根结底起决定作用的统一体所支配"[38]。这就是说,在社会形态问题上,马克思的社会总体观是一种与黑格尔迥然不同的具有主导结构的复杂整体。由此,阿尔都塞提出了社会历史的基础和社会发展的进程是由历史诸因素多元决定的观点。他认为,马克思主义历史观不是简单的线性进步观,社会机体的存在和发展的动因在任何情况下总是由复杂的诸矛盾群体构成,它们汇成一个整体发生作用,因为"一切矛盾在历史实践中都以多元决定的矛盾而出现",社会生活"矛盾在其内部受到各种不同矛盾的影响,它在同一项运动中既规定着社会形态的各个方面和各领域,同时又被它们所规定。"由此阿尔都塞得出结论:"矛盾本质上是多元决定的",并随后注释:"参见毛泽东《矛盾论》一书中有关对抗性矛盾和非对抗性矛盾的论述。"[39]

毛泽东关于对抗性矛盾和非对抗性矛盾的论述集中在《矛盾论》的第六部分"对抗在矛盾中的地位"。在这一部分,毛泽东回答了对抗是什么的问题:"对抗是矛盾斗争的一种形式,而不是矛盾斗争的一切形式。"比如在阶级社会中就存在着阶级的对抗,这是矛盾斗争的一种特殊表现,然而又是不可避免的。"矛盾和斗争是普遍的、绝对的,但是解决矛盾的方法,即斗争的形式,则因矛盾的性质的不同而不相同。有些矛盾具有公开的对抗性,有些矛盾则不是这样。根据事物的具体发展,有些矛盾是由原来还非对抗性的,而发展成为对抗性的;也有些矛盾则由原来是对抗性的,而发展成为非对抗性的。"[40]这里,毛泽东通过矛盾对抗性与非对抗性之间的转化,阐明在矛盾及其斗争的绝对性前提下,寻求矛盾解决的方法则是特殊的具体的。在外部,矛盾既同整个社会有机体的结构不可分割,又同该结构的存在条件和制约领域不可分割;在内部,矛盾受到各种内在不同矛盾的影响,它规定着社会形态的各个方面和各领域,同时又被它们所规定。正是在这种意义上,阿尔都塞强调矛盾的多元决定性。

一般认为,阿尔都塞的"多元决定"的概念借用自弗洛伊德,在后者那里,该术语原指引发一种神经病症的多诱因的综合作用,阿尔都塞将其移植到社会历史领域。"在他看来,在任何社会历史进程中,矛盾的存在既不是简单的线性状态,也不是杂乱无章的无序状态,而总是呈现一种矛盾群中的主导结构统摄情境。"一方面,每个矛盾、结构的每个基本环节、主导结构中各个环节之间的一般关系,都是复杂整体的存在条件;另一方面,任何复杂过程中必有一个主要矛盾,在任何矛盾中必有一个主要矛盾方面,从而在矛盾的多种作用、多元决定之下仍然建构出一个占统治地位的主导结构。[41]显然,多元决定论矛头所向乃是经济一元决定论的机械唯物主义。对此,施密特认为,阿尔都塞在"驳斥朴素进化论式理解历史的过于顺当的直线性、一种完全赞同于第二国际马克思主义的观点中,包含着一些真理的要素",[42]麦克莱伦也肯定地指出,"阿尔都塞摒弃了这样的观念,即认为生产力与生产关系、基础与上层建筑之间只存在着简单的矛盾"。[43]

阿尔都塞的多元决定论具有其自身的历史意义,他将其理论资源追溯至毛泽东的《矛盾论》也非牵强,他对于矛盾的相关论述与《矛盾论》并无二致,两者的阐述也都有着同样明确的现实针对性。对于阿尔都塞来说,矛盾的多元决定而又主导统摄结构剥掉了庸俗唯物主义的真理外衣,乃至在马克思的整体与黑格尔的总体之间做出了清晰的区分;而毛泽东在《矛盾论》中也是明确指向批判现实革命斗争中的教条主义、主观主义和经验主义等错误倾向,他说:"当着我们研究矛盾的特殊性和相对性的时候,要注意矛盾和矛盾方面的主要的和非主要的区别;当着我们研究矛盾的普遍性和斗争性的时候,要注意矛盾的各种不同的斗争形式的区别。否则就要犯错误。如果我们经过研究真正懂得了上述这些要点,我们就能够击破违反马克思列宁主义基本原则的不利于我们的革命事业的那些教条主义思想;也能够使有经验的同志们整理自己的经验,使之带上原则性,而避免重复经验主义的错误。"[44]当然,两者在一些基本理论问题上还是存在着重要区别。阿尔都塞从毛泽东对主要矛盾与次要矛盾、矛盾的主要方面与次要方面等相关论述中汲取的是矛盾的多元存在以及辩证影响等思想作为其多元决定论的重要理论资源,并从多元决定论出发批判对于马克思主义唯物史观的庸俗化和简单化理解,这固然没有问题,问题在于,多元决定论固然也是一个具有主导结构的多元复杂整体,但当阿尔都塞将物质生产只是视为矛盾中的主导结构并在归根结底的意义上才成为社会历史发展的决定因素时,这在某种程度上遗留下了矫枉过正的危险。

必须强调指出,揭示毛泽东《矛盾论》对于阿尔都塞多元决定论的影响,并不意味着这种影响是唯一的,因为除此之外,阿尔都塞"也受益于人类学研究的启发,据说阿尔都塞从事理论研究的五人工作小组中,就有两位是人类学家"[45],但至于阿尔都塞如何具体从人类学启发中受益则非本书笔力所及了。指出这一点同样是想表明,揭示阿尔都塞在影响我国当代文论发展的同时也在一定程度上受到中国因素的影响,这并非出于阿Q式自大,而是力图摆明这种影响的双向性,摆明对此应有的客观立场和态度。

二、 马舍雷与毛泽东《在延安文艺座谈会上的讲话》

皮埃尔·马舍雷是阿尔都塞的弟子,也是所谓"结构主义的马克思主义"一派的中坚力量,他的《文学生产理论》以及《论作为一种观念形式的文学》(与埃蒂安纳·巴利巴尔合作)就是在阿尔都塞的直接影响下写成的。如果说《文学生产理论》由于基本立场和主要观点上的形式主义特征而还算不上彻底的马克思主义文论的话,那么,写于1968年之后的《论作为一种观念形式的文学》则在一定程度上"与形式主义彻底决裂"[46],代表了阿尔都塞学派文艺理论的基本特征。另一方面,马舍雷作为重要的西方马克思主义理论家,又与经典马克思主义存在着无法割裂的理论血缘关系。正是由于这种血缘关系,马舍雷在结构主义的理论框架之外发现了自己与毛泽东文艺思想某种程度上的亲和性。如果说,毛泽东的《矛盾论》成为阿尔都塞在研究意识形态问题时提出的"多元决定论"的重要理论来源,那么,与《矛盾论》同一时期写作的"《在延安文艺座谈会上的讲话》则成为马舍雷文学观点的主要理论来源"[47]。的确,在作为马克思主义文论中国化之成果的毛泽东文艺思想与作为马克思主义文论法国本土化表现之一的马舍雷文学观念之间逻辑地存在着可以沟通的渠道,问题是,两者沟通的结合点在什么地方? 其间又表现出怎样的位移乃至错位? 对此的回答将成为考察马舍雷和毛泽东文艺思想影响问题的核心所在。

就马舍雷文学观念整体而言,他继承和具体化了阿尔都塞的基本思路,同时又有所修正。阿尔都塞在《意识形态和意识形态国家机器》这篇名文中讨论了意识形态问题,国内学者王杰将其基本命题概括为四个方面:意识形态表现了个体与其实际生存状况的想象关系,意识形态具有一种物质的存在,没有不利用某种意识形态和不在某种意识形态之内的实践,没有不利用特定主体支配和排除个别主体的意识形态。[48]以此为基础,阿尔都塞将文学视为一种意识形态。马舍雷继承了这一观点。在他看来,文学的意识形态问题与文学的阶级立场有关,只要能够分析文学以及作为文学生产的产品的文本之中的阶级立场的性质和表达,也就等于能够界定和认识文学的意识形态模式,"但这意味着必须根据关于文学效果的历史的一种理论来提出问题,清楚地表明它们与物质基础的关系的基本因素,它们的进步,和它们颇具倾向性的改造"。为此,马舍雷找到了能够充分理解马克思主义文学观念的关键范畴——"反映"。他认为,无论是马克思、恩格斯对于巴尔扎克的论述,还是列宁对于托尔斯泰的阐述,经典马克思主义论文学和艺术的命题都是从这个基本范畴出发的,文学被视为对于客观现实的反映,并因此而成为一种历史现实,"因此,充分理解这个范畴是理解马克思主义文学观念的关键"。作为对这一问题的论证,马舍雷引证了毛泽东的《在延安文艺座谈会上的讲话》,并进行了阐发:"在《在延安文艺座谈会上的讲话》中,毛泽东写道:'作为观念形态的文艺作品,都是一定的社会生活在人类头脑中的反映的产物。'因此,反映的范畴对于马克思主义理论家的第一个含义就是提供一个文学现实的指数。它不是'从天上掉下来的',不是神秘'创造'的产物,而是社会实践的产物;它不是一种'想象的'活动,尽管产生想象性效果,但不可避免地是一个物质过程的组成部分,是'特定社会生活的……反映的产物'。"[49]

马舍雷进而认为,正是反映论文学观将"文学刻写在真实社会实践的复杂而确定的系统之中:文学是意识形态上层建筑内部若干观念形态之一,与社会生产关系的基础相对应,这些社会生产关系都是历史地确定和改造的,并历史地与其他意识形态形式相联系。"为了澄清对于马克思主义反映范畴的普遍误解,马舍雷又援引了多米尼克·勒古尔的研究,指出马克思主义反映论范畴包括综合在一个构成性秩序之中的两个联系表述的命题:一是反映的客观性,二是反映的准确性。由此将对于"文学是什么"的考察置换为对于作为意识形态的文学与文学生产的考察,这与《论作为一种观念形式的文学》开宗明义对马克思主义美学核心问题的概括是一致的:"(1)如何解释'艺术'和'审美'效果的特定意识形态模式。(2)如何分析和解释作者的阶级立场,或更具体地说,分析和解释'文学文本'在意识形态的阶级斗争中的阶级立场。"[50]将马克思主义美学的核心问题概括为审美效果和意识形态关系以及作者和文本的阶级立场问题,这与经典马克思主义基本文学观念基本一致。实际上,所谓文学反映论问题,其核心也与文学和意识形态关系问题密切相关。这样一来,将文学视为"与社会生产关系的基础相对应"的"意识形态上层建筑内部若干观念形态之一",就是将文学视为"物质过程的组成部分",也就是毛泽东在《在延安文艺座谈会上的讲话》中所讲的"文学是特定社会生活的反映的产物"。

马舍雷的引文源自《在延安文艺座谈会上的讲话》的一个设问:"一切种类的文学艺术的源泉究竟是从何而来的呢?"作为对于这个设问的回答,在马舍雷引文之后,毛泽东接着写道:"革命的文艺,则是人民生活在革命作家头脑中的反映的产物。人民生活中本来存在着文学艺术原料的矿藏,这是自然形态的东西,是粗糙的东西,但也是最生动、最丰富、最基本的东西;在这点上说,它们使一切文学艺术相形见绌,它们是一切文学艺术的取之不尽、用之不竭的唯一的源泉。这是唯一的源泉,因为只能有这样的源泉,此外不能有第二个源泉。"[51]这里毛泽东肯定了文艺的意识形态性质,揭示了文艺的根源,那就是,文艺是社会生活的反映,社会生活是艺术反映的客观基础,是一切文艺的唯一源泉,在此基础上,毛泽东进一步对文艺创造中"源"和"流"的关系进行了阐述。将社会生活作为文学艺术的唯一源泉,并不等于否定文艺创作的能动性,"人类的社会生活虽是文学艺术的唯一源泉,虽是较之后者有不可比拟的生动丰富的内容",虽然与文学艺术一样都是美,但是"文艺作品中反映出来的生活却可以而且应该比普通的实际生活更高,更强烈,更有集中性,更典型,更理想,因此就更带普遍性。"[52]毛泽东从生活美与艺术美的比较中,深刻阐明了文艺源于生活而又高于生活的思想,这就使"文学是特定社会生活的反映"这一表述走向辩证。

那么,下一步的追问必然就是:文学是如何反映社会生活呢?毛泽东写道:"革命的文艺,应当根据实际生活创造出各种各样的任务来,帮助群众推动历史的前进。例如一方面是人们受饿、受冻、受压迫,一方面是人剥削人,这个事实到处存在着,人们也看得很平淡;文艺就把这种日常的现象集中起来,把其中的矛盾和斗争典型化,造成文学作品或艺术作品,就能使人民群众惊醒起来,感奋起来,推动人民群众走向团结和斗争,实行改造自己的环境。"[53]毛泽东的回答显然深入到了文艺创作的规律性层面:首先,从生活美到艺术美的过程有一个典型化的过程,典型化是生活向艺术转化的关键环节,是创作能动性的重要体现。其次,文艺反映绝不是机械反映,而是将生活中"平淡"的东西艺术化为"更强烈,更有集中性,更典型,更理想"的东西。再次,文学反映具有社会实践性,它不仅仅是以极强的感染力在思想精神和情感上惊醒人,感奋人,而且更为重要的是赋予他们改造现实的冲动和动力,这就将文本的审美效果与读者的现实实践紧密联系起来。

上述问题也就是马舍雷所关心的问题。他认为,马克思主义反映范畴"包括综合在一个构成性秩序之内的两个命题",在这两个连续表述的命题中,第二个就是:"反映采取什么样的形式?"马舍雷将马克思主义反映范畴与经验主义和感觉论的"镜像"反映进行了比较,认为两者大相径庭:"经验主义观念把思维与现实的关系称作镜像的反映","在辩证唯物主义中,反映是'没有镜子的反映';在哲学史上,这是对经验主义观念的一次唯一有效的颠覆"。[54]尽管马舍雷在随后的对于反映范畴的进一步阐述中又重新祭起乃师的结构主义理论框架,但他在此的阐述无疑是正确的,不仅如此,他对于经验主义的镜像反映论的否弃与他对于毛泽东"文学是特定社会生活的反映"的引证勾连了起来,如此一来,马舍雷关于马克思主义反映论的理解就不是孤立和片面的了。

由以上阐述可以看出,马舍雷对《在延安文艺座谈会上的讲话》中文艺思想的吸收和阐释建立于马克思主义文艺反映论这一平台之上,就此而言,两者的理解整体上基本一致,但是,对此问题进一步的阐述则显示出马舍雷与毛泽东文艺思想的区别。

首先回顾马舍雷针对马克思主义反映范畴提问的第一个问题是必要的:文艺能够客观地反映现实吗? 在马舍雷看,这一提问本身就是有问题的,因为"文艺是特定生活的反映"这一提法要求对文艺与历史的关系做出辩证地而不是机械地理解,它们"并不是相互外在的,而是处于一种复杂缠结的关系中,这是文学这种东西得以存在的历史条件"[55],而这一历史条件的核心就是意识形态。在《文学生产理论》中,马舍雷提出,文学文本并不直接根植于历史现实,"而是仅仅产生于一个复杂的思考过程",而意识形态就"组成了这一思考的最初阶段"[56]。文学作为对于现实生活的反映,其本身就是它所要反映的现实的一个组成部分,换句话说,意识形态成为先于文本而存在的历史条件。如此一来,必然的推论就是,文艺不仅仅是反映,更是生产,而且文艺生产的客观性与"特定的意识形态国家机器(ISAs)中特定的社会实践不可分割",具体说来,文学生产就受到三种实践机制制约:语言的实践、教育的实践、想象的实践。"文学在资产阶级时代是作为一个语言整体——或特定语言实践的整体——而历史地构成的,它被插入一个普遍的教育过程之中,以便提供适当的虚构效果,从而再生产作为主导意识形态的资产阶级意识形态。"[57]从这里我们可以看到,马舍雷开始将文艺与现实、与历史联系起来。伊格尔顿正确地指出,马舍雷在后期作品(1968年之后)中开始将作品的存在视为在语言、意识形态与社会构成的复杂关系中的存在,从关注作品本身转到关注作品的物质决定因素,转到作品所产生的特殊"文学效果",即转到从历史的角度来评价文学作品[58]，这实际上也是马舍雷偏离阿尔都塞的地方。进一步，马舍雷将文艺生产过程阐释为对于意识形态加工、变形和扭曲的过程："在文学文本中，人们身处其间的自在的意识形态并非镜式简单反映，而是被打碎、反转和暴露，从而改变了原来的状态。"[59]这样，文本就成为意识形态冲突、碰撞并展现诸意识形态自身裂隙的场所，而文学的审美效果也必然就是统治的效果，文学由此获得现实的认识论根基。

从文艺反映到文艺意识形态生产标示出认识的深化和理论的推进，意识形态生产揭开了意识形态统治和再生产的秘密，然而问题也正出在这里：既然文学作为意识形态的生产同时也必然是一种主导意识形态的再生产，意味着个体"向统治阶级的意识形态统治的臣服"，那么，处于被统治下的话语是如何发现阅读不过是对其自卑感的证实的呢？换句话说，读者何以能够通过阅读来参透文本意识形态的运作？这一追问绝非无稽，因为按照马舍雷的思路，作品本身不仅仅是对外在于它的东西的再现或反映，而且还是真实的、历史的，作品的断裂、冲突、紊乱、非连续等等特征恰是作品身处其中的社会本身充满矛盾、发展失衡的表征，正是它们弥合了历史和文本之间的鸿沟，由此通过对于资产阶级意识形态虚假统一性的揭示。然而，发现文本的这些特征以至实现最后的目的显然需要扎实的人文素质和学术素养，这远非一般人所能企及；而另一方面，按照马舍雷的看法，教育机制本身就是意识形态再生产的一个重要环节，"教育机制变成强迫服从主导意识形态的手段——个体的服从，更重要的是被统治阶级的意识形态的服从"，从而将意识形态国家机器下的矛盾变成了"从属于和内在于教育形式的矛盾"。[60]这样一来，在文本意识形态再生产的条件下，所谓"臣服"，不仅对于统治阶级成员来说是一回事，而"对于被剥削阶级的成员来说"是"另一回事"，而且简直就是无法逾越的铁幕了。显然，在马舍雷的理论框架之内，理论并没有实现的基地，但这对于毛泽东来说则是另一回事。

《在延安文艺座谈会上的讲话》明确提出了文艺工作者必须解决五大问题,其中之一就是文艺的服务对象问题。文艺为什么人服务?答案是显而易见的,为工农兵大众服务。进一步的问题就必然是如何服务,毛泽东将其概括为"大众化"。大众化"就是我们的文艺工作者的思想感情和工农兵大众的思想感情打成一片。而要打成一片,就应当认真学习群众的语言。如果连群众的语言都有许多不懂,还讲什么文艺创作呢?"[61]这里毛泽东提出了大众化的两个方面:一是作家要转变思想感情,要把自己的思想感情以工农大众的思想为参照进行改造;二是要学习工农大众丰富生动的语言。问题的实质是处理文艺与人民大众的关系,在此基础上,毛泽东进一步论述了普及与提高的关系问题。可以看出,在毛泽东这里,所有学院化、精英化的东西被一扫而光,大众启蒙尤其是思想意识层面的启蒙成为文艺的基本出发点,这就突出表明了文艺的意识形态性质。在《新民主主义论》中,毛泽东写道:"一定形态的政治和经济是首先决定那一定形态的文化的;然后,那一定形态的文化又才给予影响和作用于一定形态的政治和经济。""所谓新民主主义的文化,就是人民大众的反帝反封建的文化;在今日,就是抗日民族统一战线的文化。""所谓新民主主义的文化,一句话,就是无产阶级领导的人民大众的反帝反封建的文化。"[62]在《在鲁迅艺术学院的讲话》中则明确指出,革命的文艺的精神,是"在现状中看出缺点,同时看出将来的光明和希望"以感奋人、鼓舞人。[63]要之,毛泽东正是从文艺的意识形态性质以及文艺生产出发对特定历史时期的文艺与人民的关系问题做出了深刻的阐述,从意识形态到文学再到社会现实的贯通不仅是理论的,更是实践的,文艺的社会职能落在了坚实的基础之上,而这正是马舍雷的思考所欠缺的地方。

考察阿尔都塞、马舍雷与毛泽东思想之间的关系,对于我们研究马克思主义文论中国化问题来说,其意义并不仅仅在于提醒我们在研究西方马克思主义文论之于我们强势影响的同时,也应看到中国思想理论因素在西方马克思主义文论中的存在,更为重要是,它提请我们注意,作为马克思主义文论分别在东方和西方发展的成果,中西马克思主义文论之间的对话和融合。

首先,西方马克思主义文论不仅在某种程度上继承和发展了马克思主义文论,而且吸收融合了西方当代各种思想资源,对于毛泽东思想的借鉴和吸收也是其开放性的重要表现之一,这启示我们,马克思主义文论中国化也不应该是封闭的,而应该以开放的心胸占有能够为我所用的思想理论资源。

其次,众所周知,毛泽东文艺思想是马克思主义文论中国化的伟大成果,并在历史的发展过程中上升为中国现代文艺理论发展的指导思想;而包括阿尔都塞和马舍雷文论在内的西方马克思主义文论,显然也无法割裂与马克思主义文论的血脉关联,同时又在新的历史条件下形成不同于马克思主义文论的一些新质,如果我们不能如在"中国化"那样的意义上来概括西方马克思主义文论之于马克思主义文论的关系,那么,说它在某种程度上是马克思主义文论在发达资本主义社会现实中的一种理论形态似不为过。这样一来,阿尔都塞、马舍雷与毛泽东思想之间的关系,就成为马克思主义文论在不同地域和文化中的存在和发展的关系,即西方马克思主义文论在发展和推进过程中不仅立足于马克思主义文论资源,也部分地吸收了作为马克思主义文论中国化成果的毛泽东思想资源;而我国当代马克思主义文论的建设和发展受到西方马克思主义文论的影响,也是显而易见的事实。

第三,如此一来,我们则可以进一步提出并思考这样一个问题:中国马克思主义文论,乃至中国新世纪文论,能够有足够的自信直面作为强势话语的西方马克思主义文论,乃至 20 世纪西方文论吗? 能够有足够的自信面对中国古代文论传统以及中国 20 世纪现代文论新传统吗？要之，不论是布莱希特之与中国戏剧传统，还是阿尔都塞和马舍雷之与毛泽东思想，中西文化思想、中西马克思主义文论之间的对话和交流表明了，包括西方马克思主义文论在内的外来文化和思想对于中国当代文论建设和发展的影响绝不会仅仅是单向的，因为思想的交流从来就都不是单向的，尽管在某些时期交流的流向上存在主次之分，这或许对于我们思考上述问题有所启示。

在 20 世纪中西思想交流史上，西方影响东方、外国影响中国似乎是文艺思想交流的主流，正是如此，有学者指出，"人们往往看不到或者忽略了同时进行的另一种流向和影响"，"它们从东方流向西方，以东方的文学精神影响和陶冶着西方文学"，"它们在促进中国文学变革的同时，也改变着西方人对中国文学的看法以及西方文学理论自身的面貌"。[64] 就中国马克思主义文论的发生、发展和建设而言，它无疑受到了苏联马克思主义文论以及西方马克思主义文论的重要影响，同时，它在将马克思主义基本原理与中国实际相结合的过程中形成了自己的思想视野和理论形态，并反过来部分地对于包括西方马克思主义文论在内的西方文论发生影响，从而将单向的接受和影响关系转变为双向的对话、交流和融合。因此，如何阐释马克思主义文论中国化及其理论成果与西方马克思主义文论之间的动态关系及其效应，并在此基础上进一步吸收和借鉴西方马克思主义文论成果，更好地推动中国马克思主义文论的建设和发展，就应该是新世纪文论研究的重要课题，本书将以西方马克思主义意识形态批评为中心展开的研究就是这样的尝试之一。

注　释

[１] 莱茵霍尔德·格里姆:《陌生化——关于一个概念的本质和起源的几点见解》,君余

译,载张黎编选《布莱希特研究》,中国社会科学出版社1984年版,第211页。

［2］布莱希特:《一个不需要特别道德的国家》,转引自卫茂平:《布莱希特与墨子》,《读书》1994年第3期。

［3］陈鼓应:《老子注释及评价》,中华书局1984年版,第17页。

［4］布莱希特:《大胆妈妈和她的孩子们》,孙凤城译,《布莱希特戏剧选》(上),人民文学出版社1980年版,第349页。

［5］庄子:《庄子·外篇·山木第二十》,载《庄子集释》第三册,〔清〕郭庆藩撰,王孝鱼点校,中华书局1961年版,第667页。

［6］国内也有学者对此提出不同看法,认为这种观点过高估计了墨子对布莱希特的影响,提出若谈布莱希特最为关注、对他影响最大的中国古代哲学家,应该首推老子、庄子,而非墨子。这种意见值得重视。布莱希特著作中大量出现了中国古代哲学家,却并不一定就表明他接受了中国古代文化传统的影响,事实上,很多场合布莱希特仅仅是借用古人的衣冠来表达自己对于现实的批评而已,实与古人的思想无关。揭示布莱希特思想理论中的中国因素及其影响,应该立足于作出客观、具体分析的基础之上,结合具体的语境来分析,而不能望文生义、牵强附会。参看:汉斯·艾斯勒:《艾斯勒谈话录》,莱比锡音乐出版社1975年版,第134页;卫茂平:《布莱希特与墨子》,《读书》1994年第3期。

［7］布莱希特:《三角钱歌剧》,高士彦译,《布莱希特戏剧选》(上),人民文学出版社1980年版,第69页。

［8］陈世雄:《三角对话:斯坦尼、布莱希特和中国戏剧》,厦门大学出版社2003年版,第87页。

［9］布莱希特:《中国戏剧表演艺术中陌生化效果》,丁扬忠等译,载《布莱希特论戏剧》,中国戏剧出版社1990年版,第192页。

［10］布莱希特:《论中国人的传统戏剧》,丁扬忠等译,载《布莱希特论戏剧》,中国戏剧出版社1990年版,第205—206页。

［11］布莱希特:《中国戏剧表演艺术中陌生化效果》,丁扬忠等译,载《布莱希特论戏剧》,中国戏剧出版社1990年版,第193—194页。

［12］布莱希特:《中国戏剧表演艺术中陌生化效果》,丁扬忠等译,载《布莱希特论戏剧》,中国戏剧出版社1990年版,第193页。

［13］本雅明:《本雅明文选》,陈永国等编,中国社会科学出版社1999年版,第317页。

［14］布莱希特:《中国戏剧表演艺术中陌生化效果》,丁扬忠等译,载《布莱希特论戏剧》,中国戏剧出版社1990年版,第202页。

［15］布莱希特:《关于〈尖头党和圆头党〉的注释》,转引自约翰·魏勒特《关于布莱希特

史诗剧的理论问题》，张黎编选：《布莱希特研究》，刘明正译，中国社会科学出版社1984年版，第35页。

[16] 布莱希特：《中国戏剧表演艺术中的陌生化效果》，丁扬忠译，载《布莱希特论戏剧》，中国戏剧出版社1990年版，第119页。

[17] 布莱希特：《简述产生陌生化效果的表演艺术新技巧》，张黎译，载《布莱希特论戏剧》，中国戏剧出版社1990年版，第208页。

[18] 布莱希特：《戏剧小工具》，丁扬忠译，载《布莱希特论戏剧》，中国戏剧出版社1990年版，第15页。

[19] 约翰·魏勒特：《关于布莱希特史诗剧的理论问题》，刘明正译，载张黎编选《布莱希特研究》，中国社会科学出版社1984年版，第20页。

[20] 本雅明：《什么是史诗剧》，君余译，载张黎编选《布莱希特研究》，中国社会科学出版社1984年版，第10—11页。

[21] 布莱希特：《戏剧小工具》，丁扬忠译，载《布莱希特论戏剧》，中国戏剧出版社1990年版，第15页。

[22] 史蒂芬·希思：《布莱希特的教导》，载弗·马尔赫恩等《当代马克思主义文学批评》，刘象愚等译，北京大学出版社2002年版，第255页。

[23] 莱茵霍尔德·格里姆：《陌生化——关于一个概念的本质和起源的几点见解》，君余译，载张黎编选《布莱希特研究》，中国社会科学出版社1984年版，第210—211页。

[24] 张黎：《〈四川好人〉和中国文化传统》，《外国文学评论》2004年第3期。

[25] 布莱希特：《中国戏剧表演艺术中陌生化效果》，丁扬忠等译，载《布莱希特论戏剧》，中国戏剧出版社1990年版，第194页。

[26] 梅兰芳：《舞台生活四十年》第1卷，中国戏剧出版社1961年版，第148页。

[27] 俞仪方：《布莱希特研究在中国：1929—1998》，《德国研究》1998年第4期。

[28] 陈世雄：《三角对话：斯坦尼、布莱希特和中国戏剧》，厦门大学出版社2003年版，第313页。

[29] 比如学界曾经展开过热烈讨论至今依然存在着根本对立的观点的所谓"失语症"问题，本文无意对此展开讨论，但一个需要摆明的基本立场是：接受"失语症"作为对中国新时期以来的当代文论发展的一种忧虑和关切立场的基本表达，但不接受它作为对我国新时期文论乃至20世纪现代文论发展所作出的事实性判断。

[30] 毛泽东思想（即西方话语中的"毛主义"）对于西方马克思主义理论家的影响显而易见，这不仅表现为在1968年法国"五月风暴"中毛泽东思想被视为"三M"之一（马克思、毛泽东、马尔库塞三人名字的拼写第一字母均为M），以及当时大大小小的"毛小组"，而且在理论文本上也有明确的体现，本文对此探讨的主要依据就是相关文本。

[31] Louis Althusser. The Future Lasts a Long Time and the Facts, Olivier Corpet &

　　Yann Moulier ed. Richard Veasey trans. London: Chatto & Windus, 1993, p. 234.

[32] Ibid. , p. 234.

[33] 阿尔都塞:《自我批评文集》,杜章智等译,(台湾)远流出版公司1990年版,第109页。

[34] 毛泽东:《矛盾论》,载《毛泽东选集》第1卷,人民出版社1991年版,第299、336页

[35] 孟登迎:《意识形态与主体建构》,中国社会科学出版社2002年版,第198页。

[36] 路易·阿尔都塞:《保卫马克思》,顾良译,商务印书馆1984年版,第72页注①。

[37] 路易·阿尔都塞:《保卫马克思》,顾良译,商务印书馆1984年版,第71页。

[38] 阿尔都塞:《自我批评文集》,杜章智等译,(台湾)远流出版公司1990年版,第214页。

[39] 路易·阿尔都塞:《保卫马克思》,顾良译,商务印书馆1984年版,第78页、78页

　　注③。

[40] 毛泽东:《矛盾论》,载《毛泽东选集》第1卷,人民出版社1991年版,第335页。

[41] 张一兵:《问题式、症候阅读与意识形态:关于阿尔都塞的一种文本学解读》,中央编

　　译出版社2003年版,第295页。

[42] 施密特:《历史与结构——论黑格尔马克思主义和结构主义的历史学说》,张伟译,

　　重庆出版社1993年版,第7页。

[43] 戴维·麦克莱伦:《马克思之后的马克思主义》,李智译,中国人民大学出版社2004

　　年版,第335页。

[44] 毛泽东:《矛盾论》,载《毛泽东选集》第1卷,人民出版社1991年版,第337页。

[45] 王杰:《艺术与意识形态:阿尔都塞的美学思想》,《国外社会科学》1996年第6期。

[46] 伊格尔顿:《马歇雷与马克思主义文学理论》,戴侃译,《国外社会科学》1983年第

　　1期。

[47] 王杰:《当代中国语境中的审美意识形态》,《文艺研究》2006年第8期。

[48] 王杰:《艺术与意识形态:阿尔都塞的美学思想》,《国外社会科学》1996年第6期。

[49] 埃·巴列巴尔、马舍雷:《论作为一种观念形式的文学》,载弗·马尔赫恩等《当代马

　　克思主义文学批评》,刘象愚等译,北京大学出版社2002年版,第41—42页。

[50] 埃·巴列巴尔、马舍雷:《论作为一种观念形式的文学》,载弗·马尔赫恩等《当代马

　　克思主义文学批评》,刘象愚等译,北京大学出版社2002年版,第42、40页。

[51] 毛泽东:《在延安文艺座谈会上的讲话》,载《毛泽东选集》第3卷,人民出版社1991

　　年版,第860页。

[52] 毛泽东:《在延安文艺座谈会上的讲话》,载《毛泽东选集》第3卷,人民出版社1991

　　年版,第861页。

[53] 毛泽东:《在延安文艺座谈会上的讲话》,载《毛泽东选集》第3卷,人民出版社1991

年版,第861页。

[54] 埃·巴列巴尔、马舍雷:《论作为一种观念形式的文学》,载弗·马尔赫恩等《当代马克思主义文学批评》,刘象愚等译,北京大学出版社2002年版,第43页。

[55] 埃·巴列巴尔、马舍雷:《论作为一种观念形式的文学》,载弗·马尔赫恩等《当代马克思主义文学批评》,刘象愚等译,北京大学出版社2002年版,第44页。

[56] Pierre Macherey. A Theory of Literary Production. London：Routledge, 1978, p. 67.

[57] 埃·巴列巴尔、马舍雷:《论作为一种观念形式的文学》,载弗·马尔赫恩等《当代马克思主义文学批评》,刘象愚等译,北京大学出版社2002年版,第44页。

[58] 伊格尔顿:《马歇雷与马克思主义文学理论》,戴侃译,《国外社会科学》1983年第1期。

[59] Pierre Macherey. A Theory of Literary Production. London：Routledge, 1978, p. 68.

[60] 埃·巴列巴尔、马舍雷:《论作为一种观念形式的文学》,载弗·马尔赫恩等《当代马克思主义文学批评》,刘象愚等译,北京大学出版社2002年版,第45页。

[61] 毛泽东:《在延安文艺座谈会上的讲话》,载《毛泽东选集》第3卷,人民出版社1991年版,第851页。

[62] 毛泽东:《新民主主义论》,载《毛泽东选集》第2卷,人民出版社1991年版,第664、698页。

[63] 毛泽东:《在鲁迅艺术学院的讲话》,载《毛泽东文集》第2卷,人民出版社1993年版,第122页。

[64] 殷国明:《〈20世纪中西文艺理论交流史论〉导言》,华东师范大学出版社1999年版,第7页。

第三章
走向多元的西方马克思主义意识形态话语

意识形态范畴及其话语在马克思主义美学和文论体系中占有特殊重要的地位,而在西方马克思主义理论视野中的地位同样如此。作为西方马克思主义理论创新的重要方面之一,甚至可以说,突出文艺和美学的意识形态属性构成了西方马克思主义美学和文论的重要特征和思想倾向。尽管意识形态批评在西方马克思主义不同理论家那里呈现色彩各异的理论个性,并在我国的"理论旅行"中受到某种程度的遮蔽,但整体来看,对于意识形态的持之以恒的重视却是西方马克思主义美学、文论的主要理论形态之一。意识形态在当代西方哲学、美学话语中是一个内涵和用法都极其繁杂多变、暧昧不明乃至对其存在的必要性都极具争议的概念,因此,任何对于西方马克思主义意识形态批评的考察都必须首先为这一论域自身的合法性廓清基地,为此,本章将首先对意识形态范畴进行概念史的考察,揭示意识形态从马克思到西方马克思主义的历时性演变轨迹,其次是在此基础上揭示西方马克思主义意识形态理论多元走向的基本概貌,最后将对西方马克思主义意识形态批评及其中国论域进行评析。

第一节　意识形态：一个概念史的理解

考察西方马克思主义意识形态批评所要面临的第一个问题就是：什么是意识形态？这一提问绝非无中生有。乔治·拉伦就把意识形态概念视为社会科学领域中我们所能发现的最有歧义和最难理解的概念之一,A.吉登斯和大卫·麦克里兰更是分别将其列为"当之无愧地名列第一"的最有争议的概念和"整个社会科学中最难以把握的概念"。[1]这些判断并没有夸大其词,单就意识形态定义来说,C.萨姆纳概括出 10 种,特里·伊格尔顿归纳出 16 种,雷蒙德·格斯区分为 3 种,仅此,就足见其歧义丛生,纷繁难理,以至于乔万尼·萨托利甚至怀疑这样一个"黑箱"式的概念,"对于学术研究来说,到底还有没有意义"?[2]

于是,我们就遇到了第二个问题：意识形态概念对于学术研究来说是否还有意义,如果有,我们在何种意义上使用它？英国学者 J.B.汤普森概括了人们对待意识形态概念的三种基本态度："因为这个概念太含糊、太有争议,在历史上太被抹黑、抛来掷去当做谩骂名称,今天没法为社会、政治分析的目的而去拯救它",于是干脆弃之不用,这是第一种态度；第二种态度是将意识形态概念中立化,"明显地或含蓄地试图剔除这个概念中的负面意思,把它结合社会科学使用的描述性概念之中",作为描述性概念使用的意识形态就被"视为有关社会行动和政治实践的'思想体系'、'信仰体系'或'象征体系'";第三种态度是作为一个批判性概念使用,保留意识形态概念"在其大部分历史中带有的负面含义并把意识形态分析同批判问题结合起来"。[3]

在本书看来,因为这一概念的含混和富有争议而置之不理、弃之不用显然是短视的,也是不现实的。这首先是因为,意识形态及其现象作

影响与对话

为社会生活的重要组成部分,在现代社会和现代学术中依然具有无法忽视的重要职能。阿尔都塞写道,"没有意识形态的种种表象体系,人类社会就不能生存下去"[4],正是如此,有学者甚至提出"意识形态是这个时代的哲学主题"[5]的论断。其次是因为,意识形态仍然是一个正在使用的重要学术术语,放弃本身就意味着放弃对于这一概念丰富遗产进一步思考的努力。意识形态在当代哲学、社会学、文艺学、美学等学术领域中不断得到专题性深入研究,以"意识形态"为中心论题的专著以数十计[6]。事实上,自从 20 世纪初期开始,西方就出现了以西方马克思主义理论家为代表的意识形态研究复兴的势头,从卢卡奇到盖格尔,从物化、领导权到性格结构,意识形态范畴在更加广泛的维度得到深入探讨。第三,单纯将意识形态概念中立化为描述性概念,实际就是放弃这一概念的原有的价值论层面,纯粹描述性的或肯定性层面上的使用片面否定了这一概念的虚假性、否定性和批判性特征,因此是不足取的。另一方面,将意识形态视作为批判性概念使用则看到这一概念中的批判性、否定性层面不仅难以剔除,而且这正是它们支撑起对于一些重要问题进行探讨的空间,但是,倘若将意识形态概念仅仅集中于"有关意义与权力相互关系的一批问题上","用来指特殊情况下意义服务于建立并支持系统地不对称的权力关系的方式","意识形态就是服务于权力的意义","研究意识形态就是研究意义服务于和支撑统治关系的方式",[7]那也将失之狭隘。这样看来,对意识形态的讨论首先意味着我们必须探查出一条穿越以意识形态内涵和使用为核心的迷乱丛林的道路,并以此为我们理解和把握西方马克思主义意识形态理论而廓清理论背景。

一、 从托拉西到马克思

意识形态是在近代西方哲学的发展中形成起来的一个重要的哲学

概念。近代自然科学的发展,导致了对中世纪神学和经院哲学的种种荒谬观念的批判,在批判虚幻观念和偏见、建构一门研究观念的科学的长期努力中,意识形态概念得以孕育。

有关意识的思考和论述可以追溯到古希腊,而意识形态一词作为哲学术语,则最早出现在法国思想家托拉西《意识形态的要素》[8]一书中,托拉西赋予它确定的含义,意指研究认识的起源、界限和可靠性的一门基础性的哲学理论,即观念学。观念学就是"通过'从思想回溯到感觉'的方式,摒弃宗教、形而上学及其他各种权威性的偏见,在感觉的基础上,重新阐发出政治、伦理、法律、经济、教育等各门学科的基本观念。这就是说,意识形态概念的提出,不仅标志着认识论上的彻底的感觉主义性质的转向和革命,而且也意味着实践上的革命,即在拒斥宗教和种种旧的传统观念的同时,也必然拒斥那些正在维护旧的谬误观念的政治制度,特别是国家制度。"[9]即便如此,托拉西过于简单化了的感觉主义立场并不能为观念学提供坚实的理论基础,观念学仍然只是知识论领域的产物,其批判意识远不像看起来那么确定和明显。拿破仑指责意识形态家们不仅错误地认识社会和政治现实,而且成为秩序、宗教和国家的破坏者,意识形态概念获得了作为空谈、诡辩理论的贬义名分,并开始从法国扩展到欧洲思想界。

相对于包括托拉西在内的法国启蒙学者的普遍的感觉主义立场,德国古典哲学在对精神和人类历史的批判性考察中揭示了意识形态的历史基础和理性本质,并构成了马克思意识形态理论的重要思想背景。托拉西虽然创制了意识形态的概念,但没有对这一概念的社会历史本质做出深入考察,而黑格尔却以巨大历史感为基础,深入探讨意识在不同社会发展阶段上的具体表现形式,揭示各种意识形式与异化和教化之间的内在联系,尽管他事实上也很少直接提及这一概念。黑格尔对社会发展中意识形态的产生、实质、基础和表现形态的深入研究,为科学理解意识形态现象起到了重要的推动作用。费尔巴哈接过黑格尔手中的批判武器，从自然主义和人本主义立场出发对宗教这种最具异化特征的意识形式进行了透彻地批判。费尔巴哈并没有直接使用过意识形态概念，以抽象的人和自然为基础的人本主义哲学也成为阻碍他进一步前进的障碍，但是，不仅他对于宗教的批判触及了意识形态的起源和本质问题，而且他从异化问题切入进行宗教批判的思路对理解意识形态问题具有重要的启示作用，比如乔治·拉伦就认为马克思的意识形态概念是在费尔巴哈宗教批判的基础上形成的[10]。另一方面，托拉西对于意识形态概念的理解虽然局限于观念学的狭隘认识论视域，但是他将意识形态概念与现实实践和政治解放联系起来的思路已经暗示这一概念本身所蕴含的强烈的现实性、批判性和实践性指向。邓肯·米切尔正确地指出，在意识形态概念的流行过程中，其含义与托拉西最初的规定已有很大不同，意识形态概念不再仅仅是观念学，而是对世界、社会和人的思想、感情和态度——公开主张的或缄默接受的信条。[11]这就意味着，意识形态概念已经不仅仅与思想、意识有关，而且它本身就是构成既定的思想系统的一部分，从而由一个批判反思的概念转变为有待于批判反思的概念，意识形态概念在其演变过程中变得日益复杂了。

如果说托拉西赋予了意识形态以生命，那么马克思则真正改变了其命运。在意识形态这一概念被拿破仑贬义化以后，马克思不仅创制了 Ideologie 这一德语词，而且在唯物史观基础上恢复了意识形态的哲学意义，并使之成为马克思理论架构的重要概念。

一般认为，马克思在意识形态问题上的探索历程大致经历了三个阶段：第一阶段是青年马克思时期（从早期著作到 1844 年），此阶段马克思对于意识形态的思考受黑格尔和费尔巴哈的影响，同时也出现了若干新思维的火花；第二阶段是意识形态理论创建时期（1845 年到

1857 年），马克思以唯物史观考察意识形态，确立了意识形态理论的基本精神；第三阶段是深化和完善时期（1857 年到 1883 年），马克思揭示意识形态在资本主义社会的基本特点，并进而对意识形态的超越进行积极和科学的探索。[12] 在《关于费尔巴哈的提纲》中，马克思提出，意识形态的本质根源于社会生活，一切意识形态"都能在人的实践中以及对这个实践的理解中得到合理的解决"[13]。在标志着马克思唯物史观和意识形态理论创立的《德意志意识形态》中，马克思在两个层面上使用了意识形态：一是以思辨性、抽象性、非批判性为基本特征的"德意志意识形态"，二是指作为阶级社会中统治阶级借以巩固和维护现存统治的思想体系的"一般意识形态"。在《1857—1858 年经济学手稿》《1861—1863 年经济学手稿》以及《资本论》等著作中，马克思对作为资产阶级意识形态基础的资产阶级政治经济学展开了批判，其核心在于通过物化意识来批判揭示资本主义社会普遍的物与物的关系背后所隐藏的人与人之间的真实关系。有学者认为，马克思将意识形态概念与现实生活中的物化观念结合起来，是把意识形态批判引向现实生活批判的一个根本步骤，标志着物化意识批判成为意识概念发展史中具有划时代意义的理论创见之一。[14] 在《资本论》以后，马克思基本上不再使用意识形态概念了，恩格斯倒是在一些场合运用这一概念分析资产阶级意识形态，但这只是表明了晚年马克思在对于前资本主义社会、原始社会的探索上"避免使用意识形态概念来指认一些社会精神现象。然而，马克思依然用其意识形态理论的批判精神来揭露资产阶级人类学家在研究原始社会中的意识形态性。"[15] 可见，意识形态概念中所蕴含的批判精神即使在马克思晚年也没有因这一概念的避免使用而有任何削弱。

马克思对于意识形态的思考经历了一个复杂的过程，更为重要的是，伴随这一过程的是马克思唯物史观的发展和确立。实际上，历史唯物主义的创立和意识形态学说的形成在马克思那里乃是同一个过程的两个方面。一方面,马克思从思想世界下降到现实世界,从而创立了历史唯物主义;另一方面,正是有历史唯物主义的基本理论的发现,正是有现实的人通过生产劳动所创造的现实的人类史的发现,马克思才最终科学地解释了一切意识和意识形态的来源和本质,才创立了划时代的批判理论——意识形态批判理论。"不是意识决定生活,而是生活决定意识",现实世界最终成为思想世界的真正基础,并为我们探索意识形态的秘密指明了方向。埃里希·哈恩认为,马克思意识形态概念可能是在双重意义上使用的,"一方面,它被马克思和恩格斯具体地理解为虚假意识的标志;另一方面,在马克思主义和其他一些人的文献中,它主要作为一个阶级的社会意识的总体概念而出现"[16]。把马克思的意识形态概念从阶级层面理解为否定性的概念,即"阶级社会的维护意识",的确抓住了马克思的意识形态概念基本倾向,这也可以从恩格斯曾经为意识形态所下的定义中得到印证:"意识形态是由所谓的思想家通过意识、但是通过虚假的意识完成的过程。推动他的真正动力始终是他所不知道的,否则就不是意识形态的过程了。因此,他想象出虚假的或表面的动力。"[17]正是意识形态概念的虚假性、阶级性,使它与异化、商品拜物教结合在一起,构成了马克思批判资本主义社会的重要路径。另一方面,在马克思的社会结构理论中,意识形态又作为观念上层建筑的组成部分之一与经济基础相对应,因而文学艺术等作为"意识形态的形式",构成"更高地悬浮于空中的思想领域"。这里,文学艺术被视为一种特殊的意识形态,表明了意识形态概念并非仅仅在否定意义上使用的。事实上,正是沿着这一思路,列宁强调意识形态是与社会生产方式相对应的概念,将马克思主义视为与资产阶级意识形态相对立的无产阶级的意识形态,这样,意识形态就成为一个描述性概念,而不再仅仅一般地谈论意识形态的虚假性。在列宁看来,意识形态作为马克思主义唯物史观的基础客观揭示了资本主义社会的运动及其规律,是科学的意识形态,同时他又坚持意识形态的批判性,坚持对其进行具体的而非抽象的理解。正是如此,有学者将列宁的意识形态学说视为"马克思的意识形态学说在20世纪复兴的最重要的标志"[18]。

从上述梳理和辨析中,我们可以大致看到马克思的意识形态概念具有以下一些基本特征:首先,意识形态作为具有阶级属性的观念范畴,是统治阶级的阶级意识,具有阶级性;其次,意识形态作为代表统治阶级根本利益的观念的综合,本质上是编造幻想、掩蔽现实关系的精神力量,是对于社会现实的颠倒的、神秘的反映,因而具有为统治阶级辩护的功能,具有虚假性、欺骗性,从而体现了意识形态鲜明的实践功能;第三,意识形态作为由政治思想、法律思想、经济思想、教育、道德、艺术、宗教、哲学等构成的有机的思想观念和信仰体系,具有总体性,它通过知识性谱系而建构意识形态体系,即马克思对于意识形态的阐释并没有仅仅局限于虚假性的一面,而是注意到了这一概念的描述性方面,这在列宁那里尤为明显,但是,不具备观念形态的国家机器以及科学技术都没有被视为意识形态,而西方马克思主义理论家却在此做出了自己的理解和发挥;第四,马克思对于意识形态的阐释是与对于异化现实的批判紧密联系在一起的,后者构成前者的核心。正是由于"在马克思那里,意识形态主要是一个否定性的概念,因而马克思的意识形态学说本质上是意识形态批判的学说。"[19]这种批判性也是意识形态概念的功能性体现之一。

综上所述,马克思的意识形态理论将意识形态概念从精神世界落实到现实世界,科学地解释了意识形态的来源和本质。对此,詹姆逊给予了高度评价:"意识形态理论是马克思对异化的认识中一个不可缺少的组成部分,同时也是马克思主义对意识形态分析和文化分析最有独创性的贡献之一"[20]。对于意识形态概念的基本清理不仅为我们考察西方马克思主义意识形态话语及其意识形态批评廓清了理论基点,而且为我们了解我国当代文论话语关于意识形态的理解设立一个基本的参照,在后文的阐述中,我们将不断重返马克思的意识形态理论这一基点。

二、 西方马克思主义理论家的继承与扩展

马克思的意识形态学说作为马克思主义唯物史观的重要组成部分在世界范围内得到广泛传播并产生了深远影响,为我们走出意识形态概念在内涵和使用上的泥淖和考察西方马克思主义意识形态理论提供了基本的理论坐标。然而,众所周知,马克思论述意识形态的最为重要的著作《德意志意识形态》1932年才出版,除此之外,马克思对意识形态问题的思考都是在论述历史唯物主义时才提出的,在这种情况下,就难以避免地为马克思主义的修正主义者在思考和解决无产阶级革命问题时走向教条主义或机械主义乃至歪曲留下了可能。事实上,第二国际和第三国际对马克思理论的严重扭曲成为西方马克思主义理论家强调意识形态的重要现实背景之一。他们将马克思的唯物主义歪曲为无视人的能动性的自然主义和形而上学决定论,将马克思关于经济基础与上层建筑的辩证关系的论述仅仅局限于从经济一维去理解和分析社会现实,正如马克思对于旧唯物主义所批评的那样:"对对象、现实、感性,只是从客体的或者直观的形式去理解,而不是把它们当作感性的人的活动,当作实践去理解,不是从主体方面去理解。"[21]早期西方马克思主义者一个重要的理论贡献就在于他们较早觉察到第二国际和第三国际对于马克思思想的歪曲,并且试图通过对于人本主义的强调来批判机械唯物主义倾向,反对庸俗马克思主义者的经济决定论。西方马克思主义理论家对于第二国际修正主义倾向的批判体现在两个方面:一是反对将马克思主义科学化,二是反对对于马克思主义的经济学还原。对于前者,他们努力揭示马克思的黑格尔根源,突出主体的能动性

地位;对于后者,他们强调意识形态在维护和巩固现代资本主义统治秩序中的重要职能,通过对于马克思意识形态理论的继承和发展来分析当代社会中的意识形态问题,并将其视为与经济关系、国家和政治制度并列的社会现实总体的三大组成部分之一。[22]

西方马克思主义理论家对于马克思意识形态理论首先采取的是一种继承的态度,而在继承中又有所发挥和发展。西方马克思主义理论家对马克思意识形态概念的继承基本以《德意志意识形态》为理论出发点。在这个文本中,马克思使用了"德意志意识形态"和"一般意识形态"两种提法,并指出了后者的虚假性和欺骗性,这成为西方马克思主义理论家理解马克思意识形态概念的基本出发点。比如阿多诺认为,"意识形态就是不真实——虚假意识、谎言"[23]。詹姆逊指出,"没有任何一个统治阶级能够永远依靠暴力来维护其统治,虽然暴力在社会危机的动乱时刻完全是必需的。恰恰相反,统治阶级必须依靠人们某种形式的赞同,起码是某种形式的被动接受,因此庞大的统治阶级意识形态的基本功能就是去说服人们相信社会生活就应该如此,相信变革是枉费心机,社会关系从来就是这样,等等。"[24]对此,我们可以从他们的两次批判中得到佐证,一次是针对将意识形态非阶级化、非批判化倾向,一次是针对意识形态终结论倾向,前者以曼海姆为代表,后者以丹尼尔·贝尔为代表。

20世纪20年代德国出现了马克斯·舍勒所开创的知识社会学思潮[25],曼海姆作为这一思潮的重要代表在《意识形态与乌托邦》一书中阐述了对于意识形态问题的看法。他认为,对于意识形态的讨论不能只是局限于揭露意识形态的虚假性,而应该主要集中于总体意识形态上,真正的理论就是要立足于现实的生活情境、社会条件来解释论敌的意识形态,知识社会学就是这样一门研究意识形态的理论。在知识社会学视野中,意识形态是在一定社会条件下人们基于一定的利益取向而形成的观察客观对象的方式,因而具有普遍性。曼海姆的这一观点受到了西方马克思主义理论家的批评。他们指出,首先,曼海姆错误地抹煞了意识形态的阶级属性。霍克海姆一针见血地指出,抹煞了意识形态的阶级属性意味着将意识形态视为超党派的知识体系,"知识社会学使意识形态学说从一个党派的斗争武器转变为一个超党派的社会学的精神史"[26];其次,曼海姆错误地从意识形态的观念史中寻找人的本质,忘记了只有通过对社会生活中的现实的人及其历史活动的探索才可以揭示出人的真正本质;第三,曼海姆错误地把马克思主义与马克思的意识形态理论混为一谈,将马克思主义也视为贬义上的意识形态,而不知道马克思主义作为科学不但不是曼海姆所说的贬义上的意识形态,而恰恰相反,是它的真正的对立面和批判者。[27]伊格尔顿也批评曼海姆在处理意识形态概念上立场游移,意识形态概念外延不确定。[28]应该说,这一批评所持的立场是与他们对于第二国际的批判相一致的,也与西方马克思主义对于意识形态的看法基本一致。但是,需要明确的是,西方马克思主义理论家对于曼海姆的批判所针对的是他对于意识形态的阶级性、批判性的遮蔽,但是这并非意味着他们坚持将意识形态概念仅仅局限于阶级性和批判性这样的维度上理解。

意识形态终结论是西方学者对于处于冷战之中的世界的理论回音,同时也具有特定的理论根源,社会学家 T. 帕森斯就认为马克斯·韦伯的价值中立理论会导致"意识形态的终结"。一般认为,第一个使用"意识形态终结"提法的是法国学者加缪,他在 1946 年提出"意识形态已经走向了自我毁灭"的观点,而最为明确阐发的则是美国学者丹尼尔·贝尔。他在《意识形态的终结》一书中宣称,在 20 世纪,意识形态作为 19 世纪人道主义的普遍传统已经式微,新的地区性的意识形态正在兴起,历史终结于资本主义及其民主制度门槛之内。哈贝马斯对意识形态问题上的价值中立论提出质疑,认为这并不能破坏意识形态本

101

身所具有的迷惑性和欺骗性,反而在一定程度上强化了它。对于意识形态终结论的批判,伊格尔顿也许具有代表性。在他看来,意识形态终结论者带着法西斯主义和斯大林主义所造成的精神创伤,把意识形态视为封闭的、教条的,而后现代主义则在新的语境中将其视为神学式的和形而上学的建构,"后现代是一个'意识形态终结'的世界,也曾被宣布为历史的终结。"[29]他质问道:"如果历史从来没有任何内在动力的话,那么它还能够已经完结吗?它是全部结束了,还是只有它的某些部分已经结束?是被压迫人民的解放,还是自然的支配?……为什么意识形态完结的好消息似乎已经向着柏克利或波洛尼亚渗透,却没有向着犹他或者乌尔斯特渗透呢?"[30]后现代主义把某种意识的形式等同于意识形态,在认识论上走上怀疑主义;对于更为宽泛的话语概念的使用,对于理性、利益和权力之间关系的关注企图使意识形态概念成为多余,这在某种意义上就是二战以后意识形态终结论的卷土重来,"'意识形态'终结本身就是十足的意识形态:它想要我们完全忘掉寻求道德正当性,一门心思地好好享乐"。[31]这实际上揭示了意识形态终结论与当代资本主义社会消费主义的本质关联,同时也暗含着意识形态概念超越阶级视域而走向多元的趋向。

西方马克思主义理论家关注意识形态不仅具有深厚的理论背景,更具有坚实的现实基础。一战后,俄国十月革命取得胜利,而中西欧爆发的无产阶级革命却普遍失败了,与此同时,资本主义体系却稳定下来,这引起了西方马克思主义早期理论家的关注,无产阶级意识乃至意识形态领导权等问题一时成为理论关注的中心。然而,正如霍克海姆批判卢卡奇时所指出的,"对资产阶级自我意识的简单描述并没有给我们提供关于这个阶级的真理。同样,对无产阶级意识内容的系统描述,也不能提供无产阶级存在和利益的真实图像"。[32]随着科技的飞速发展以及消费主义的日渐蔓延,西方马克思主义理论家逐渐从政治经济层面逐渐集中到文化层面,在他们看来,革命已经失去了现实的政治和经济基础,正如安德森所指出的,自20世纪20年代以来,"最常为'西方马克思主义'所密切关注的,拿恩格斯的话来说,是远离经济基础、位于等级制度最顶端的那些特定的上层建筑层次。换句话说,西方马克思主义典型的研究对象,并不是国家或者法律。它注意的焦点是文化"。[33]就此而言,安德森的论断是符合实际的。(当然,由此进一步指认西方马克思主义理论是一种脱离革命实践的表现,是"一个失败的产物",则值得商榷。事实上,并不只有研究社会的、经济的、政治的或者具体的革命斗争才是密切联系了革命实践,在此,伊格尔顿的话应该具有启发性:"理解意识形态就是更深刻的理解过去和现在,而这种理解有助于我们的解放。"[34])

西方马克思主义理论家对于意识形态问题的普遍关注不仅从马克思的意识形态理论中获得最为直接的丰富的理论资源,而且具有深厚的现实基础,正是在理论和现实的双重推动下,意识形态概念在西方马克思主义意识形态话语中得到了扩展。具体而言,西方马克思主义理论家对于意识形态概念内涵的理解趋向多元,用法也更为宽泛。[35]比如相对于早期卢卡奇对于意识形态的理解,伊格尔顿则从六个不同层面对意识形态做出描述,而阿尔都塞则将意识形态定义为"一个诸种观念和表象(representation)的系统,它支配着一个人或一个社会群体的精神"[36],在这一定义中,意识形态成为个体与其真实的生存状态想象性关系的再现,这无疑突出了意识形态概念的否定性、虚假性特征,它的特别之处在于:第一,阿尔都塞的这一理解将个体引进了意识形态的概念中,而在马克思那里,意识形态是指向阶级的集体性概念;第二,这种想象性关系表明,意识形态不仅包括对于社会关系的自觉反映,而且还包括对于个体经验甚至无意识的反映。显然,这些相对于马克思的意识形态概念,已经有了相当大的扩展和补充。而在伊格尔顿看来,意识形态通常被感受为自然化和普遍化的过程,它"通过设置一套复杂的话语手段,意识形态把事实上是党派的、论争的和特定历史阶段的价值,显现为任何时代和地点都确乎如此的东西,因而这些价值也就是自然的、不可避免的和不可改变的"。简言之,"意识形态是一个话语问题,一个处于历史情境中的主体间的实践交往问题"。[37]这就将意识形态概念扩展到了话语领域,话语与权力之间的关系勾画出伊格尔顿思考意识形态的基本视野。

当然,不仅理论家个人在概念把握上存在着早期和晚期的差异,而且不同把握和使用甚至随着理论家思想的演进而以不同意蕴出现在同一理论家的理论话语中,因此对于意识形态的种种区分也必然是相对的。至此,对于本节开始时提出的问题,我们可以给出这样的回答:既然意识形态在西方马克思主义话语语境中存在着多元化的理解路径,那么,强行为这一概念的内涵和使用做出僵硬的界定就将是不可取的了,这当然不意味放弃这一概念,而是强调这一概念明确的所指对于具体的话语语境的依赖。总之,西方马克思主义理论家不仅继承了马克思将意识形态视为统治阶级思想观念和价值信仰体系的传统,而且还进一步将其理解为一种控制、巩固以及再生产社会意识的实践过程,重视意识形态在当代资本主义社会中的地位、职能和表现形态的多元化研究构成了西方马克思主义意识形态理论的家族性徽标。

第二节　走向多元的西方马克思主义意识形态话语

西方马克思主义意识形态理论对 20 世纪发生的一系列重大社会历史事件所提出的时代课题的索解,又是从不同的理论基点出发对马克思主义意识形态理论进行不同的"发掘"、"修正"、"补充"和"发展",因而其意识形态理论呈现多元化特征。就理论的主导方面而言,西方马克思主义意识形态理论基本向度可以大体概括为阶级向度、日常生活向度、心理学向度、语言学向度等四种模式。[38]需要明确的是,作为对于西方马克思主义意识形态理论多元化整体情势的共时性描述和概括,四个理论向度之间的区分并非泾渭分明的。就不同理论家而言,意识形态理论在个体化的理论视野中存在着研究路径上的类的区别,而具体到理论家个人,则存在着研究不同研究向度的主导与侧重的区别以及随着对于时代诉求的应答而可能存在的历时性演进,但这些不是对共时性描述的反对,而在一定程度上正是西方马克思主义意识形态理论多元化趋向的体现。

阶级向度意识形态理论的基本出发点是探索无产阶级革命的出路和前程,具体说来,就是要把意识形态领域的斗争视为无产阶级革命斗争的重要的甚至关键的组成部分。在卢卡奇、葛兰西、科尔施看来,意识形态"是客观的,而且它本身就是武器"[39]——既是现实物质斗争的武器,也是"意识形态专政"[40]的武器,而领导权概念则洞穿了统治意识形态的运作秘密,"解开了资本主义何以能在西方资产阶级民主制下继续存在之谜","第二国际的失败的根源在于无产阶级运动无力抗拒资产阶级领导权的渗透"。[41]显然,卢卡奇、科尔施、葛兰西对于意识形态的探讨主要围绕阶级以及阶级斗争展开的,而阿尔都塞则将这一探讨扩展到更为复杂的阶级、国家和意识形态的复杂关系之中了,他们的思考共同展现了西方马克思主义阶级向度意识形态理论对于马克思意识形态的思维路径的继承和一定程度上的延伸,表明了西方马克思主义早期理论家在意识形态问题上所能达到的深度以及偏离马克思的距离。

如果说 19 世纪是"意识形态的世纪",那么 20 世纪 20 年代以后,西方马克思主义早期理论家则在意识形态视域中思考无产阶级革命的现实问题,批判第二国际、第三国际意识形态理论。然而,到 50 年代前后,西方却出现了一股"意识形态终结"的思潮,丹尼尔·贝尔将其视为"50年代的特征",但他又谨慎地指出,这样说并不是主张"所有的社会冲突都终结了,知识分子已经断然放弃了对新的意识形态的追求"[42]。事实上,尽管"意识形态终结"口号的提出有特定的政治原因,但是政治毕竟不是意识形态的全部。"也许是对50年代的'意识形态终结'思潮的一种反拨吧,从60年代起,西方出现了各种新的意识形态理论,这些理论的影响一直延续到今天。"[43]在这些新的意识形态理论中,西方马克思主义理论家的思考是其中的重要代表。霍克海姆和阿多诺对于启蒙理性的批判在某种程度上暗示了西方马克思主义意识形态的发展趋向,《启蒙辩证法》对价值理性和工具理性进行了区分,而且对作为后者主要动力源的启蒙运动进行了批判性剖析,指出启蒙运动在前资本主义秩序崩溃后已经走向了其自身的反面,工具理性已蜕变为极权主义,并在文化工业中找到具体表达形式。作为对这一进程回应的结果,西方马克思主义理论家对于人与社会、人与自然以及人本身的政治经济学研究让位于更为广泛和深入的多维度探讨,具体到意识形态研究,则由阶级向度扩展到日常生活、心理学、语言学等诸领域。

一、阶级向度的意识形态理论

阶级向度的意识形态理论主要以卢卡奇、科尔施、葛兰西以及阿尔都塞等为代表。整体而言,阶级向度的意识形态理论侧重于从无产阶级意识的激发和培养层面考察意识形态与革命斗争的关系,寄希望于无产阶级超越资产阶级的物化意识,变革社会现状并确立自己的意识形态领导权而走向全面解放。"无产阶级的阶级意识是变成为意识的对阶级历史地位的感觉",无产阶级革命必须首先在意识形态领域展开,其成功与否根本上取决于无产阶级意识形态是否成熟。需要指出的是,在阶级模式的意识形态理论中,意识形态概念并没有局限于马克思的否定性维度,而是同时扩展到描述性维度,因而无产阶级和资产阶级意识形态都被纳入理论考察视野。

为什么必须重视无产阶级意识形态问题,这一方面缘于对于第二国际庸俗马克思主义倾向的批判,另一方面缘于对资产阶级意识形态的剖析。卢卡奇从社会经济状况与意识形态的关系切入,认为经济作为社会发展的真正推动力,"必须以非经济的、意识形态的方式进入思想领域",而"意识形态不仅是社会经济结构的结果,也是后者健康发挥职能的先决条件",[44]两者处于辩证关系之中。庸俗马克思主义者在此走向了教条主义,片面夸大了经济因素的决定作用而忽视了意识形态领域重要性。对此,柯尔施也认为虽然马克思对于意识形态思考的侧重点在青年时期与老年时期有所不同,却"一直将意识形态视为具体的实在,而不是空洞的幻想"[45],而且意识形态批判在马克思理论体系中占有十分重要的地位,对于意识形态领域的忽视将会导致放弃意识形态斗争这样严重后果。在还原马克思意识形态的本来面目的同时,西方马克思主义理论家注重对资产阶级意识形态的剖析,特别是通过对于物化意识的考察来揭示资产阶级意识形态的本质。在卢卡奇看来,物化是资本主义社会的普遍现象,"是生活在资本主义社会中的每一个人的必然的直接的现实",而物化意识就是"物化在意识中的意识形态结构",它使人"绝望地陷入粗糙的经验主义和抽象的乌托邦主义的极端之中"[46],从而丧失批判现实和改造现实的能力。

那么,应该如何在意识形态领域培育无产阶级意识? 西方马克思主义理论家从不同的理论出发点开出不尽相同的药方。卢卡奇一方面强调作为马克思辩证法核心的总体范畴的优先性,以此来超越物化意识,在对资本主义现实的总体性把握中实现对于它的批判和改造,另一方面要超越资产阶级意识形态合法性的视界,打破其合法性神话。科尔施在批判第二国际庸俗马克思主义时强调了意识形态作为现实力量对于无产阶级革命的重要意义,并进一步提出"意识形态专政"问题,强调在无产阶级执政以后要实行意识形态领域的无产阶级专政。葛兰西同样认为,开展意识形态战线的斗争是无产阶级革命的主要任务,工人阶级运动无力抵抗资产阶级意识形态的渗透是第二国际失败的根源,为此,他探讨了意识形态领导权的问题。葛兰西认为,无论是一个阶级或者历史集团,还是一种特定的社会秩序,它不仅需要国家机器进行强制性统治,也需要意识形态方面的非强制性统治。居于统治地位的社会集团总是充分利用自己在意识形态领域的支配性地位来实现在价值观、世界观以及社会理想等方面对于整个社会的引导和统治,以巩固和维护现存的社会秩序,这就是意识形态领导权,在资本主义社会就是资产阶级的意识形态领导权。葛兰西写道,"既然领导权的建设构成了新的思想体系的形式,既然这种建设决定了意识的改革和认识方法的改革,那么这种建设也就是一种认识行为、一种哲学行为。"[47]这种行为的实现依赖于无产阶级"有组织的知识分子"批判资产阶级意识形态、传播本阶级的意识形态,无产阶级通过这种意识形态的转换而逐步获得意识形态领导权。葛兰西的意识形态领导权理论剖析了资产阶级如何通过认同而不是强制性手段来维护和巩固自己统治的秘密,提出了无产阶级意识形态斗争中的领导权问题,并开始将国家置于意识形态思考视野之中,在此意义上,麦克莱伦认为葛兰西"作为第一个进行这样分析的马克思主义理论家,是有丰功伟绩的"[48]。

除卢卡奇、科尔施、葛兰西等着力于阶级向度的意识形态理论探讨之外,阿尔都塞也对国家、阶级和意识形态之间的关系进行了深入研究,并成为西方马克思主义意识形态批评的杰出代表。阿尔都塞在继承马克思意识形态理论传统的同时,又有所修正。在他看来,与经济基础相对的上层建筑的使命是实现社会关系的再生产,而意识形态则确保这种再生产的顺利进行。再生产的实现并不是通过强制性的国家机

108

器,而是通过宗教、教育、工会、家庭等文化机制完成的,阿尔都塞将其命名为"意识形态国家机器"。它具有以下特点:首先,意识形态国家机器的职能在于维护和巩固既定社会秩序,保证生产关系的再生产;其次,它不具有强制性,其职能是通过意识形态而实现的;第三,它是复数的,即存在着意识形态国家机器的多种形态;第四,意识形态国家机器是阶级斗争和阶级对抗的场所,意识形态斗争是现实阶级斗争的有机组成部分,是"人与世界的'活生生'的关系"[49]。阿尔都塞在意识形态国家机器的阐述中讨论了一般意识形态问题,提出"意识形态是支配个人和社会团体的思想的观念和表象的体系","代表了个体与他们的真实的生存条件之间的想象关系"[50]。想象性关系揭示了意识形态在把个体转换为主体过程中作为国家机器的职能,因为意识形态通过诸意识形态国家机器给主体性披上了想象性伪装,掩盖了其自身支配人的思想观念的真正的主体性地位,因而对于人来说,就只能"以一种想象的方式向自己再现自身的真实状况",正是在此意义上,阿尔都塞将人从本质上视为"意识形态动物"。[51]整体上讲,阿尔都塞的意识形态理论将意识形态置于与国家以及阶级的复杂关系中进行考察,从一定程度看是卢卡奇尤其是葛兰西的思路的延伸和拓展。也有学者指责阿尔都塞过于强调意识形态的决定性作用,而没有为主体的反抗留下空间。实际上,阶级向度的意识形态理论整体上继承并发展了马克思的意识形态的理论框架,强调理论批判性,相对而言,忽略了意识形态领域中权力、性别、种族等因素的存在,忽略了这些因素与阶级、国家之间的复杂关系,从另一个角度看,这也为马克思主义意识形态理论的发展留下了广阔的空间。

二、 日常生活向度的意识形态理论

阶级向度的意识形态理论侧重于宏观的社会结构、社会运作层面,基本行走在马克思意识形态理论的思路及其延长线上,而日常生活向度的意识形态理论则更注重将日常生活作为考察意识形态的着眼点,关注和思考不断延展的社会现实。意识形态作为占统治地位的社会价值和观念体系,必然广泛地渗透于社会生活、尤其是社会精神生活的方方面面,而科学技术则成为这种渗透趋向的加速器。二战后,科技飞速发展在新实证主义中实现了自己的理论形式,从而引起了西方马克思主义理论家的进一步思考。科学技术以新的意识形态形式参与到对于社会的掌控之中,启蒙成为神话,以致霍克海姆和阿多诺从整部人类史来追溯这一进程的根源。进入 20 世纪 60 年代,西方现代资本主义在创造物质财富的同时也集聚了日益严重的精神危机,商品逻辑和物化意识蔓延至日常生活每一角落,迅猛膨胀的文化工业制造意识形态的"社会水泥",无助的个体成为奥德修斯神话中闭目塞听的沉默水手。正如弗洛姆所指出的,"二十世纪的问题是人死了",因为人已经是"无人性"的人,是"精神分裂般的自我异化"的"机器人"。[52]对此,居伊·德波指出:"在发达资本主义,所有古老的价值和所有过去交往的参考范畴的不断消失;以从前在日常生活和别处理性统治的任何其他东西来代替这些价值范畴的不可能,以及越来越多的逃离我们的新的工业力量——这些事实,不但本质上产生了我们时代正式的不满,一种在青年人中间特别剧烈的不满,而且还产生了艺术的自我否定趋势。艺术总是独自表达了日常生活的秘密问题,尽管以一种隐蔽的、变形的和部分幻想的方式。现代艺术现在为我们提供了全部艺术表达毁灭的不可否认的证据。"[53]以景观来概括当代资本主义社会新特质,认为当代资本主义社会存在的主导性本质体现为一种被展现的图景性,人们迷失于景观之中而丧失了对于本真生活的渴望和要求,景观社会与本真社会处于实然与应然的对立之中,在这种背景下,日常生活向度意识形态理论将意识形态扩展至包括阶级视域在内的整个社会生活过程,揭示上层建筑和社会个体之间统治、对立乃至争夺的动态关系。

列斐伏尔曾将日常生活定义为"人们除去全部专门化活动之后剩余的一切",显然,这一定义是以专门化为标尺来衡量日常生活的,说它暗含着日常生活无关紧要的意思也不为过。"如果研究日常生活不能抓住研究对象,并且这种研究也不是确切地为了变革日常生活这一目的,那么研究日常生活将是非常荒谬的工作。"[54]詹姆逊也认为,日常生活可以成为一个独立的研究对象随着城市化进程而出现,研究首先开始于那些伟大的小说家和诗人们,而在包括齐美尔、本雅明等理论家那里得到进一步深入。把日常生活作为异化了的对象来认识,没有人怀疑我们对日常生活的体验是否正是实际生活中意识形态的一种形式,这一主题在法兰克福学派的著作中得到"最富有启发性和最有影响的发展"。詹姆逊对于日常生活向度的意识形态理论的评述集中于法兰克福学派成员对于文化工业的研究和批判,指出法兰克福学派从商品逻辑全面渗透进作为传统的自由的飞地的文化领域、抽空了其中的否定性和批评性力量这一思路来探讨意识形态问题;他们将欲望视为革命性力量,但在一个伦理观瓦解、广告和消费成为性冲动真正的主体的社会中,这一力量更难以清楚解释,从而决定了其颠覆性力量的薄弱。[55]詹姆逊的评述自有其洞见,但是西方马克思主义日常生活向度的意识形态理论视野更为宽广,不仅仅包括法兰克福学派对于文化工业的探讨,也包括他们对于科学技术问题的探讨。

马尔库塞是法兰克福学派中较早致力于研究发达工业社会意识形态问题的理论家之一。就如同《单面人》的副标题"发达工业社会的意识形态研究"所标明的那样,马尔库塞侧重于从科技和工艺高度发展、异化更加严重这一视角出发对发达工业社会中的意识形态问题进行了详尽阐述。实际上,"异化劳动分析始终是马尔库塞思想的一大焦点"[56]。在《理性与革命》中,马尔库塞突出了马克思将黑格尔对哲学上的劳动异化扭转为物质实践劳动的异化，而在《爱欲与文明》中进一步用弗洛伊德理论中本能压抑的概念来补充马克思的经济压迫的概念，并乐观地预见审美救赎的乌托邦前景，但在《单面人》中，这一乐观主义被浓厚的悲观情绪取代了。在他看来，随着科技的进步，异化进入了"一个更为发达的阶段"，"人们在他们的商品中认出自己，在汽车、高保真立体音响、错层式豪华住宅以及厨房用具中找到了自己的灵魂"，"个体对他的社会的直接认同，并且直接通过它而对整个社会直接认同，这种认同，包含着进一步的异化"[57]，这就是日常生活的异化。作为普遍异化的具体表现形式，日常生活异化与科技的高度发达密切相关，后者不仅"已经成为以最成熟有效的形式出现的异化的重要媒介"[58]，而且通过科学的管理和组织以及通过对商品生产能力的持续推动、对消费欲望的不断刺激，将卢卡奇曾思考的意识物化推向新的高度，它不仅渗透进人的全部行为之中，而且渗透进人的全部思想意识乃至文化之中，"发达的工业文化比前此的文化更具意识形态性，因为现在，意识形态就存在生产过程本身之中"，"无论在任何地方，无论以任何形式，都仅仅存在着一个维度"，[59]即单面性。理查德·沃林指出，"马尔库塞把《存在与时间》开创的对'日常性'的彻底批判转向晚期资本主义社会。海德格尔把非本真性阐述为此在在世的一个本体论恒量，而马尔库塞把非本真性看做先进工业社会的历史基础。"[60]发达工业社会的非本真性即日常生活的异化状态。马尔库塞认为，人的全面异化标志着阶级的一体化，标志着"在什么程度上分享借以维持既定制度的需要和满足"。人们处于异化状态之中而不自知，阶级冲突被淡化了。当人的欲望被纳入意识形态所操纵和管理的列表中，人被异化到成为工具、成为机器人的程度，马尔库塞所设想的关于人的自由和解放的前景便无可奈何地暗淡下来。

关于科学技术与意识形态的关系，霍克海姆曾指出，"不仅形而上学，而且还有它所批评的科学，皆为意识形态的东西；后者之所以也复如此，是因为它保留着一种阻碍它发现社会危机真正原因的形式。"[61]马尔库塞曾经罕见地引用其师海德格尔的话说，"现代人把整个世界都当做生产原料，使整个客观世界都从属于生产的规模和秩序"，然而在当代资本主义社会，这再也不可能了："当技术成为物质生产的普遍形式的时候，它就限制了整个文化的范围；它勾勒了一个历史性的整体——一个'世界'。"[62]于是，科学技术具有了奴役人的工具性功能，终于失去了其中立性而成为意识形态的了。然而，正如美国学者凯尔纳所注意到的，马尔库塞对待科学技术的态度存在着内在矛盾，"当马尔库塞用同样的自信做出'技术已经变成物化的主要工具'和'科学技术是解放的主要工具'这两个简短的声明时，他的理论中的矛盾也就概括在其中了。"凯尔纳将矛盾的根源追溯为"缺少一种技术霸权的理论"，[63]这自有其洞见，然而在我们看来，马尔库塞在科学技术态度上的摇摆和矛盾，如果从意识形态的视角来衡量的话，就会发现科技无论是作为物化的工具还是解放的工具，两者实际上都是对意识形态功能的发挥：就前者而言，技术合理性与统治的关系暧昧不明，科学技术作为意识形态止于统治阶级利益的表达；就后者而言，技术合理性将有助于人的基本需要的满足，从而推动自由的实现。这一表面的矛盾和摇摆从另一角度看也是马尔库塞早期融合马克思与海德格尔乃至后来融合弗洛伊德努力的必然结果：一方面，他明确说，"作为技术目的的新的目的，是在规划和机器的构造中，而不仅仅是在它的应用中生效"[64]；另一方面，马尔库塞又将所谓科技政治学的基础归因于文明的规划，而不是海德格尔所断言的科技本质自身。对于科技的意识形态属性的批判潜能的乐观在本雅明身上同样存在着，而哈贝马斯沿着马尔库塞的思路进行了进一步的发挥。

哈贝马斯在批判地继承马尔库塞思路的基础上提出了独特的交往

行为理论,并阐述了关于当代资本主义社会意识形态的基本观点。由于哈贝马斯更多地将交往行为归结为语言交往,因而对于其意识形态观点的探讨将被置于语言向度的意识形态理论中进行,在此仅对哈贝马斯在科学技术的意识形态问题上的观点做简要评论。哈贝马斯认为,马尔库塞正确地从对于马克斯·韦伯的批评中引申出"技术理性的概念,也许本身就是意识形态"的结论,肯定了科学技术的双重功能:一是成为了第一生产力,二是成为了意识形态。但他同时忽视了劳动与相互作用的区别,而这正是哈贝马斯的基本出发点。在哈贝马斯看来,劳动实践的合理化与交往行为的合理化具有根本的区别,"技术统治意识的意识形态力量正表现在对于这两种不区别的遮蔽上",因为劳动的合理化逻辑地促成交往的非合理化,这就将意识形态批判的任务集中于对当代资本主义社会交往行为非合理性的揭露。概而言之,科学技术作为意识形态具有以下特点:首先,"技术统治的意识同以往的一切意识形态相比较,'意识形态性较少'",而另一方面,"比之旧式的意识形态更加难以抗拒,范围更为广泛";其次,"技术统治意识的意识形态的核心,是实践与技术的差别的消失",即"它在掩盖实践问题的同时,不仅为既定阶级的局部统治利益作辩解,并且站在另一个阶级以便压制局部的解放的需求,而且损害人类要求解放的利益本身";第三,科学技术作为意识形态这种功能的发挥是通过非政治化的途径,是借助于对个人的需求的补偿完成的。[65]总之,哈贝马斯将当代发达资本主义统治的合法性追溯到科学技术的巨大进步,认为科学技术作为意识形态甚至消失了传统意识形态的某些工具性特征而具有新的形式,这些思考值得重视,但因此而宣判马克思意识形态理论过时显然也是站不住脚的。

三、 心理学向度的意识形态理论

西方马克思主义理论家对文化工业和法西斯主义现象探讨的一个

114

重要环节是精神分析学分析。在研究权威主义的著作《权威与家庭的研究》和《权威化人格》中，精神分析加入甚至部分取代了他们一贯坚持的经验主义研究，而对于法西斯主义现象、尤其是对于暴力、权威和社会心理的讨论则更多的是心理学的，这当然离不开弗洛伊德的理论背景，但是，就意识形态思想发展史而言，这一背景可以推得更远。实际上，早在19世纪末20世纪初，在叔本华、尼采等推动下的唯意志主义思潮就对传统意识形态理论发生了重要影响，他们对于意志、生命、本能、欲望尤其是性欲的不无偏颇地强调开辟了意识形态研究的独特思路，其效应则在弗洛伊德那里得到具体体现。如果说叔本华从生命意志出发批判了以理性主义为核心的德意志意识形态理论，尼采延伸了这一批判并以强力意志为基础建构新的意识形态理论，那么，弗洛伊德以系统的无意识理论从心理学层面阐释了意识形态的起源、发展、冲突及其批判，从而对西方马克思主义心理学向度的意识形态理论产生了深远影响。

在20世纪西方现代思想版图上，弗洛伊德及其精神分析学是一个具有弥漫性的理论背景，就西方马克思主义意识形态理论而言，许多代表人物都在不同程度上接受了精神分析学的影响，甚至在一定意义上，弗洛伊德及其理论成为西方马克思主义重要思想渊源之一。将马克思与弗洛伊德综合起来考察西方现代社会症候是西方现代哲学发展中的重要趋向，也是西方马克思主义理论家的思考视野之一。20世纪30年代W.赖希作为"弗洛伊德主义的马克思主义"的第一批代表就曾为此付出过努力，到40年代弗洛姆、马尔库塞等西方马克思主义理论家做出了进一步思考，并在60年代的新左派运动中得到回响，70年代以后后殖民主义以及女权主义运动进一步成为辩证理解和融合弗洛伊德的推动力。无论是将弗洛伊德纳入马克思主义的理论视野，还是将马克思主义融入弗洛伊德的思路，对于马克思理论来说，都意味着对于心理学向度的打开,当然也意味着对于西方马克思主义意识形态理论心理学向度的开拓,在某种程度上也是融合马克思主义与弗洛伊德主义的尝试。这种融合虽然受到马克思主义与正统弗洛伊德主义者的双重批评,却一直被西方马克思主义学者所重视,在意识形态研究领域更是如此。心理学向度的意识形态理论主要以赖希和弗洛姆为代表,此外,马尔库塞也在特定阶段对此进行过深入探讨,但考虑到对马尔库塞意识形态理论的完整性而将其置于其他向度中讨论。

赖希是弗洛伊德最为器重的弟子之一,也是在融合马克思与弗洛伊德的诸多尝试中最早、最有代表性的一位。他在考察权威主义人格和法西斯主义群众心理学时阐述了"人格结构"理论,以之作为外部经济状况向意识形态转化的中间环节,架起沟通意识形态与经济基础和社会状况的桥梁。在赖希看来,马克思关于物质的东西转化为意识形态的东西的观点留下了两个悬而未决的问题:"(1)这是如何发生的,在这个过程中人的头脑发生了什么;(2)以这种方式形成的'意识'如何反作用于经济过程。"对此,赖希提出以人格结构分析的解决方案。人格结构由心理结构和性格结构构成,是人在社会化过程中形成的相对稳定的综合行为模式。人格结构作为社会发展的产物具有三个层次,并与意识形态形成对应关系。

在赖希看来,法西斯主义意识形态的蔓延可以在法西斯主义群体心理学得到说明。首先,群众心理造就了人格性格结构,后者反过来又强化巩固了前者。一方面,人格结构作为"意识形态着床的心理层"折射出既定社会的意识形态,意识形态正是通过性格结构的媒介而渗透进日常生活和思维方式之中,并"被深植于人的性格结构之中";另一方面,思想和观念体系通过埋置于个体心灵中"性格结构"转变为巩固和维护现存社会秩序的现实的"物质力量"。"每一种社会形态的意识形态不仅具有反映这个社会的经济过程的作用,而且更重要的,还具有把这个经济过程深植于作为社会之基础的人民的心理结构中的功能。"
"只要一种社会意识形态改变了人的心理结构,那么,它就不仅在人身上再生自身,而且更为重要的,还会成为人身上的一种积极力量、一种物质力量,而人则发生具体的变化,并因而以一种不同的矛盾的方式来行动。这样而且只有这样,社会意识形态对它由之而来的经济基础的反作用才是可能的。"[66]因此,每个社会都会创造出自己所需要的人格形式。在阶级社会,"统治阶级借助于教育和家庭制度,通过使它的意识形态成为社会一切成员的占统治地位的意识形态,而保证它的地位,但,这并不是一件将意识形态、态度和概念加诸社会成员之上的事情。"[67]其次,人格结构又与权威主义家庭以及家庭中的精神压抑和性压抑密切相关。在赖希看来,学校、家庭、教会都是既定社会状况和经济基础的产物,同时又是把意识形态植入人格结构中的工具。在当时德国的小市民家庭中,父亲的权威和神圣在夫妻关系、父子关系中得到确证并推动家庭的运转,从而对于儿童的心理结构和性格结构的塑造起到决定作用,家庭成了塑造意识形态的作坊,教会和学校则继续了这种作用。它们联手培育社会政治和经济秩序所需要的"人格结构"的过程,也就是既定社会状况和经济基础转化为意识形态的过程。在赖希看来,意识形态不仅反映社会经济过程,而且将这种经济过程深植于人的心理结构之中。如果一种意识形态改变了人的心理结构,那么它就会成为一种物质力量,对经济活动发生影响。显然,赖希不仅希望人格结构理论可以描述和解释意识形态生产过程以及自然和社会因素在意识形态生产中的相互作用的方式,而且能够说明意识形态在社会内部发生作用的方式。

赖希的富有启发性的理论洞见在于他没有停留于将法西斯主义兴起仅仅视为政治和经济现象,而是敏锐地看到了这一社会现象深处的群众心理基础,通过对于精神压抑、社会现实以及意识形态之间的互动关系的深刻分析,剖析了法西斯主义及其意识形态泛滥的人性根源,此后,运用意识形态理论进行历史事件分析俨然成为学术时尚。同时也不能不看到,赖希将意识形态根植于性压抑本身之中显然走向了泛性欲主义的泥淖,其根源在于赖希试图融合弗洛伊德主义和马克思主义时,将前者局限于个体,后者局限于社会,这种双重的误解导致他对于马克思主义的补充存在着理论内部的裂痕。

弗洛姆在赖希的启示下对意识形态进行了进一步的探索,其精神分析力图揭示合理化与意识形态的依存关系,打破意识形态幻觉的锁链,拯救在"意识形态化"中已"堕落的观念"的批判精神,从而使社会—心理维度被纳入意识形态视野。弗洛姆继承了马克思关于意识形态的基本观点,将意识形态视为虚假意识的范畴,甚至称为"纯粹的幻想",意识形态批判就是要揭示被意识形态遮蔽的真实,然而,相对于马克思将意识形态主要置于在社会和阶级的层面,弗洛姆则更主要置于个体的层面。在他看来,意识形态之所以是幻想,是因为人们具有将自己的欲望、行为、思想合理化的本能,"道德的考虑将潜意识和无意识中的欲望巧妙地合理化了,这在掩盖欲望的同时,又不断的放纵和怂恿欲望。"[68]现实生活中真实的欲望与虚假的合理化之间的鸿沟被抹平了,合理化成为意识形态蔓延的心理动因。

其次,同赖希一样,弗洛姆也重视对法西斯主义的心理学探讨,提出法西斯主义兴起除了经济和社会状况,"还有人性的问题,必须加以了解"[69]。他延续了赖希的思路,将精神分析视为弥补马克思理论的不足、阐释经济基础和上层建筑关系的纽带,为此,他提出了社会性格的概念。与赖希的性格结构的概念和功能相似,社会性格是社会化过程的产物,是特定文化和历史时期人们所普遍具有的性格结构;它对社会起着支配和稳定作用,"为使社会能继续发挥作用而改变和操纵人的能力"[70]。社会性格产生于社会经济基础,又对社会和个人思想起支配作用,而意识形态的反作用也必须通过社会性格才能得以实现。在意识形态与社会经济基础之间,社会性格是一个重要的中介环节。

第三,如果说社会性格的提出是基于对弗洛伊德理论的改造,那么社会无意识的提出则是对于弗洛伊德无意识理论的社会学应用。社会无意识是指对于大多数社会成员来说具有普遍性的被压抑的社会生活领域。在弗洛姆看来,社会个体对于那些不合于既定社会秩序的事实经验往往视而不见,"把社会所认可的陈词滥调视为真正现实的健全思想,而那些与此不符的思想则会被视为无意识而排斥在意识之外",弗洛姆将这种个体无法意识到的体系和机制命名为"社会过滤器","只有那些通过社会过滤器的人类诸经验,才可能进入意识领域。"[71]如果说社会无意识成为意识形态生成的产床,那么,社会过滤器则是意识形态的动力源。以此推论,从社会过滤器到社会无意识再到意识形态,在其间左右其手的正是法西斯意识形态自身,这是其兴起和蔓延的重要根源。

总体来看,弗洛姆从合理化、社会性格和社会无意识从心理学角度来阐述意识形态与经济基础之间的相互关系,揭示社会压抑与意识形态和性格结构之间的渗透,"比之赖希的性格结构分析,真理的成分要多一些。但是由于他同样是以在相当大程度上未得以证明的弗洛伊德所提出的一些假设为出发点的,所以他的这些解释和探讨也是假设性的。"[72]

四、 语言学向度的意识形态理论

众所周知,西方哲学美学在欧美哲学家的共同推动下发生了所谓语言论转向,这一转向同样可以在西方马克思主义意识形态理论中听到回音。细致描述这一轨迹不是本书所能承担,在此,对于语言论转向的考察将被具体化为对于西方马克思主义意识形态理论语言学向度的探讨。整体来看,语言论转向进入了几乎所有西方马克思主义理论家的思想视野,不同程度地对于意识形态问题的思考,从本雅明、马尔库塞、F.詹姆逊到哈贝马斯、伊格尔顿清晰地画出一条语言论转向的轨迹,从中不仅可以看到现代西方语言哲学在文论、美学中应用,更可以看到西方马克思主义文论、美学在意识形态问题上的创造性推进。

本雅明认为"没有任何事实或事物不以某种方式参与着语言","语言总是内在于人类思想表达的所有领域",并由此进一步提出"上帝的语言"、"人类的语言"、"事物的语言"等所谓"三种语言"理论,从而揭开西方马克思主义美学史上语言学转向的序幕。所谓"上帝的语言"也就是上帝的思想存在,其特征是直接的、内在的、无条件的,体现了语言之为语言的纯真性;"人类的语言"是人类始祖在伊甸园堕落后的产物,其特征是间接的、外在的、模仿的,体现了人类语言在对于事物的命名中的混乱和多元;"事物的语言"就是事物的语言存在,由于事物被语言的纯形式规则——声音所否定,因而是不完美的,其特征是自然的、直接的、消极的。本雅明对三种语言的区分深入到思想何以得到表达的层面,其中蕴含着他对于现代性问题的反思和批判。在他看来,语言表达的最重要特点就是直接性,语言的直接性正是语言的魅力所在。"语言传达什么呢?语言传达符合它的思想存在。这个思想存在基本上是在语言之中而非通过语言传达自身。……这意味着它不是语言存在外在地同一。只要思想存在能够传达,它就与语言存在是同一的。"[73]本雅明的语言观具有某种神秘的色彩,但是它对于语言直接性的强调则是指向语言工具论这种"资产阶级观点"。

在上述语言观基础上,本雅明形成了其前期的"寓言论"艺术观。本雅明经历两次世界大战,对于西方社会和文化巨大变迁有着深刻的体验,通过寓言式批评,他揭示了17世纪巴罗克悲哀剧与20世纪的艺术之间的相似性,以及这两个时代的相似性。本雅明认为,巴罗克悲哀

120

剧产生于当时"三十年战争"带来的巨大社会灾难,"这是一个废墟的世界。巴罗克的艺术家不可能用认同现实、与现实同步的向前的象征来表现,而只有选择寓言"[74],只有通过零散化、破碎性、灾难性的艺术意象,高度风格化地展示出世俗人生的悲惨、破碎、无意义,从而寓言式地展现从废墟中升起生命的救赎,因为"寓言在思想的领域里就如物质领域里的废墟"[75]。本雅明在17世纪的悲哀剧中看到了20世纪资产阶级艺术的式微与破碎,看到了第一次世界大战之后的社会废墟、灾难、痛苦,因此他对于17世纪悲哀剧的考察实际上蕴含着对于现实世界的战争、灾难、废墟、衰微的切身感受和深刻批判,这也正是布莱希特、波德莱尔、卡夫卡对待现代资本主义异化现实的思路。从批判现代社会非人的异化现实出发,本雅明从布莱希特的史诗剧中发现了与巴罗克戏剧相同的寓言形式,也在波德莱尔的诗中探寻现代主义艺术的寓言形式的大众基础。对于本雅明来说,现代主义诗歌实际上是城市市民对于日益异化的社会的深切感受和绝望的表达,它采用寓言的表达形式不仅是因为它是这个时代唯一可能的形式,而且也是因为它是城市大众表达现代社会体验的唯一可能的形式。本雅明不仅从形式方面揭示和看待现代主义艺术的费解性,而且结合文艺现象发展变化背后的时代、社会以及阶级状况等因素,注重考察现代艺术费解性所隐藏着的对资本主义现实的严肃批判,并充分肯定这种批判的思想政治价值。可以说,寓言论艺术观作为本雅明前期文艺思想的基本观念,不仅决定了它对于现代主义以及对于艺术形式和技巧的基本看法,而且还构成他对于马克思主义理解和接受的期待视野。

对于马尔库塞而言,语言中既潜伏着控制的力量,也生长着解放的希望。语言中的控制,乃是源于发达工业社会"单面性"的全面渗透,日常用语在被降服中不仅变成单面的了,而且在"头脑中、意识中、感官中和本能中,再生着现存的体系",单面性的语言被彻底剥夺了反思性和否定性。因此,他宣称:"一场革命在何种程度上出现性质不同的社会条件和关系,可以用它是否创造出一种不同的语言来标示,就是说,与控制人的锁链决裂,必须同时与控制人的语言决裂。"[76]在先锋派诗歌中、在嬉皮士和黑人居住区的俚语乃至污言秽语中,以及在摇滚乐和爵士乐中,马尔库塞发现了未被征服的领域,这里的语言粉碎了日常语言被使用和被规定的意识形态语境,张扬否定和颠覆的激情。马尔库塞不仅在这些大众化的语言看到解放的希望,他同时也将这一希望寄托在文学和审美话语之中。审美的话语面向着应然的世界,通过语言的炼丹术对现实的世界进行着想象性的改造:"诗句冲击着日常语言的法规,并成为一种媒介,以传达在现存现实中缄默不语的东西。同时,正是诗句的节奏,先于所有特定的内容,建构着现实,以便使现实清晰可见。"[77]这样看来,马尔库塞不仅在大众化语言中,而且在审美话语中,既看到了语言的被征服和被操纵,也看到了否定性和颠覆性力量的所在,这就比阿多诺的倔强的精英立场来得更具辩证性,也与他在对大众文化问题上的"整合与颠覆"的双面性[78]完全一致。从语言中探询冲破意识形态罗网的潜在力量,马尔库塞的这一思路使我们想起海德格尔关于本体的诗是日常语言的反向形式、日常语言是枯竭的诗的论述,以及关于诗意的栖居的设想,看来,在马尔库塞与乃师的聚讼纷纭学术关系中,背叛的一面毕竟无法完全抹去学术的传承。

詹姆逊则注意到语言论视角和方法论上的重要意义,提出"在构成意识和社会生活的所有因素中,语言显然在本体意义上享有某种无与伦比的优先地位"[79],这在《语言的牢笼》一书中有鲜明的体现。该书从思辨的层面上对于结构主义整个理论体系进行了相当深入的审视,既对索绪尔的语言学理论、俄国形式主义和法国结构主义保持了清醒的批判,又对这些思潮的合理方面给出充分评价,这种对于欧陆语言学思潮的积极回应表明,在西方马克思主义阵营中的语言学转向越来明显的趋势。而哈贝马斯在《交往与社会进化》中则对于语言学研究进行了深入思考，并提出建立普遍语用学的设想，从而为其意识形态理论的展开划定了地平线，伊格尔顿则在一个更为宽广的视野中探讨话语、权力与意识形态的关系。

哈贝马斯语言学向度的意识形态研究起步于马克思和"批判理论"的理论传统内部，他一手接过了马克思的批判意义上的意识形态理论，一手接过了法兰克福学派对工具理性的批判以及对科学技术意识形态功能的反思，同时又批评前者忽视了工具理性与交往理性的差别，后者将理性简单等同于工具理性：两者都是一种起源于传统主体哲学的简约论，即"孤立的主体与可以被表现和利用的客观世界中事物的联系"[80]，这就意味着把客观世界理解为主体的工具，把理性理解为控制世界的工具，从而忽略了主体与世界发生关系的真实情况，忽略了某种先在的交往行为。在此基础上哈贝马斯提出交往行为就是语言行为，在现代社会中语言也具有意识形态功能。哈贝马斯从一般语用学角度对交往行为进行分析，以重建"言语的普遍合法性的基础"，提出所有的言语交往行为都暗含着一种理想言说环境以及在其中达成非强制的理性的认同的假设，并以此作为唯一标准来评判那些受到强制而扭曲的交往行为。正是在既定社会状态与假定存在的理想状态的对比中，哈贝马斯得以测量现代资本主义社会的意识形态化的程度。然而，它同时也标示出意味着这一理想假设与现实的历史实践之间的割裂程度，而"更为关键的问题，是它没有明确提到物质利益与阶级对抗，它们位于意识形态的基础层面"[81]。交往行为理论将资本主义的真正问题被置换为言语交往问题，扭曲的交往及其对于真正话语认同的阻碍被视为人类的真正的桎梏，统治就不再主要根植于经济基础本性和阶级压迫之上，而成为一个纯粹的意识形态问题。在此，把马克思对于德国意识形态理论家们的批判用到哈贝马斯身上，似乎并不为过："只是用词

123

句来反对这些词句;既然他们仅仅反对这个世界的词句,那么他们就绝对不是反对现实的现存世界",[82]因而这些反对也就只能成为"同现实的影子所作的哲学斗争。"

作为新一代西方马克思主义理论家的重要代表,伊格尔顿也关注意识形态研究中的话语、权力和知识因素,并试图在四者关系中为意识形态定位。伊格尔顿对于意识形态给出了六条定义:1. 社会生活中观念、信仰和价值的一般物质生产过程;2. 象征特定阶级社会生活经验的观念和信仰;3. 面对对立的阶级利益促使特定的阶级利益及其合法化的实现,即一种话语场;4. 有社会统治阶级的权力力量实施的对于利益的促进和合法化;5. 借助曲解和掩饰的手段将阶级利益合法化的信仰和观念;6. 从整个社会的物质结构中产生的类似的虚假的和欺骗性的信仰。[83]第一条定义将意识形态视为在政治和认识论上是中立的,接近于文化概念;第二条接近于世界观概念;在第三、四、五条中意识形态与权力相联系,并被假定为一种重视行动的话语,成为一种有说服力的修辞,关注了为了政治目的而进行的生产;第六条则是对于马克思意识形态概念的贬义维度的继承,最为典型的例证就是马克思的商品拜物教理论。显然,伊格尔顿在这一定义中突出意识形态概念的阶级关系、权力和话语等内涵,并赋予其较大的包容性。在他看来,并不是所有意识形态都是统治阶级的私有财产,也不是所有意识形态都是对于现实的扭曲和虚妄的幻影,意识形态是"话语与权力的连接",但是,他又指出,"意识形态不是某种特定语言所固有的特质的问题,而是语境的效应问题"。[84]这就将意识形态性的获得交付于具体的语境来决定,而任何语境又必然与权力和利益联系在一起,因此意识形态实际上就成为为了利益而争斗的话语域,"尽管这样的话语并非一定涉及虚假性、扭曲和神秘化,但这些却是意识形态话语最为寻常的特征"。[85]将意识形态研究的视野拓展至话语、权力的深广领域是伊格尔顿意识形态研究的重要特征,也是西方马克思主义意识形态理论多元化趋势的重要表现。

五、小结

西方马克思主义意识形态理论与马克思的意识形态理论在诸多方面存在明显的继承关系,这些在某种程度上为西方马克思主义之宣称自己为马克思主义提供了合法性基础,但是,我们也必须指出其区别之处,而正是这些区别标明了西方马克思主义意识形态理论的多元化趋向对于马克思意识形态的偏离以及偏离的幅度。

首先是科学技术与意识形态的关系。在马克思看来,意识形态是一种关于社会、社会关系的观念和意识,具有阶级属性和价值属性,因此非观念的或者知识性的东西就被排除在意识形态外延之外,相比之下,西方马克思主义意识形态理论则显然将其外延扩大了。在他们看来,科学技术远不是中立的,而是成为支撑统治体系的意识形态。霍克海姆和阿多诺对于现代技术持坚决的敌视态度,马尔库塞认为技术合理性已经变成了政治合理性,构成了社会控制的基础,单维的世界中批判意识被消解。哈贝马斯在批评马尔库塞只看到了技术理性的意识形态属性而没有看到其进步潜力的基础上,试图将两者统一起来:科学技术的不断进步威胁着既存社会体系,同时也起着使政治权力合法化的作用。这些无不表明西方马克思主义意识形态在对于科学技术的意识形态属性的认识上对于马克思意识形态理论的疏离。

其次是关于意识形态的阶级属性问题。马克思的意识形态理论将意识形态视为阶级社会的精神现象,总是统治阶级的阶级意识上升为整个社会的普遍意识,因此理解特定社会的意识形态与具体的阶级分析紧密相关。而在阿尔都塞看来,意识形态与阶级之间的联系并非是内在的本质的,更与意识形态相关的是人的存在,意识形态并不会随着阶级的消亡而消亡:"如果永恒不意味着凌驾于全部历史之上,而是意味着无处不在,无时不在和在整个历史范围内形式不变,我们将完全采用弗洛伊德的表述,一字不变,并写道:正如无意识一样,意识形态是永恒的。"[86]哈贝马斯在其交往行为理论中提出语言也是意识形态的命题,这同样是将意识形态问题从阶级层面扩大为超阶级的东西了,甚至提出意识形态本身的消亡问题,显然也是将马克思的意识形态概念的外延扩大了。

第三是关于意识形态与经济基础的关系问题。在马克思意识形态理论中,意识形态属于上层建筑,它与经济基础的关系是作用与反作用的辩证关系,就此而言,西方马克思主义批判第二国际和第三国际的机械主义和教条主义阐释、恢复马克思对于意识形态能动作用的重视是正确的,但是他们由此走向了另一个极端,即走向了对于文化、审美的一味强调,而忽视了物质基础的根本性决定作用。从葛兰西到霍克海姆、马尔库塞、哈贝马斯都是如此,晚年卢卡奇延续其异化的思路阐述意识形态的本体论特征,在本体论层面将意识形态视为社会生活的一个基本方面,通过赋予意识、意识形态以本体论地位而将它们提高到一个前所未有的程度。虽然卢卡奇也不否认意识形态的认识论维度,但在他看来,意识形态在社会斗争、在社会存在的总体性框架内更显示出超出认识论意义的现实力量。从本体论意义上把握意识形态构成了卢卡奇意识形态理论的重要方面,但将社会生活过程等同于意识形态过程同样也存在着忽视物质生产这一基础的危险。

总之,西方马克思主义理论家对于马克思意识形态理论某种程度的偏离与多元化扩展紧密结合在一起。整体上看,西方马克思主义意识形态理论继承了马克思从社会结构维度对意识形态范畴的否定性和虚假性的判断及其批判性本质,同时又随着时代的变迁,将意识形态理论从阶级视域逐步扩展、深入至日常生活、心理、语言等广大视域,考察其中权力关系、话语霸权以及科技的意识形态本质,从而体现出鲜明的多元化特征,这一特征在新一代西方马克思主义理论家身上尤为明显。换一个角度来看,西方马克思主义意识形态理论从阶级向度到日常生活向度、心理学向度和语言学向度,其间也存在着一种历时性演进的轨迹,对此,我们既可以在西方马克思主义对于发展着的资本主义社会的一贯关注和思考中找到现实根据,又可以从他们对于马克思意识形态理论的坚持和发展中找到逻辑源头,这从另一个侧面反映了西方马克思主义意识形态理论在理论深度和视域范围的拓展方面所能达到的程度。西方马克思主义意识形态的多元化趋向对于它在中国的接受产生了重要影响,甚至决定了它在中国文论视野中的基本面貌。

第三节 西方马克思主义意识形态批评与中国化论域

上述对于西方马克思主义意识形态理论形态的初步考察为我们探讨其意识形态批评提供了基本前提,然而在考察西方马克思主义意识形态批评之前,我们必须首先对意识形态批评这一概念进行澄清。一般来说,这一概念具有三个层面的内涵:一是作为意识形态批判,主要集中于哲学和社会学领域研究意识形态问题,比如马克思的意识形态批判及其理论;二是作为一种文艺批评方法,意识形态成为文艺批评和研究的对象;三是作为一种文艺理论形态,即意识形态批评文论,意识形态与文艺的关系成为文论的核心。显然,作为意识形态批判的意识形态理论主要属于哲学范畴,它固然与文艺和审美领域有着密切的乃至基础性联系,但两者却不能简单等同。与此相对,后两种情况集中于文艺和审美领域。文艺和审美领域的意识形态批评作为一种理论倾向在西方文化中可以追溯到古希腊,主要体现为关注文艺对于人们思想观念的影响,柏拉图就是从他的理念论出发将诗歌从理想国中驱逐出去,原因在于诗歌表现情欲而不利于道德情操和人生观念的培养。但是作为自觉的文艺批评方法的意识形态批评却是形成于19世纪,并逐渐在20世纪成为一种与社会学批评、精神分析批评、神话原型批评、解构主义批评、女权主义批评、后殖民主义批评等并列的重要的批评方法,形成包括经典马克思主义意识形态批评、后现代主义意识形态批评在内的多种批评形态,而作为一种体系化的理论则应该是这种批判实践的必然结果。本书所言的意识形态批评就是在第三种意义上使用的,即从意识形态出发研究文艺和审美与意识形态关系的文艺理论。

此外,本书所言的意识形态批评与作为文化研究的范式的意识形态批评虽然是交叉的论域,但有着根本的区别。相同的是,两者对于意识形态的理解都从阶级和政治的基本领域向社会心理、性别、种族、身份认同乃至科学技术等领域扩展,经历了一个从思想观念体系向兼具日常体验性的社会实践方面的含义的转变,都关注与社会以及社会意识的关系,但是,文艺的社会意识形态批评研究本质上并不脱离文学艺术的基本论域,因此其外延要比作为文化研究范式的意识形态批评小一些。西方马克思主义意识形态批评在对于意识形态话语多元化理解的基础上形成了多元化思路和形态,从而整体上与苏联马克思主义理论家将文艺意识形态批评界定政治学批评区别开来。如果说传统的文艺意识形态批评往往致力于文学的社会政治内容,关注文学与社会意识形态的关系,那么西方马克思主义意识形态批评理论则在此基础上有了更大的扩展。

一、 思想渊源与理论动力

意识形态批评作为理论形态,所要关注的核心问题是文艺和审美的社会功能问题,具体说来,是文艺、审美与现实的关系问题,其中的关键又是文艺与意识形态的关系问题。对此,马克思主义经典作家都有过纲领性论述。意识形态是马克思主义文论的核心范畴,马克思主义文论的许多命题都与此相关。马克思在阐述其社会结构理论中提出，社会结构可以分为经济基础和上层建筑两大领域，后者又可以进一步区分为制度上层建筑和观念上层建筑。艺术作为人的一种精神实践活动，与法律活动、政治活动等截然不同，它不属于经济基础和制度领域，而是属于观念上层建筑。早在《1844年经济学哲学手稿》中，马克思就论述了物质生产对于艺术等意识形态活动的制约作用，在稍后的《德意志意识形态》中又强调应该把意识形态作为人类史的一个方面来研究；恩格斯在《反杜林论》中也提出历史科学要按照历史顺序和现在的结果来研究上层建筑诸形态。事实上，将文艺视为一种特殊形式的意识形态，视为观念的上层建筑，坚持文艺理论的意识形态性质，是马克思主义在文艺和审美领域的一个重要标志。所以，早在1923年卢那察尔斯基就指出，"到现在为止，马克思主义的研究者特别注意的正是艺术的意识形态的性质。"[87]时至今日，佛克马等西方学者更是明确指出，"马克思主义批评家认为文学根本上是一种特殊形式的意识形态"[88]。

马克思关于文学意识形态论的基本阐述确立了文学艺术在社会结构中的位置，以及它作为意识形态的共同属性。在马克思之后，普列汉诺夫、车尔尼雪夫斯基等马克思主义理论家以意识与存在的辩证关系为基本出发点对意识形态批评进行了进一步的阐发，并在批评实践中得到深化。比如车尔尼雪夫斯基一方面认为"再现生活是艺术的一般性格的特点，是它的本质"，另一方面又认为艺术是"人的生活教科书"，是借以参加现实斗争的一种文化形式。[89]然而，由于文艺与意识形态的关系本身就是极其错综复杂的，再加上特定历史时期社会政治生活和斗争的外在诉求，往往对这一问题的把握出现顾此失彼的情况，难以做出完整全面的把握，这在非马克思主义理论家那里如此，即使在部分马克思主义理论家那里也是如此。他们或者将文艺等同于意识形态，视文艺为意识形态的传声筒；或者将文艺的审美性与意识形态性对立起来,否定文艺的意识形态属性。这些偏颇在不同的历史时期有不同的表现形式,在同一时期也存在着表现形式变化和交叉。比如20世纪20年代,文艺的意识形态属性得到特别的强调,以至于走向了将文艺的意识形态属性简化为阶级性和党性的极端化理解,所谓"拉普"文论和庸俗社会学文论莫不如此。虽然在当时的政治文化情势下来看,从无产阶级斗争和阶级政治利益的观点来理解和把握文艺与意识形态的关系具有一定的历史合理性,而且对于形成马克思主义文论的独特个性起到了重要的推动作用,然而这不可避免地将文艺与意识形态关系问题简单化、教条化了。在新的历史条件下,重新澄清它们的关系就成为西方马克思主义意识形态批评的重要任务。

而这一任务另外一个重要的理论背景则来自于"意识形态终结论"的蔓延。上文在讨论西方马克思主义理论家对于马克思意识形态理论的基本态度时谈到了这一问题,在此有必要对这一思潮的基本观点及其根源作进一步概述,以打开西方马克思主义意识形态批评着力澄清文艺与意识形态关系问题的理论背景。"意识形态终结"是由拉蒙德·阿隆、爱德华·希尔斯、丹尼尔·贝尔以及S. M. 李普塞特等社会学者提出的,主要观点集中在《意识形态的终结》(希尔斯,1955)、《意识形态终结:论五十年代政治观念的衰落》(丹尼尔,1960)、《政治的人:政治的社会基础》(李普塞特,1960)等著作中。意识形态的终结"指的是一整套支持工人阶级反对现行政府斗争的热情洋溢的革命学说——以及随之而来的反对派主张的反革命学说——正在衰落。用C. 赖特·米尔斯的话来说,这种革命的学说是'维多利亚时代马克思的遗产',尽管它们在不发达国家依然存在,这些国家的社会结构和转变过程与欧洲工业革命时代的经历大体相似"。[90] 这里,李普塞特讲出了以下几层含义:首先,意识形态的终结不是说政治思想体系以及与其有关的政治立场已经终结,也不是泛指人类的意识形态已经消失,而是特指马克思关于工人阶级革命斗争学说的终结;其次,这种终结在地域上也不具普遍性,而是只发生在西方发达资本主义国家,特指意识形态不再对工人阶级的政治和革命运动产生指导作用;再次,意识形态终结的根源在于发达资本主义社会中随着物质生产的飞速发展而导致的意识形态冲突的缓和乃至消失。丹尼尔·贝尔也持有相似的观点,在他看来,马克思主义传统的意识形态"是一个表面现象,是对于经济利益的象征性表达,是阶级和政治的混合物。"作为发端于19世纪人道主义传统的普遍性意识形态已经走向衰落,"意识形态这个术语的史学解释已经丧失了其语境,存在的只是充满恶意和令人厌恶的遁词,而不是清晰的概念。意识形态已经变成了一个堕落到不可救药的地步的语汇。"[91]可见,意识形态终结论所终结的只是工人阶级反对现行政府的革命学说,发达工业社会的主流意识形态,即资产阶级的统治意识形态依然存在,因此用李普塞特的话来说,意识形态终结论本身"就是一种意识形态,一种不言而喻的意识形态,一种维护并使现存体制合理化的意识形态"。[92]

意识形态终结论有其理论的和现实的根源。李普塞特将其理论根源追溯到恩格斯的《路德维希·费尔巴哈和德国古典哲学的终结》,恩格斯提出,只要意识形态的现实的物质基础被认识,意识形态作为虚假意识和错误意识的阐释就会终结,而其后的曼海姆也在《意识形态与乌托邦》一书中详尽探讨了意识形态衰落和乌托邦消失的条件。意识形态终结的现实根据则是20世纪中叶以来,西方发达资本主义国家战后经济的飞速发展。在"意识形态终结论"者看来,正是随着经济的繁荣,"作为一个经济和社会问题,不平等正在不断地得到消除。……生产力已经使因不平等造成的尖锐冲突荡然无存。无论保守派还是自由派来讲产品的极大丰富为再分配提供了选择的余地,甚至减少了不平等,这点已经非常清楚。一些争论者反过来已把注意力转移到增加生产力这一目标上来了"。甚至,"经济生活中原先要关注平等、安稳和生产力,现在缩小到只关心生产效率和生产。生产成了解决与不平等相联的紧张关系的灵丹妙药,成了消除与经济无保障的相联的不安、焦虑和贫困的必不可少的良方"。[93]归根结底,经济的繁荣已经软化甚至消弭了阶级冲突和对立,无产阶级观念体系与资产阶级逐渐趋同,革命与反革命的意识形态都走向了衰落。

"意识形态终结论"不仅是西方马克思主义理论家关注意识形态问题的重要推动力,也是促使他们致力于考察文艺与意识形态关系问题的理论背景。西方马克思主义理论家在对"意识形态终结论"的批判中表明他们对于马克思意识形态学说继承和发展的基本态度,同时这一态度也体现在他们对于文学与意识形态关系问题的思考中。

实际上,文艺与意识形态的关系问题是文艺理论和美学研究无法回避的问题。有学者从马克思主义文艺学的本体论角度指出,马克思主义文艺学、美学的原创体系中有几个理论原点,它们是:《1844年经济学哲学手稿》等著作中关于人类的审美特性的人类学观点;《〈政治经济学批判〉序言》等论著中关于文学艺术属于社会上层建筑、意识形态的观点;《资本论》《1858年手稿》等著作中关于艺术生产的观点。从这三个原点出发,形成三种马克思主义文艺学本体论的主要构成因素:1. 审美;2. 上层建筑与意识形态;3. 生产。[94]实际上,这些理论原点不仅构成了20世纪各种马克思主义文艺学的本体论支撑点和理论生长点,而且也是20世纪各种马克思主义文论家观察、思考、剖析文艺问题的基本视点,几乎所有自称或被称为马克思主义文论家的人——苏联马克思文艺理论家,我国马克思主义文论工作者以及西方马克思主义理论家,都在这几个理论原点上有所传承、阐释、创新和发展。审美、生产、上层建筑与意识形态等不仅是马克思主义文艺学本体论的主要构成要素,而且也是马克思主义文论体系的重要构成要素。在这些构成要素中,意识形态不仅与上层建筑,而且与审美、与艺术生产都发生了复杂的关系,并且成为任何对文学现象及其理论的探讨都必须面对的问题域。

有学者将文艺与意识形态的关系问题归纳为"真问题"、"元问题"、"难问题"。[95]说它是真问题、元问题,乃是因为不论是作家、作品、读者乃至创作,还是文艺现象本身,无不是历史性社会现象,作为社会存在,它们不能不与特定的意识形态发生密切关联,不能不在某种程度上显示出特定的意识形态性,即使曾经喧嚣一时的"意识形态终结论"这一提法本身也不能摆脱意识形态的基本视界;然而另一方面,文艺作为一种特殊的意识形态,又表现出非意识形态乃至超意识形态的一面,从而使文艺处于意识形态性与非意识形态性的冲突、对抗而又共处的张力之中,因而对于这一问题的不同切入和回答在某种程度上决定了文艺理论的基本走向和整体面貌。马克思主义经典作家对此做出了原发性思考,而马克思之后,从苏联马克思主义、西方马克思主义到中国马克思主义理论家,都结合特定的具体的社会现实从马克思主义经典作家的理论元点出发对此进行了自己的思考和求索,从而关于文艺与意识形态问题的思考呈现出多元化和复杂化趋向:在空间上表现为各国马克思主义者对于经典马克思主义文论和美学进行形形色色的本土化工作,所谓苏联马克思主义、中国马克思主义以及西方马克思主义就是在这种本土化的结果;在时间上则表现为作为本土化成果的不同形态的马克思主义文论和美学都具有自己相对独立的逻辑行程,并形成自己的理论传统,而这种理论传统又反过来成为马克思主义文论和美学本土化的思想出发点。

对于文艺与意识形态关系问题的多元化理解,有学者将其大体概括为两派认识:"一派认为一切文艺都是意识形态,问题的关键在于用进步的、革命的意识形态取向对抗和取代落后的、反动的意识形态取向,从而服务于社会解放和人的解放的总体目标;另一派认为一切与意识形态合流的艺术都是虚假意识和统治阶级偏见的产物,真正的、革命的艺术的历史使命,在于以审美性对抗意识形态性,从而为人生的自由与人性的解放开辟出一个新的维度和空间。"[96]这一概括是客观的,但还可以做进一步补充。因为,对于西方马克思主义理论家来说,如果说卢卡奇、葛兰西是前者的代表,那么以法兰克福学派为代表的理论家则是后者的代表,当代的西方马克思主义理论家如哈贝马斯、詹姆逊、伊格尔顿等当代西方马克思主义理论家则走向了对于两者的综合。整体来看,西方马克思主义意识形态批评在对待文艺与意识形态关系问题上是比较辩证的,大多数理论家认同艺术既有意识形态因素,也有非意识形态因素,反对仅仅从意识形态来界定文学和艺术。与庸俗马克思主义文论家相比较而言,他们似乎更倾向于强调文艺本身的审美属性,但是如果因此断定说,西方马克思主义理论家走上了以文艺审美特性遮蔽意识形态性的另一个极端,无疑也过于武断,这从上文对于西方马克思主义意识形态话语的阐述中可以清楚地看出。西方马克思主义意识形态批评广泛涉及了文艺的本质、艺术生产过程、文本以及艺术的接受等文艺现象的诸多方面,并且大体以 20 世纪 60 年代为界,经历了一个从关注艺术与社会关系到关注文艺生产,关注文本与意识形态关系以及文艺意识形态在生产的研究重心的转移。这在某种程度上体现了西方马克思主义文论与 20 世纪文艺和美学思潮趋向基本同步的特点。

二、论域的选择

文艺与意识形态问题上的多元化和复杂化趋向不仅为西方马克思主义意识形态批评提供了在新的历史条件下进行阐释和发展的空间,而且在这一过程中与苏联马克思主义文论、西方马克思主义文论以及中国马克思主义文论三者之间发生了复杂影响关系。就西方马克思主义文论与我国新时期文论而言,一方面,西方马克思主义文论部分地从中国传统文化以及中国马克思主义文论和思想中汲取理论资源（参看本书第一章第二节），另一方面，又对于中国当代文论产生深层次影响。这一双向影响关系的形成既源于西方马克思主义理论家与新时期以来中国文艺理论工作者所面临的大致相似的历史处境和时代使命，也源于他们所分享的相同的入思路径。[97]

首先，西方马克思主义理论家与新时期以来中国文艺理论工作者具有基本一致的理论立场，那就是坚持马克思主义。尽管西方马克思主义理论家对待马克思主义的具体态度并不完全一致，他们或者坚持马克思与恩格斯的对立论（这一观点最早可以追溯到波兰的斯布尔楚维斯基，他在1910年出版的《反恩格斯论》中指责恩格斯以"实证主义"背叛马克思的"人本学"），认为恩格斯在马克思逝世后的理论和实践违背了马克思原本的意愿，或者坚持马克思的断裂说，将马克思在《手稿》时期的马克思和《资本论》时期的马克思之间作非此即彼的选择，或者坚持马克思的过时论，强调随着资本主义进入晚期资本主义时期，赋予经典马克思以合法性基础的时代已经成为过去，因而对马克思主义做出了形形色色的阐释，但他们仍旧坚持打出马克思主义旗帜，关注当代社会生活现实，关心人的生存处境，批判资本主义对于人的异化，探寻人的解放和自由之路，这些显然与马克思主义有着血脉联系，从而也与各种反马克思主义、非马克思主义倾向以及其他当代西方美学和文论思潮有着本质的区别。因此，不论西方马克思主义理论家对马克思的文艺思想的阐释和发展在何种程度上与经典马克思主义有所偏离，但是他们"在主观上希望发展马克思主义，这一点我们不能随便怀疑"[98]。

其次，相同的马克思主义立场又赋予中西马克思主义理论家在发展和建设马克思主义意识形态批评方面以大致相似的入思路径，这表现为：一是回到马克思。西方马克思主义理论家从对于马克思意识形态思想的重新发掘和重新阐释来还原马克思主义的真面目,而我国新时期以来对于文艺工具论的批判也是从马克思主义经典作家关于社会存在和社会意识、经济基础和上层建筑的有关论述中寻求理论支持,事实上,回到马克思主义经典作家的论述往往就是我国新时期文论获得最为权威和有力的理论支撑的一贯做法;二是吸收当代文艺理论发展新成果。显而易见,西方马克思主义理论家身处于西方 20 世纪社会历史和思想文化的深厚土壤中,他们不仅注重从马克思的经典论述汲取思想营养和理论资源,用戈德曼更为形象的话来说,不仅力图"从马克思那里选取一些理论线头来编织能令人信服的革命社会理论"[99],而且把西方现代主义哲学思潮作为另一重要理论线头,弗洛伊德主义、存在主义等都成为他们"改造"和"补充"马克思主义文论的重要思想资源。而对于我国新时期文论来说,文学"方法论年"、"观念年"也表明了相似的发展马克思主义文论的思路。

再次,相同的历史处境和时代使命赋予了中西马克思主义文论以相同的动力因素。在与马克思主义经典作家所处的时代大不相同的新的历史条件下,面对意识形态终结论的蔓延和第二国际对于马克思的庸俗化理解,以及资本社会发展的新的现实,重新澄清文艺与意识形态的关系,使马克思主义更好的面对现实,就成为西方马克思主义意识形态批评的重要任务。而对于我国新时期文艺理论来说,批判文艺工具论,重新反思文艺与政治的关系,正本清源,恢复马克思主义文论的生命力,也是文艺理论发展必须首先承担的使命。

相似的历史处境和时代使命以及一致的理论立场和入思路径,推动着他们立足于不同的文化和理论传统基地之上展开对于发展和建设马克思主义文论的探索,从而奠定两者进行对话的基本前提。然而就将意识形态批评作为研究西方马克思主义文论与马克思主义文论中国研究的论域而言,这一前提还具有更为深厚的背景,这就是马克思主义文论在我国当下的处境问题。毋庸讳言,在我国当下文论话语语境中,马克思主义文论的这一处境是每一位关注马克思主义文艺工作者有目共睹的,当然这也正是我们进行马克思主义文论中国化问题研究的现实背景所在,如果用一个词来概括这一现实处境,那似乎可以说是低迷或者冷淡:在高校,学生对马克思主义文论课程冷淡,并且充满误解,仿佛一旦与马克思主义文论沾边,就意味着僵化或者过时;在学术界,马克思主义文论作为一种理论在愈益喧嚣的话语场中声音有些微弱,马列原著的引用率走低;在出版业,相关书籍的出版一度面临困境,等等。然而,一个鲜明的对比却是,当马克思主义文论处于低迷之中受到冷遇的时候,作为其理论核心范畴之一意识形态以及作为其重要领域的意识形态批评却在当下的诸如文化研究中大行其道,这又该如何解释呢?

显然,问题绝非像把马克思主义文论的当下处境归罪于其意识形态的维度或者说政治维度本身那样简单。正如我们在本章第一节开始部分所言,意识形态是一个歧义丛生、纷繁难理、"黑箱"式的范畴,在我国 20 世纪文论话语语境似乎尤甚。概而言之,无论是意识形态范畴本身,还是文艺的意识形态属性,抑或意识形态批判,在我国文论语境中都不同时期、不同程度地存在着简单化理解和把握的现象,这突出表现为将意识形态等同于政治乃至政策,将文艺的意识形态性等同于政治工具性,乃至等同于政策性,于是文艺的功利性蜕变为为一时一地的政策服务,意识形态批评由于其合法性基础之被歪曲而变得面目可憎。历史地看,在我国现代文论的生成之途中的苦难遭遇和惨痛教训所留下的历史记忆,以及长期以来对于马克思意识形态论在一定程度上简单化、机械化、教条化的理解程式,在某种程度上从新时期伊始就为文艺意识形态问题的反思框定了视界,奠定了基调,这既体现在对于文艺社会学批评之庸俗化的过分丑化中,也体现在对于文艺反映论和现实主义的某种有意无意的敌视中,因而在某些时期,意识形态就甚至成为文艺与审美弃之而后快的不祥之物，成为它们健康生存的恶毒诅咒。然而，意识形态是可以决绝地抛弃得掉的吗？无论对于马克思主义经典作家，抑或西方马克思主义理论家、我国文艺工作者来说，答案显而易见。阿多诺说现代社会中商品已经成为意识形态，詹姆逊对此阐释道："这句话的用义是指出意识形态的变化。在过去的时代，人们的思想、哲学观点也许很重要，但在今天的商品消费时代里，只要你需要消费，那么你有什么样的意识形态都无关宏旨了。我们现在已经没有旧式的意识形态，只有商品消费，而商品消费的同时就是其自身的意识形态。"詹姆逊指出，一切阶级社会中都存在现象与本质之间差距，这赋予了意识形态批判的合法性，"意识形态分析则是弥合这一差距的一种方法。"[100]若是，那么，西方马克思主义理论家对于意识形态及其与文艺和审美关系的理解、阐发和某种程度上的拓展，就为我们考察和参照西方马克思主义文论中的意识形态批评问题提供了一定的合法性。

西方马克思主义意识形态批评在中国的接受无疑服从于西方马克思主义文论在中国"理论旅行"的整体趋势，但又有自己独特之处，集中表现为：一是西方马克思主义意识形态理论的接受完全纳入中国当代文论发展的节奏之中，并随着后者起伏而涨落；二是表现出接受和理解的局部选择性。西方马克思主义理论家在继承马克思意识形态概念的基础上，又在理论和现实的双重推动下进行了不同程度的扩充，这就不仅使这一概念的使用更为宽泛和灵活，而且为我们的接受提供了多重选择的可能，一个典型的例子就是，在中国当代文论对于意识形态问题的讨论和思考中，当我们批判和纠正文艺工具论的时候，西方马克思主义意识形态批评对于经典马克思主义意识形态学说的灵活理解就成为重要的理论资源；而当我们在特定时期对于文艺的非意识形态倾向进行反思和清理时，西方马克思主义理论家对于经典马克思主义意识形态学说的继承方面又成为论争中的有力论据；而在当下对于"审美意识形态说"的反思和批判中,我们更是毫不奇怪地发现西方马克思主义意识形态批评作为理论资源几乎出现于每一篇研究论文之中。于是,西方马克思主义意识形态理论似乎总是被不停地重新发现、重新阐释,这固然表明了我们对于西方马克思主义文论的认识和理解的深化,另一方面,也不能不说,这在一定程度上表明了理解和把握上的实用主义倾向,并导致了对于西方马克思主义文论和美学理解上的非完整性。

历史地看,新时期以来,我们围绕文艺和意识形态关系问题的讨论和反思大体经历了 20 世纪 80 年代、90 年代初和新世纪三个阶段。20 世纪 70 年代末 80 年代初,随着政治上的拨乱反正,文艺界也开始逐渐突破旧有的、不符合文艺发展规律的框架,突破文艺从属于政治的工具论、从属论、服务论的偏颇和束缚就成为必然的要求,但此时西方马克思主义文论的译介工作刚刚起步,讨论所动用的理论资源基本来自经典马克思主义文本,而随着讨论深入,文艺的审美性和意识形态性的问题逐步成为探讨的焦点问题,于是在 80 年代中后期,随着审美意识形态说的提出,西方马克思主义意识形态理论作为理论资源进入了理论视野。有趣的是,在 20 世纪对于审美意识形态的反思和批评中,作为理论资源的同样有西方马克思主义意识形态理论,然而不同的是,20 年前我们看到的是西方马克思主义对于文艺自律性和意识形态性关系的辩证解说,而 20 年后,随着西方马克思主义文论研究的深入,这些理论资源本身受到了重新审视。对于西方马克思主义文论与马克思主义文论中国化问题研究来说,这一现象不能不是一个极好的切入点。如果说,审美意识形态问题所关涉的是文艺的本质问题,尤其是文艺的审美自律问题,那么,随着学术环境的改变,文艺的社会性又在 90 年代初得到了重视,于是艺术生产问题进入了学术话语中心,而西方马克思主义意识形态生产和艺术生产的理论也同步受到关注,并在某种程度上开拓了讨论的视野。实际上,审美意识形态与艺术生产原本就是一个问题的两个不同方面,归根结底是文艺的意识形态属性与审美自律性关系问题。与上述两个方面不同,西方马克思主义理论家在文艺和审美的乌托邦维度方面的思考较少得到关注,更没有被作为理论资源,而且在我们学术视野中很大程度上是过于负面的评价。审美乌托邦问题与意识形态问题紧密相连,从某些方面讲也是西方马克思主义意识形态批评的价值论归宿,而在我国当下文化和精神生活中,对于这一问题的考察也具有明显的现实意义。

要之,西方马克思主义意识形态批评体现了在新的历史语境中对于马克思经典作家文论遗产的继承和具体化,也包括了他们的误读和曲解,它们在中国的"理论旅行"中与中国当代文论的发展产生了明显的冲撞、融合和重构效应,不仅作为理论资源甚至作为理论的组成部分进入了中国文论话语,它们作为西方马克思主义文论和我国文论共同的关注对象,理应成为研究马克思主义文论中国化问题的切入点。就本书而言,西方马克思主义艺术生产理论、审美意识形态理论以及审美乌托邦问题作为意识形态批评的核心问题,就进入本书的研究视域,以下三章对于西方马克思主义意识形态批评与马克思主义文论中国化问题的考察就是围绕以上三个方面展开的。

注 释

[1] 参见:Jorge Larrain. The Concept of Ideology, Hutchinson, London, 1979, p. 13. Anthony Giddens: Four theses on ideology, in Arther and Marilouise Kroker: Ideology and power in the age of Lenin in ruin, Sr. Martin's press, 1991, p. 21. 大卫·麦克里兰:《意识形态》(第二版),孔兆政译,吉林人民出版社 2005 年版,第 1 页。

[2] 分别参见:C. Summer. Reading Ideologies: An Investigation into Marxist Theory of Ideology and Law, London: Academic Press, 1979, p. 5. Terry Eagleton. Ideology: An Introduction, London: Verso, 1991, p. 1—2. Raymond Geuss. The Idea of

a Critical Theory, Habermas and Frankfurt School. Cambrdge University Press, 1981, p. 4—10. Giovanni Sartori. Politics, Ideology and Belief System, American Political Science Review, Vol. 63, 1969, p. 398.

［3］J. B. 汤普森:《意识形态与现代化》高铦译,译林出版社 2005 年版,第 5—7 页。

［4］阿尔都塞:《保卫马克思》,顾良译,商务印书馆 1984 年版,第 201 页。

［5］俞吾金:《意识形态论》,上海人民出版社 1993 年版,第 4 页。

［6］相关著作参看:John Thompson. Studies in the Theory of Ideology, Cambridge: Polity Press, 1984; Bernard Susser. The Grammar of Modern Ideology, London: Routledge & Kegan Paul, 1988; John Plamenatz. Ideology, London: Pall Mall, 1970; Terry Eagleton, Ideology: An Introduction, London: Vers, 1991;〔法〕塞尔维尔:《意识形态》,吴永昌译,台湾远流出版事业公司 1989 年版;〔美〕丹尼尔·贝尔:《意识形态的终结》,张国清译,江苏人民出版社 2001 年版;斯拉沃伊·齐泽克:《意识形态的崇高客体》,季广茂译,中央编译出版社 2002 年版;俞吾金:《意识形态论》,上海人民出版社 1993 年版;季广茂:《意识形态》,广西师范大学出版社 2005 年版。

［7］J. B. 汤普森:《意识形态与现代化》高铦译,译林出版社 2005 年版,第 7 页、第 62 页。

［8］该书书名也译为《观念学要义》《思想的要素》等,本书认同从法文词 idéologyd 的本义译为"意识形态"。参见:马克思:《剩余价值学说史》第 1 卷,人民出版社 1975 年版;马克思、恩格斯:《马克思恩格斯全集》第 49 卷,中央编译局译,人民出版社 1963 年版,第 275 页;俞吾金:《意识形态论》,上海人民出版社 1993 年版,第 23 页。

［9］俞吾金:《意识形态论》,上海人民出版社 1993 年版,第 25—26 页。

［10］Jorge Larrain. The Concept of Ideology, Hutchinson, London, 1979, p. 32.

［11］邓肯·米切尔主编:《新社会学词典》,蔡振扬等译,上海译文出版社 1987 年版,第 168—169 页。

［12］相关论述参看:Jorge Larrain, The Concept of Ideology, Hutchinson, London, 1979;周宏:《理解与批判——马克思意识形态理论的文本学分析》,上海三联书店 2003 年版,第 70—87 页;俞吾金:《意识形态论》,上海人民出版社 1993 年版,第 61 页注①。

［13］马克思、恩格斯:《马克思恩格斯选集》第 1 卷,中央编译局译,人民出版社 1995 年版,第 60 页。

［14］俞吾金:《意识形态论》,上海人民出版社 1993 年版,第 87 页。

［15］周宏:《理解与批判——马克思意识形态理论的文本学分析》,上海三联书店 2003

年版,第 81 页。

[16] K. 兰克编:《意识形态》,1984 年,第 126 页,转引自俞吾金:《意识形态论》,上海人民出版社 1993 年版,第 128 页。

[17] 马克思、恩格斯:《马克思恩格斯选集》第 4 卷,中央编译局译,人民出版社 1995 年版,第 726 页。

[18] 俞吾金:《意识形态论》,上海人民出版社 1993 年版,第 204 页。

[19] 俞吾金:《意识形态论》,上海人民出版社 1993 年版,第 155 页。

[20] F. 詹姆逊:《后现代主义与文化理论》,唐小兵译,北京大学出版社 1997 年版,第 248 页。

[21] 马克思、恩格斯:《马克思恩格斯选集》第 1 卷,中央编译局译,人民出版社 1995 年版,第 54 页。

[22] 俞吾金、陈学明:《国外马克思主义哲学流派新编·西方马克思主义卷·导论》(上卷),复旦大学出版社 2002 年版,第 6 页。

[23] 转引自马丁·杰伊:《法兰克福学派的宗师——阿多诺》,胡湘译,湖南人民出版社 1988 年版,第 198 页。

[24] 詹姆逊:《后现代主义与文化理论》,唐小兵译,北京大学出版社 1997 年版,第 237 页。

[25] 马克斯·舍勒:《知识社会学问题》,艾彦译,华夏出版社 2000 年版。

[26] Kurt Lenk. Ideologie. Frankfurt, 1975, p. 243.

[27] 俞吾金:《意识形态论》,上海人民出版社 1993 年版,第 254—256 页。

[28] Terry Eagleton. Ideology: An Introduction, London: Vers, 1991, p. 109—111.

[29] 伊格尔顿:《历史中的政治、哲学、爱欲》,马海良译,中国社会科学出版社 1999 年版,第 98 页。

[30] 伊格尔顿:《后现代主义的幻象》,华明译,商务印书馆 2000 年版,第 25 页。

[31] 伊格尔顿:《历史中的政治、哲学、爱欲》,马海良译,中国社会科学出版社 1999 年版,第 98 页。

[32] 霍克海姆:《批判理论》,李小兵译,重庆出版社 1989 年版,第 204 页。

[33] 佩里·安德森:《西方马克思主义探讨》,高铦等译,人民出版社 1981 年版,第 96—97 页。

[34] 伊格尔顿:《马克思主义与批评》,文宝译,人民文学出版社 1986 年版,第 3 页。

[35] 鉴于西方马克思主义理论家对于意识形态概念理解上的个性和丰富性,任何过于简单的概括都有可能抹掉这些理解所带来的启示性,因此除非是具体到理论家具体思想和话语语境中,我们更愿意以多元化来勉强概括其作为一个学术思潮和学

142

派在意识形态理解上的基本倾向,这也同时意味着我们将在西方马克思主义意识
形态话语中进行具体的阐发和揭示。

[36] Louis Althusser. Ideology and Ideological State Apparatuses, in Slavoj Zizek, ed. Mapping Ideology, London: Verso, 1994. p. 120.

[37] Terry Eagleton. "Ideology," in Stephen Regan, ed. , The EagletonReader, Cambridge: Blackwell, 1998, p. 236—237.

[38] 国内学者季广茂视马尔库塞和弗洛姆分别为 20 世纪意识形态批判的社会学向度和心理学向度的代表,美国学者 F.詹姆逊将意识形态分析模式概括为七种:错误意识;阶级合法化;物化;日常生活的意识形态;文化工业;意识形态国家机器;支配权的意识形态;语言上的异化。分别参看:季广茂《意识形态》,广西师范大学出版社 2005 年版,第 58 页;詹姆逊:《后现代主义与文化理论》,唐小兵译,北京大学出版社 1997 年版,第 257—288 页。

[39] Georg Lukacs. History and Class Consciousness: Studies in Marxist Dialectics, Cambridge, MA: MIT Press, 1971, p. 311.

[40] K. 科尔施:《马克思主义和哲学》,王楠湜等译,重庆出版社 1989 年版,第 90—91 页。

[41] 戴维·麦克莱伦:《马克思以后的马克思主义》,李智译,中国人民大学出版社 2004 年版,第 207 页。

[42] Daniel Bell. The Cultural Contradiction of Capitalism, New York, 1976, p. 42.

[43] 俞吾金:《意识形态论》,上海人民出版社 1993 年版,第 269 页。

[44] Georg Lukacs. History and Class Consciousness: Studies in Marxist Dialectic, MIT Press, 1971, p. 252—216.

[45] Karl Korsch. Marxism and Philosophy, New York and London: Monthy Review Press, 1970, p. 73.

[46] Georg Lukacs. History and Class Consciousness: Studies in Marxist Dialectics, MA: MIT Press, 1971, p. 156、77.

[47] 葛兰西:《狱中札记》,葆煦译,人民文学出版社 1983 年版,第 80 页。

[48] 戴维·麦克莱伦:《马克思以后的马克思主义》,李智译,中国人民大学出版社 2004 年版,第 208 页。

[49] Louis Althusser. For Marx, London: Verso, 1965, p. 233.

[50] Louis Althusser. Lenin and Philosophy and Other Essays, New York: Monthly Review Press, 1971, p. 158—162.

[51] Louis Althusser. Lenin and Philosophy and Other Essays, New York: Monthly

Review Press, 1971, p. 163—171.

[52] 埃利希·弗洛姆:《健全的社会》,欧阳谦译,中国文联出版社1988年版,第370页。

[53] 居伊·德波:《景观社会》,王昭凤译,南京大学出版社2006年版,第182—183页。

[54] 居伊·德波:《景观社会》,王昭凤译,南京大学出版社2006年版,第177页。

[55] F.詹姆逊:《后现代主义与文化理论》,张文定译,北京大学出版社1997年版,第275—281页。

[56] 戴维·麦克莱伦:《马克思以后的马克思主义》,李智译,中国人民大学出版社2004年版,第293页。

[57] Herbert Marcuse. One Dimensional Man: Studies in the Ideology of Advanced Idustrial Society. Boston: Becon Press, 1964, p. 9.中译文参考:马尔库塞:《单面人》,张锋译,重庆出版社1988年版。

[58] Herbert Marcuse. One Dimensional Man: Studies in the Ideology of Advanced Idustrial Society. Boston: Becon Press, 1964, p. 168—169.

[59] Herbert Marcuse. One Dimensional Man: Studies in the Ideology of Advanced Idustrial Society. Boston: Becon Press, 1964, p. 11.

[60] 理查德·沃林:《海德格尔的弟子》,张国清等译,江苏教育出版社2005年版,第180页。

[61] 麦克斯·霍克海姆:《批判理论》,李小兵译,重庆出版社1989年版,第5页。

[62] Herbert Marcuse. One Dimensional Man: Studies in the Ideology of Advanced Idustrial Society Boston: Becon Press, 1964, p. 153—154.

[63] 安德鲁·凯尔纳:《技术批判理论》,韩连庆等译,北京大学出版社,2005年,第88—90页。

[64] Herbert Marcuse. One Dimensional Man: Studies in the Ideology of Advanced Idustrial Society. Boston: Becon Press, 1964, p. 232.

[65] 哈贝马斯:《作为"意识形态"的技术与科学》,李黎等译,学林出版社2002年版,第69—71页。

[66] W. 赖希:《法西斯主义群众心理学》,张峰译,重庆出版社1990年版,第15页。

[67] W. Reich. Character Analysis, New york, 1970, p. 17.

[68] E. Fromm. Beyond the Chains of Illusion: My Encounter with Marx and Freud. London, 1980, p. 90.

[69] E. Fromm. Escape from Freedom. London, 1956, p. 3.

[70] E. Fromm. Beyond the Chains of Illusion: My Encounter with Marx and Freud. London, 1980, p. 71—79.

144

[71] E. Fromm. Beyond the Chains of Illusion：My Encounter with Marx and Freud. London，1980，p. 100、115.

[72] 俞吾金、陈学明：《国外马克思主义哲学流派新编》(上卷)，复旦大学出版社 2002 年版，第 347 页。

[73] 本雅明：《论语言本身和人的语言》，载《本雅明文选》，陈永国等编译，中国社会科学出版社 1999 年版，第 264 页。

[74] Walter Benyamin. Selected Writings，(Vol. 1)，ed. by Michael W. Jennings，Cambridge：Harvard University Press，1996. p. 301.

[75] 本雅明：《德国悲剧的起源》，陈永国译，文化艺术出版社 2001 年版，第 146 页。

[76] 马尔库塞：《审美之维》，李小兵译，三联书店 1989 年版，第 151、114 页。

[77] 马尔库塞：《审美之维》，李小兵译，三联书店 1989 年版，第 172 页。

[78] 赵勇：《整合与颠覆——大众文化的辩证法》，北京大学出版社 2005 年版，第 262—287 页。

[79] F. 詹姆逊：《语言的牢笼·序言》，钱佼汝译，百花洲文艺出版社 1997 年版，第 2 页。

[80] 哈贝马斯：《交往行为理论》(第一卷)，曹卫东译，上海人民出版社 2004 年版，第 392 页。

[81] 乔治·拉伦：《意识形态和文化身份：现代性和第三世界的在场》，戴从容译，上海教育出版社 2005 年版，第 175 页。

[82] 马克思、恩格斯：《马克思恩格斯选集》第 4 卷，中央编译局编译，人民出版社 1995 年版，第 66 页。

[83] Eagleton. Ideology：An Introduction. London：Verso，1991，p. 28—30.

[84] Rerry Eagleton. Ideology and Scholarship：Historical Studies and Literay Criticism. edt. Mcgann，University of Wisconsin Press，1985，p. 114—115.

[85] Rerry Eagleton. Ideology and Scholarship：Historical Studies and Literay Criticism. edt. Mcgann，University of Wisconsin Press，1985，p. 114.

[86] 路易·阿尔都塞：《列宁和哲学及其他论文集》，杜智章译，(台湾)远流出版公司 1990 年版，第 112 页。

[87] 卢那察尔斯基：《卢那察尔斯基美学文选》，吴谷鹰译，三联书店 1991 年版，第 75 页。

[88] 佛克马、易布思：《二十世纪文学理论》，林书武译，三联书店 1988 年版，第 92 页。

[89] 车尔尼雪夫斯基：《艺术与现实的审美关系》，周扬译，人民文学出版社 1979 年版，第 109、103 页。

[90] S. M. 李普塞特：《一致与冲突》，张华青等译，上海人民出版社 1995 年版，第

第三章　走向多元的西方马克思主义意识形态话语

98 页。

［91］丹尼尔·贝尔:《意识形态的终结》,张国庆译,江苏人民出版社 2001 年版,第 506、519 页。

［92］S. M. 李普塞特:《一致与冲突》,张华青等译,上海人民出版社 1995 年版,第 96 页。

［93］S. M. 李普塞特:《一致与冲突》,张华青等译,上海人民出版社 1995 年版,第 110—111 页。

［94］冯宪光:《审美意识形态的文本分析》,四川大学出版社 2001 年版,第 250 页。

［95］陆贵山:《〈文艺与意识形态〉序》,山东大学出版社 2000 年版,第 1—3 页。

［96］谭好哲:《文艺与意识形态》,山东大学出版社 2000 年版,第 340 页。

［97］国内学者冯宪光对西方马克思主义文论和我国新时期文论进行了平行研究,并剖析了两者之间影响关系的动力机制问题,本书此处的论述部分地借鉴吸收了该文的观点。参看:冯宪光:《西方马克思主义文论对中国新时期文论的影响》,《四川大学学报》1999 年第 1 期。

［98］徐崇温:《"西方马克思主义"论丛》,重庆出版社 1989 年版,第 4 页。

［99］A. 戈德曼:《新马克思主义研究辞典》,社会科学文献出版社 1989 年版,第 Ⅶ 页。

［100］F. 詹姆逊:《后现代主义与文化理论》,唐小兵译,北京大学出版社 1997 年版,第 29—30 页。

第四章
意识形态与艺术生产

艺术生产理论是西方马克思主义意识形态批评的重要组成部分，也是我国当代马克思主义文论的重要论域，两者都在马克思主义经典作家的艺术生产理论中有深厚的理论渊源。艺术生产理论作为马克思、恩格斯哲学体系的一个重要方面，也是 20 世纪马克思主义的一份具有生发性的文论和美学遗产，对于中西马克思主义理论家来说，这更是一份弥足珍贵的思想遗产。那么，这份遗产是如何进入西方马克思主义文论话语语境与中国文论话语语境之中的，它在其中又都发生怎样的误读和变形，而作为西方马克思主义文论的组成部分，西方马克思主义艺术生产理论又与中国艺术生产理论发生怎样的对话和融合，对于上述问题的探讨构成了本章的基本内容。

第一节　艺术生产论:从马克思到西方马克思主义

一、马克思的艺术生产理论

马克思关于艺术也是一种生产的论述最早出现于《1844 年经济学哲学手稿》中，而稍后的《德意志意识形态》在专节讨论人的精神活动时提出了"精神生产"的概念，至于"艺术生产"概念，则最早出现在《〈政治经济学批判〉导言》中,以此为标志,一直到《资本论》,马克思的艺术生产理论日益完整和深刻。可以说,艺术生产论是马克思从青年时期到晚年一贯的思想,它伴随着唯物史观从创立到成熟的全过程,并在这一过程中丰富和完善。马克思艺术生产理论具有异常深刻和丰富的内涵,本书仅就以下几个方面作一概述。

首先,关于艺术生产的一般内涵。在马克思的理论话语中,生产范畴有广义和狭义之分:狭义的生产主要是单纯经济学意义上的,即关于物质生活资料的生产和再生产;广义的生产理论则是哲学意义上的,即关于整个人类社会生产和再生产的全面生产。有学者将由马克思的全面生产概括为物质生产、人的生产、社会关系的生产以及精神生产,四种生产相互渗透、相互关联,构成了马克思全面生产的基本内容。对于四种不同类型生产进行结构分析可以看到,相对于前两种生产构成基础层面、社会关系的生产构成中介层面而言,精神生产则构成了全面生产的最高层面,也就是说,精神生产不仅从属于整个思想上层建筑,而且一般地处于被奠基的地位上。[1] 而正是在这最高层面上,艺术生产作为一种特殊的精神生产被纳入生产活动之中,并逐渐形成完整的艺术生产理论。

然而,马克思虽然多次使用过艺术生产这一概念,却没有对其作出明确的界定。在《1844 年经济学哲学手稿》中,马克思写道:"宗教、家庭、国家、法、道德、科学、艺术等等,都不过是生产的一些特殊的方式,并且受生产的普遍规律的支配。"[2] 这里马克思明确将艺术视为生产的一种特殊方式,而没有明确精神生产部门同上层建筑其他部门的关系,这一区分是在《德意志意识形态》中进行的,而对于艺术生产的直接表述来自《〈政治经济学批判〉导言》,马克思写道:"就某些艺术形式,例如史诗来说,甚至谁都承认:当艺术生产一旦作为艺术生产出现,它们就再不能以那种在世界史上划时代的、古典的形式创作出来"[3]。对于马克思这些表述,一般存在两种理解:一种理解将艺术生产等同于艺术活动,是精神生产的一个部门,而泛指历史上所有的艺术创作活动;另一种理解认为艺术生产所包含的艺术的出版、发行、传播和消费仅仅在现代社会才大量存在的现象,因而不能包含历史上所有的艺术创作活动,也就是说,艺术生产不等于艺术创作活动。前一种理解突出了艺术生产的普适性,后一种理解则更多地考虑到艺术从创作、传播到最终接受和消费之途中商品逻辑和资本规律对于艺术的深刻影响,西方马克思主义理论家基本就是在第二种意义上来理解的。这两种理解虽然都可以从马克思的论述中找到根据,但偏执一端可能并不符合马克思的基本思路,这从下文可以看到。

其次,关于艺术生产的一般性与特殊性问题。马克思在批判费尔巴哈时有一段著名的话:"这种活动、这种连续不断的感性劳动和创造、这种生产,正是整个现存的感性世界的基础,它哪怕只中断一年,费尔巴哈就会看到,不仅在自然界将发生巨大的变化,而且整个人类世界以及他自己的直观能力,甚至他本身的存在也会很快就没有了。"[4] 在这段话中马克思指出,生产作为是以自然世界为对象的物质资料的生产,不仅是自然界存在和变化的前提,而且也是包括现实的人的存在、发展和交往在内的整个人类世界存在和发展的前提。就生产劳动的本体论而言,它构成了人类全部历史的第一个前提,有学者指出,马克思关于"精神生产"、"意识形态的生产"、"艺术生产"等提法"都是在生产劳动本体论的基础上形成并发展起来的"[5]。那么,艺术生产与精神生产又是什么关系呢? 在《德意志意识形态》中,马克思写道:"思想、观念、意识的生产最初是直接与人们的物质活动,与人们的物质交往,与现实生活的语言交织在一起的。观念、思维、人们的精神交往在这里还是人们物质关系的直接产物。表现在某一民族的政治、法律、道德、宗教、形而上学等的语言中的精神生产也是如此。"[6] 虽然这里所列举的精神生产中没有提到艺术,但是根据马克思对于物质生产和精神生产两大部类的区分,以及马克思、恩格斯的一贯思想来看,艺术生产显然是属于精神生产之中的,与意识形态联系在一起。

早在《1844年经济学哲学手稿》中马克思就提出了"艺术生产"问题,他在论及共产主义以前的经济运动时写道:"私有财产的运动——生产和消费——是迄今为止全部生产运动的感性显现,就是说,是人的实现或人的现实。宗教、家庭、国家、法、道德、科学、艺术等等,都不过是生产的一些特殊的方式,并且受生产的普遍规律的支配。"[7]这里,马克思明确指出,艺术生产服从于生产的普遍规律的支配,同时作为一种特殊的生产,又具有自己的独特规律。说艺术生产服从于生产的普遍规律的支配,这首先就意味着艺术生产也有生产的主体和客体,也是主体对于客体的对象化活动,正如马克思在论述异化劳动和私有财产时指出的:"通过实践创造对象世界,改造无机世界","正是在改造对象世界中,人才真正地证明自己是类存在物",因此,劳动的对象"是人的类生活的对象化",而劳动的产品就"是固定在某个对象中的、物化的劳动"。[8]其次,意味着艺术生产历史地受到物质生产的制约,这尤其体现为社会分工和异化劳动对于艺术的影响。社会分工是物质生产和精神生产相对独立的历史性前提,没有这两种生产的分工就不会有真正的精神生产主体的产生和存在,而另一方面,物质生产与精神生产的分工并不意味着后者越出了意识形态的视野,恰恰相反,由于支配物质生产的阶级同时也必然支配着精神生产,因此这一分工反而突显精神生产本身的阶级属性。而异化原本就是社会分工的产物之一,马克思指出,在现代资本主义社会中,异化劳动不仅造成了人本身的分裂和异化以及人的审美能力的丧失,而且还"发明了一种奴才的艺术"[9]。那么,艺术生产作为一种特殊的精神生产,其特殊性何在呢?马克思将其归结为以艺术的方式掌握世界,更为概括地说,是"实践的—精神的"掌握方式,它不仅仅具有认识论意义,而更为主要的在于它是一种创造性的实践活动,一种始终伴随着情感、采取形象思维方式的感性活动,一种审美活动。

虽然物质生产是一切历史的第一个前提,精神生产奠基于物质生产之上,但不能对艺术生产服从于生产的普遍规律的支配做简单机械的理解,更不能说,马克思将精神生产视为由物质生产分泌出来的、消极的存在物,相反,他十分重视精神生产的相对独立性,"物质生产与精神生产不平衡性"的命题就是马克思在论述艺术生产时提出的:"关于艺术,大家知道,它的一定的繁盛时期绝不是同社会的一般发展成比例的,因而也绝不是仿佛是社会组织的骨骼的物质基础的一般发展成比例的。"[10]马克思指出,某些有重大意义的艺术形式,只有在社会发展水平较低的阶段出现并达到辉煌,而恩格斯也指出,一些物质生产水平相对落后的民族却可能取得发达民族所无法达到的艺术生产水平。物质生产与精神生产之间的不平衡性表明了精神生产自身的特殊性,艺术生产作为"生产的特殊的方式"并不是完全按照物质生产的步子和节奏进行的,而是经济基础和上层建筑诸构成因素合力作用的结果。

第三,关于资本主义商品生产条件下的艺术生产。马克思不仅从精神生产与物质生产的关系方面考察了艺术生产问题,而且还从生产与消费关系方面进行了论述。他以钢琴演奏为例来说明艺术生产与艺术消费之间的关系:"钢琴演奏者生产了音乐,满足了我们的音乐感,不是也在某种意义上生产了音乐感吗?……钢琴演奏者刺激生产,部分地是由于他使我们的个性更加精力充沛,更加生气勃勃,或者在通常的意义上说,他唤起了新的需要,而为了满足这种需要,就需要用更大的努力来从事直接的物质生产。"[11]一方面,艺术生产创造艺术消费的对象,艺术作品满足艺术消费的审美需要同时不断丰富接受者的审美感觉、提高审美能力;另一方面,这种丰富和提高又形成新的审美需要,反过来推动艺术生产的发展和提高。艺术生产与艺术消费形成一个相互影响、双向互动的动态过程。需要指出的是，马克思对于物质生产与精神生产关系的考察，并没有将他们视为一般范畴，而是强调"从一定的历史形式来考察"，"如果物质生产本身不从他的特殊的历史形式来看，那就不可能理解与它相适应的精神生产的特征以及这两种生产的相互作用。"[12]脱离一定的具体的历史形式，对于艺术生产的考察将是毫无意义的空谈，在现代资本主义社会中，艺术生产也会具有特定的规律和特点，晚年马克思对此进行了考察，并在艺术生产的意识形态性和审美性之外看到了商品性的一面。

马克思指出，不止物质生产，"连最高的精神的生产，也只是由于被描绘为、被错误地解释为物质财富的直接生产者，才得到承认，在资产者眼中才成为可以原谅的"。[13]显然，在现代资本主义社会商品生产条件，艺术生产具有新的特点：首先，艺术生产作为资本主义上层建筑领域内意识形态生产的一个部类，已经纳入到资本主义商品生产的运转体系之中，履行着为资本服务的职能；其次，在资本主义条件下，艺术生产越来越失去了其作为精神生产原本具有的自由，资本主义物质生产同真正的艺术生产具有了一种对抗性的敌对关系；再次，从生产性劳动与非生产性劳动的区分，马克思进一步揭示了资本主义社会关系中艺术生产者的身份双重化特征："演员对观众来说，是艺术家，但是对自己的企业主来说，是生产工人"。[14]这就表明，艺术家身份的获得并非取决于自己具体的艺术生产实践，而是取决于资本，取决于他与资本的关系。在资本主义社会中，不仅艺术产品成为商品，而且艺术家本身也由于不能不融入商品生产过程中而成为了生产资本，从而日益失去了精神生产的自由，艺术规律在资本逻辑淫威下臣服于资本生产规律。在发达资本主义社会中，艺术生产的精神性、审美性的一面就相对淡化了，而商品性以及商品/消费意识形态性就上升为突出的位置，而这也正是西方马克思主义理论家批判资本主义文化工业的思路。

以上所述当然不能涵盖马克思艺术生产理论的全部，但起码表明了马克思主义经典作家对此问题的思考绝不是零散的、偶然的，而是作为其生产理论的重要组成部分，具有相对完整的理论形态和体系。马克思艺术生产理论不仅对于艺术生产的构成要素、艺术生产与物质生产的辩证关系及其不平衡性问题进行了阐述，而且对资本主义社会生产关系中艺术生产处境和规律进行了深刻揭示。更为重要的是，马克思将艺术生产置于多维视野中揭示其多层次性：在与物质生产的关系揭示出艺术生产作为意识形态的一面，在与精神生产的关系中揭示出其作为审美的一面，在与发达资本主义的精神生产关系中，又揭示出其作为商品的一面。这对于中西马克思主义者对于艺术生产的认识和阐发都产生重要影响。总之，马克思的艺术生产理论不仅构成马克思主义艺术哲学体系（生产理论）的重要方面，而且成为 20 世纪极具理论生发性的美学和文艺理论遗产。对于西方马克思主义理论家来说，这份遗产更具有特殊的意义。从本雅明到伊格尔顿的理论行程清晰展示出这一遗产在西方马克思主义文论话语语境之中展开、误读、变形和扭曲的理论轨迹。

二、 西方马克思主义艺术生产理论：从本雅明到伊格尔顿

对马克思的艺术生产理论这份理论遗产的价值做出怎样充分的估计都不为过，但若因此而以马克思"播下的是龙种，收获的是跳蚤"来评判西方马克思主义理论家对于这份遗产的继承、阐释和重构，似乎也不尽合理。毕竟，作为马克思之后的仍在主观上坚持马克思主义的马克思主义理论家，他们在发达资本主义社会现实语境中对于艺术生产问题做出了自己的思考，尽管这一思考的深度也许与他们离开马克思的距离同样大。整体上看，大部分西方马克思主义理论家都涉及艺术生

产问题,但其中较为集中的有本雅明、阿尔都塞和伊格尔顿。需要指出的是,西方马克思主义理论家在艺术生产问题上思考的深度和广度并不相同,但总体上呈现出历时性演进的趋向,本书之泛称西方马克思主义艺术生产理论也正是就这一整体趋向而言,具体到理论家则因人而异。

(一)本雅明与布莱希特

本雅明是被公认为 20 世纪西方最重要的思想家之一,然而为其文艺和美学思想确立一个清晰的身份却远非众口一词。与其他西方马克思主义理论家不同,本雅明是一个拒绝归类、实际上也难以归类的人物:阿多诺、伊格尔顿等将其纳入法兰克福学派批判传统之中,新左派为其披上"布莱希特式"的外衣,汉娜·阿伦特将其描述为一个思想开放、兼收并蓄的旧式文人,而在我国学术话语中,也经历了一个从关注其文化批判理论到关注其文艺、美学思想的转变过程。虽然难以为本雅明极具模糊性、复杂性的思想方便地贴上某一标签,但上述归类还是从某一特定的角度揭示了本雅明思想的一个方面,艺术生产理论当然也是这样的方面之一,就此而言,本书倾向于把艺术生产理论的本雅明归类为"布莱希特式的本雅明"。

在"布莱希特式的本雅明"中,马尔库塞认为《作为生产者的作家》为最,因为在他看来,本雅明"在艺术的领域,将艺术性和政治性相等同"是应该受到批判的。[15]如果剥去其中批判的色彩,马尔库塞倒是在某种程度上道出了本雅明艺术生产理论的主旨所在。在此,哈贝马斯的洞见值得引述,他写道,本雅明由于同布莱希特的接触而受到鼓舞,"于是他从艺术在阶级斗争中的组织和宣传作用的角度来理解艺术和政治实践的关系。对艺术果敢的政治化是一个他所发现的现成的概念。他有足够的理由使用这个概念"。[16]在本雅明将艺术政治化的所有理由中,最重要的也许来自两个方面,一是德国法西斯主义蔓延的社会现实,二是其朋友布莱希特。本雅明自谓是"文艺斗争的战略家",对此,安斯加·希拉赫说,这一称谓所指向的就是法西斯主义现象,"本雅明在认识法西斯主义上作出的特殊贡献既不在于对阶级的分析,也不在于揭示了法西斯主义实际的规模及其同愿意肯定一切的民众基础间的联系。他的贡献一方面是对'生机主义'表达原则有力的解释。这一原则是大规模行为的形式,在第一次世界大战中使得社会矛盾能够在军事侵略中象征性地表现出来,并使得百姓能不断被调动起来为法西斯主义所用。本雅明另一方面的贡献在于把法西斯主义煽动艺术和仪式的神秘影响力历史性地降低为法西斯主义中残留资产阶级艺术后期的伪艺术形式:'独特的作用'。"[17]希拉赫在这里动用了本雅明《机械复制时代的艺术品》中的关于传统艺术的"灵晕"理论资源,来接通本雅明关于艺术的政治性思考的现实根源。也就是说,一方面资本主义通过资本逻辑的扩张毁灭形成个体性的历史,另一方面又试图在意识形态领域保留艺术膜拜的残余,而法西斯主义艺术更是通过产生权威和隐秘的膜拜距离而臣服于赤裸的政治宣传,本雅明将此称为"政治审美化"。在关于本雅明与布莱希特的关系问题上,阿多诺认为布莱希特对于本雅明的影响弊远大于利,这种影响甚至是"灾难性的",在对待大众文化和技术革新的革命潜力方面尤其如此;而伊格尔顿却将两人之间的合作称为"马克思主义批评史上最动人的篇章之一"[18]。应该说,阿多诺的判断难免掺杂特定的偏见在内,对此,马丁·杰伊在《法兰克福学派史》中写道,"法兰克福学派从未在政治问题上和布莱希特一致","对布莱希特人格的不信任无疑增加了他们对他控制本雅明的厌恶"[19],然而就本雅明而言,布莱希特却极有吸引力,《作为生产者的作家》就写于受布莱希特影响最大的时期。

布莱希特是西方马克思主义美学的重要代表之一,也是世界著名戏剧家和戏剧理论家,他最大的艺术贡献就是创立了以"间离化"为核心的与欧洲传统的亚里士多德戏剧体系完全不同的史诗剧理论体系。"史诗剧"用以事件和理智为主要要素的"叙事性"取代欧洲传统戏剧的"戏剧性",它主要不是通过激发观众共鸣而实现情感净化,而是通过"间离化"而引起观众的惊愕和思考,从而取得理智的收获。布莱希特认为,欧洲传统戏剧所激起的观众情感的共鸣实际上剥夺了观众理性思考力和评判力,从而身处于无批判的催眠状态,无法认识、反思和批判他们身处其中的现实世界。史诗剧就是要注重诉诸观众的理性,打破情感共鸣体验,从而恢复观众的理性思考和评判力。他说,"史诗剧的基本要点是更注重诉诸观众的理性,而不是观众的情感。观众不是分享经验,而是去领悟那些事情。"[20] 为此,他强调史诗剧中的"间离化"。"间离化"是史诗剧的核心特征。所谓"间离化",就是有意识地在演员与其所演的戏剧角色之间、与所演的戏剧事件之间以及观众与所观看的戏剧角色之间、与所观看的事件之间,制造一种距离或障碍,使演员和观众都能跳出单纯的情景幻觉和情感共鸣体验,以旁观者的目光审视剧中人物、事件,运用理智进行思考和评判,从而获得社会人生的深刻认识,最终实现戏剧对于社会现实的批判。关于这一点,本书在第三章已经有所论述,在此不再赘言,就艺术生产而言,布莱希特的思考主要集中在以下三个方面:一是强调艺术作为一种生产,不是对于世界的反映,而是一种改造世界的实践,因此是认识和行动的统一;二是艺术作为一种生产,必然具有一般物质生产的内在结构和属性,其中,艺术技巧在布莱希特看来是最为关键的;三是艺术作为一种生产,不仅仅与艺术家的创造有关,而且与观众和读者的积极参与有关,这就确立和维护了艺术作品的开放性和未完成性。

本雅明对布莱希特的戏剧实践和戏剧理论给予了高度评价,他认为,史诗剧考虑到一种迄今为止几乎无人注意到的情况,那就是舞台与观众之间的距离关系问题。传统戏剧利用它加强了观众的"陶醉感",

同时抹去了观众诉诸理性思考的可能,而现在,这个戏剧中最难祛除的作为仪式根源残留的因素在史诗剧中已经越来越不重要了,"舞台依然是高筑的,但已不再是从深不可测的深度中升起的舞台,它已经成为一个讲台,说教剧和史诗剧都是坐在讲台上的尝试"。[21]他认为,布莱希特的史诗剧就是因为在戏剧情节中穿插了电影蒙太奇的手法,产生了间离效果,打破了观众的幻觉,从而为观众提供了更多理性思考的空间,而在教育剧中,布莱希特将戏剧和音乐结合起来,使舞台变成了对观众进行教育的场合。这些不同艺术种类的新的技术的引入使文艺获得了新的形式功能和政治效果。

本雅明是西方马克思主义理论家中最早对艺术生产理论进行系统阐述的理论家,他关于艺术生产理论的阐述主要集中在《作为生产者的作家》《机械复制时代的艺术品》以及《讲故事的人》中。在《作为生产者的作家》中,他指出,艺术创作过程与物质生产过程存在诸多相似之处,艺术创作是与物质生产有共同规律的一种特殊的生产活动和过程,它们同样由生产与消费、生产者、产品与消费者等要素构成,同样受到生产力与生产关系的矛盾运动的制约。由此,本雅明言简意赅地指出,艺术是人类的一种实践活动,艺术家的创造活动也是一种生产,"在艺术生产过程中,艺术家就是生产者,艺术作品就是商品,读者、观众就是消费者,艺术创作就是生产,艺术欣赏就是消费。"[22]显然,本雅明在这里受到了马克思的"艺术生产"理论启发,艺术生产被视为一个由生产、产品、消费等要素组成的一个动态过程。他指出,艺术生产与一般生产一样受生产力、生产关系之间的辩证关系的制约。在艺术生产中,艺术生产者与艺术消费者之间,即艺术家与读者、观众、听众之间的关系构成生产关系;艺术创作技术或表现技巧构成艺术生产力,一定的艺术生产力就代表了一定的艺术发展水平。于是,在艺术生产中,生产力与生产关系之间的辩证关系就具体化为艺术生产力(创作技术)与艺术生产关系(艺术家与读者、观众、听众之间的关系)之间的关系:艺术创作技巧决定艺术家与艺术欣赏者之间的关系,当两者发生矛盾时,艺术革命就产生了,旧的艺术生产关系被打破,新的艺术生产力即艺术技巧产生,艺术生产力和艺术生产关系得到新的发展。那么,艺术生产力与一般生产力又是什么关系呢? 本雅明没有直接谈到这个问题,但是,我们在他关于机械复制时代的艺术作品的论述中可以知道,传统艺术光晕丧失的原因固然在于新的艺术技术,如照相、电影的出现,但是这些技术本身却无疑是社会生产力发展的具体体现,而就艺术生产关系而言,讲故事的人的消失也与一般生产关系密切相关。由此可以推论,艺术生产力必然受到社会生产力和社会生产关系的制约。

从本雅明的具体阐述中可以看出,其艺术生产理论区别于马克思最明显的地方在于对艺术生产力的界定。马克思晚年提出了与物质生产力相对的"精神方面的生产力"概念,他在分析封建关系的解体过程时指出,这些关系的解体"只有在无知的(因而还有精神的)生产力发展到一定水平时才有可能"[23]。马克思没有对精神生产力展开具体论述,但是从马克思关于物质生产和精神生产的论述来看,精神方面的生产力当然也包括艺术生产力。有学者认为,一定的思想资料和工具,一定的审美能力、艺术才能以及创作技巧应该是艺术生产力的基本内涵,[24]就马克思主义文论的基本路径和思想原则来说,这一解说并非牵强附会。在本雅明看来,"作品的革命内容不再表现于它的文本意义中,而是表现于合乎时代的表现技巧上","评价文学作品关键要看'作品的文学技巧'是否先进。"[25]表现技巧也就是创作技巧,成为艺术生产力的主要内容,在本雅明那里,马克思的艺术生产力概念已经被大大狭隘化了。不仅如此,在马克思的理论话语中,生产力作为基础性的因素,指的是现实的物质生产力,尤其以劳动工具为标志,而在本雅明这里,却被置换为颇具形式色彩的艺术表现技巧。那么,表现技巧何以被赋予这么高的地位呢？这与本雅明对于文艺的社会职能的看法相关，他坦言："艺术家为了实施和体现自己的政治倾向，就必须变革艺术生产工具，即艺术的表现技巧。"[26]换句话说，艺术的表现技巧作为艺术生产工具不仅决定着艺术家能否实现自己的政治倾向，而且决定着作为艺术生产成果的艺术作品的政治倾向。在这里，我们一方面可以看到本雅明对于科学技术在艺术生产中的作用和影响的敏感，另一方面也在本雅明思想中看到了布莱希特的身影。

在《机械复制时代的艺术品》中本雅明对于艺术生产问题作了进一步阐述，并与艺术命运的思考联系在一起。艺术的命运"被包含在一个时钟的脚步中，时钟报时的鸣响恰传入我们耳中，我的意思是说，艺术致命的时辰已经敲响，这我已在题为《机械复制时代的艺术品》一系列初步思考中捕捉到了它的信号"。[27]在本雅明看来，艺术的命运既不在黑格尔式的理念推论，也不在马克斯·韦伯式的理性对于艺术的祛魅，而是与科学技术的飞速发展紧密联系在一起，传统艺术"灵晕"的消失与复制技术的兴起同步。传统艺术所具有的独特性、距离性、本真性、权威性等构成其"灵晕"特征，然而在机械复制时代，这一切都消失了："在世界历史上，机械复制第一次把艺术作品从其对仪式的寄生性依附状态中解放出来。被复制的艺术作品很大程度上变成被复制而创造出来的了。"[28]机械复制在 19 世纪就已产生，而在 20 世纪则不仅可以复制传统艺术品，而且产生了电影这种新的艺术形式。它通过蒙太奇表现技巧不断冲击、修正人们的视觉，使观众产生强烈的"震惊"，从而诉诸理性而达到对于事物的本质性认识。本雅明将观看电影和欣赏绘画进行了比较："绘画使观赏者沉思默想，站在画面前，观赏者完全沉浸于浮想联翩之中，而坐在电影屏幕前，他却不能这样……实际上，当观赏者看着不断变换的影视形象时，他的联想立即被打断了。这就构成了电影的震惊效果。"[29]

完成《机械复制时代的艺术品》稍后不久，本雅明又完成了《讲故事的人》，后者被本雅明称为前者的姊妹篇[30]。《讲故事的人》的主旨在于论述作为一种艺术生产方式的讲故事的终结，因而是对《机械复制时代的艺术品》中关于艺术生产论的进一步深化。讲故事的人既有远游的水手和商人，也有世代定居的农民，以及后来的手工匠人，他们讲述来自他乡的异域风情，或是远古时代的奇闻轶事，故事内容也在讲述中日益丰富，因而成为一种集体的艺术创作。然而进入现代社会，小说、新闻报道、电影等作为现代科学技术的产物，迅速兴起，而讲故事这门艺术在艺术生产、传播方式、接受方式等诸方面的特点却是无可避免地走向了衰落。就像传统艺术"灵晕"的消失一样，本雅明从讲故事艺术的衰落中又一次看到了作为艺术生产力的艺术技巧在艺术生产中的决定性作用。

本雅明的艺术生产理论在继承马克思艺术生产力理论的基础上，比较全面的揭示了艺术生产在现代社会中的巨大变化：曾经作为艺术生产者的讲故事的人已经基本消失，传统艺术作品的"灵晕"已经消失，作为艺术欣赏者的观众、读者开始体验现代艺术的"震惊"效果，而作为艺术生产力的艺术表现技巧正带来新的艺术形式——虽然本雅明在《讲故事的人》中对此流露出感伤和怀旧情绪，但整体基调还是乐观的，他不是从走向衰败的艺术中而是从新生的艺术中考察技术的革命性潜力，而这也正是他与阿多诺的分歧所在。在阿多诺看来，随着机械复制技术而出现的大众文艺并非艺术革命性的潜力所在，而是艺术衰败的象征，它使得文化工业得以出现和蔓延，从而不仅使商品性渗透进艺术作品中，而且作为一种消费态度被强加给艺术接受者。实际上，本雅明并非没有意识到对于现代艺术自主性克服的危险性，因为他明确指出，法西斯主义艺术正是通过自主性艺术的解体来实现其政治暴力的美学化，逐渐衰败的艺术的膜拜价值被人为地激活而服务于法西斯主义的政治目的。

　　整体来看,本雅明关于艺术生产的阐述明显受到了布莱希特的影响,也因此可以说他离马克思更近,而离他自己具有浓郁神学救赎色彩的文艺和美学理论更远。事实上,在开始接触马克思主义之前,本雅明已经形成较为成熟的美学观和历史观,其前期"寓言论"文艺观构成了他理解和接受马克思艺术生产论的"期待视野",就此而言,本雅明艺术生产论在某种程度上就成为两种思想之间的对话与交融。如果追根溯源,布莱希特和本雅明对于艺术生产的思考还可以从科尔施那里找到最初的线索。在科尔施看来,《资本论》是理解马克思的基础所在。《资本论》的一个核心思路就是从经济基础来理解社会发展及其规律,可以说,整个马克思思想发展是从哲学到经济学,而不是相反,正是如此,改变一个社会的前提就是要改变它的经济结构。科尔施强调从经济学而不是哲学来理解马克思,这在某种程度上对于西方马克思主义理论家思考艺术生产问题产生了重要影响,沿此思路,本雅明和布莱希特在艺术生产与社会生产的关联中揭示出了艺术生产技巧的重要性,并将艺术生产与意识形态问题结合起来,从而为阿尔都塞和伊格尔顿等西方马克思主义理论家提供重要的理论参照系。

（二）阿尔都塞

　　阿尔都塞对艺术生产的阐述基本从属于其意识形态理论框架,因而其艺术生产理论更多地与意识形态生产联系在一起。阿尔都塞作为最为重要的西方马克思主义理论家之一,他在意识形态问题所进行的开拓性研究被称为"近 20 年中最有影响的探讨"[31],然而,除了《皮科罗剧团,贝尔多拉西和布莱希特》《一封论艺术的信》以及《抽象派画家克勒莫尼尼》等三篇文章外,阿尔都塞很少直接讨论文艺与审美问题,但这并不妨碍他被称为"近年来对文艺理论影响较大的马克思主义哲学家,其影响甚至超过了包括卢卡奇和萨特在内的诸多马克思主义哲学家"[32]。

　　阿尔都塞承认艺术与意识形态具有很特殊的复杂关系,一方面,他将文艺归于意识形态国家机器,认为文艺起着维护和巩固既定社会秩序的意识形态功能[33],另一方面又强调自己"并不把真正的艺术列入意识形态之中"[34]。这就看起来自相矛盾,实则不然。阿尔都塞一直强调他所讲的艺术是真正的艺术,那么,真正的艺术之不同于一般艺术的地方何在呢?"艺术(我指的是真正的艺术,而不是一般的、平平常常的艺术)并不给我们以严格意义上的认识,所以,它不能代替认识,但他所给予我们的却由于认识存在某种特殊的关系。……我相信,艺术的特征是'使我们看到'、'使我们觉察到'、'使我们感觉到'某种暗指现实的东西。……艺术使我们获得的,即通过'看'、'觉察'、'感觉'所给予我们的,就是意识形态:艺术从其所出、沉浸其中、与其分离又间接涉及。……(对于伟大作品的分析)需要从其所出自的意识形态后退一步,从内部拉开距离。它们在某种意义上是从内部,通过内部的距离,使我们觉察到它们所体现的意识形态。"[35]这里,阿尔都塞通过将艺术与认识的比较指出:一,真正的艺术具有认识功能,但不是真正意义上的认识,即不是科学认识;二,真正的艺术源于意识形态,不能脱离意识形态,属于意识形态,因而必然部分地包含着对于现实的扭曲;三,真正的艺术是以其所特有的形式——艺术的方式提供对于意识形态的感受,并通过这种感受而间接指向意识形态,因而真正的艺术与意识形态保持特定的距离;四,对于读者来说,真正的艺术也要求接受的距离。总而言之,艺术不属于意识形态,但艺术又以与科学认识不同的方式揭示着意识形态的本质,艺术存在于意识形态和科学之间张力之中,以其内在于意识形态之中而批判意识形态,用贝内特的话来说就是,"文学作为意识形态的内奸,不声不响地使意识形态发现自己被出卖了","文学或多或少地动摇了意识形态的稳定性,暴露了它的裂缝"[36]。由此

影响与对话

推论,艺术对于意识形态的批判乃是一种内在批判,因为"真正的批判只能是内在的批判"。

那么何谓内在批判? 内在批判"首先应该是真实的和物质的批判。因此,我觉得也可以把这种不对称的、离心的结构看做是唯物主义戏剧尝试的基本特点"。[37] 这里的所谓唯物主义戏剧所指的是布莱希特戏剧。《皮科罗剧团,贝尔多拉西和布莱希特》就是阿尔都塞剖析布莱希特戏剧的一篇名文,有学者甚至将其视为"阿尔都塞美学思想的诞生地"[38]。在阿尔都塞看来,布莱希特戏剧的最大特点在于间离效果,这首先表现在戏剧物质条件,即所谓"物质的批判",比如舞台设计的非对称性,强调侧面边缘地带等;其次是在接受和表演之间的关系上提出打破"第四堵墙",即颠覆亚里士多德戏剧体系对于体验和净化的推崇,强调理性思考在戏剧接受中的突出地位;第三,陌生化效果的最终能够导向是通过理性的主导性参与而达到对于现实的批判性认识,揭示现实意识形态的虚伪性和工具性,敞开被遮蔽的现实生活的真实,从而实现戏剧的革命性社会职能,此即所谓"真实的批判"。戏剧通过陌生化而使人们与身处其中的日常生活意识形态形成特定的审视距离,从而有助于批判意识的生成。戏剧如此,绘画也是如此。阿尔都塞对抽象派画家克勒莫尼绘画作品进行了独到的评论,尤其是对其绘画中的变形手法给予了足够的重视。他指出,克勒莫尼绘画中人面的变形"只是形态的一种决定性因素的不在场","一种纯粹否定的不在场",它昭示的是意识的变形和人的存在。[39] 艺术变形在意象与欣赏者之间形成了一定距离,从而促成欣赏者对于身处其中的现存社会的反省、思考和批判。阿尔都塞对于内在性的阐释使我们想到俄国形式主义的"陌生化"理论,就"唤回人对生活的感受,使人感受到事物,使石头成其为石头"而言,两者思路类似,然而,如果说俄国形式主义通过陌生化手段恢复人们对于文艺特质的感受性,并在自洽的文学系统内部"顽强地坚持内在文学性"[40]，那么，阿尔都塞显然更看重通过陌生化和变形手段去揭示意识形态现实的本质，更看重文艺的意识形态实践效果。因为，按照阿尔都塞的意识形态理论，文艺是意识形态国家机器的重要组成部分，作为国家机器，艺术必然发挥其应有的社会职能，那么可以由此推论，文艺在其与意识形态的复杂关系中也不应是静态的，而是一种具有鲜明的社会指向的意识形态实践。

阿尔都塞对于艺术与意识形态的关系给出了言简意赅地概括："每一件艺术品，都是由一种既是美学的又是意识形态的意图产生出来的。"说艺术是美学的，乃是因为艺术作品具有自己独特的产生意识形态的形式；说它是意识形态的，乃是因为艺术只能通过它与意识形态现实的距离来敞开现实。因此，"艺术作品与意识形态之间的关系比与其他任何事物都远为密切，不考虑这种特殊关系，就不可能按照它的特殊美学存在来思考艺术作品。"[41]这种特殊性就在于，文艺本身不是意识形态，但是文艺可以通过感性的方式揭示意识形态的本质，因而是意识形态性与非意识形态性的统一。然而，对于文艺与意识形态的特殊关系的阐释并没有澄清文艺身处其中的意识形态的呈现问题。按照阿尔都塞的意识形态理论，意识形态弥漫性地渗透进日常生活一切方面，自然，文艺也浸润其中，意识形态话语本身能就具有虚幻性和工具性，而文艺作为对于意识形态话语的加工也就难以摆脱意识形态属性的束缚，那么，文艺又是如何"动摇了意识形态的稳定性，暴露了它的裂缝"的呢？对此，阿尔都塞诉诸"症候阅读"理论。

"症候阅读"理论是弗洛伊德精神分析理论在文本阅读中的应用。在阿尔都塞看来，文本的言说不仅仅有显在话语，而且还有隐藏在显在话语后面的无声话语，与此对应，阅读就有字面阅读和批判性阅读，前者寻求作者所赋予的意义，后者将文本作为一个问题框架来探查文本中"那些看不见的东西，那些在视力之外的东西，在充斥的话语中分辨出缺乏的东西,在满是文字的文本中发现空白".[42]可见,批判性阅读打破的是作家对于文本意义的垄断,强调的是文本自身的非透明性和多义性,旨在通过对于掩藏在断裂、空白等背后的政治无意识的探查而恢复和呈现文本内在的意识形态症候。显然,"症候阅读"预设了一个必需的前提,那就是:文学艺术以一种特殊的方式掩盖了现实意识形态的真相,而传统文学批评在对于作者所赋予的意义的寻找中无意识地落入了掩盖和抹平意识形态矛盾的陷阱,从而成为特定意识形态的同谋。在阿尔都塞看来,只有"症候阅读"法才能正确揭示文学艺术身处其间的意识形态的内在矛盾。真正的艺术不是、也不能被简化为意识形态,而是与意识形态有一种特殊的关系。意识形态表示人们借以体验现实世界的那种想象的方式,这也是文学提供的那种经验,但是艺术不只是消极地反映这些经验,而是一方面艺术自身包含在意识形态之中,另一方面又尽量与之保持距离。即便如此,艺术也不能使我们认识被意识形态所掩盖的真理,其原因则来自艺术与科学的区别:前者提供有关某一特定状况的经验,而后者才提供关于此的概念和认识。但是,艺术虽不能提供真理性认识,却可以通过它与意识形态的特殊的关系使我们"看到"意识形态的性质,由此逐步充分理解意识形态,从而达到科学的认识。艺术何以能够做到这一点? 阿尔都塞的学生、另一位西方马克思主义理论家马舍雷做出了进一步阐发。他认为正是作家的创作赋予了意识形态以审美形式,并把它固定在某种虚构的界限内,从而艺术保持了与意识形态的距离,我们由此可以摆脱意识形态的幻觉。也就是说,艺术既是意识形态结构的组成部分,又以其自身的特质改变了意识形态的结构。

对于阿尔都塞的工作,伊格尔顿给予了高度评价,认为他关于文艺与意识形态关系的阐发"具有深刻的启发性",也"更为细致"[43],这就成为伊格尔顿在此问题上进一步前进的基石。而美国学者迈克尔·哈特认为,艺术生产在阿尔都塞和马舍雷的文艺思想中处于中心地位,尽管他们自己却没有意识到这一点,但是随着"非物质劳动霸权"在今天取代工业劳动霸权,"艺术生产的某些性质,……正逐渐成为霸权性的,他正在改变其他的劳动过程","马尔都塞和马舍雷在艺术生产领域所表达的那种认识正开始在其他生产领域得到应用,也许足以概括一般意义上的生产的特征"。[44]

(三)伊格尔顿

在新一代西方马克思主义理论家中,伊格尔顿以坚持马克思意识形态理论、倡导意识形态批评而闻名,他将意识形态研究的视野拓展至话语、权力的深广领域,建构起带有鲜明英国新左派激进色彩的意识形态批评理论,意识形态生产理论是其中的重要组成部分。伊格尔顿对意识形态生产的思考是从马克思关于经济基础和上层建筑的理论原则开始的,他认为艺术既是上层建筑的组成部分,同时也与经济基础密切相关,因此"如何说明艺术中的'基础'和'上层建筑'的关系,即作为生产的艺术与作为意识形态的艺术之间的关系,依我看来,是马克思主义批评当前面临的最重要的问题之一"。[45]这样一来,对意识形态生产的思考就具体化为对于艺术生产与意识形态生产的考察。

伊格尔顿首先对本雅明、布莱希特、马舍雷等西方马克思主义理论家在意识形态与艺术生产问题上的探索进行了客观地反思和剖析。本雅明《作为生产者的作者》论文的创造性就在于把马克思生产理论运用于对艺术的考察,他写道,"革命的艺术家不应当毫无批判地接受艺术生产现成的力量,而应该加以发展,使其革命化。这样,他就在艺术家和群众之间创建了新的社会关系"。显然这一种新型关系将自己的立足点放在了艺术接受方面上去了,艺术的意识形态性或者说倾向性必须通过对于艺术表现形式的关注才能通达艺术接受者,因此"真正的革命艺术家不能只关心艺术目的,也应关心艺术生产工具。'倾向性'不止是在艺术中表现正确的政治观点;'倾向性'表现在艺术家怎样得心应手地重建艺术形式,使得作者、读者和观众成为合作者"。[46]他在布莱希特那里也注意到这一点,认为布莱希特遵循了马克思在《〈政治经济学批判〉导言》里的观点,即生产不仅为主体生产对象,而且也为对象生产主体,一件产品只有经过消费才能充分的成为产品,以此来强调观众在戏剧生产中的重要地位。这些评价表明了伊格尔顿对于艺术接受环节的高度重视。

伊格尔顿在反思和剖析中进一步区分艺术生产和艺术创造的不同。他指出,在布莱希特和本雅明那里,作家与其他社会产品的生产者一样,主要是一个生产者,而对于浪漫主义把作家当做创造者这一观点持反对态度。这一反对态度也是另一西方马克思主义理论家马舍雷所坚持的。马舍雷认为作家实质上是生产者,加工包括形式、神话、象征、思想意识等在内的现成材料,与汽车装配厂工人用半成品制造产品没有什么不同,艺术家运用专门的艺术技巧,将语言与经验的材料变为既定的产品,这种制造不比任何别的制造来得更神秘。伊格尔顿将这种区分进一步追溯到马克思主义经典作家那里,他写道,马克思和恩格斯在对于欧仁·苏的评论中就曾指出,将作品与作为活生生的历史的主体的作家分割开来,是醉心于笔的神奇力量,因为作品一旦与作家的历史条件分离,必然会显得意图不明,神秘莫测。[47]对于艺术创作神秘化的反对,意味着将其艺术重新拖回生产论的视域中,事实也正是如此。伊格尔顿一方面强调艺术生产相对于社会物质生产的被决定地位,另一方面则是通过对于艺术生产的去魅来强调其内在的意识形态功能:"文学可以是一件人工产品,一种社会意识的产物,一种世界观;但同时也是一种制造业。书籍不止是有意义的结构,也是出版商为了利润销售市场的商品。戏剧不止是文学脚本的集成,它是一种资本主义的商业,雇用一些人生产为观众所消费的、能赚钱的商品。批评家不止是分

167

析作品,他们(一般地说)也是国家雇佣的学者,从意识形态方面去培养能在资本主义社会尽职的学生。"[48]

在此基础上,伊格尔顿提出了"文学文本是意识形态的生产"的观点。这一观点是伊格尔顿在分析英国批评家约翰·柏杰关于油画的评论时引申出来的:"柏杰认为,油画这种艺术体裁只有当人们需要表现看待世界的某种思想方法时,才能得以发展,因为其他技术做不到这一点。油画在其描绘之中创造出某种浓度、光彩和凝聚。它作用于世界,与资本作用于社会关系一样,将一切东西都看做对象。油画本身成了一种对象——一种被人购买和占有的对象;它本身是一宗财产,而且以这个角度去表现世界。这里面有一整套相联系的因素。有社会经济生产的阶段问题,即油画这种特殊的艺术生产技术什么时候开始发展。有社会关系问题:艺术家与群众的关系,油画技术同这种关系密切相关。有艺术产权关系和一般的产权关系的问题。还有一个问题,维持那些产权关系的意识形态是怎样体现在某种绘画形式之中。这类问题把生产方式同画布上的脸部表情联系起来,正是在这一点上,马克思主义文学批评必须用自己的语言加以论述。"[49]在这段论述中,伊格尔顿充分注意到了艺术意识形态问题的复杂性,正如他指出的,"一种意识形态从来不是一种统治阶级意识的简单反映;相反,它永远是一种复杂的现象,其中可能掺杂着冲突的、甚至是矛盾的世界观"。[50]对于艺术的意识形态性与生产性的关系,伊格尔顿上述论断突出表明了以下几层意思:首先,艺术本身是一种意识形态,它表现人们看待世界的思想方式,文艺一直与意识形态价值标准密不可分,其历史构成了是我们时代意识形态史的一部分,"文学理论不应因其政治性而受到谴责。应该谴责的是它对自己的政治性的掩盖无知,是它们假定自己为'技术的'、'自明的'、'科学的'或'普遍的'真理原则时那种盲目性"。[51]其次,文艺是意识形态,在资本主义社会中又是一种商品,它可以如恩格斯所说，"是与经济基础关系最为'间接'的社会生产，但是从另一意义上也是经济基础的一部分：它像别的东西一样，是一种经济方面的实践，一类商品的生产"。[52]第三，艺术是一种立足于生产的意识形态，并在生产中实现着意识形态的再生产，因此在油画的人物形象中潜行着意识形态的身影。油画如此，文艺也是如此，"马克思主义批评是一个更大的理论分析体系中的一部分，这个体系旨在理解意识形态——即人们在各个时代借以体验他们的社会的观念、价值和感情。而某些观念、价值和感情，我们只能从文学中获得"。[53]

正是在考察文艺的意识形态属性和生产属性的基础上，伊格尔顿构建了具有马克思主义特色的意识形态生产理论。这一理论包括一般生产方式、文学生产方式、一般意识形态、作者意识形态、审美意识形态、文本等六大范畴。一般生产方式指一定社会中占主导地位的社会物质生产方式，它不仅构成社会存在的基础，而且成为其他生产尤其是艺术生产的前提；文学生产方式由生产、分配、交换、消费等相互联系的诸环节组成，是文学生产和社会关系在特定社会组合形态中统一；一般意识形态指在一般生产方式基础上产生的占主导地位的意识形态，由伦理价值、艺术表现、宗教信仰等相对独立的价值话语组成，是文学所身处其中的重要文化语境；作者意识形态指作者被置入一般意识形态这一符号秩序中的特有方式，是社会一般意识形态在个人身上的独特体现；审美意识形态指包括在一般意识形态之中为一般生产方式所决定又有相独立性的特殊审美领域，文学话语、风格、传统、实践以及文学理论等都属于审美意识形态；文本是上述各因素在多元决定关系中艺术生产的产品。伊格尔顿基于上述六个基本范畴，对艺术生产理论进行了阐发，概括其要点如下：首先，文学生产虽然具有相对独立性和自身规律性，但在阶级社会中其功能在于扩大和再生产一般社会关系，这是文艺意识形态属性的体现；其次，文学生产通过语言与一般意识形态发生根本性关系,而语言从一开始就是非中立的,"语言学的问题总是政治语言学的问题",因而文学生产就成为意识形态斗争的场所;第三,作者意识形态与一般意识形态既总体同构,又对立冲突,它通过审美形式而在不同程度上改写了甚至颠覆一般意识形态。第四,审美意识形态作为一般意识形态的组成部分表明了贯穿在审美活动中的意识形态属性,同时又是具有相对独立性的审美领域;第五,作者意识形态与一般意识形态和审美意识形态之间的关联、重构而又对立、冲突的复杂关系决定了文本只能是多元决定的产物,而不是意识形态的简单直接对应物,毋宁说,文本是一般意识形态审美加工的产品。可以看出,伊格尔顿在艺术的生产属性和意识形态属性问题上具有鲜明的综合色彩,这也在某种程度上使他关于意识形态生产理论的阐发更为辩证,而且从艺术生产与意识形态生产关系问题入手也的确抓住了文艺意识形态性质问题研究的关键所在。

（四）小结

西方马克思主义艺术生产理论从本雅明到伊格尔顿,大体上经历了一个历时性发展过程。如果说,本雅明和布莱希特与阿尔都塞与马舍雷代表了这一发展过程中的两个方向,那么伊格尔顿则在更高的程度上进行了综合,并在一定意义上将艺术生产理论延伸到文化研究的领域。另一方面,阿尔都塞和马舍雷与本雅明和布莱希特的艺术生产理论又有明显的区别:首先,两者对于马克思的理解进路不同。本雅明和布莱希特基本是从人本主义角度来理解马克思,因而更看重《1844年经济学哲学手稿》在马克思文论中的重要地位,而阿尔都塞却认为那是青年马克思作品,只有"认识论断裂"之后的马克思才是成熟的马克思,因而将马克思人本主义化和主体化是错误的。其次,艺术生产的功能和目的不同。本雅明和布莱希特突出强调艺术的实践性,认为艺术不仅仅是认识,更是行动。艺术生产作为一种社会生产,具有颠覆现存社会秩序、改造社会的重要作用。而阿尔都塞和马舍雷却更多地从认识论考察艺术生产，认为艺术生产论从艺术作品结构内部展示意识形态及其运作，因而为我们科学地认识意识形态提供了可能。第三，对于艺术形式和技巧的看法不同。本雅明和布莱希特的艺术生产论重视艺术技巧和形式的革命性作用，而阿尔都塞和马舍雷（此外也包括阿多诺）则正确地批判了这种过于轻率的乐观主义，但他们自己的理解却似乎走向了另一个极端，"潜藏着唯心主义的危险"[54]。伊格尔顿则正确地综合了伊格尔顿和马舍雷关于艺术生产的思考，其中的关键是把作为物质生产的艺术与作为意识形态生产的艺术辩证地统一起来。他认为，本雅明将艺术生产视为一种社会物质生产，这就将艺术的物质性与意识形态性结合起来，从而保证了艺术的历史性；而阿尔都塞关于意识形态国家机器的论述则提供了认识意识形态生产之物质属性的理论可能性。就此而言，伊格尔顿的艺术生产理论体现了一种扬弃和综合的理论建构。

对于西方马克思主义艺术生产理论来说，随"六月风暴"逝去的固然有革命的激情，然而对它产生重大影响的，却是商品社会的到来。商品的审美化以及审美的商品化和日常生活化将现实装扮出缤纷的美学景观，大众沉浸于审美的幻象之中。如何揭示出艺术与资本生产的隐秘关系，如何冲破商品意识形态的罗网，则成为西方马克思主义艺术生产理论必须面对的课题，由此，西方马克思主义理论家将艺术生产论视野延伸至文化研究领域，展开对于文化工业的颠覆和整合作用的研究，而这一转变也在中国的接受和影响中留下了明显的足迹。应该说，西方马克思主义理论家将艺术纳入生产论视野来考察，无疑是马克思艺术生产理论的继承和延伸，正如英国学者斯温伍德所说："艺术和意识形态的关系，依据源于意识形态本身的唯物主义美学而被重新塑造了。"[55]这一重塑不乏对于马克思艺术生产理论的误读和偏离，但这也

绝非意味着他们的努力乏善可陈,其中较为突出的有以下三个方面:

首先,西方马克思主义理论家在不同程度上将对于艺术生产理论的探讨置于艺术生产和意识形态生产关系视域中,其中尤为突出的是将艺术生产视为意识形态的生产和再生产,这一方面是马克思艺术生产论中重视意识形态问题的思路在新的历史条件下的某种延伸,另一方面也是西方马克思主义理论家展开意识形态和文化批判的必然选择。将艺术生产归结为意识形态生产,将探讨意识形态与审美文本的结合作为核心话题,成为西方马克思主义艺术生产理论最为突出的特质之一。

其次,西方马克思主义艺术生产理论没有仅仅局限将艺术生产作为一个一般的普遍性的范畴来谈论,而是充分注意到这一范畴在当代资本主义社会中的特殊性质和具体表现形式,这不仅避免了对马克思主义生产理论在文艺和美学领域的简单套用,而且沿着马克思艺术生产的思路为剖析当代资本主义的文艺现实提供了一种有效的话语资源,当然,与马克思更多地停留于政治经济角度不同,西方马克思主义理论家更乐于立足于文化和审美的层面。

第三,西方马克思主义理论家关于艺术生产的论述服从于他们对于资本逻辑和消费意识形态批判这一最终目的,这也是他们为什么在艺术生产中高度重视意识形态问题的重要原因,换句话说,他们探讨艺术生产的目的绝不是为了理论而理论,而是有着明确的批判指向。同时也应该指出,它们对于意识形态的关注是通过审美而通达的,从而在审美与意识形态、文艺与政治之间的关系上表现出某种辩证性,这使他们与苏联马克思主义文论主流在此问题上观点区别开来。

整体而言,西方马克思主义艺术生产理论是西方马克思主义理论家在发达资本主义条件下对于马克思艺术生产理论的应用和发展,它侧重于考察艺术生产过程中意识形态与审美文本的结合,揭示意识形态生产与再生产中权力运作的秘密,直面当代后工业社会转型中艺术与资本的隐秘关系,具有鲜明的现实性和针对性。正是西方马克思主义艺术生产理论的这些特点决定了它在中国的理论旅行以及旅行中复杂的涨落与起伏。

第二节　艺术生产论:在中国现代文论视阈中

作为经典马克思主义文论的一个重要命题,马克思主义艺术生产理论伴随着马克思主义在我国的传播、深化并最终占据主导地位而备受关注,可以说,我国艺术生产理论研究几乎是与西方马克思主义理论家的研究同时展开的,但与后者不同的是,在我国 20 世纪文论和美学的发展进程中,艺术生产理论探讨整体上立足于马克思主义经典作家的理论框架之内,在 20 世纪前半期尤其如此,而在新时期以来的当代文论发展中,随我国社会转型的逐步展开和商品经济的飞速发展,艺术生产理论研究得以深化,并经历了一个从艺术生产研究到文化产业研究的转换过程。

一、　现实的诉求与理论的思考

将艺术视为实践、制作、创造和生产的思想古已有之,古希腊亚里士多德的"四因说"中就蕴含着艺术生产思想的萌芽,但就其作为普遍观念而受到关注而言,却是工业化社会和商品经济发展在文艺和美学中的理论反映和实现,马克思主义经典作家对于艺术生产的思考如此,西方马克思主义理论家的思考也是如此,且更为集中。整体来说,我国文艺理论界对于艺术生产的思考在 20 世纪 30 年代就已出现,五六十年代的美学大讨论也有涉及,然而真正深入研究显然始于七八十年代以来的新时期。

1933 年,张泽厚出版了一本名为《艺术学大纲》的书,该书"第九讲"在谈到近代工业资本主义社会中的艺术特征时涉及艺术生产问题,认为艺术生产与其他生产明显不同,它不是"以用机械的方法无限的制作出来",但仍属于"资本主义制度下一个很特别的产业部门",因为"在资本制度社会之下,艺术的作品,虽不是完全基于他们的天才与教养,但是他们的作品,无论如何,总是想以金钱来换掉或估计它的价值的。这就是艺术的商品化,这就是艺术的巨量生产的特殊现象。"[56]这里不仅指出艺术生产与一般生产的不同,而且初步意识到艺术生产在资本主义条件下的商品化现象,这在当时的历史条件下无疑是富有眼光的,但该书又将艺术生产归结到精英化、贵族化上去,而没有看到社会生产专业化以及工业化才是其中关键的因素,也说明了这一理解的肤浅。张泽厚关于艺术生产的阐述源自于 A. 波格诺达夫的《社会意识学大纲》,陈望道在该书"译者序言"中将其视为一本"系统地科学地叙述社会意识的教科书",同时也是一本"文化学或文化发达史"。[57]该书分"原始社会意识时代"、"权威的社会意识时代"、"个人主义社会意识时代"以及"集团主义的社会意识"等四个时期进行了阐述,其中"个人主义社会意识时代"在对工业资本主义时代的意识形态问题进行考察时论及艺术生产问题,从"商品灵物崇拜"以及"个人经济与私有财产制度"两节中可以约略看出马克思著作的影响。至于张泽厚是否受到了马克思主义经典作家论述的影响,我们不得而知,但是,一个众所周知的事实是,中国的市场经济和商品化进程是在该书出版近 50 年之后才开始起步和迅速推进的。这样看来,张泽厚考察艺术生产问题的基本出发点还是指向于文艺对于当下社会现实的实际功用的,这从他在《艺术学大纲》第九讲最后的呼吁中可以清楚看出:天才的艺术家要像列夫·托尔斯泰那样"洞察社会的变革和新的时代的到来",彻底地改变自己原有的意识而"效忠于新的社会"。[58]

在 20 世纪五六十年代的美学大讨论中,马克思关于物质生产与精神生产不平衡问题的论述也受到关注,但艺术生产问题则没有直接涉及,直接谈到过艺术生产问题的是朱光潜。他在论述反映论文艺观仅仅局限于认识论视角来考察艺术问题从而在一定程度上造成对于马克思主义美学原则的曲解时,讨论了艺术生产问题。他认为,首先,马克思本人不仅阐述过生产问题,而且"把文艺看做是一种生产劳动,这是马克思主义关于文艺的一个重要原则,而恰恰是这个重要原则遭到了企图从马克思主义观点去讨论美学问题的人们的忽视"。从生产劳动观点看文艺和单从反映论去看文艺,两者的不同就在于:"单从反映论去看文艺,文艺只能是一种认识活动,而从生产观点去看文艺,文艺同时又是一种实践过程。"[59]对于实践,他解释道,"实践的观点就是唯物辩证观点,它要求把艺术摆在人类文化发展史的大轮廓里去看,要求把艺术看做人改造自然,也改造自己的这种生产实践活动中的一个必然的组成部分。"[60]在朱光潜看来,反映的观点与生产实践的观点的统一是辩证唯物主义的必然要求,反映论只是对进行艺术考察的一个角度,而不是唯一角度,只提艺术是现实的反映而不提艺术是人对现实的一种掌握方式,只重视艺术的认识论意义而忽视艺术的生产论意义,就会重新陷入旧唯物主义直觉论之中。生产是人对世界的实践精神的掌握,也是人对世界的艺术掌握,但在资本主义社会条件下,"物质生产在分工制下既然与精神活动脱了节,于是精神活动,包括文艺在内,就转化为'特种生产'",用生产论的视角来考察文艺,朱光潜得出以下结论:第一、文艺不仅反映世界,认识世界,而且要改变世界,文艺在改变世界中也改变了人自己;第二、艺术反映世界并非世界的翻版,而是要比"世界多一点东西","这'多一点东西'就是意识形态的作用,也许还要加上艺术家的艺术专业的修养"。第三、艺术形象不仅是一种认识形式,而且还是劳动创造的产品;第四、在资本主义生产条件下,艺术必须服从资本主义生产与交换的一般规律,因而艺术也变成一种商品,艺术家自造艺术品,供给市场,替资本家积累资本。

应该说,朱光潜对于马克思主义艺术生产理论的阐发是准确的,艺术生产为在反映论之外考察美学和文艺问题提供了新的视角,遗憾的是,这一思路在当时却并没有引起学界的注意。客观地讲,艺术生产在朱光潜这里还是为他论述主客观统一的美学本质论服务的,艺术生产理论本身并没有得到完全展开。此外,朱光潜把文艺的性质界定为一种生产活动,在我国最先把文艺问题纳入到生产论的研究领域,但是,正如王元骧所指出的,就其理论根源而言,朱光潜的这一观点却并非直接源于马克思的《〈政治经济学批判〉导言》中关于生产和消费的理论,而是受到前苏联涅托希文所提出的马克思的艺术的掌握的方式实际上就是一种实践—精神的掌握方式的启发,[61]这显然与新时期以来的关于艺术生产问题讨论的基本理论资源不同。

综上所述,在我国新时期以前的文艺理论研究中,马克思艺术生产理论虽然在一定程度上受到关注,但还谈不上真正深入的研究,视野也主要局限于对马克思主义经典作家有关生产论的理解和阐述方面,更为重要的是,艺术生产范畴及其理论本身没有得到专门的探讨。造成这一现象的原因应该说是多方面的,但艺术生产理论研究缺乏现实的和理论的召唤可能是其中的关键所在,具体说来,就是缺失马克思阐述艺术生产时所立足的现实语境,尤其是商品生产和资本逻辑下的现实语境,以及与这一语境相对应的理论诉求,而这一缺失的弥补则要等待新时期的到来。

我国新时期文艺理论研究的发轫可以追溯到 70 年代末期,关于"文艺工具论"的反思以及人性、人道主义问题的重提标示出文艺理论回归自身、走向新生的最初努力,然而对于艺术生产问题来说,1980 年《读书》上一篇题为《文学的"艺术与商业"之争》[62]的"纽约通讯"可能富有意味。该文介绍了设立于 1978 年的"美国书奖"(American Book Award)当年评奖情况以及文艺界的反映。"美国书奖"前身是作为美国最有声望的文学奖金之一的"全国书奖"(National Book Award),然而在它存在了 30 多年后,资助它的出版商却指责这一奖项因为多由文学评论家、作家评出,而致使一些获奖作品不具商业价值,无法带来利润,于是他们停止资助,转而另设"美国书奖"。这一奖项与前此的"全国书奖"最大的不同在于,它不是以文学趣味而是以"反映读者大众的趣味"为根本尺度,同时评委也不是纯粹由作家批评家组成,而是由出版商、售书商、图书馆学家以及作家投票决定。这遭到了部分作家、文学批评家抵制,他们或拒绝出任评委,或拒绝领奖。拒绝的理由包括文艺生产越来越严重的商业化挤压了新一代作家的成长空间,严肃文艺生产的萎缩使读者的阅读选择走向单一化,艺术水平降低、作品标准化、文艺出版和宣传庸俗化。也有部分作家文学家持积极的赞成态度,赞成的理由包括商业化为作家提供了更好的经济保障,有利于激励新作家的成长,认为对此的反对和拒绝只能被视为关门主义倾向的表露,这是严肃文艺的敌人之一。文学是艺术还是商业,文学奖是由文学界专家来挑选还是由出版商挑选,成为论争的焦点,文章没有对此做出评论,实际上,该文的意味深长之处也并不在此,而毋宁说,该文的发表暗示了一种对处于开始转型的社会中的文艺命运难以言传的预感和无以掩饰的隐忧,联系随后展开的现实语境的不断改变,以及理论自身的逻辑行程,这种复杂感受应该说真实而尖锐。

就现实语境来说,1983 年开始,中国所有文学期刊脱离事业单位编制开始自负盈亏,标志着文艺产品从此可以作为一种特殊的商品进入市场,文化领域逐渐出现了明显的分化:曾经作为启蒙旗手的严肃文学开始受到冲击,而商业文化和通俗文化开始兴起和繁荣。列出 80 年代中期到 90 年代初在公众中产生中大影响的文化事件是有必要的:

1986 年崔健摇滚乐；1988 年卡拉 OK 风行；1989 年汪国真诗歌；1990
年电视剧《渴望》；1991 年电视剧《编辑部的故事》。无一例外，通俗文
艺几乎占据了公众文化生活的中心，社会经济的市场化转型成为文艺
研究的最为现实的背景。而就文艺理论本身而言，如果说 80 年代初期
关于文艺与政治问题、文艺与人性、阶级性、人道主义问题的讨论重新
确立了文艺的自律性基础，文艺成功回归自身，那么，从 80 年代中期开
始，刚刚划定的文艺领域则不能不突然面临着商品大潮的巨大冲击，如
何理解文艺产品的商品化现象，如何理解文艺产品作为文艺生产的结
果与作为商品的关系，引起了学界的极大关注。1984 年《辽宁文艺界》
第二期发表了陈文晓的《文艺商品化不能全盘否定》一文，随后引发了
关于文艺与商品之间关系的大讨论，讨论一致延续到 90 年代初期。总
体看，基本态度有三：一是主张文艺商品化，比如陈文晓、杨守森、边平
恕等学者认为这是繁荣和发展文艺的必然要求和历史趋势，商品化具
有全局性，作为精神生产之一的艺术生产同样要受到物质生产的支配，
因而艺术及其生产的商品化有助于推动艺术的繁荣；[63]二是认为文艺
产品是一种特殊的商品，艺术及其生产受一般商品生产规律的制约，但
是，文艺作为上层建筑的一部分是意识形态的产物，但同时又具有审美
意义，是社会主义精神文明的组成部分，因而文艺生产是一种特殊的生
产，文艺产品只有进入流通和交换领域才是商品，因此要具体分析，持
这一观点的学者有杨运泰、李准、李衍柱等；[64]三是认为文艺产品不是
商品，只有在资本主义条件下才会成为商品，文艺具有生产属性，也必
然具有商品的部分属性，但不是本质属性，社会意识形态属性是它的更
为主要的方面，比如冯宪光等学者就持这种观点[65]。

　　艺术生产与商品生产的关系问题其实早在 70 年代末期就被提出
了，它主要表现为对于马克思关于物质生产与精神生产不平衡性阐述
的讨论，在这之前曾经有过 1951 年、1958 年的两次讨论。前两次讨论

的共同特点是:基本论域和理论资源集中于经典马克思主义作家的论述,缺乏源自现实社会生活的理论诉求。第三次讨论与前两次不同之处在于理论的探讨与现实的需要结合在一起,并随着社会生活的变化而开始深入艺术生产理论本身的探讨。然而,如果把 80 年代中期到 90 年代初期的关于艺术及其生产的商品化问题的讨论视为文学回归之后对于社会现实的第一次真正应对,那么,在这次应对中最为突出的也许是学界在上述争论中所反映出的某种程度上的焦虑心态,这既体现在论争的基本学术理路上,也体现为 90 年代中期以后的集体转向上。就前者而言,上述论争中的无论哪一种观点,基本是将文艺生产与意识形态生产、精神生产与物质生产对立起来:或者只注意在商品经济活动中,艺术生产作为一种特殊的生产所具有的一般生产的基本特点,以及艺术产品作为一般商品在流通和交换中的所具有的特点,而没有注意到艺术生产作为精神生产之一与一般物质生产的不同,从而简单地将艺术生产等同于商品生产,艺术产品等同于商品,乃至将商品化视为文艺发展的必由之路;或者是只注意艺术生产作为一种特殊的生产,尤其是作为精神生产,与一般物质生产的不同,而忽视了它作为一般生产所具有的特点,从而从另一个极端做出了简单化的判断,以文艺生产的精神性否定了其生产性。实质上,艺术产品与商品、艺术生产与商品生产的论争根植于艺术本质问题之中,并取决于对于这一问题的回答,而这显然从新时期伊始就开始了。

如果说,对于文艺及其生产与商品生产之间关系的思考是艺术生产论的研究的一个方面;那么,对于文艺本质问题的探讨则构成了另一面;如果说前者更多地体现了现实语境对于理论阐释的召唤,那么后者则体现了新时期文艺理论自身发展的逻辑诉求。首先是对于反映论文艺观的反思。在 20 世纪中国现代文艺理论的发展历程中,反映论文艺观贯穿始终,离开了这一线索,对于我国现代文艺理论的入思理路、理论建构、逻辑行程以及对于文艺与意识形态的纠缠等诸多问题都无法得到合理的阐释和说明。伴随着新时期的行程,反映论文艺观也重新获得新生,并经历了一个由能动反映论到审美反映论的发展和深化的过程。然而,即便是审美反映论,它虽然通过强调文艺的审美特质而恢复了反映论文艺观的阐释效力,然而其哲学反映论和认识论基础却使它依旧无法挣脱将文艺局限于认识论视域的束缚,文艺理论的突破需要在更深层面的变革。其次是对于文艺本质问题的思考成为重新理解和阐释马克思主义文艺思想的重要推动力。经过80年代中期文艺"方法论年"和文艺"观念年"的洗礼,人们对于文艺本质问题的思考开始具有发散性,一直作为理论资源的马克思主义文论开始得到重新理解,艺术生产理论自然也是其中的重要方面。再次是文艺自律性与他律性之间的张力。当文艺自律性维度淹没于他律性的强大理论话语之中,文艺也就失去了自身的存在根基,然而当文学回归自身、重新确立起审美的维度之后,它又该如何面对其自身在商品化浪潮中曾经的启蒙旗手地位的衰落?它又该如何处理文艺与意识形态的关系?对这些问题的回答在某种程度上要求续接朱光潜对艺术生产问题的思考。

正是顺应新时期文艺理论自身发展的逻辑诉求,从80年代中期到90年代中期,马克思艺术生产理论研究开始走向深入,整体看,研究主要集中在以下几个方面:一是关于马克思艺术生产范畴以及艺术生产论本身的研究,主要包括艺术生产范畴的发展、艺术生产力、艺术掌握世界的方式、艺术生产的一般历史发展以及艺术生产理论的美学方法论意义等问题。比如董学文在《马克思和美学问题》一书中就专设一章(第七章"关于'艺术生产'的理论")来讨论艺术生产问题[66]。二是关于艺术生产论与马克思主义文论体系问题,其中的关键是艺术生产论在马克思主义文论体系中的地位,围绕艺术生产论是否是马克思主义

影响与对话

文艺思想的主干问题,基本有三种观点:一种观点认为艺术生产论是马克思主义文艺思想的主干,它贯穿于马克思思想发展的始终,对于文艺学体系建构来说具有原生性、框架性功能;第二种观点认为艺术意识形态论是马克思主义文论的核心观念,艺术生产理论只有在意识形态理论框架内才能够得到揭示和说明,而不是相反;第三种观点认为艺术意识形态论与艺术生产论是一个逻辑整体,都是对于同一艺术现象的社会属性所进行的不同角度、不同层面的揭示,两者没有本质的原则性差别。[67]三是关于艺术生产与艺术本质问题,即艺术生产论是否是对于艺术的本质性规定。肯定的观点认为艺术生产理论直接导源于马克思主义实践哲学,较之意识形态论更切近文艺本身,因而也更能说明艺术本质;而相反的观点强调文艺本质的多层次性,艺术生产论无法涵盖艺术本质整体。[68]四是关于艺术生产论与艺术反映论的关系问题,有学者认为反映论并非科学地认识文艺的坚实理论基础,只有马克思的艺术生产论才是;也有学者认为艺术生产论与艺术反映论没有根本性的矛盾,只存在范围和性质上的差异。[69]此外,关于马克思艺术生产概念本身以及艺术生产理论的发展等问题也进行了探讨。

上述这些方面表明了艺术生产理论研究较之新时期之前所取得的深化程度,不仅如此,有学者初步提出以马克思"艺术生产"作为核心范畴,融合马克思主义反映论以及当代西方文论思想,建构艺术生产文艺理论体系的设想,甚至进行了初步尝试,比如《文艺学当代形态》(董学文著,北京大学出版社1998年版)、《理解与对话》(朱立元著,华中师范大学出版社2000年版,第166—186页)、《艺术生产原理》(何国瑞著,人民文学出版社1989年版)等,其中《艺术生产原理》尤其值得高度重视。该书按照本体论、主体论、客体论、载体论、受体论的体系结构对艺术生产展开论述,然而,令人不解的是,在该书包括本体论、主体论、客体论、载体论、受体论等在内的体系结构中,却唯独没有给艺术生产的特殊性留下足够的阐述空间。艺术生产无论在生产材料、生产目的、生产的产品方面，还是在生产主体、生产规律等诸多方面，都与物质生产存在本质性区别，两者之间的不平衡关系也是众所周知的研讨主题，正是这些本质性区别构成了艺术生产论自持的依据。缺失了对于艺术生产本身特性的专门阐发，对于一本考察艺术生产原理的专著来说，这不能不说是一个疏漏，正如有论者所指出的，该书尽管打出了艺术生产的旗帜，但内容在某种程度上却可以说"是马克思主义反映论，韦勒克、沃伦的《文学原理》，艾布拉姆斯的《镜与灯》有关内容的综合"[70]。当然，即便如此，该书着力于从马克思理论中发掘理论资源，并在对于现实诉求的呼应中建构中国化的艺术生产理论，这种努力本身的意义是不容否认的。

二、 艺术生产论的延伸

如果把 20 多年前发表在《读书》上题为《文学的"艺术与商业"之争》的"纽约通讯"视为关于商品浪潮中文学命运的一个预言，那么，20 多年后的今天，我们看到的是预言在某种程度上的实现：在美国争议一时的"美国书奖"不仅没有因为文学家的一时抵制而消亡，相反，不仅授奖规模扩大、奖项增多，而且名气大增，甚至开始与普利策小说奖齐名，对于许多作家来说获得该奖的提名也是一种荣誉；而在我国，则是文化产业的兴起，文化产业研究井喷式地繁荣，对于当代文艺理论研究来说，这是一个值得文艺理论研究深思的现象。

文化产业研究的兴起具有坚实的社会经济基础，也具有深厚的理论根源。20 世纪 90 年代中期以后，随着国家经济结构的调整、全球化进程的加快，以及发达国家在文化产业方面所取得的巨大成就的参照，文化产业及其重要性被逐步认识和接受，发展有中国特色的文化产业遂成为一项国策，并受到主流意识形态的保护。在此有必要对于我国文化艺术产业政策之路作简单回顾：1985年，国家统计局《关于建立第三产业的统计报告》中将文化艺术纳入第三产业范畴；1988年文化部、国家工商总局《关于加强文化市场管理工作的通知》中出现"文化市场"的范畴；1992年国务院《重大战略决策——加快发展第三产业》正式启用"文化产业"范畴，1993年文化部召开部分省市文化产业座谈会；1994年国务院政策研究室、中宣部等共同课题组调研成果《完善文化经济政策》一书出版，提出文化产业发展的基本原则；1998年文化部成立"文化产业司"，1999年时任国务院发展计划委员会主任的曾培炎明确提出要"推进文化、教育、非义务教育和基本医疗保健的产业化"，同年，"全国文化产业发展研讨会"在大连召开；2000年中共十五届五中全会首次将文化产业发展纳入国民经济和社会发展计划中，次年写进九届全国人大四次会议通过的国民经济和社会发展"十五"规划纲要；2001年文化部制订《文化产业发展第十五个五年计划纲要》；2002年中共"十六大"报告提出要"积极发展文化事业和文化产业"；2004年发布《文化及相关产业分类》和《文化及相关产业指标体系框架》。从上述简要梳理中可以看到经济和社会发展与文化产业政策之间的密切关联。有学者突出这一过程中的两大标志"一是中国宣传文化主管部门的认可和正视；……二是文化产业成为全国，特别是文化中心城市的发展战略"。前者从文化体制中可以看到，一个现成的例证就是文化产业政府职能部门的成立。1998年政府体制改革、机构精简，而在此背景下，文化产业司作为一个职能部门却在文化部门大精简中脱颖而出，成为文化部门唯一新成立的部门，"这一引人注目的重大举措，说明文化产业得到国家的认可和正视，也标志着中国文化产业进入'从自发向自觉'的新的历史阶段"。[71]至于将文化产业列入城市发展战略，则只要看看诸如"北京城市发展规划蓝皮书"（1999年）、上海《新世纪上海文化发展三年规划》（2000年）之类的政府文件也就一目了然了。当文化产业被纳入物质生产体系之中，并迅速兴起、日益繁荣，那么对其做出理论的阐释和说明就是自然而然的了，于是我们看到新世纪起短短 6 年间，各种以"文化产业"作为书名关键词的文化产业研究著作就达 70 余种，研究论文近 2 000 篇。

就理论根源而言，艺术生产理论中原本就包含有通向文化产业的种子。首先，艺术生产理论原本就是西方资本主义社会商品经济高度发达的产物，是马克思主义经典作家对于资本主义艺术生产现象进行理论研究和抽象的结果。有研究指出，艺术生产概念中具体说来包含有两个并非完全重合的论域和三股相互制衡的力量。两个论域，一个侧重于审美实践，主要是以想象和审美为标志、强调自律性、强调作家的艺术创作以及读者的再创造，一个侧重于受物质生产制约、服从于一般生产规律、强调他律性的精神生产。两个领域相互交叉而又不完全重合，其中起推动作用的有三股力量：审美领域自身的逻辑规范；包括阶级、民族以及意识形态在内的外部力量的规范；商品生产规律的规范。[72]在高度发达的商品社会中，第二个论域和第三种力量显然处于更为有力的强势话语地位，这一点在马克思主义经典作家那里早就受到关注。马克思将资本主义社会中的艺术生产区分为生产劳动和非生产劳动，揭示艺术生产的双重性："演员对观众来说，是艺术家，但是对于自己的企业主来说，是生产工人"，又说，"一个自行卖唱的歌女是非生产劳动者。但是，同一个歌女，被剧院老板雇用，老板为了赚钱而让她去歌唱，它就是生产劳动者，因为她生产资本。"[73]事实上，国内学者关于文化产业问题的论述也首先是从对于马克思艺术生产理论的发掘和阐释开始的，西方马克思主义理论家的思考也被重点论述。比如作为"高校文化产业管理专业教材"的《文化产业学概论》(胡惠林、单世联著，书海出版社 2006 年版)在"导论"之后第一章就是对于西方文化产业理论的概述，其中用三节的篇幅从生产的视角、接受的视角、技术的视角分别介绍了西方马克思主义的批判理论、葛兰西主义的文化研究以及麦克卢汉和后现代主义理论的有关思考。

其次,我国新时期以来的艺术生产理论研究将艺术生产置于人类实践活动和社会结构之中、联系一般物质生产乃至市场经济运行机制进行考察,这相对于当时文艺理论研究偏向于结构和文本研究来说难能可贵,而揭示文艺的生产属性对于拓展文艺理论研究视野,对于突破我国长期以来建立在知识论基础之上的马克思主义文论传统模式也都具有重要意义。然而不容否认的是,艺术生产理论研究也存在着一定的不足,主要表现为:一是没有揭示艺术生产与一般生产的本质区别,在认识上存在着混同两者的倾向;二是侧重于从外部流通环节的考察,一定程度上放弃了对于文艺自身目的内在机制的研究;三是没有很好地处理宏观研究和微观研究的关系,存在着以宏观研究替代微观研究的倾向,文艺研究的审美和人性的视角被不同程度地遮蔽了。这些不足对于艺术生产理论研究的推进来说也许在所难免,然而,它们在客观上也暗合了文化产业研究的思路。此外,关于艺术与商品、艺术生产与商品生产之间关系的讨论也使艺术及其生产的商品属性和经济功能得到初步认可,从而也在一定程度上为文化产业研究的开展扫除障碍,比如从物质层面具体分析艺术生产流程以及艺术生产管理问题等开始出现在研究艺术生产问题的著作中,并得到详尽探讨,如林澎、龚曙光的《艺术生产概论》(湖南人民出版社 1995 年版)就专设"第二篇　艺术生产流程论"、"第三篇　社会主义艺术生产管理"。

可见,从艺术生产到文化产业实际存在着理论上的血缘关系,甚至在某种程度上可以说,后者是前者的部分延伸,但是,揭示文化产业研究与艺术生产研究在理论资源上的密切关系,并不否认两者在诸多层面上的重要区别,事实上,与艺术生产研究相比,文化产业研究无论在研究范围、研究重点还是在致思路、研究方法等方面都具有自己的特点。首先,就研究范围而言,如果说,艺术生产研究侧重于以艺术创作(生产)—文本(艺术产品)—艺术接受(艺术消费)这一动态流程为核心的领域,将艺术生产与艺术消费、艺术生产主体与艺术对象、艺术消费主体与艺术对象、艺术生产主体与艺术消费主体等视为对立统一的过程,在此框架之内展开创作论、作品论、批评论以及发展论研究,那么,文化产业研究则侧重于从全球化和市场经济的立场将文化生产置于商品生产体系之中,从社会生产层面探讨文化市场中的生产主体、经营主体与消费主体的地位,文化生产资源与市场分工,文化传播与文化管理以及政府、法律等的关系问题。[74]总之,特定文化的"创造"、"销售"以及作为为物化结果的"文化符号"[75]就构成了文化产业研究的领域。其次,就研究重点而言,如果说艺术生产研究着力于考察艺术生产的意识形态价值和审美价值,那么文化产业则显然更着力于资本价值和社会价值。艺术生产虽然不能脱离资本和商品的属性,但它更为本质地属于意识形态和审美价值的再生产,因而艺术与主流意识形态的关系以及艺术及其创造中的情感性、生命体验性等审美维度就成为艺术生产研究的重点所在,与此相对,物质的而非情感的、社会的而非个体生命性的文化市场运作及其社会效果就成为文化产业研究的重点所在。最后,就致思理路和研究方法而言,如果说艺术生产研究是形而上的、微观的,那么,文化产业研究则可以说是形而下的、宏观的。

总之,艺术生产研究与文化产业研究既联系又区别,两者处于复杂关联之中。文化产业化是社会化大生产和市场经济发展的必然结果,文化产业的兴起标志着文化从作为宣传事业向作为一般物质工业方向的转型,从侧重于意识形态性向兼顾一般消费性转型,艺术生产作为重要文化生产部门之一,其产品的大众化、通俗化、规模化在某种程度上对于满足日益多元化的精神文化需求来说无疑起到了重要作用,正是

影响与对话

在此意义上,有学者将文化产业视为"社会转型的重要成果之一"[76]。然而,另一方面,从艺术生产研究向文化产业研究的转向固然突出了作为文学艺术社会本质层面之一的生产性,突出了艺术生产商品价值和资本价值的一面,但是这决不意味着对于艺术生产之本质属性,即创造和追求审美价值的忽视和遮蔽,也不意味着对于艺术生产的人文关怀和批判意识的淡漠,在当下现实语境中,这些方面对于我们思考艺术生产研究的走向来说应该是值得警惕的。

统观艺术生产理论在我国现代文艺理论研究中的演变,可以发现以下特点:首先,我国艺术生产研究从20世纪30年代开始就注意马克思艺术生产论的丰富内涵,并对此进行了逐步深入的思考和阐发,因而整体上立足于马克思艺术生产理论框架之内,这就与西方马克思主义理论家对于马克思的偏离有所区别。其次,我国艺术生产理论的发展和深化受到理论研究和当下现实的双重驱动:在理论层面与对文艺本质的认识结合在一起,受后者的推动并赋予后者以更为广阔的理论视野;在现实层面密切关注文艺的商品化问题,从艺术生产到艺术商品生产表明了艺术生产理论研究的鲜明现实性,而从艺术生产研究到文化产业研究则显示了社会经济发展和主流意识形态的引导作用,就此而言,它与西方马克思主义艺术生产理论一样,都具有强烈的现实性。再次,在将把马克思艺术生产理论阐释与中国现实问题结合起来、并试图给予现实以理论阐释的过程中,我国艺术生产理论研究存在着将艺术与意识形态剥离、艺术生产技术化的倾向,这在文化产业的研究中表现明显,而与此相对,西方马克思主义艺术生产理论却将意识形态层面与审美层面紧密结合在一起,并试图通过后者来实现批判文化工业的使命,在此意义上,如果说前者倾向于知识论的,那么后者则倾向于价值论的。所有这些特点既标示出中西马克思主义艺术生产理论之间同根同源的关系,也为我们的考察论域划定了疆界。如果我们进一步追问上述三个特点的根源，那么，我国文艺理论的现代性追求与某种程度上的后现代境遇的纠缠就进入考察的视野。文艺理论的现代性与后现代性问题显然是一个极为复杂的论域，本章第三节将会涉及，在此只需指出，我国艺术生产研究的进程以及由此向文化产业的转向，乃至中西马克思主义艺术生产理论之间的对话和融合，都可以从中得到更为深入的阐释和说明。

需要强调指出，考察马克思艺术生产理论在我国现代文艺理论研究中的展开以及我国艺术生产理论的发展的历程，揭示现实语境以及我国文艺理论自身发展逻辑的推动和规导，并不意味着理论上的封闭性，也不意味着马克思艺术生产理论作为理论资源的唯一性，更不意味着它与西方马克思主义艺术生产理论的绝缘，不意味着如有些学者指出的西方马克思主义艺术生产理论在其间仅仅是一个并非主要或非主流的理论资源，这些都不是。考察我国艺术生产理论演变历程及其规律性，正如同考察西方马克思主义艺术生产理论一样，是为了说明：一，它们与马克思艺术生产理论具有无法割裂的血缘关系，正是这一关系一方面将西方马克思主义艺术生产论与我国艺术生产论联系起来，另一方面又标示出各自的理论独立性，从而在某种程度上防止影响研究中可能出现的单向性倾向；二，它们对于马克思艺术生产理论的阐释，以及部分的修正和发展，无不与自己身处其中的当下现实生活密切联系在一起，因而中西马克思主义艺术生产理论都必然也只能是马克思艺术生产理论本土化的产物，前者为在中国文化和现实语境中的具体化，后者为在西方文化和现实语境中的具体化，这样一来就有可能堵住强势话语与弱势话语的区分和对立的危险路向；三，关于中西马克思主义艺术生产理论之间影响关系的考察就必然被置于各自的现实语境和理论传统之中，而这正是西方马克思主义文论与马克思主义文论中国化问题研究的应有之义。

第三节　中西马克思主义艺术生产论:对话与融合

随着西方马克思主义文论在我国的译介和接受,以及我国市场经济的发展和推进,西方马克思主义艺术生产理论在我国新时期文论发展本身的内在逻辑的规导下日渐受到文艺学界的重视,从而不仅对于我国艺术生产理论研究,而且对于加深文艺本质认识、乃至对于我国新时期以来的文艺理论研究都产生了不同程度的影响。那么,这种影响是如何展开的? 其动力何在? 中西马克思主义艺术生产理论在怎样的论域中进行对话和融合? 西方马克思主义艺术生产理论自身又如何在被选择、被阐释中变异? 这些问题虽被部分学者涉及,但大多或语焉不详,或满足于平行比较,都没有揭示出影响的动态展开过程。应该说,西方马克思主义艺术生产理论对于新时期文论的启示和影响是深刻的、深层次的,然而也并非无迹可寻,立足于我国新时期文艺理论发展的具体语境,本节将对上述问题试作探讨。

一、　西方马克思主义艺术生产理论的接受及其动力

需要首先明确的是,在中西马克思主义艺术生产理论研究之外,苏联左翼艺术阵线——"列夫派"理论家在 20 世纪 20 年代也提出了"生产艺术"、"订货"、"加工"等概念,认为艺术的使命就是艺术地制作有益的、适合于目的的物品,艺术就是生产。[77]艺术生产被无差别地纳入一般生产之中,但由于这一文艺观念在当时就遭到严厉批判,因而并没有在我国学界引起多大反响。本书认为,真正在艺术生产问题上对我国学界产生较大影响的,除了作为思想源泉的马克思艺术生产论以外,就应该是西方马克思主义艺术生产理论。但在新时期以前,由于诸多因素的影响,西方马克思主义文论还没有完全进入我国学者视野,其艺术

生产理论也就谈不上什么影响,所以,本节对于中西马克思主义艺术生产理论对话与交融关系的考察也基本以新时期为起点。

西方马克思主义艺术生产理论作为理论资源进入中国学者的视野是在 20 世纪 80 年代初,包括卢卡奇、布莱希特、本雅明和伊格尔顿等在内的西方马克思主义理论家都受到不同程度的注意,但实际的接受却充满了选择性,在我国学界受到关注并发生即时影响的观点主要来自本雅明和伊格尔顿。比如本雅明《作为生产者的作家》一文中关于艺术生产依赖于生产技术、生产技术作为艺术生产力组成部分标志着艺术生产发展阶段的观点,就成为阐述艺术生产与意识形态关系理论支撑。有学者就认为本雅明"实际上从生产工具和技术的角度提出了如何研究发展艺术生产的问题","事实证明,把文学艺术看成是具有一定艺术形式的意识形态",或者反过来"只看重艺术的工艺生产基础,忽视它的社会的、历史的、阶级的因素",都是片面的,指出"正确地说明作为'生产'的艺术和作为意识形态的艺术之间的辩证关系,是马克思美学和文艺学研究中面临的重大课题"。[78]而本雅明关于"艺术也要依赖某些生产技术"的有关论述也被学者征引,以证明艺术表现形式与手段的重要作用。[79]而伊格尔顿关于文学是一种人工产品同时也是一种制造业、艺术是意识形态也是生产、马克思主义批评要重视研究艺术的意识形态性质与生产性质等相关论述也被反复引用,并由此推导出"文学的生产属性体现在形式上,意识形态属性体现在内容上"的观点,认为"从反映论角度分析,艺术是生活的形象反映;从意识形态学说出发,它是经济基础上的观念上层建筑;从艺术生产论立论,艺术又是生产的特殊方式。整个艺术实际上就是这种多种性质的统一"。[80]这些对于西方马克思主义艺术生产理论的理解和接受虽难免简单化,从一定意义上说却是我国学界将西方马克思主义文论融入自己文艺理论实践的开始,对于激发我国文艺思维的发散化和文艺观念的多元化具有启示意义,并反过来进一步推动了对于西方马克思主义文论的研究。比如80年代后期,《"西方马克思主义"文艺美学思想》(冯宪光,1988年)在论述阿多诺、阿尔都塞、本雅明、伊格尔顿以及马舍雷等人的文艺思想时注意到艺术生产理论这一方面,虽然阐述仍嫌简略,这些在上述西方马克思主义理论家中译本的"译者前言"等评介性文字中也都有更为简略的涉及。

整体来看,西方马克思主义艺术生产理论在80年代并没有受到我国学者太多关注,少数学者对于西方马克思主义艺术生产理论的阐释和理解也多半服从于当时文艺理论所关注的领域,如文艺本质问题、文艺与意识形态关系问题,而非直接地作为理论资源影响他们对于马克思艺术生产问题的理解。此外也需要指出,这些较早对于西方马克思主义艺术生产理论的征引,基本是来自伊格尔顿《马克思主义与文学批评》(1980年),而对本雅明的观点引用基本都是转引。这一方面与当时西方马克思主义文论在中国的接受进程有关,另一方面也表明他们对于西方马克思主义艺术生产理论的整体把握程度。就西方马克思主义文论整体来看,本雅明对于马克思艺术生产理论的创造性阐发在某种程度上标志着西方马克思主义艺术生产理论研究的开始,而伊格尔顿公认在批判地综合本雅明、阿尔都塞以及马舍雷等西方马克思主义理论家关于艺术生产问题的思考方面做出了重要努力。就此而言,80年代对于西方马克思主义艺术生产理论的关注虽然不多,但把握上还是比较客观的。

进入90年代,随着西方马克思主义文论的接受和传播以及我国艺术生产理论研究的推进,西方马克思主义艺术生产理论也开始受到较为普遍的关注,并影响力也逐步显现。如果说,西方马克思主义艺术生产理论在80年代主要作为理论资源而被少数学者注意,那么90年代则是其理论本身开始逐渐得到深入探讨,具体表现为本雅明、伊格尔顿等法兰克福学派成员以及阿尔都塞、马舍雷等理论家文论中的艺术生产思想得到不同程度地重视，而作为整体的西方马克思主义艺术生产理论也得到初步梳理。除了散见于期刊杂志上的文章之外[81]，《西方马克思主义美学研究》（冯宪光，1997 年）、《法兰克福学派美学思想论稿》（朱立元，1997 年）、《"新马克思主义"文论》（马驰，1998 年）、《否定的美学》（杨小滨，1999 年）等著作也部分地论述了不同理论家在此问题上的基本观点。这些研究多半将西方马克思主义文论置于某一个宏观框架下，以突显其作为一个思潮和流派的美学特质和倾向，而在这一思路下探讨西方马克思主义理论家的文艺思想。这一思路固然有其不容否认的合法性，但也存在着可能导致西方马克思主义艺术生产理论探讨还流于分散、无法揭示其整体理论视野的危险。

进入新世纪以来，随着对于西方马克思主义理论家文艺思想个案研究的普遍展开，西方马克思主义艺术生产理论开始得到更为集中的研究，艺术生产理论专章研究成为普遍形式。比如《意识形态与主体建构：阿尔都塞的意识形态理论》（孟登迎，2002 年）第五章部分、《伊格尔顿文艺思想研究》（柴焰，2004 年）第二章、《文化政治美学：伊格尔顿的批评理论研究》（马海良，2004 年）第三章、《作为真理性内容的艺术作品——阿多诺审美及文化理论研究》（孙利军，2005 年）第四章部分、《整合与颠覆：大众文化的辩证法》（赵勇，2005 年）第二章、第四章部分等等。与 90 年代相比，这些研究具有新的特点：首先，艺术生产理论被视为西方马克思主义理论家文艺思想的有机组成部分得到研究；其次，艺术生产理论成为探讨西方马克思主义文论中语言、意识形态、权力和审美之间复杂关联的一个重要平台；第三，随着我国社会经济生活重心的转移，西方马克思主义艺术生产理论研究的基本推动力从来源于理论探索转向来源于现实阐释。

可以认为，西方马克思主义艺术生产理论研究在进入 90 年代后尤其是在新世纪逐步走向深化,从而也与我国艺术生产理论研究发生了深层次的对话和交融,这一方面表现为我国关于艺术本质的认识多元化,生产属性被视为艺术的重要属性之一,另一方面也与我国艺术生产理论研究在现实和理论的制约下经历了一个从艺术生产研究到文化产业研究的转变相适应,西方马克思主义艺术生产理论选择和接受的重点也发生了某种程度的转移。如果说西方马克思主义艺术生产理论作为理论资源在 80 年代是为了论证了艺术生产论的合理性,以推动对于艺术本质的认识,那么从 90 年代起则经历了一个从支撑大众文化批判到转而服务于为文化产业论证的过程。考察上述过程显然需要更为宽广的论域,为此,我们首先将西方马克思主义艺术生产理论的接受和研究置于西方马克思主义文论接受和传播的整体视域中做一番考察。西方马克思主义艺术生产理论在中国传播和接受作为与西方马克思主义文论在中国传播和接受的有机组成部分,必然享有后者所具有的与新时期文论建设"相同或相似境遇、动力因素和结构因素"[82],然而在与后者大体方向一致的前提下,又不能不具有自己的独特性。

说两者在大体方向上一致,不仅仅是因为西方马克思主义艺术生产理论是西方马克思主义文论的重要组成部分,更为重要的是因为西方马克思主义艺术生产理论本身的特点。从马克思到西方马克思主义,艺术生产理论当然不是一个直线的推进,而是与具体社会现实、与各种西方现代思潮发生广泛而深刻的联系,这就使得西方马克思主义艺术生产理论一方面以马克思为理论源头,另一方面不同程度上偏离马克思立场;一方面立足于对于资本主义现实的关注和批判,另一方面又将批判的视野转移到文化和意识领域。因而,西方马克思主义艺术生产理论虽然在不同理论家那里存在不尽相同的进路和论域,但在将艺术视为生产,尤其是将意识形态与艺术生产联系起来,将对文艺意识形态生产的剖析视为通达审美批判的重要途径方面,却是基本一致的。

对于我国文艺理论研究来说,接受这一点不仅需要宽松的话语语境,而且需要社会和经济发展的现实环境,这就与西方马克思主义文论的真正接受一样,在新时期以前是不可能真正实现的。

西方马克思主义艺术生产理论在接受的具体路径、进程以及影响等方面的独特性,源于接受的话语语境、理论前提、接受主体以及现实诉求等不同层面的推动。首先,从接受的话语语境上来说,尽管进入新时期以来文艺研究逐步获得了较为宽松的政治环境和文化环境,但是对于西方马克思主义文论的研究可以说到 80 年代中后期才真正起步,这既有西方马克思主义文论译介进程的限制,也有我国文论发展逻辑进程自身的原因。比如,在 80 年代初一般能够参考的西方马克思主义文论文献就基本是《卢卡契文学论文集》(1980 年)以及伊格尔顿的《马克思主义与文学批评》(1980 年),此外还有诸如《法兰克福学派述评》(1980 年)、《"西方马克思主义"》(1980 年)等国内学者为数不多的评述性著作,通过它们人们得以了解到本雅明、卢卡奇以及伊格尔顿等西方马克思主义理论家关艺术生产的基本观点。而另一方面,新时期伊始文艺理论研究面临的最为紧迫的任务是清算工具论文艺观的极端化影响,推动文艺回归自身,至于文艺的生产属性,显然要等到对于反映论文艺观和意识形态论文艺论的认识进一步深化和反思时才会被意识到,而且也只有到那时,西方马克思主义艺术生产理论作为理论资源才会被认识。

其次,从接受的理论前提上来看,从 20 世纪 50 年代开始的关于艺术生产与物质生产不平衡关系的三次讨论深化了对于马克思艺术生产理论的认识,不仅为接受和理解西方马克思主义艺术生产理论提供了必须的理论前提,而且提供了接受的动力。第一次关于艺术生产与物质生产不平衡规律的讨论开始于 1951 年,以《新建设》杂志为阵地展开,主要参与者是朱光潜和常任侠,讨论集中在是否承认马克思关于

"不平衡"规律的理论；[83]第二次发生在 1959 年，参与者是周来祥与张怀瑾，主要阵地是《文艺报》，[84]讨论并没有展开，但两人的意见涉及了"不平衡规律"理论的基本内涵，以及是否适用社会主义社会等问题，比第一次讨论有所深入；第三次开始于 1978 年张怀瑾发表在《外国文学研究》第一期上《艺术生产与物质生产不平衡是马克思主义文艺论的基石》一文，讨论延续到 80 年代初，后期又在 90 年代初掀起有一个小高潮。[85]这次讨论无论在论争规模上还是在理论深度和广度上都远非前两次讨论所能比拟，讨论在"不平衡"问题的内涵、产生原因以及理论意义等方面达成一定共识，但是围绕艺术生产论与文艺反映论、意识形态论的关系，艺术生产论与艺术本质等问题依然存在严重分歧。问题的关键在于，不同乃至对立的观点却分享大体一致的理论资源，共同立足于马克思主义经典作家论述之上，不同的只是从不同的理论出发点做出了各自的阐释而已。这就在某种程度上意味着要在对于马克思经典作家阐释的之外，寻求新的理论视野，开拓新的思路，而作为对于马克思主义文论另类阐释的西方马克思主义文论成为当然的选择。

再次，就接受主体和现实诉求来说，80 年代中期文学"方法年"和"观念年"的洗礼使文艺研究开始从理论和思维的贫困和僵化状态中解放出来，在 20 世纪我国文艺学学术史的视野中，有学者认为这一洗礼"开阔了中国文论家的理论视野，带来了文艺理论研究者的思维方式的多元变化"[86]，这就为接受西方马克思主义艺术生产理论做好了主体准备。而我国社会经济发展的加速转型，社会主义市场经济的逐步建立和完善，逐渐显露的艺术产品的商品性和生产性问题要求文艺研究的阐释和说明，而西方马克思主义艺术生产论随着西方马克思主义文论的大规模译介而进入理论视野，这种对于艺术的全新的理解对于中国学者无疑具有重要的启示意义。

综上所述，接受的话语语境、理论前提、接受主体以及现实诉求等不同层面构成了西方马克思主义艺术生产理论接受的动力机制,初步呈现了在新时期中西马克思文论之间的互动关系,然而,西方马克思主义艺术生产理论具体在哪些层面与新时期以来的文艺研究进行了对话,以及对话是如何展开和推进的,这些问题的探讨还有待于进一步深入,为此,我们将从艺术本质多元化认识的角度做进一步考察。

二、 艺术本质多元化认识

西方马克思主义文论在 80 年代我国文艺理论中就已经受到初步关注,也许正是如此,一种较为普遍的观点认为,在时代的感召和西方马克思主义艺术生产理论的启示下,新时期以来我国学界对于马克思艺术生产理论进行了深入研究,并提出了许多重要的观点,比如,将艺术生产视为马克思主义文艺学艺术本体论的核心,或者作为逻辑和体系建构的基本出发点,等等。这一观点准确地指出我国艺术生产研究在新时期以来的进展情况,并正确地揭示出这一进展与 80 年代现实话语背景的关系,然而,将新时期艺术生产论研究的进展的推动完全归功于西方马克思主义艺术生产理论的启示,是本书所无法认同的,因为它高估了西方马克思主义艺术生产论对于新时期艺术生产理论研究的影响:既高估了影响的范围,也高估了影响的程度。从现有的资料来看,基本的判断是:一,80 年代伊始,我国关于艺术生产以及关于艺术生产与物质生产不平衡规律的热烈讨论,基本没有涉及西方马克思主义艺术生产理论;二,个别学者对于本雅明、伊格尔顿等西方马克思主义理论家有关艺术生产观点的引证,要么是用来支撑对艺术意识形态性质的探讨,要么用来辅证艺术表现形式与手段的重要作用,或者是阐述艺术本质的多元统一问题,却鲜有作为探讨马克思艺术生产理论资源的借鉴;三,80 年代末期出版、受到学界好评的研究艺术生产问题的专著《艺术生产原理》(何国瑞,1989 年),虽然同西方马克思主义理论家一样都是从马克思艺术生产理论中汲取理论支持,并以此作为艺术生产研究的理论核心和逻辑出发点,尝试建构较为完善的文艺理论体系,却没有一处引证过西方马克思主义文论,关于艺术生产理论的整个论述也根本看不出西方马克思主义文论的影响痕迹。因此,我国80年代艺术生产研究究竟在多大程度上受到西方马克思主义艺术生产理论的启发和影响,应该有一个实事求是的判断和清理。

当然,对于上述观点的部分证伪并不是否认我国在艺术生产领域研究的成就,相反,正如有学者指出的,上述事实在某程度上正表明了"中国学者自己独辟蹊径、开拓艺术生产理论","有标新立异之处"[87],指出上述事实只是为了澄清西方马克思主义艺术生产理论对于我国新时期文艺理论的真实影响所在,既不夸大它们,也不矮化它们。那么,是什么造成上述对于西方马克思主义艺术生产理论影响的过高评价?应该说,原因是多方面的,其中对于我国80年代文艺理论发展所处历史进程的忽视也许是较为关键的因素,换句话说,对于西马艺术生产理论影响研究只有置于我国文艺理论发展进程中才能得到完整和正确地审视和评估。那么,80年代文艺理论研究在我国文艺理论发展进程中又处在怎样的环节上呢?

我国现代文艺理论的发轫则可以追溯到晚清文学革命,梁启超《论小说与群治之关系》与王国维《论哲学家与美术家之天职》可以视为中国文学理论现代性[88]转型的标志。学者余虹指出,如果说,梁启超以"政治现代性追求牵引对儒家诗文论的现代改造",那么王国维则"受西方艺术现代性追求的启示而专注于文学的自主自律性问题",并将其引入中国话语,从而与前者相反相成,形成20世纪中国文艺理论现代性转型的内在冲突和张力。[89]文艺理论的现代性转型在文学观念、文体观念、批判意识、文论话语以及文学价值观等层面具有鲜明的表现,童庆炳认为,其中真、善、美,即"认识真理、改造社会和审美自治",三者之间的互动与调整,秩序、要求和分量的变化则构成中国现代文学理论价值观演变的基本线索。[90]历史地来看,以晚清文学革命为起点,中国文艺理论现代性进程贯穿了整个 20 世纪,这无疑是一个复杂曲折的历史过程,全面考察这一过程不是本节的主旨所在,此处所要关心的是:在这一历史进程中,80 年代以至 90 年代和新世纪的文艺理论演进究竟处于一个怎样的环节上? 有学者从中国政党政治经济实践的角度将这一进程的终点定格于 80 年代末,而将 90 年代界定为后现代状况的起点,这一观点自有其深刻性在,但还值得商榷。在我看来,如果可以认为中国文艺理论现代性进程在 90 年代出现了某些后现代状况的话,那么,这也绝不等于可以说这就是后现代性的起点、现代性进程的终点。

任何对于前现代、现代以及后现代的思考都必然根植于我们自己的历史性生存处境之中,并为其间的历史性选择奠定合法性基础。就当下而言,一个基本的事实应该是,前现代的价值观念还在某种程度上牢牢地控制禁锢着我们的头脑,而我们已经开始追求现代性了,而另一方面我们似乎刚刚踏上现代性的大道,西方学者却是已经开始批判现代性、倡导后现代性了。对此,俞吾金正确地指出,我们既不能固执于前现代的立场,也不能飘浮向后现代的批判,而应该"坚持追求现代化和现代性的基本立场;另一方面,我们必须具有这些现代性的批判者的眼光,以有力的遏制现代性中的负面因素的蔓延。"[91]那么,出路何在? 金耀基认为我们的出路有而且只有一条,那"就是中国的现代化"[92],而现今我们正行走于这一路途之中。从这一立场出发,文艺理论作为社会生活的折射,其现代性进程远没有在 80 年代末期结束。作为文化现象现代性与后现代性并存,但是对于我国的人文科学者来说,现代性应是一种主导的思想,对于我国文化、文学艺术的建设来说,现代性应该是指导思想。中国文艺理论现代性的合法性内涵既包括迥异于西方现代性的特异性,也包括作为其表现形式的民族性,作为一个复杂的场

影响与对话

域,现代性问题既是客观的现代文艺实践,也是对于这一实践的阐释和反思,两者缺一不可,彼此互动,说现代性的黄昏已经到来还为时过早。简要摆明了80年代在我国现代文艺理论研究历史视野中的位置以及我们对于文艺理论现代性追求的基本立场后,就可以进一步探讨西方马克思主义艺术生产影响问题了。

西方马克思主义文论在80年代我国文艺理论中就已经受到初步关注,而其艺术生产理论却没有指向对于探讨马克思艺术生产论的启示,问题的根源在于现代性追求的问题情境之中。周宪指出,"从学理角度说,中国现代性的问题情境,实际上包括两个基本方面:问题意识和问题结构。"[93]具体到80年代,问题意识意味着对于我国文论现代性问题所处特定时代和现实背景的关注,而问题结构则要求凸显如此问题意识之中现代性的内在独特性。新时期文论现代性追求是中国社会现代化进程在文化层面的折射,并以自身的话语实践构成了社会现代化进程的有机部分。首先是启蒙话语的高涨,人道主义、人性问题的讨论直指"文革"以及"左倾"主义对于人的感性生命的压抑,而在文艺理论则表现为对于文艺工具论的批判和反思,以及"文学是人学"命题的重新确立。其次是文艺审美性的揭示。强调文艺的审美性以对抗政治对于文艺的过分干预是80年代初期被广泛认同的思路。一方面是对于文艺人学基础的强调,一方面是对于文艺审美性的认同,两者致力于批判文艺工具论,其实质乃是对于文艺自律性的打捞,对于文艺理论现代性的追求。从批判机械反映论到提出能动反映论、审美反映论、审美意识形态论,从新的美学原则的崛起到现代主义文学论争,有学者将其概括为"为文学划界",就是说,要"找出文学不同于其他意识形态甚至不同于其他艺术门类的特性"[94],这成为80年代以来文艺学谈论的一个焦点。划界首先意味着为文学寻求自己的界标,界标就是审美,依靠它文学艺术确立自身合法性的基础。而稍后对于"文学是语言的艺术"的强调,以及对于文学的本体论研究同样是延续了这一思路,唯一不同的是将界标置换为语言或者结构而已。实际上,不仅艺术与非艺术、审美经验与日常生活、精英文化与大众文化划清疆界,而且艺术内部的划界也越来越细致。划界,或者用马克斯·韦伯的话来说——分化,摆明了现代与前现代以及后现代之间的区分,自律性成为现代性追求的必然结果和重要标志。当文艺自律成为文艺理论现代性追求的鹄的,甚至文艺的意识形态性被审美自律性完全置换,那么,艺术生产论就必然也只能被置入艺术本质论的视野之中。因此,说西方马克思主义艺术生产理论对于我国 80 年代文艺理论具有启示意义也主要就是在这里,即这一启示并不主要是对于我国学界探讨艺术生产理论本身的启示,而是对于我们思考艺术本质问题的启示。正是如此,虽然生产论文学观被概括为 80 年代几种具有代表性重要的文学观之一,但是在我国 80 年代关于艺术生产与物质生产不平衡规律的讨论中,乃至稍后的关于艺术生产性的讨论中,以及在有关探讨艺术生产原理的著作中,我们都一直看不到西方马克思主义艺术生产理论的身影。

通过文艺理论现代性追求这一理论视野,我们揭示了西方马克思主义艺术生产理论对于我国 80 年代文艺理论的启示意义之所在,即,与其说它在很大程度上启示了我国学者对于艺术生产问题的研究(正如本章第二节所阐述的,我国艺术生产研究具有相对独立性),倒不如说它真正启示的是我们对于艺术本质问题的研究。正是在西方马克思主义艺术生产理论的启发下,艺术生产论为认识艺术本质增添了生产属性这一新的维度,艺术性质由意识形态性和审美性两维变成生产性、意识形态性和审美性的三维,人们对于艺术本质问题的认识多元化了。艺术本质问题研究在多元观照下走向深刻和完整:在一般生产层面上,艺术具有生产性;在精神生产层面上,艺术具有意识形态性,在特殊精神生产层面上,艺术具有审美性。艺术生产维度的提出不仅丰富了对于艺术本质的认识，而且在很大程度上开拓了对于艺术意识性特性、审美特性与生产特性三者之间的关系新探讨。比如关于艺术生产与意识形态的关系问题，学界就提出了替代说（以艺术生产论替代意识形态论）、主干说（以艺术生产论为主干）、补充说（艺术生产论是对于意识形态论的有益补充）、深化说（艺术生产论是对于意识形态论的进一步深化）、并列说（两者都是对于艺术本质问题的不同角度的审视，都揭示了艺术本质的不同层面）等，这些观点固然不尽全面，却深化了对于艺术本质问题的认识。此外，艺术生产维度引入解放了对于艺术本质问题静态认识的局限性，而将动态性和过程性收入视野之中，这一方面契合了文艺和美学研究重心从作家到作品再到读者这一历史性迁移的趋势，与我国 80 年代对于接受的美学的接受和研究互为表里，另一方面也为研究兴起于 90 年代新的文化现象打通了思路。

三、 批判精神和意识形态维度

进入 90 年代以后，我国现实文化环境和话语语境所发生的很大变化，尤其是后现代话语语境的出现[95]，为我们完整深入地理解中西马克思主义艺术生产理论之间的关系提供了新的背景。如果说从 70 年代末开始的我国生活的深刻转型——从以阶级斗争为纲转到以经济建设为纲，从"唯生产力论"批判转到大力发展生产力——赋予了艺术生产研究乃至西方马克思主义艺术生产研究以历史性机遇，那么，随着社会主义市场经济体制的建立和推进，商品经济的发展和繁荣，现实的诉求和理论的逻辑则赋予我们对于艺术生产理论的考察跳出艺术本质论视野的契机，艺术生产研究从艺术本质论转向文化产业论。

就资本主义社会而言，从前资本主义社会到资本主义社会再到晚期资本主义社会，艺术生产的性质随之发生了很大改变，有学者指出，在前资本主义阶段，艺术是一种单纯的个人精神活动，而"资本主义的产生,使艺术性质发生了重大变化,而已日益变成一种面向整个社会的,以满足社会的精神需要为明确而自觉目的并被纳入整个社会生产运行机制中的艺术生产部类"[96],那么,在晚期资本主义阶段,这一变化又具有新的表现形式。按照F.詹姆逊的观点,在晚期资本主义社会中,后现代主义文化使文学艺术的性质发生了极大改变,表现为:一是审美的通俗化和民众主义倾向。后现代主义通过文化经济化和经济文化不仅消解了经济与文化的现代性分层,而且消解了现代主义划定的高雅文化与大众文化的界限,消费性大众文化放任自流,审美观念走向通俗化、民众化。二是消解深度模式,导向平面化。后现代主义抛弃了现代主义用以衡量世界以及人自身的种种深度模式,而代之以各种无深度实践、话语和文本游戏,只留下平面感、浅表性、无深度性,甚至失去了解释的必要性。三是放逐主体,趋于非中心的零散化。后现代主义中"体验的是一个变形的外部世界,你并没有自己的存在,也就是说,你是一个非中心化了的主体",个体、自我、主体消失零散化成为后现代的产物。四是丧失个人风格,导致拼贴杂凑。既然主体业已消散,天才、创造性、个人风格就必然成为一种奢谈,后现代艺术家在复制和仿象中寻找自我满足,"后现代艺术中最基本的主体就是'复制'"。五是抹去历史性,引向空间模式。在后现代支离破碎的文化景观中历史性被悬置起来,被消解掉,拼贴杂凑的方法重构了空间的历史形象,以审美风格化了的历史取代了真实的历史。六是抛弃关于未来的思考,崇尚形象的文化形式。后现代艺术醉心于炮制大量廉价的文化幻象,使人们在当下感性刺激的沉迷中忘却了未来,从而有效取消了对于未来和集体性事业的实际感受。[97]上述六个方面被视为后现代主义文化特征的经典概括,其核心在于艺术的大众化、商品化和消费化。就对于艺术性质的认识而言,这意味着在后现代主义文化话语中,艺术的审美属性、意识形态属性以及生产属性三者之间的结构性关系发生根本性变化,艺术生产属性逐渐被突出和强化。

　　显然,孳生于后工业社会中的后现代主义理论话语和理论范式都必须经过本土化转换才能厘清其阐释的合法性和有效性的限度,这取决于社会现实的阐释诉求和理论自身的逻辑规定。学者余虹通过对于中国90年代以来现实文化环境和理论话语的改变的考察,从话语范式转换的角度指出,审美消费主义的兴起成为20世纪中国的审美主义五种话语样式之一,它"取消审美的精神深度而将审美全面感觉平面化,使审美行为成为一种纯官能性满足(对审美对象的商业占有性消费)",它"既是政党经济建设时期社会生活逐步商业化和物化的结果,也与90年代初有关西方后现代主义译介有关"。[98]这一概括抓住了我国90年代文化思潮的某些方面,而将审美消费主义的兴起与社会政治经济生活和理论话语的转变联系起来考察无疑也是准确的,但需要强调指出的是,理论话语的转变并非社会政治经济生活的理论抽象,毋宁说,两者一定程度上存在着错位。就社会政治经济生活来看,说我国当下社会已经进入了后现代时期显然难免以偏概全。不容否认,我国许多中等城市正处于现代化进程之中,而一些农村地区以及偏远城镇还处于现代化的入口处,极少部分地区甚至还不同程度的带有某种原始社会的痕迹;也不容否认,北京、上海、深圳等都市和沿海地区显然打上了各种后现代的鲜明印记。由于市场体制的推进、西方后现代思潮的涌入等因素的影响,我国社会生活、思想形态在某种程度上也产生了变形了的后现代因子,而且在文艺领域表现尤为明显。因此,认为我国社会和文艺理论建设仍然行走于现代性进程之中,并不否认后现代语境某种程度的存在。

　　就文艺的自主性和工具性关系而论,中西方存在着大体类似的思考。有学者指出,"将艺术作为一种工具性存在来思考还是将其作为一种自主性存在来思考,是西方古代艺术之思和现代艺术之思的根本分界线。与此相关,艺术实践活动是一种盲目的或被迫的工具性附庸活动还是作为一种积极摆脱各种工具性要求而自主自律的活动,是西方古代艺术和现代艺术的分水岭。"[99]这一概括不仅适用于西方艺术,也适用于我国80年代的文艺理论现代性追求的实际,其具体表现就是艺术实践对于自律性的追求和艺术理论对于自律性肯定,这在上文已有阐述。如果说80年代自律性的设定以自我定界的方式进行,即"划定艺术的界域,以此抗拒任何非艺术力量的干预和支配,摆脱与其他非艺术力量的工具性从属关系",那么在90年代以后,"它开始以越界的方式进行。准确地说,它不仅要取消任何非艺术限制,也要取消艺术自身传统的限制"。[100]周宪进一步指出,如果说现代主义的划界或者说分化是努力将艺术与商品区分开来,那么"后现代主义去分化之分化之后导致了艺术与商业的合流,商品的属性更加显著地反映在文化生产和艺术品之中"。[101]在后现代语境中,"艺术生产"的内涵突出表现为:第一,商品性。艺术的市场需求某种程度上成为艺术生产的直接动力和最终归宿,文化市场中的艺术生产成为谋生的手段。第二,复制性。通过复制、仿制、模拟、重复等手段,艺术生产成为一种大规模、大批量的标准化生产。第三,消费性。艺术生产强化甚至在某种程度上控制艺术消费,并通过制造时尚、广告推销等手段操纵社会的艺术消费。商品原则的蔓延凸显艺术的商品性一面,而现代科技的发展、社会化程度的提高使大规模复制成为可能,生产力的发展和闲暇时间的增加使精神和文化娱乐成为大众普遍追求。后现代语境的社会状况使艺术生产的整个运作过程接近于一种工业和商业活动,艺术生产在某种程度上成为一种商品生产。

这样一来,艺术生产就不再局限于对于马克思艺术生产论的阐释,不再局限于对于马克思艺术生产的基本内容、艺术生产与意识形态的关系、艺术生产与反映论的关系等层面的探讨,也不局限于从艺术生产

204

层面探讨艺术本质问题,而是径直从理论探讨走向实践阐释,走向了对于文化产业问题的论证,西方马克思主义艺术生产理论又成为重要的理论资源。比如在《作为商品的艺术》一书中,作者考察了西方艺术从贵族保护到恩主制衰落再到书商崛起、艺术商品化的历程和表现形式,通过引证卢卡奇、伊格尔顿等西方马克思主义理论家的思想观点,论证了艺术与商品,艺术生产与资本再生产之间的本质联系,指出书籍可以是商品,戏剧可以成为资本主义商业,批评家成为为资本主义国家意识形态培养尽职学生的雇用工人,作家是签约的出版社工人。结论就是"资本主义生产制度以商品交换为其根本特征;在这种历史背景下,作为资本主义生产的一种文化形式——艺术,也不可避免地走向商品化。"承认艺术商品的事实,意味着"艺术在市场经济体制中的本质属性应当规定为:具有审美意识形态性的商品。""文艺职业成为谋生的手段",读者的地位与作者的地位发生转换,文艺类型观念、文艺功能观念、文艺价值观念、文艺批评观念、文艺发展观念、文艺分配观念、文艺管理观念都要改变。[102]事实上,在几乎所有研究文化产业问题的著作中,西方马克思主义艺术生产理论都是一个绝不可缺的理论资源。从论证艺术本质多元性到论证文化产业的合法性,从 80 年代艺术生产研究不涉西方马克思主义艺术生产理论到文化产业研究之不可或缺,西方马克思主义艺术生产理论对于新时期以来艺术生产研究的影响经历了一个重大的转向。在这一过程中西马克思主义艺术生产理论是如何被嫁接到文化产业研究上去的,这无疑是一个值得研究的问题,也是一个十分复杂的问题,在此仅以阿多诺文化工业理论为例试做探讨。

阿多诺的文化工业理论是其大众文化批判的一个重要领域,也是西方马克思主义艺术生产理论的逻辑延伸。首先,阿多诺重视艺术的生产性。他认为,在艺术作品中,生产是第一位的,"艺术作品既是一种结果,也是一个捕捉过程"。[103]说艺术作品是一种结果,是因为艺术作品属于社会劳动的产物;说它也是一个捕捉过程,是因为"这一过程要使作品以客观构成的方式得到复制,而不只是被感知为一种固定不变的有待于解释的实体"[104],在阿多诺看来,正是这先在的有待于解释的实体将会"磨损艺术的批判锋芒"。这实际上是批评那种静止地看待艺术作品的传统观点,而强调倡导艺术作品的生成性,就此而论,这与我国文艺研究从艺术生产去审视艺术本质问题思路是一致的。其次,在文化工业理论中,阿多诺探讨了生产问题。文化工业的概念最早见于1947年与霍克海姆和合著出版的《启蒙辩证法》一书中,该书第三部分标题即为"文化工业欺骗群众的启蒙精神",它意指垄断资本主义之后大众文化的特殊形式。在当代资本主义社会中,文化工业已经成为操纵大众意识、扼杀个性和自由的工具。阿多诺指出,文化工业的生产是一种标准化、同一化的生产,"今日的文化产业根据统计学的平均数,仔细地计算这有效性的要素,试图得出一条基本的规律"。[105]这种标准化、同一化生产既不是传统手工作坊式创作,也不是具有创造性的民间文艺,而是一种大工业化生产方式。它不仅完全失去了创造性,而且具有管理和控制大众的意识形态功能,有研究指出,"在阿多诺思考的语境中,有种种大众媒介构成的文化工业机构实际上就是阿尔都塞所谓的意识形态国家机器。而文化工业自上而下整合的过程,也就是把统治阶级意识形态转换为统治意识形态的过程。"[106]这就表明了阿多诺在艺术生产问题上与其他西方马克思主义理论家思路上的一致性,即在艺术生产理论中一直实践着意识形态批判。如是,则涉及问题的关键:这种意识形态批判又怎么可能接通对于我们对于文化产业问题的论证呢?

我们对于大众文化的批判可以追溯到20世纪80年代初期,当时主要是对于港台流行文化的局部批判(70年代末80年代初,中国社会出现了现代工业文化意义上的最早的大众消费文化,比如邓丽君的歌曲,以及《霍元甲》《上海滩》等电视连续剧,这些文化形式突然展现在人们面前,并与人们耳熟能详的革命性的"群众文化"有着鲜明的区别),而真正对于大陆本土大众文化的集中批判应该是在90年代初期,而此时西方马克思主义文论研究正受到关注,因而其大众文化批判理论也就成为极为重要的理论资源和批评范式,并与几乎同时兴起的"人文精神"大讨论一起构成对于大众化和世俗化的批判,对于文艺市场化、商品化的拒斥以及对于终极关怀和人文精神的坚守和倡扬(参见本书第五章第三节)。除了西方马克思主义大众文化批判理论,作为我们大众文化批判理论资源的还有现代化理论和新"左派"大众文化研究,而就批评范式来说,西方马克思主义大众文化批判则"应用得最早、最普遍"[107]。这样看来,贯穿着意识形态批评的西方马克思主义艺术生产理论并不可能通向对于文化产业的论证,然而问题是,如果其批判的锋芒被阉割掉之后呢? 当发展文化产业成为国家的一项产业政策,曾经被批判的大众文化便获得合法化的根基,并很快雨后春笋般地繁荣起来,我们便看到了西方马克思主义文论批判锋芒的钝化和消减,被阉割掉批判锋芒的西方马克思主义艺术生产理论又转而为它曾经的批判对象进行辩护了。于是,"阿多诺当年批判的'文化工业'已经翻译成'文化产业',受到主流意识形态的保护;知识界的专业人士似乎也在与法兰克福学派画地绝交、脱钩断奶,仿佛受过'批判理论'的影响成了一件特别跌份的事情。"[108]谈论文化工业批判的文化环境和思想环境已经失去了,同时失去的,还有对于西方马克思主义艺术生产理论中的批判精神。

文艺与意识形态关系问题,或者说文艺意识形态性问题是马克思主义文论的核心问题,自然也是我国20世纪文艺理论研究的重要课题,然而,就新时期以来西方马克思主义艺术生产理论的接受来说,却是另外一回事。立足于我国20世纪文艺理论发展史的视野中回顾文艺意识形态性问题的复杂演变,显然不是此处所能胜任,在此只需指出一个众所周知的事实,即新时期伊始的文艺反思首先指向的就是这一问题,并最终以审美自律的重新确立标示出文艺自身的回归,其意义不容置疑。然而,在回归的欢庆中,一个危险的倾向却避开了反思的目光,那就是意识形态视域在某种程度上被当做文艺工具论的理论根源而被忽略了,对于文艺的审美自律性来说,仿佛那不仅是一个噩梦,而且是一个不可触摸的不祥之物。的确,"文艺为政治服务"口号的泛滥曾经给归来的理论家烙下如此不堪回首的痛苦记忆,给中国文艺理论研究带来深重灾难。可问题是,如果认为以文艺的意识形态性遮蔽了乃至取代了审美性乃是文艺发展中的非常态,那么,反过来是否就是常态了呢? 对此问题的阐述将是下一章的任务,在此只需指出这样一个事实,"在我国 80 年代中期以来,在我国文艺理论和实践中确实存在着一股强劲的消解文学艺术意识形态性的思潮"[109],而西方马克思主义艺术生产理论的接受就是在这样的思潮中展开的。正是在以这一思潮为背景的接受中,西方马克思主义艺术生产论的意识形态维度被遮蔽了,如此,我们便看到,西方马克思主义艺术生产理论成为推动和深化文艺本质问题认识的重要理论资源,也看到 90 年代以后,它同样可以奇特地作为另外一种理论资源。对于意识形态维度的遮蔽,对于审美自律性的强调,对于文学性的打捞,一直对于文化产业的论证和倡扬,某种程度上虚构了审美自律性与他律性、文艺与政治的断裂、对立,以至于有学者指认,这种断裂、对立进一步定型为新时期以来我国文论"一贯"的、"连续"的"发展方向"和"底层逻辑",并导致当下文论研究"并无扭转初始断裂定型后结构出的历史惯性和理论惯性的能力素质,而只是促使已有的理论与批评在既有的历史与理论惯性方向上越走越远而已"[110]。

  总之,"理论旅行"在异域话语中总无以摆脱理论变异的命运,而后者反过来又影响研究视野和论域的选择。对于包括西方艺术生产理论在内的西方马克思主义文论来说,正是在我国 20 世纪 80 年代以来的文学艺术意识形态性空场的语境中,其意识形态维度被不同程度地遮蔽而处于晦暗不明之中了。西方马克思主义艺术生产理论虽然由于其"理论旅行"时空条件的制约而没有对于我国艺术生产论的提出产生直接的影响,但作为一个重要的理论资源,不仅对于我们认识文艺的生产属性产生了重要影响,拓展文艺本质论问题的视野,而且对于观察和思考当下日渐兴旺的文化产业以及展开文化产业研究也具有重要的理论支撑作用,进一步,如果把近年来学界对于文艺与意识形态关系问题的关注视为对新时期文论 20 年发展之途的反思乃至反拨的话,那么,考察西方马克思主义意识形态理论,敞开其意识形态批评视野就具有了另外的镜鉴意义,对此,下一章将从审美意识形态论的角度进一步展开具体的考察。

注 释

[1]俞吾金:《重新理解马克思》,北京师范大学出版社 2005 年版,第 383—385 页。

[2]马克思:《1844 年经济学哲学手稿》,中央编译局译,人民出版社 2000 年版,第 82 页。

[3]马克思、恩格斯:《马克思恩格斯选集》第 2 卷,人民出版社 1995 年版,第 28 页。

[4]马克思、恩格斯:《马克思恩格斯全集》第 1 卷,中央编译局译,人民出版社 1995 年版,第 77 页。

[5]俞吾金:《重新理解马克思》,北京师范大学出版社 2005 年版,第 205 页。

[6]马克思、恩格斯:《马克思恩格斯全集》第 3 卷,中央编译局译,人民出版社 1972 年版,第 29 页。

[7]马克思:《1844 年经济学哲学手稿》,中央编译局译,人民出版社 2000 年版,第 82 页。

[8]马克思:《1844 年经济学哲学手稿》,中央编译局译,人民出版社 2000 年版,第 57、

58、52 页。

[9] 马克思、恩格斯:《马克思恩格斯全集》第 3 卷,中央编译局译,人民出版社 1972 年版,第 88 页。

[10] 马克思、恩格斯:《马克思恩格斯选集》第 2 卷,中央编译局译,人民出版社 1995 年版,第 112 页。

[11] 马克思、恩格斯:《马克思恩格斯全集》第 46 卷上册,中央编译局译,人民出版社 1972 年版,第 264 页。

[12] 马克思、恩格斯:《马克思恩格斯全集》第 26 卷第 1 册,中央编译局译,人民出版社 1972 年版,第 296 页。

[13] 马克思、恩格斯:《马克思恩格斯全集》第 26 卷第 1 册,中央编译局译,人民出版社 1972 年版,第 296 页。

[14] 马克思、恩格斯:《马克思恩格斯全集》第 26 卷第 1 册,中央编译局译,人民出版社 1972 年版,第 442 页。

[15] Herbert Marcuse. The Aesthetic Dimension, Boston: Beacon Press, 1979, p. 19.

[16] 哈贝马斯:《瓦尔特·本雅明:提高觉悟抑或拯救性批判》,载郭军等编《论瓦尔特·本雅明:现代性、寓言和寓言的种子》,吉林人民出版社 2003 年版,第 431—432 页。

[17] 安斯加·希拉赫:《文化作为法西斯统治的帮凶:本雅明对法西斯主义症候的诊断》,载郭军等编《论瓦尔特·本雅明:现代性、寓言和寓言的种子》,吉林人民出版社 2003 年版,第 431—432 页。

[18] 伊格尔顿:《马克思主义与文学批评》,文宝译,人民文学出版社 1980 年版,第 69 页。

[19] 马丁·杰伊:《法兰克福学派史》,单世联译,广东人民出版社 1996 年版,第 231—233 页。

[20] 转引自张黎:《布莱希特研究》,中国社会科学出版社 1984 年版,第 23 页。

[21] 本雅明:《本雅明文选》,陈永国等编,中国社会科学出版社 1999 年版,第 322 页。

[22] Walter Benyamin, Reflections, trans., Edmund Jephcott, Harcourt Brace Jovanovich, inc., 1978, p. 222.

[23] 马克思、恩格斯:《马克思恩格斯全集》第 30 卷,人民出版社 1995 年版,第 497 页。

[24] 狄其骢:《马克思恩格斯艺术哲学》,山东文艺出版社 1991 年版,第 282—286 页。

[25] Walter Benyamin. Reflections, trans., Edmund Jephcott, Harcourt Brace Jovanovich, inc., 1978, p. 230—222.

[26] Walter Benyamin. Reflections, trans., Edmund Jephcott, Harcourt Brace Jovanovich, inc., 1978, p. 226.

［27］Walter Benyamin. The Correspondence of Walter Benyamin 1910—1940，ed. by Gershom Scholern & W. Adorno，trans. by Manfred R. Jacobson & Evelyn M. Jacobson，The University of Chicago Press，1994，p. 528.

［28］本雅明：《机械复制时代的艺术品》，王才勇译，中国城市出版社 2001 年版，第 17 页，译文据英文版有改动：Walter Benyamin. Illuminations，New York：Schocken Books，1968，p. 224.

［29］Walter Benyamin. Illuminations，New York：Schocken Books，1968，p. 240.

［30］Walter Benyamin. The Correspondence of Walter Benyamin 1910—1940，ed. by Gershom Scholern & W. Adorno，trans. by Manfred R. Jacobson & Evelyn M. Jacobson，The University of Chicago Press，1994，p. 528.

［31］Tom Bottomre. A Dictionary of Marxist Thouguht，Oxford，1983，p. 233.

［32］Leonard Jackson. The Dematerialisation of Karl Marx：Literature and Marxist Theory，London：Longman Pub，1994，p. 173.

［33］Louis Althusser. Lenin and Philosophy and Other Essays，New York：Monthly Review Press，1971，p. 142.

［34］路易·阿尔都塞：《列宁和哲学及其他论文集》，杜智章译，（台湾）远流出版公司 1990 年版，第 241 页。

［35］Louis Althusser. Lenin and Philosophy and Other Essays，New York：Monthly Review Press，1971，p. 222—223.

［36］托尼·贝内特：《科学、文学与意识形态——路易·阿尔都塞的文学理论》，寿静心译，《辽宁大学学报》1994 年第 4 期。

［37］路易·阿尔都塞：《保卫马克思》，顾良译，商务印书馆 1984 年版，第 119 页。

［38］王杰：《艺术与意识形态：阿尔都塞的美学思想》，《国外社会科学》1996 年第 5 期。

［39］阿尔都塞：《列宁和哲学及其他论文集》，杜智章译，（台湾）远流出版公司 1990 年版，第 257—258 页。

［40］F·詹姆逊：《语言的牢笼》，钱佼汝译，百花洲文艺出版社 1997 年版，第 34 页。

［41］阿尔都塞：《列宁和哲学及其他论文集》，杜智章译，（台湾）远流出版公司 1990 年版，第 260 页。译文据英文版有所改动：Louis Althusser. Lenin and Philosophy and other esays，trans. by Ben Brewster，New Yoork：Monthly Review Press，1971.

［42］Louis Althusser. Reading Capital，trans. by Ben Brewster，London：Verso，1979，p. 27.

［43］伊格尔顿：《马克思主义与文学批评》，文宝译，人民文学出版社 1980 年版，第 23 页。

［44］迈克尔·哈特：《非物质劳动与艺术生产》，陈越译，《国外理论动态》2006 年第 2 期。

211

第四章　意识形态与艺术生产

[45] 伊格尔顿:《马克思主义与文学批评》,文宝译,人民文学出版社 1980 年版,第82 页。

[46] 伊格尔顿:《马克思主义与文学批评》,文宝译,人民文学出版社 1980 年版,第 67、68 页。

[47] 伊格尔顿:《马克思主义与文学批评》,文宝译,人民文学出版社 1980 年版,第 74—75 页。

[48] 伊格尔顿:《马克思主义与文学批评》,文宝译,人民文学出版社 1980 年版,第65 页。

[49] 伊格尔顿:《马克思主义与文学批评》,文宝译,人民文学出版社 1980 年版,第81 页。

[50] 伊格尔顿:《马克思主义与文学批评》,文宝译,人民文学出版社 1980 年版,第10 页。

[51] 伊格尔顿:《二十世纪西方文学理论》,伍晓明译,陕西师范大学出版社 1986 年版,第 244—245 页。

[52] 伊格尔顿:《马克思主义与文学批评》,文宝译,人民文学出版社 1980 年版,第 65—66 页。

[53] 伊格尔顿:《马克思主义与文学批评》,文宝译,人民文学出版社 1980 年版,第 2—3 页。

[54] 邱晓林:《从立场到方法》,四川出版社 2006 年版,第 50 页。

[55] Swingwood Sociological Poetic and Aesthetic Theory, London: Macmillan, 1986, p. 80.

[56] 张泽厚:《艺术学大纲》,上海光华书局 1933 年版,第 71 页。

[57] A. 波格诺达夫《社会意识学大纲》,陈望道、施存蛰译,开明书店 1929 年版,"译者序言"第 1、2 页。

[58] 张泽厚:《艺术学大纲》,上海光华书局 1933 年版,第 74 页。

[59] 朱光潜:《朱光潜全集》第五卷,安徽教育出版社 1989 年版,第 69 页。

[60] 朱光潜:《朱光潜全集》第十卷,安徽教育出版社 1993 年版,第 213 页。

[61] 王元骧:《文学理论和当今时代》,浙江大学出版社 2002 年版,第 155 页。

[62] 董鼎山:《文学的"艺术与商业"之争》,《读书》1980 年第 10 期。

[63] 参见:陈文晓《文艺商品化不能全盘否定》,《辽宁文艺界》1984 年第 2 期;杨守森《商品观念与中国当代文学的繁荣》,《文史哲》1988 年第 5 期;边平恕《艺术生产与商品生产》,《文艺理论与批评》1988 年第 3 期。

[64] 参见杨运泰:《文艺产品的商品属性及精神目的》,《文学评论》1985 年第 5 期;李准:

《试论商品经济与文艺发展的关系》,《文艺争鸣》1989 年第 6 期;李准:《论商品经济与文艺发展的关系》(续),《文艺争鸣》1990 年第 1 期;李衍柱:《赵公元帅与文艺女神联姻》,《文艺争鸣》1989 年第 5 期。

[65] 参见冯宪光:《试论社会主义文艺产品的商品性》,《当代文坛》1985 年第 2 期;肖云儒《商品的形式不能影响文艺的性质》,《当代戏剧》1984 年第 3 期。

[66] 董学文:《马克思和美学问题》,北京大学出版社 1983 年版,第七章"关于'艺术生产'的理论",第 150—184 页。

[67] 参见朱立元:《艺术生产理论和唯物史观》,《文学评论家》1991 年第 5 期;黄力之:《体系框架内的意识形态》,《文艺理论与批评》1991 年第 6 期;王德颖:《艺术生产论与艺术意识形态论》,《文艺研究》1991 年第 4 期。

[68] 参见邵建:《马克思主义美学本质辨识》,《文艺争鸣》1991 年第 3 期;李心峰:《再论从马克思艺术生产理论看艺术的本质》,《文艺争鸣》1991 年第 6 期。

[69] 参见:何国瑞:《马克思主义文学理论建设的方法论问题》,《文学评论》1991 年第 6 期;朱立元:《艺术生产论与艺术反映论关系之辨析》,《学术月刊》1992 年第 8 期。

[70] 李心峰:《20 世纪中国艺术理论主题史》,辽海出版社 2005 年版,第 191 页。

[71] 谢名家等:《文化产业的时代审视》,人民出版社 2002 年版,第 101 页。

[72] 孙冰:《自由与限制:作为审美创造和社会生产的艺术生产》(博士论文),中国国家图书馆博士论文文库 2000/101/7。

[73] 马克思、恩格斯:《马克思恩格斯全集》第 26 卷第 1 册,中央编译局译,人民出版社 1972 年版,第 194、432 页。

[74] 柯可:《文化产业论》,广东经济出版社 2001 年版。

[75] "文化产业的定义应该是①创造某种文化;②销售这种文化和③文化符号。"参见:〔日〕日下公人《新文化产业论》,范作申译,东方出版社 1989 年版,第 12 页。

[76] 谢名家等:《文化产业的时代审视》,人民出版社 2002 年版,第 101 页。

[77] 叶水夫:《苏联文学史》第 1 卷,中国社会科学出版社 1994 年版,第 61—63 页。

[78] 董学文:《马克思和美学问题》,北京大学出版社 1983 年版,第 163—164 页

[79] 王向峰:《社会生产方式与艺术生产》,《辽宁大学学报》1982 年第 1 期。

[80] 张荣翼:《试论艺术的生产性质》,《广西师范学院学报》1986 年第 4 期。

[81] 参见马驰:《论艺术生产和艺术消费》,《社会科学》1998 年第 10 期;王雄:《论瓦尔特·本雅明的"艺术生产"理论》,《南京大学学报》1995 年第 4 期;苏宏斌:《跨世纪的探索——评西方马克思主义的艺术生产理论》,《学习与探索》1998 年第 2 期。

[82] 冯宪光:《"西马"文论与中国当代文论建设》,《文学评论》1999 年第 1 期。

[83] 参见朱光潜:《关于"希腊时代的艺术为什么比资本主义时代进步"》,《新建设》第三

卷第五期;常任侠《答朱光潜先生》,《新建设》第三卷第五期;常任侠《关于"希腊时代的艺术为什么比资本主义时代进步"》,《新建设》第四卷第五期;王英白《论希腊时代的艺术与资本主义时代的艺术》,《新建设》第四卷第五期。

[84] 参见周来祥:《马克思关于艺术生产与物质生产发展的不平衡规律是否适用于社会主义文学》,《文艺报》1959年第二期;张怀瑾《马克思关于艺术生产与物质生产发展不平衡规律是"过时了"吗?》,《文艺报》1959年第四期。

[85] 孙铭有:《我国对于艺术生产与物质生产发展不平衡规律研究的状况》,《山西师大学报》1979年第4期;张来民:《关于马克思艺术生产思想研究的综述》,《文艺报》1993年7月24日。

[86] 张婷婷:《中国20世纪文艺学学术史》第四部,上海文艺出版社2001年版,第84页。

[87] 冯宪光:《西方马克思主义文论对中国新时期文论的影响》,《四川大学学报》1999年第1期。

[88] 现代性是一个通常与现代、现代化、现代主义之类的字眼联系在一起、并充满争议的话题,本书立足于这样的理解:现代主要涉及对人类社会特定历史时期的时间框架的确定,现代化则涉及现代社会生活整体模式的实际变化,现代主义主要涉及文化艺术风格,而现代性主要涉及现代社会生活中最抽象、最深刻的层面,即价值观念的层面。作为现代社会的价值体系,现代性体现为独立、民主、自由、平等、个人本位、主体意识、认同感、中心主义、崇尚理性、追求真理、追求自然等主导性价值,或者更为简练的概为精神取向上的主体性、社会运行原则上的合理性、知识模式的独立性。参见:俞吾金:《现代性现象学》,上海社会科学院出版社2002年版,第36—37页;张辉:《审美现代性批判》,北京大学出版社1999年版,第4—5页。

[89] 余虹:《革命·审美·解构——20世纪中国文学理论的现代性与后现代性》,广西师范大学出版社2001年版,第10—11页。

[90] 童庆炳:《中国现代文学理论价值观的演变》,北京大学出版社2005年版,第1—12页。

[91] 俞吾金:《〈现代性现象学〉导论》,上海社会科学院出版社2002年版,第38、40页。

[92] 金耀基:《从传统到现代》,中国人民大学出版社1999年版,第154页。

[93] 周宪:《审美现代性批判》,商务印书馆2005年版,第49页。

[94] 徐亮等:《文论的现代性与文学理性》,浙江大学出版社2005年版,第148页。

[95] 对此学界存在不同认识,本书的基本立场是从后现代的理论逻辑的维度和历史经验的维度两个层面来把握,除非特别说明,本书将在具体的语境中指称确定的维度,这一预设必然意味着本书对此的把握并不仅仅局限于从理论自身的逻辑层面,而更重视现实本身对于理论的要求。

［96］李益荪：《马克思主义文学社会学原理》，四川文艺出版社 1992 年版，第 198 页。

［97］F.詹姆逊：《后现代主义和文化理论》，唐小兵译，北京大学出版社 1997 年版，第 157—236 页。

［98］余虹：《革命·审美·解构——20 世纪中国文学理论的现代性与后现代性》，广西师范大学出版社 2001 年版，第 228 页。

［99］余虹：《革命·审美·解构——20 世纪中国文学理论的现代性与后现代性》，广西师范大学出版社 2001 年版，第 384 页。

［100］余虹：《革命·审美·解构——20 世纪中国文学理论的现代性与后现代性》，广西师范大学出版社 2001 年版，第 385 页。

［101］周宪：《审美现代性批判》，商务印书馆 2005 年版，第 328 页注释②。

［102］张来民：《作为商品的艺术》，中国社会科学出版社 2002 年版，第 47、116、120 页。

［103］阿多诺：《美学理论》，王柯平译，四川人民出版社 1998 年版，第 309、448 页。

［104］阿多诺：《美学理论》，王柯平译，四川人民出版社 1998 年版，第 220 页。

［105］阿多诺：《美学理论》，王柯平译，四川人民出版社 1998 年版，第 450 页。

［106］赵勇：《整合与颠覆：大众文化的辩证法》，北京大学出版社 2005 年版，第 52 页。

［107］陶东风：《大众消费文化研究的三种范式及其西方资源》，《文艺争鸣》2004 年第 5 期。

［108］赵勇：《整合与颠覆：大众文化的辩证法》，北京大学出版社 2005 年版，第 366 页。

［109］王元骧：《我对"审美意识形态论"的理解》，《文艺研究》2006 年第 8 期。

［110］贺照田：《时势抑或人事：简论当下文学困境的历史与观念成因》，《开放时代》2003 年第 3 期。

第五章
意识形态与审美

意识形态与审美之间关系是马克思主义文论的重要论域,在马克思之后,苏联马克思主义、西方马克思主义以及中国马克思主义都立足于各自不同的特定历史语境进行了思考和探索。在西方马克思主义意识形态批评视野中,意识形态与审美的关系问题是其中的核心论题之一。对于中国现代文艺理论研究来说,文艺和政治问题既有悠久的理论传统,又有急切的现实诉求,新时期以来甚至一度成为文艺理论研究关注的焦点,并在新世纪进行了再反思。本章试图通过对于意识形态与审美的探讨来考察西方马克思主义意识形态批评与我国新时期审美意识形态论之间的关联,首先是在新时期文论视野中考察审美意识形态论,然后考察西方马克思主义文论在新时期话语语境中的接受及其与新时期审美意识形态论的关系,最后将审视新世纪对此的反思与重建。

第一节 新时期审美意识形态论

新时期文艺理论的新生和推进发轫于 20 世纪 70 年代末 80 年代初对于文艺工具论的批判,以及对于文艺政治维度的反思,并进而在审美自律性与他律性、文艺与政治的二元对立中恢复和确立了文艺自律性的地位，随着反思和探讨的深入而提出了审美意识形态论。审美意识形态论不仅仅是新时期文艺理论对于文艺极端政治化、意识形态化反拨的结果，在某种程度上也是对肇始于20世纪初我国现代文艺理论意识形态论和审美论两脉的扬弃与重建，某种程度上代表了新时期以来文艺理论建设和发展的重要成果。

一、 意识形态抑或审美：文艺本质论的历史行程

就文艺意识形态与审美的关系而言，我国现代文艺理论对于文艺本质的认识[1]存在两种对立的观点：一种可以称为意识形态论的，一种可以称为审美论的。前者以认识论为理论起点来探讨文学本质问题，在经济基础和上层建筑的逻辑框架内将文学界定为反映和认识生活的一种社会意识形态；而后者则反对认识论、反映论、意识形态论这类提法，强调文学的本质在于审美。进行发生学意义的考察，我们大体可以追溯到中国现代文艺理论关于文艺本质论的两个源头：一是梁启超，一是王国维。如果说梁启超突出了文艺的政治层面，那么王国维则强调审美的层面；如果说对于文艺功利性的强调以其与社会历史语境的一路契合而成为新时期之前我国现代文艺理论演进的显在线索，那么，对于文艺审美无功利性的认识则构成一隐在的线索。正是这显隐两条线索的演进构成了新时期之前我国现代文论发展的基本形态，并通向新时期对于文艺本质的重新检讨。

如同西方马克思主义文论对于文艺政治功能的重视可以从柏拉图以降的西方文论传统中找到理论血脉的传承一样，我国现代文艺理论的生成也无法割裂历史悠久的古典文论传统。孔子兴观群怨说就强调了政治教化作用，《毛诗序》也提出诗歌"美刺"说，要求诗歌"经夫妇，成孝敬，厚人伦，美教化，移风俗"，所谓美刺就是说，"美德盛之形容"，"上

以风化下，下以风刺上"，同时又要"发乎情，止乎礼义"，此即源远流长的"诗教"说。至唐宋"文以载道"，则径直将文艺视为载道传道的工具，余绪延至桐城派。在一定意义上，我们完全可以认为，我国古典诗学批评理论中一直就延续着文以载道、经世致用的强大传统，而这一传统也在一定程度上影响了我们接受马克思主义文论的视野。19世纪下半叶以降，小说随商品经济的发展而日渐风行，对此，康有为在写于1897年《日本书目志》中描述道，凡识字之人，有不读经者，而无不读小说者，并进而提出："六经不能教，当以小说教之；正史不能入，当以小说入之；语录不能喻，当以小说喻之；律例不能治，当以小说治之。"[2]康有为前所未有地将小说的地位提升到相当的高度，其间对于社会功能的认识也难免夸大，但当这一思路在梁启超那里具体化为对于政治小说的大力提倡，乃至"三界革命"以"新民"，则成为现代文艺理论的重要源头。梁启超在著名的《论小说与群治之关系》中写道，"欲新一国之民，不可不先新一国之小说。故欲新道德，必新小说；欲新宗教必新小说；欲新政治，必新小说；欲新风俗，必新小说；乃至欲新人心，欲新人格，必新小说。何以故？小说有不可思议之支配人道故。"小说又是如何支配人道的呢？梁启超概括为熏、浸、刺、提等四大功能。由此，小说被置于文学的最高位置，而其中尤以政治小说为甚。[3]通过小说来改造人，并进而改造社会，沿此思路，小说被视为救亡和改良的工具也就具有了逻辑的必然性。正如有学者指出的，强调文艺政治功能的文艺观，"作为一条重要的线索，几经演变，后来在不同的思想的指导下，以不同形态表现出来，成了我国20世纪的显学，而几乎贯穿了整个世纪"。[4]就上世纪前半叶来说，开始是20世纪20年代的"文学为人生"文艺观，30年代随着左翼作家联盟的成立，文学为人生的主导观念被为革命、为无产阶级政治的主导观念所取代，用冯雪峰的话来说就是，艺术的价值"是政治的价值"[5]。而在这一过程中，马克思主义的传播和接受则成为强化

影响与对话

文艺意识形态维度的一个十分关键的力量。

在我国学术研究中与文论和美学相联系的政治范畴，一般指国家意志、国家决策或代表政府的理论言说。政治既是一个历史性范畴，也是一个具有普遍性和特殊性的范畴，而在经典马克思主义那里，政治与文艺一样都是"意识形态的形式"，属于上层建筑范畴。早在《1844年经济学哲学手稿》中，马克思就表达了文艺研究应该建立在人类历史，即人类现实生活实践基础上的思想，指出物质生产实践对于艺术等意识形态的决定作用："私有财产的运动——生产和消费——是迄今为止全部生产的运动的感性展现，就是说，是人的实现或人的现实。宗教、家庭、国家、法、道德、科学、艺术等等，都不过是生产的一些特殊的方式，并且受生产的普遍规律的支配"[6]。在稍后的《德意志意识形态》中又强调要把意识形态作为人类史的一个方面加以研究，后来恩格斯在《反杜林论》中明确指出，"历史科学"要"按历史顺序和现在的结果来研究人的生活条件、社会关系、法律形式以及他们的哲学、宗教、艺术等等这些观念的上层建筑"[7]。从唯物史观出发，马克思主义经典作家将文艺界定为反映社会存在的意识形态，是产生于一定经济基础之上的观念的上层建筑。之后的马克思主义理论家一般都承认文艺的意识形态属性和上层建筑性，并以此作为认识文艺本质的基本出发点。

20世纪初叶，随着马克思主义在我国的传播，经典马克思主义关于文艺本质思想逐步为文艺界所认识，并随着马克思主义上升为指导思想以及中国特定历史语境的规约，文艺意识形态论在相当长历史时期内成为对于文艺本质的基本认识。我国早期马克思主义者在接受和阐释马克思主义思想时涉及文艺意识形态问题，他们的阐发对于认识文艺本质问题奠定了初步的方向。较早涉及文艺的意识形态问题并产生较大影响的早期马克思主义者是李大钊。他在论述马克思唯物史观时用"精神上的构造"、"经济的构造"来指称马克思的"上层建筑"和

"经济基础"范畴,认为"凡是精神上的构造,都是随着经济的构造变化而变化"[8],不久又进一步指出,马克思将"法制、政治、宗教、艺术、哲学等"称之为"观念的形态,或人类的意识"[9]。可见在李大钊这里,文学艺术已经被初步确定为意识形态(观念的形态)了。此外,萧楚女、瞿秋白等也表述过相似的观点,并进一步将文学界定为"社会的喉舌"。至 20 年代末,革命文学的倡导者对于文艺的意识形态问题有了更为明确的认识。1928 年成仿吾在《从文学革命到革命文学》中写道,"文学在社会全部组织上为上部建筑之一",而"现在文学运动的实况"却是文学内容充满了"小资产阶级意识形态",因此"文学这意识形态的革命断不能免",要"驱逐资产阶级的'意德沃罗基'(按:对当时意识形态英语词的音译)在大众中的流毒和影响",从文学革命走向革命文学。[10]而李初梨也提出,"一切的文学,都是宣传",革命文学仍"有意无意地,然而时常故意地是宣传","文学为意德沃罗基的一种"。[11]在当时的语境中,强调文艺的意识形态属性,显然具有相当的合法性,然而,文学作为意识形态,毕竟与宗教、哲学等其他上层建筑形式还有着极大的区别,否则,就难以确认文艺自身的本质属性。于是到 30 年代,瞿秋白在吸收列宁关于文艺意识形态思想基础上,开始注意到文艺作为意识形态的特殊性,他写道,"真正的马克思主义对于艺术的观点,还是乌梁诺夫(按:指列宁)的","乌梁诺夫认为艺术反映实质,艺术是一种特别的上层建筑,一种特别的意识形态"。[12]从笼统地谈论文艺是意识形态,到文艺是一种特别的意识形态,显示出关于文艺本质属性认识的推进,遗憾的是,文艺作为意识形态的"特别"之处究竟体现在什么地方,瞿秋白却语焉不详。尽管如此,随着马克思主义在中国的广泛传播和普遍接受,并且在无产阶级革命文学运动以及左翼文学运动的推动下,将文艺视为意识形态这一观念已然确立,并最终在 40 年代通过毛泽东的经典阐述而上升至不可动摇的主导地位。

作为对于五四运动以来的文艺观念探索的一次总结，以及作为民族革命战争时代的文艺指导思想，毛泽东发表于 1942 年的《在延安文艺座谈会上的讲话》无疑是一篇具有历史意义的重要文献，它全面、系统阐述了党在特定历史时期的文艺方针和政策，不仅充分发挥了文艺在抗日战争的积极作用，有力促进了我国文艺事业的发展，并且在此后相当长时期内对于我国文艺事业发展产生了深远影响。在《在延安文艺座谈会上的讲话》中，毛泽东对于文艺与意识形态关系问题有一个明确的表述："作为观念形态的文艺作品，都是以一定的社会生活在人类头脑中反映的产物。""文艺作品反映出来的生活却可以而且应该比普通的实际生活更高，更强烈，更有集中性，更典型，更理想，因此就更带有普遍性。"[13] 其基本精神可以简要概括如下：1. 在阶级社会中，文艺具有阶级性，超阶级的文艺是不存在的；2. 文艺作为一种意识形态，是一定的政治经济在观念形态上的反映；3. 无产阶级的文艺是无产阶级革命事业的一部分，从属于并服务于无产阶级及其政治路线；4. 文艺是团结人民、教育人民、打击敌人、进行革命斗争的有力武器；5. 文艺描写、反映和服务的对象是工人、农民、战士以及小资产阶级和知识分子。历史地看，《在延安文艺座谈会上的讲话》将马克思主义文论思想与我国革命实践和文艺实践有机结合起来，并加以理论化、系统化，这不仅是对于我国传统文论"文以载道"说、五四文艺思潮以及 30 年代左翼文艺思想的继承和丰富，而且也是对于马克思主义文艺思想的丰富和发展，是马克思主义文论中国化的重大成果，对此应有充分和明确的估价。

20 世纪我国文艺理论的另一条线索则可以追溯到世纪之初王国维的文学评论和诗学著作。在《红楼梦评论》中，王国维提出了"为人生"的文艺观，他写道："诗之为道，既以描写人生为事，而人生者，非孤立之生活，而在家庭、国家及社会中之生活也。"这里的人生，既涉及个人、人性，也涉及国家、社会。进一步，王国维通过对《红楼梦》的阐述提出了文学的"解脱"功能，将文艺视为解脱人生欲望和痛苦之循环的必由之路，但是，文学之为人生在王国维这里有两个理论基地：一是叔本华的哲学和美学观，即认为生活的本质是欲望，文艺与美的本质在于欲望与痛苦的解脱；二是康德的审美无利害的美学观以及席勒的"游戏"说。他说，"文学者，游戏的事业也。人之势力，用于生存竞争而有余，于是发而为游戏"，文艺属于"可爱玩而不可利用者"。[14]发而为游戏，可爱玩而不可利用，这就与我国古代传统的"言志""载道"文艺观截然不同。整体而言，王国维更多地强调了文艺自主性、无功利性、审美性一面，因而也就与梁启超突出文艺的社会政治功能不同，也与稍后的鲁迅不同。早期鲁迅在《摩罗诗力说》中同样提出了文学为人生的观点，并注意到了文学的非功利性特征。他说："一切美术之本质，皆在使视听之人，为之兴感怡悦。文章之为美术之一，质当亦然，与个人暨邦国之存，无所系属，实利离尽，究理弗存。"也就是说，文艺的功用在于其"不用之用"（"文章不用之用，其在斯乎？"），在于使人获得精神上的愉悦和满足。然而文艺的"不用之用"又是关乎"人生之道"的大用："文章之于人生，其为用决不次于衣食，宫室，宗教，道德。文章之用益神。所以者何？以能涵养吾人之神思耳。涵养人之神思，即文章职与用也。"[15]但是，在鲁迅这里，文艺之为人生，乃是通过文艺而求索刚健积极的人与人生，这显然与王国维话语中的悲观消极不同。鲁迅给美术（即艺术）下过一个定义："美术者，有三要素，一曰天物，二曰思理，三曰美化。"又说，"美术者，即用思理以美化天下物之谓。"[16]美化即审美的创造，在鲁迅看来，这无疑就是文学艺术的核心要素之一。由此可见，鲁迅关于艺术的定义也可以视为文艺本质审美论的一种表现形式。

平心而论，不论是王国维对于文艺的审美性、自主性、独立性的强调，还是梁启超对于文艺社会政治职能和意识形态性的强调，他们都抓住了文艺属性的某一方面。然而,在风沙扑面、民族危难的 20 世纪上半叶,梁启超一脉在历史的涛声中激荡高歌,将文艺的社会职能发挥得淋漓尽致,而王国维一脉则必然处于默默的潜行之中。但潜行不等于消失,在 30 年代我们仍然可以看到文艺本质审美论的坚持和研究。出版于 30 年代署名范寿康的《艺术之本质》一书以移情说为理论出发点,提出美"是感情移入的价值","艺术的观照,除感情移入的态度而外,当然也没有成立的余地,我们在艺术观照的时候,非把自我浸没在艺术作品之内不可。这观照是主客合一的境地,也是无我的境地"。[17]将文艺本质置于文艺作品与审美观照主体之间的关系中来考察,将文艺本质问题置换为文艺的审美价值问题,并将后者规定为文艺作品与主体观照相统一而达到的境界,这既吸收了西方 20 世纪初闵斯特堡等人的心理学美学思想,又融进王国维关于"有我之境"与"无我之境"的思想,某种程度上表明了对于文艺审美本质认识的深入和系统化。此外,朱光潜在其《文艺心理学》中一定程度上延续了王国维的思路,通过康德美学思想来强调审美的非概念性、非功利性,及其与日常生活的距离,从而在强调文艺意识形态属性的观点之间形成认识上的张力。

在 20 世纪五六十年代的美学大讨论中,一些美学家在对于美的本质问题的探讨中也部分涉及对于文艺的本质问题。李泽厚在论述艺术种类时指出,"艺术总是一定社会生活在人们头脑中反映的产物,是人们主观审美意识与客观世界相统一的成果,是人们审美意识作用于现实材料的物化形态。"[18]这里对于艺术的认识虽然是立足于认识论视野,但将审美意识而不是一般意识与艺术问题联系起来思考,这对于探讨艺术本质问题还是具有启发意义的。而作为美学四大家之一的朱光潜则在反映论之外提出生产论,并试图将两者结合起来。文艺不仅是一种认识活动,也是一种与生产实践相同的实践活动,朱光潜认为,在艺术和现实的关系问题上,马克思有两种提法,各有侧重。一种是"用艺术的方式掌握世界",将艺术视为掌握世界的一种方式,也就是将艺术视为一种实践。强调艺术的实践本性,表明朱光潜对于马克思这一美学精髓的深刻把握,然而艺术实践与一般生产实践显然具有重要的区别,而这区别对于思考艺术本身来说又是极为关键的,遗憾的是,就是在这一点上,朱光潜没有做出进一步的区分,从而导致艺术实践的独特性湮没于一般生产实践之中。与强调艺术的实践性相对,朱光潜也强调艺术的认识性,将艺术视为一种意识形态。"这句话(文艺是一种意识形态)有时被简化为'艺术是现实的反映'或'艺术是社会意识的反映'。很显然,这里的重点在认识。"朱光潜认为,"从马克思主义的认识与实践的辩证统一观点看,上述两种提法虽各有侧重,却是可以统一而且必须统一的。"[19]

考察文艺审美论和意识形态论的历史行程可以发现,新时期以前对于文艺本质的认识与民族命运、社会革命进程紧密结合在一起,并进而体现为与我国古典文论传统和马克思主义文论的密切关系。一方面,马克思主义文论对于文艺作品的现实内容的强调,对于创作主体积极介入和干预现实政治的张扬,以及对于文艺政治性、阶级性、战斗性的强调,对于打烂旧秩序、建设新世界的设想,这一切都极好地契合了我国社会历史现实对于文艺的基本诉求;而另一方面,我国源远流长的古典文论传统不仅在某种程度上划定了现代文艺理论发轫的前理解视野,而且在众多西方文论资源中赋予马克思主义文论以优先接受权,古典文论传统与马克思主义文论在文艺价值取向和社会功能上的契合使后者不仅很快被接受,而且在中国化的过程中决定了我国文艺理论研究对于文艺本质的基本认识。中国化的马克思主义文论规划了"文艺为政治服务"的基本轨道,文艺的意识形态性被张扬,而马克思文论关于"自由的精神生产"等阐述文艺审美自律的话语被有意无意地遮蔽了,与此相应的还有文艺本质审美论的长期处于隐在状态。

二、 新时期审美意识形态论

对于文艺本质意识形态性的强调以及对于社会政治功能的强调与特定社会生活现实相契合，使文艺的社会功能得到了充分发挥，但由于长期的教条主义思想的影响和束缚，文艺的政治化理解不仅没有随着社会生活从战争到建设的转变而转变，反而进一步走向粗浅化、庸俗化和简单化，到"文革"期间更是达到登峰造极的地步，并一度成为文艺界探索的禁区。意识形态被简化为政治，又将政治进一步狭隘化为具体的政策，这样一来，文艺的真理性等同于政治的真理性，审美性完全被意识形态性所吞没，文艺彻底失去了自己的应有的独立性。文艺意识形态与审美之间关系的认识与社会历史进程的紧密结合意味着对于文艺本质认识的流动性和历史性。有学者指出，"在党国一体化领导和影响下的社会现代化进程中，它以政治品格为主导表现，在民族存亡的特殊时代环境下，救民于水深火热之中，是党国政治实践的主题目的。当党国完成它的民族解放的救亡历史使命而转向经济建设的现代化目标时，社会政治的变化必然引起精神文化层面的变化"[20]。对于文学艺术及其理论来说，这一变化在新时期之前由于诸多因素的制约显然没有得到明显的体现，虽然其自身的逻辑运动并没有完全消泯；至新时期，则在文艺理论研究中表现为一直潜行着的审美论迅速浮出地表，并与意识形态论进行了激烈论争。

说新时期文艺本质审美论从潜行而浮出地表，从隐在而显在，并不是说它取代了其相对的意识形态论的地位，而是说文艺作为意识形态，其不同于一般意识形态形式的审美特性越来越得到发掘和重视。新时期伊始关于文艺的本质的几种较有影响的观点，不论是形象反映论、情感表现论还是审美反映论，它们的核心都在于强调文艺之为文艺的特殊性所在。蔡仪在《文学概论》中开宗明义："文学是反映社会生活的特殊的意识形态"，文艺作为社会意识形态，其特殊性就在于"文学以形象反映生活"。[21]强调文艺反映生活的形象性,这固然还没有摆脱认识论思维框架的束缚,但显然已经与过去的机械反映论明显不同。到李泽厚则初步实现了从认识论向情感论的初步转换。在李泽厚看来,艺术的本质特征和作用"不只在给人一种认识而已,它毋宁是给人一种情感力量",如果艺术没有情感,就不成其为艺术,因此,"情感性比形象性对艺术来说更为重要。艺术的情感性常常是艺术生命之所在"。[22]如果说,对于文学反映的形象性强调仍旧没有跳出从文学与世界的关系着眼这一认识论视角的话,那么,强调文学的情感力量显然就将视角转向了文学的主体自身,作者、接受者开始被纳入思考视野。从认识论到情感论已经蕴含了审美反映论的萌芽,这在随后学界关于文学艺术本质的进一步探讨中得到具体体现。比如王先霈提出,文学是一种具有审美价值的形象化的特殊意识形态,认为文学的本质特征在于用语言塑造艺术形象,表现人对于现实的审美关系;[23]作为对于"文学是什么"问题的深层次回答,童庆炳提出,审美是文学的本质,文学是社会生活的审美反映。[24]这些论述中一个基本相同的认识就是将审美视为文学的特殊本性之所在。随着80年代中期思想领域的进一步解放以及文艺"向内转"思潮的汹涌,文艺理论研究更加侧重于从文艺自身的特性出发切入对于文艺本质的认识,文艺的审美特性日益获得确认,正是如此,"审美特征论"被认为是新时期对于文艺本质最为重要的认识。

文艺本质审美论的确立必然引发它与意识形态论的关系问题,围绕这个问题,80年代中期又一次发生了文艺本质问题的论争。如果说,70年代末到80年代初的围绕文艺本质问题的论争明确了文艺具有意识形态性,那么,意识形态性是否反映文艺的本质则成为这一次论争的焦点。对此,存在三种基本观点:一种观点认为意识形态性就是文艺的本质属性,两者同一;第二种观点认为意识形态性是艺术本质属性之一,与其他本质属性并存;第三种观点认为意识形态性并不是文艺的本质属性,审美性才是文艺本质属性。[25]随着讨论的深入,尤其是在经过文学方法论年和文学观念年的洗礼后,学界逐步认识到,仅仅局限于从文艺的某个属性上去界定文艺的本质,都难以避免地失之片面,要完整地认识文艺本质,必须用系统和综合的观点来整体把握,这就推动对于文艺本质问题的认识开始走向综合,正是在这一背景下,钱中文、王元骧、童庆炳等学者提出审美意识形态论,并逐步得到学者的认同。

1987年,钱中文在总结当时苏联及我国学界关于文学本质的观点的基础上,把审美的和哲学的方法结合在一起,来探讨文学第一层次的本质特征。"这两种方法的结合,揭示了文学的常态特征,使人看到作为语言艺术的文学的特性既非单纯的意识形态性,也非单纯的审美。强调意识形态性是必要的,但如果局限于这点,会使其审美特性变为附属物;强调、突出审美特性是必要的,但如果只见这一特性,又会砍削了文学的另一本质特性",从而提出"文学是审美意识形态",力图把文艺的意识形态性和审美性结合起来,达到对文艺本质的更具说服力的表述。在钱中文看来,"把文学视为一种复杂的现象,一个复杂系统,从而对它进行多层次、多角度地综合研究已为不少人所接受。从社会文化系统来观察文学,从审美的哲学的观点出发,把文学视为一种审美文化,一种审美意识形态,把文学的第一层次的本质特性界定为审美的意识形态,是比较适宜的"。"文学作为审美的意识形态,以感情为中心,但它是感情和思想认识的结合;它是一种自由想象的虚构,但又具有特殊形态的多样的真实性;它是有目的的,但又具有不以实利为目的的无目的性;它具有阶级性,但又是一种具有广泛的全人类性的审美意识的形态"。[26]

不久,王元骧则从认识论与审美性的统一出发,明确将文学界定为一种审美意识形态,指出"文学是反映生活的一种特殊的思想意识形态。这就是说,文学就其最根本的性质来说,它是社会意识形态,但是,又与哲学、社会科学等一般意识形态不同,它是通过作家的审美感受来反映社会生活的,是作家审美意识的物化形态",说"文学是一种审美意识形态",就是说,文学"本质上是一种社会意识形态",具有与其他意识形态形式共同的本质,同时又有"作为审美意识形态的特殊本质"。[27]

童庆炳在《文学理论教程》中将文艺本质审美意识形态论进一步系统化,该书从"文学的一般意识形态性质"、"文学的审美意识形态性质"、"文学是显现在话语含蕴中的审美意识形态"三个层面阐述了文学活动的审美意识形态性质,指出"文学从本质上说是意识形态。而作为意识形态,文学既具有普遍性质,也具有特殊性质。文学的普遍性质在于,它是一般意识形态;文学的特殊性质在于,它是审美意识形态"。"文学的审美意识形态性质是对文学活动的特殊性质的概括,指文学是一种交织着无功利和功利、形象和与理性、情感和认识等综合特性的话语活动。文学的这种审美意识形态性质,实际上告诉我们,文学的性质不是单一的而是双重的:文学具有审美与意识形态双重性质。"[28]自此,绵延了半个多世纪的文艺本质审美论与意识形态论两脉实现融合,审美意识形态论成为新时期最有影响的文艺本质观,并被目前国内最重要的20多部"文学概论"类教材所采用。

审美意识形态论作为新时期文艺理论观念多元化的体现,它不仅是我国20世纪前半叶文艺本质意识形态论和审美论的扬弃和综合,而且在经典马克思主义作家的相关论述中具有深刻的理论根源,同时与苏联马克思主义文论有着某种程度的应和。

首先,审美意识形态论辩证地吸取和扬弃了我国现代文论源头的意识形态论和审美本性说两派文艺本质观的成就和局限,在一种新的学术视野中上对文艺的本性作了富于创造性的理论综合。它克服了意识形态论文艺本质观重视艺术的意识形态普遍性而轻视文艺自身的特殊性的偏颇,也克服了审美本性说以审美本性排斥艺术的意识形态性偏颇,将文艺的普遍本质与特殊本质有机的融为一体,从而对文艺的本质做出了新的阐释。

其次,审美意识形态论的提出不仅是对前此以往的文艺本质认识的扬弃,而且显然在马克思主义文论那里有深刻的理论根源。马克思在《〈政治经济学批判〉序言》《〈政治经济学批判导言〉》《路易波拿巴的五月十八日》以及《致拉萨尔》信中,对于艺术和意识形态的关系问题做出了基本阐述,并在其政治经济学理论研究以及在唯物史观的研究中就已经形成了历史唯物主义美学思想和基本观点。当然由于历史条件的限制,马克思当时并没有系统地详尽地对于艺术、文学与意识形态的全部复杂关系展开阐述。正是如此,经过马克思之后的不同马克思主义理论家的不断探索,文艺与意识形态关系问题才成为马克思主义文论的核心命题。就此而言,新时期审美意识形态论作为新的艺术本质观,标志着我国的文艺学研究已经走出了对于马克思主义文论的简单依从和机械模仿的阶段,"就其理论成就来说,似乎在本世纪(按:20世纪)马克思主义文艺学的发展中也应占有一席之地"。[29]

再次,审美意识形态论的提出也在某种程度上与苏联马克思主义文论存在着理论上的应和。众所周知,苏联文艺研究中也曾出现以波斯彼洛夫为代表的"意识形态本性论"与以布罗夫为代表的"审美本性论"的对立。布罗夫强调,"不仅艺术形式,而且艺术的全部实质,都应该肯定是审美的。"[30]而波斯彼洛夫则批评审美本体论抹煞了文艺的意识形态倾向,以及文艺内容在认识论上的客观性,认为"美在艺术作品中的产生和存在,是与作品内容在意识形态上正确的倾向性,与作品内容的在认识上的客观性不可分的。"[31]不容否认,这两种观点对于我国新时期关于文艺本质论争具有一定的启示作用。国内较早思考文艺审美意识形态问题的钱中文说,"'文学是审美意识形态'的观念,是在我对苏联和欧美的文论经验、特别是在我国几十年来文论的教训的基础上,反反复复比较了多种文学观念的优缺点之后提出来的。"[32]而童庆炳也认为,苏联的"审美学派"对于我们以审美的观点来审视各种艺术现象、阐明文艺的审美本质具有启示意义。[33]当然,也应该客观看到苏联文论对于我国新时期文论探索影响在程度上的限度和逐步淡化的实际情况。

应该认为,审美意识形态论的提出不仅仅是新时期文艺理论对于文艺极端政治化、意识形态化反拨的结果,在某种程度上也是对肇始于20世纪初我国现代文艺理论意识形态论和审美论两脉的扬弃与重建。谭好哲指出,审美意识形态论"把马克思艺术本质的两个方面的观点,即美学观点和史学观点,意识形态论和艺术掌握世界论完整地结合的理论创造。这一点正是中国新时期马克思主义文学理论中国化的重要成果"。[34]这一评价应该说是有见地的,当然也应指出,审美意识形态论从 90 年代末开始受到重新反思,下文将对此做出评述和思考。

第二节　西方马克思主义文论在新时期文论视野中:以伊格尔顿为中心

在谈论西方马克思主义文论与新时期文论关系之前,我们应该首先追问的也许是:西方马克思主义文论与我国新时期审美意识形态论有关系吗? 如果没有任何关系,那么我们将西方马克思主义文论置于我国新时期文论视野中也就失去了任何谈论的意义。实际上,这一追问的目的并非主要去探源其理论的根基,而毋宁说意在考察其在中国话语语境中的合法性基础。在马克思主义制度化的社会语境中,如果我们承认审美意识形态论的提出可以视为新时期文艺理论发展和建设的重要成果的话,那么,这一承认本身就暗示了这一成果已经获得了马克思主义合法性,这也正是学者所谓"中国新时期马克思主义文学理论中国化的重要成果"的实质所在。如此一来,对上述问题的追问就可以具体化以下问题:如何看待审美意识形态论与苏联马克思主义文论的关系,又如何看待它与西方马克思主义文论的关系?

不容否认的是,苏联马克思主义文论曾经作为中国人学习马克思主义文论的途径之一,对马克思主义文论中国化的进程产生了历史性重大影响[35],但是,这种影响在新时期以来尤其是 80 年代中后期以来随着社会政治经济的巨大变化已经急剧显著地降低了,这也是一个不争的事实。

如上一节所述,我国新时期文艺理论对于文艺本质当代的探讨和论争具有自己特定的理论传统、现实语境和内在的逻辑理路,说苏联马克思主义理论家对于审美与意识形态关系问题对于我国新时期关于文艺本质论争具有一定的启示作用,并不等于说两者之间存在简单的复制或移植关系,更不是因此否定新时期审美意识形态论的理论创造性。那么,随着苏联马克思主义文论在新时期文论发展和建设中的影响逐渐淡化,审美意识形态论的提出如何在马克思主义文论研究的基础上获得合法性的外在启示和理论视野呢?

观察 20 世纪 80 年代中期围绕文艺意识形态本性论争可以发现一个值得关注的现象,那就是无论坚持意识形态本性论,还是坚持审美本性论,它们的理论根源却不约而同地安置在马克思主义经典作家的相关论述中,所不同的仅仅是对此做出了不同的阐发而已。比如对于马克思关于上层建筑与经济基础的论述,既有学者从中阐发出文艺的本质在于意识形态的结论,也有学者从中阐发出相反的结论,认为文艺高高飘浮在上层建筑之上,具有"精神活动的高层次性",文艺是充分"显示出人类精神灵幻性、微妙性、丰富性、流动性、独创性"的东西,因而意识形态性并非文艺的本质。[36]这一现象并非个案,概观我国新时期以来的文论发展历程,几乎在每一次论争都有不同程度的存在。指出这一现象意在表明,就如同一时期我们对于西方马克思主义文论的研究首先集中于判定其性质是否是马克思主义一样,新时期文艺观念多元化理解仍然需要从马克思主义文论那里获得合法性基础,这是由我们这个马克思主义制度化的国情所决定的,是建设社会主义文化所必需的。而另一方面也表明马克思主义经典作家的论述所留下的阐释空间,但是对于我们来说,与其说这是体现了对于马克思主义经典阐述的重新认识的问题,毋宁说是理论资源和理论视野寻求的尴尬,具体到文艺本质的探讨,则不仅是对于马克思主义文论的阐释需要开拓更为宽广的视野,而且更是对于新时期文论渴望更为宽广的学术视野和思想资源的一种表征。对此,我们只要看一看当代学者个人学术体验就可以了。钱中文在后来回顾关于审美反映论的论争时曾经坦言,出版于1986年9月的《审美特性》(中译本),"我在1987年才看到,要是在拙文发表之前读过卢卡奇的这部著作,我的文章恐怕就会写成另外的样子"。[37] 这里所说的"拙文"指的是1986年发表于《文艺理论研究》第4期上的《最具体的和最主观的是最丰富的》一文,在该文中作者阐述了对于审美反映论的理解:审美反映有其自身结构,它是由心理层面、感性认识层面、语言形式层面、实践功能层面组成的统一体;审美反映中主观性的创造力表现为对现实的改造,现实呈现为现实生活、心理现实、审美心理现实三种形态;心理现实中主客观时时产生双向转化,客观因素的主观化,主观因素的对象化。审美反映的动力源则来自主体的审美心理定势,审美反映具有无限多样。《审美特性》是卢卡奇的美学巨著,也是较早译介成中文的西方马克思主义美学著作,该书对于审美反映论进行了详尽阐述,比如审美反映的历史生成、艺术的本质特征、审美反映与科学反映的区别以及审美的结构本质等等,这些对于新时期文论思考传统文艺反映论及其争论来说,显然都应该是一个极好的理论资源。钱中文的上述回顾从一个侧面表明了当时学界对于新的理论资源的渴望。

　　事实上,当苏联马克思主义文论的影响迅速地淡出中国新时期文论视野,而新时期文艺理论研究视野的开拓仍然需要奠定合法性基础。在众多涌入的西方文艺理论和思想中,西方马克思主义文论固然在80年代的话语语境中仍然必须首先面临着定性的问题,但显然还是一个差强人意的选项。西方马克思主义文论一方面处于"西马非马"还是"西马即马"的争论旋涡之中,而同时却又逐步得到接受和研究,其原因也正在这里。问题是,西方马克思主义关于审美意识形态问题的阐述对于我国审美意识形态论的提出产生怎样的影响? 对于这一问题的尝试回答意味着我们应该首先对于西方马克思主义理论家在审美意识形态问题上的阐述做出梳理和阐释。众所周知,西方马克思主义理论家都在不同程度上对于意识形态与审美关系问题做出了自己的思考和探讨,对此,诸多学者已经作出了重要的学术贡献,然而在究竟该如何把握西方马克思主义理论家对此问题的看法上却似乎众说纷纭,而当涉及西方马克思主义意识形态批评中是否存在着审美意识形态或审美的意识形态这一说法时,就基本是针锋相对了,而这种对立直接与我国新时期审美意识形态论紧密联系在一起。那么,西方马克思主义理论家在此问题上表达了怎样的观点呢? 就让我们从一本书的译名谈起。

　　1990年3月,伊格尔顿出版了一部题为 The Ideology of the Aesthetic 著作。对于该书,国内有研究者给予高度评价,认为该书是集哲学、美学、政治学和社会学于一身的恢宏大气之作,作为对近代美学的一次全新考察,其在文艺及美学理论的意识形态批评引人注目,堪称当代最敏锐的探索,[38]然而该书书名翻译却似乎颇费周折。1994年傅德根作为中译本的译者之一发表了该书的导言部分,从这份译文来看,是将该书书名翻译为《审美的意识形态》;1997年该书中译本正式出版,书名改为《美学意识形态》,"美学"一词取代了"审美";而在2001年的该译本再版本中,书名又改为《审美意识形态》,"审美"取代了"美学"一词。[39]从审美到美学再到审美的反复,表明了译者对 Aesthetic 一词及对该书美学和文艺观念认识的变化。该书 2001 年版本中"再版后记"写道:"根据书中的内容,伊格尔顿原著书名中的 Aesthetic 一词,既含有'审美'的意义,也含有'美学'的意义,但较侧重于'审美'之意。从审美意识形态理论的角度看,前者是这种意识形态现象的实践部分,后者是其理论部分,它们是一种机制的两个方面。伊格尔顿这部著作的主要目的是通过 20 世纪西方美学的批判性分析,思考美学理论作为一种意识形态现象的内在矛盾、复杂机制及其社会作用。这种对美学理论本身的深刻自我批判的思维方式是西方马克思主义思想家在 20世纪八九十年代中国理论界的一个特征。"[40]品读这番解释可以发现,译者对于伊格尔顿的把握是以"意识形态现象"为基本出发点的,也就是说,审美意识形态是意识形态现象的重要表现之一,将审美意识及其形态置于更为宽广的人类意识及其形态视野中来考虑,应该说这把握住了问题的关键所在。从词源学角度来看,Aesthetic 的确既有学科又有审美的含义:作为现代学科,美学显然是马克思社会结构理论意义上的作为上层建筑的意识形态表现形式;而作为审美,它又以不同于理论的实践活动加入到社会运作的复杂机制之中,而这种运作机制中的审美实践活动对于社会的效应显然来得更为有力。也正是如此,从审美到美学再到审美的反复,绝不仅仅是译名本身的变化,从某种程度上讲,也绝不仅仅是源于 Aesthetic 一词及对该书美学和文艺观念认识的变化,而更为深层的缘由应该是中国文论和美学话语接受语境的变化。具体说,这一语境就是"西方马克思主义思想家在 20 世纪八九十年代中国理论界",下文将对此展开具体阐述,但在此之前,我们需要首先对于伊格尔顿的相关阐述作一澄清和梳理。

从伊格尔顿对于 18 世纪以来的审美问题的考察来看,目力所及,

234

既有美学著作,也有哲学、政治学和伦理学著作,审美问题被置于颇为广泛的精神领域,比如在与法律、自由、自律等问题联系中进行考察,用他在该书"导言"的话来说就是,考察并非着眼于美学的历史,而是为了"在审美范畴内找到一条通向现代欧洲思想某些中心问题的道路,以便从那个特定的角度出发,弄清更大范围内的社会、政治、伦理问题"。[41]这就表明,对于审美意识形态的理解不仅仅是就审美的意识形态本身,而是将审美意识置于与其他意识形式的关系之中,置于意识及其形态的历史视野中来进行。然而,一个显然的问题是:伊格尔顿何以确信,对于审美意识形态的考察能够何以能够"找到一条通向现代欧洲思想某些中心问题的道路"呢?在伊格尔顿看来,这种确信首先源于他对于启蒙运动以来欧洲思想情势的观察和思考,即美学在欧洲总体思想中执著地令人难以置信地占据着很高的地位。伊格尔顿认为,造成这一现象的基本原因有二:一是审美能够建设一种非异化的认知方式,以其人道主义价值对抗启蒙运动以来日益膨胀的工具理性,指向人的理想性生存;二是艺术本身的意识形态性质,"美学著作的现代观念的建构与现代阶级社会的占统治地位的意识形态的各种形式的建构、与适合于那种社会秩序的人类主体性的新形式密不可分"[42]。也就是说,审美和现存社会及其意识形态总是存在着复杂的关系,这关系的核心应该就是与统治意识形态的顺应与从属、拒绝与对抗。也正是如此,对于审美意识形态的考察才能够"弄清楚更大范围内的社会、政治、伦理问题",这就涉及如何认识伊格尔顿在文艺与意识形态关系问题上的阐述。

关于伊格尔顿在文艺和意识形态问题上的基本观点,我们已在前文进行了阐述,在此已无重复的必要。需要指出的是,伊格尔顿对审美和意识形态关系问题的理解并非简单化,他一方面将审美视为政治的,视为塑造资产阶级主体的手段,同时又看到审美作为反对资产阶级权力塑造的领域的一面,因而只有彻底消除那些刻写它们的权力,才能彻底消除这种反抗的冲动。实际上,从意识形态与生产方式的多元互动关系考察文艺与意识形态的关系,显示出伊格尔顿对于意识形态中话语的权力因素的重视,以及对于文艺与意识形态之间的曲折复杂关系的清醒认识,用他的话来说就是,如果不把握意识形态在社会整体中"怎样由特定的、与历史相关的、巩固特定社会阶级权力的知觉结构所组成,我们也就无法理解意识形态",[43]而这也是他考察审美美学意识形态的基本思路。

伊格尔顿的审美意识形态是在讨论意识形态生产时提出的,并在与一般意识形态和作家意识形态的关系中进行了初步阐述。他写道,审美意识形态(Aesthetic Ideology)是指包括在一般意识形态中而又具有相对自主性的一个特殊的审美领域,与伦理、宗教等其他领域相联,为一般生产方式所最终决定。审美意识形态是一般意识形态中的"文化意识形态"的一部分,包含着审美价值、意义、功能等。而文学艺术构成审美意识形态的组成部分,文学话语、风格、传统、实践以及文学理论都属于审美意识形态。[44]从伊格尔顿对于审美意识形态解说以及对审美意识形态与一般意识形态、作者意识形态关系的阐释中,我们可以概括以下几点:第一,审美意识形态是一般意识形态的组成部分,因而具有贯穿在审美活动和美学话语中的意识形态属性;第二,审美意识形态同时又是具有相对独立性的审美领域;第三,作者意识形态与一般意识形态和审美意识形态之间的关联、重构而又对立、冲突的复杂关系决定了文本只能是多元决定的产物,而不是意识形态的简单对等物;第四,文学文本是审美意识形态的生产。一言以蔽之,审美意识形态范畴体现了审美自律性与意识形态属性的辩证关系。

15年以后,伊格尔顿在《审美意识形态》一书中对此进行了更为详细的研究。他写道,"审美从一开始就是个矛盾而且意义双关的概念。

236

一方面,它扮演着真正的解放力量的角色……主体在达成社会和谐的同时又保持着独特的个性。"另一方面,审美"把社会统治更深地置于被征服者的肉体中并因此作为一种最有效的政治领导权模式而发挥作用"。[45]在伊格尔顿看来,任何社会权威的有效化都必须以"经验生活的感性直接性"为基础,而且要"从市民社会中充满感性和欲望的个体那里入手",如此,审美则理所当然地成为确立资产阶级社会秩序、使资产阶级领导权合法化的有效途径,就此而论,审美显然是一种意识形态活动;而另一方面,审美的领域又是一个以自由、自律、无功利为目标的领域,它坚定地指向人的审美的解放。而对于美学来说,作为对于审美领域理论反思和学术建构的产物,也就不能不具有相应的内在矛盾性:一方面,美学话语作为对于人的审美活动的理论形式,其自由性、自律性以及超功利性直接对抗着启蒙运动以来的工具理性,从而内在地瓦解着资本主义自身的理性基础;另一方面,美学话语建构本身作为脱离资产阶级意识形态建构的组成部分,通过审美感性愉悦的形式履行着意识形态控制的职能,一直将资产阶级意识形态锚定在个体的无意识结构之中。正是如此,伊格尔顿意味深长地说,自从18世纪以来,审美"这个词的词义可谓整个统治方案的概述"[46]。

伊格尔顿的思考并没有到此为止,借助"身体"(body,也译为肉体)概念进行了更加深入的阐述。通过历史性的考察,他指出,审美在鲍姆加登的语境中原本指向源自古希腊的感性领域,审美冲动正是身体对理论专制长期而无言的反叛的结果,但是这条朴素的唯物主义路线在康德、席勒和黑格尔所代表的德国古典美学那里走上了歧路,感性被从现实的身体上掳走而建基于形式化的感觉领域,美学所允诺的感性存在流于空洞的快感。伊格尔顿将美学的解放和新生之路安置在身体建设上,为此,他发掘了三位现代"美学家",他们是马克思、尼采、弗洛伊德:"马克思通过劳动的身体,尼采通过作为权力的身体,弗洛伊德通过欲望的身体来从事这项工程".[47]在伊格尔顿看来,马克思将审美与实践劳动的身体结合起来,是一种更高意义上的身体话语,通过阶级和异化的引入,美学在理论话语之外获得了更为深刻的物质基础,并指出了通向美学内在矛盾的最终解决的道路。身体话语的提出在更深的层面上揭示了美学话语的物质实践问题以及意识形态对于审美主体的建构问题,更为重要的是,伊格尔顿通过身体概念的感性基础发掘出其中革命性意义,这不仅抓住审美的核心所在,而且在一定程度上与马克思话语中的人的解放联系起来,正如他对马克思《1884年经济学哲学手稿》的引述:私有财产的扬弃之所以是感觉的彻底解放,就在于人的感觉真正回归到人本身,感觉的全部丰富性得以展开。

要之,伊格尔顿的审美美学意识形态论作为对西方马克思主义意识形态批评辩证综合的产物,具有以下特点:首先,审美活动是一个感性交流的过程,身体作为物质载体奠定了审美活动的经验基础,但这并不意味着审美是一个纯粹自律自足的领域,而是在其中潜行着权力运作之手;其次,审美意识形态以其自身的辩证法表明了审美的意识形态属性与审美的超越性之间的互动,美学话语中潜涌着资产阶级对于意识形态统治地位的欲望,并通过审美这种感性的愉悦内化于个体的无意识结构中,从而成为统治的一种同谋,而同时审美自身的自律性、自由性以及对于现实的超越性又培育了反抗控制的自由主体,从而使审美成为统治意识形态的颠覆者;再次,身体范畴作为审美与意识形态之间的中介,进一步表明了美学作为理论话语建构和物质实践过程的两个层面,为美学存在和发展奠定坚实的基础,并且通过审美主体的建构进一步呈现了审美与意识形态的关系;第四,审美意识形态范畴包含审美活动和美学话语两个层面,但无论哪一个层面,其中渗透的审美与意识形态的关系原则是一致的,因此将美学意识形态视为包含在审美意识形态中的一个领域是一种误解,两个层面着眼于不同的理论视野考察文艺与意识形态的关系问题,将他们之间的关系视为包容关系存在着美学意识形态的理论视野狭隘化的危险。

通过以上分析,我们现在可以对先前提出的问题做出初步回答:首先作为西方马克思主义理论家之一的伊格尔顿通过审美意识形态范畴简明地揭示了审美与意识形态的辩证关系,并且将这一揭示奠基于马克思主义意识形态批判和人的解放的理论之上;其次,由于直接阐述该问题的《审美意识形态》虽成书于1976年,但迟至1997年才译为中文,因此应该认为,它对于中国新时期文学审美意识形态论的提出并没有产生直接的影响;第三,该书真正发生影响是在90年代后期尤其是新世纪以来对文学审美意识形态论的反思中(参看本章第三节);第四,即便如此,我们仍然可以发现中西马克思主义文论关于审美意识形态论的理解存在诸多关联,因此对它们做一平行研究是必要的;第五,审美意识形态这一范畴本身包含着审美活动与美学话语两个层面,这就为其留下阐释空间和产生歧义的可能,正是如此,我们才既可以在上世纪80年代以审美意识形态来谈论文学的本质时方便地引以为思想资源,也可以在90年代以后讨论审美的自律性与他律性问题时作为理论依据;既可以在90年代中后期以来以伊格尔顿的理解来反思和批判我国学者自己的理解,也可以将其中的权力话语理论同大众文化研究牵手。从中我们看到的是新时期以来我国文论话语语境的变迁对于阅读和接受的影响,看到的是接受中的一种为我所用的集体无意识。这也就是上文所提到的译者所言"这种对美学理论本身的深刻自我批判的思维方式是西方马克思主义思想家在20世纪八九十年代中国理论界的一个特征"的含义所在。

显而易见,中西马克思主义文论关于审美意识形态论的理解中所存在诸多的关联源于他们共同的理论根基,这就是马克思主义经典作家的基本阐述。马克思关于文学是意识形态这一基本界说是在其社会结构理论中提出的，这一界说：一，指出了文学在社会结构中的位置；二，指出了文学作为意识形态的共性；三，文学的意识形态性质作为共性，是一般，而不是个性，不是特殊。也正是如此，马克思之后的马克思主义文论家才不断寻求文学之为文学的特殊性所在。从某种意义上说，这也是审美意识形态论的基本逻辑起点。因此，中西马克思主义文论关于审美意识形态的思考不约而同地立足于马克思主义文论基本立场之上而把握两个基本点：审美特性与意识形态性。就此而论，审美意识形态论是在文学本质问题上对于这两个基本点的融会和综合。所谓融会和综合，就是说，审美意识形态并非审美加意识形态的拼合，也并非是对于前者或后者的强调，而是力图从文学的两个基本特性来对于文学本质的一个把握，这在中西马克思主义文论中基本相同。但仔细对比，还可以发现两者在理论侧重点上的明显的区别。

对于伊格尔顿来说，审美意识形态中的权力运作，尤其是统治意识形态如何通过审美活动的感性愉悦将自身植入个体以建构新的审美主体，以及美学话语如何作为意识形态控制机制的组成部分发挥意识形态国家机器的职能，这些是关注的焦点。而对于我国新时期文学审美意识形态论来说，重要的不是揭示话语中权力运作问题，而是如何揭示文学本质，以及这种揭示的有效性和合法性问题。如果说，西方马克思主义文论更多的是从知识社会学的意义上来理解，从审美话语和意识形态的建构关系来把握，那么，我国新时期审美意识形态论则显然更倾向于一种本质主义的理解，倾向于把握对象的不变的一种本质性实体；如果说，伊格尔顿的思考路向始终执著于在审美与意识形态之间进行动态的辩证的把握，那么，我国新时期审美意识形态论则更多地直插事物本身探究现象背后的东西，而同时又将历史主义的视野收入眼帘。一个了然的事实是，在对于审美意识形态论的阐释中就有学者将思考的目光从共时性把握转向历时性溯源，考察审美意识形态的历史性发

240

生问题。比如,钱中文在 20 世纪 80 年代中期提出审美的意识形态后不久,就从人类意识发展的层面论证了文学作为审美的意识形态的历史行程:"从文学的发展来看,在原始初民那里,是不存在文学的。在那时作为前文学现象,如说说唱唱、故事叙述,只是原始初民的审美意识的表现,审美意识是人的本质的确证。之后,人在社会性不断加强的交往中,完善了自己的语言,产生了能够传情达意的文字,并通过文字、节奏而记述了自己的思想感情、传说故事,这时才完成了从审美意识向审美意识形态的过渡,产生了审美意识形态,即真正意义上的文学。"[48]这一论述清楚地表明,作者从审美意识的历史发展来考察审美的意识形态的理论生成的,也就是说,审美意识形态论在从意识和审美意识的历史演进中具有深厚的人类学基础;从审美意识到审美意识形态的生成也是历史的,与文学的发生同步,这就将对于文学的文论思考与文学的发生联系了起来;由以上两个方面可以推论,审美意识形态不仅不是审美与意识形态的硬性拼凑,不是审美的意识形态(无论这个词组的重点在前还是在后),而是审美意识的形态,也就是审美意识向审美意识形态的历史性生成。这就与伊格尔顿的理解有了显著的区别,同时意味着,新时期审美意识形态论的提出绝非是对于西方文论的简单移植或者模仿。

总之,正如有学者所言,"对审美意识形态问题的理论研究,一方面要积极地研究、批判性地借鉴国外马克思主义美学和文学理论在这个问题上的重要成果;另一方面,要认真深入地研究当代中国的审美经验和审美关系,获得中国马克思主义美学在审美意识形态问题上的具体性和现实性,从而准确地分析和把握其中的理论意义。从理论上说,只有我们在这两个方面都有深入的研究,我们对马克思的理解才具有当代性,我们对基本理论的阐释才会具有中国的特色。"[49]这一评析是清醒和理性的,对于我们思考西方马克思主义文论与马克思主义文论中国化问题同样具有启示意义。

第三节　审美意识形态论:西方马克思主义文论与新世纪反思

20世纪90年代后期尤其是进入新世纪以后,随着我国社会生活的转型以及西方文化研究理论的引进和西方马克思主义文论研究的深入,在对文艺学和文化研究关系的探讨中,意识形态与审美的关系问题受到了重新审视和再反思,这集中在两个问题上:一是文艺的政治维度,二是审美意识形态论。新世纪的反思表明了我国文艺理论研究在认识文艺本质问题上有所深化,这其中既有社会经济生活新发展和审美文化新情势的推动,更有西方马克思主义文论研究的深入对于我国文艺理论研究思维空间的拓展。当下的问题是:新时期审美意识形态论在新世纪的文艺理论建设和发展中是否已经蜕变成明日黄花? 新时期形成的关于意识形态与审美关系问题的观念是否要推倒重来?

一、重审文艺理论的政治维度

新世纪的到来为重新审视新时期以来的文艺理论研究提供了一定的历史距离,对于文艺学学科建设的反思以及对于文艺研究与文化研究关系的探讨一时成为学界讨论的热点话题,讨论不能不涉及一个核心问题,那就是关于文艺自律与他律的问题,而意识形态和审美关系的问题也在这种背景下再次受到了关注。相比较而言,对于意识形态和审美关系问题的再思考具有更深远的社会文化和理论背景。

就社会文化背景来说,20世纪90年代后期以来我国意识形态层面随着社会经济的转型而出现了的某些新变化,从而赋予了重新思考意识形态和审美关系问题以现实动力。正如马克思所指出的,"随着经济基础的变更,全部上层建筑也或快或慢地发生变革",必须区分两种变革,一种是"物质的、可以用自然科学的精确性指明的变革",一种是"法律的、政治的、宗教的、艺术的或哲学的"等"意识形态的形式"的变革。[50] 对于当代资本主义社会而言,社会经济基础的变化体现为由工业化社会向后工业化社会的转型;对于我们而言,则是社会主义计划经济向社会主义市场经济的转型。80 年代中前期,与这一转型相对应的新的经济基础并未普遍形成和完全建立,因而意识形态的变化不明显;而 90 年代前后,"市场文化"、"市民文化"以及"通俗文化"的崛起则成为意识形态新变化的风向标。如果说,詹姆逊所提出的"意识形态的转型"是对后工业社会中意识形态动向的判断,那么,我国 90 年代以来意识形态变化显然也是我国当代社会转型的产物。对于这种变化了的意识形态,有学者将其概括为"主流意识形态的积极重构"[51],也有学者概括为"新意识形态"。所谓新意识形态,乃是相对于"'文革'或毛泽东式的官方意识形态"而言。这种新意识形态具体表现为:一方面对于已经重新开始的现代化欢呼雀跃,另一方面又迎合公众摆脱物质贫困的普遍欲望;一方面为市场经济鸣锣开道,另一方面又抹平阶层、地区、政治、文化等方面的深刻差异;一方面竭力表白自己与旧意识形态的不同,另一方面又绕开一些真正棘手的问题。因此,它似乎无法称呼,难以命名,如果勉强称得上是一种思想,那也只不过是一堆似是而非的论断的混合;它也没有出处,并非仅仅是资本运作的产物;"它在各种传媒上露面,甚至现身为官方的宣传口号,但似乎也不像由政府一手策划;它更缺乏理论上的公认的代表者,尽管他常常显现在文化界或理论界的议论当中,却一定没有人愿意站出来,将它归入自己的名下。"总之,新意识形态来路不明,面目模糊,但力量强大,是 90 年代中国社会中,至少是城市里,最为流行,最具影响力的思想,"事实上已经构成主导今日社会一般精神生活的一种新的意识形态"。也正是如此,文化研究应将其视为最为重要的批判对象。[52]"新意识形态"论对于意识形态动向的把握和描述未必准确和客观，但是，就指认意识形态的变化来说，则无疑是有意义的。无论是"主流意识形态的积极重构"，还是"新意识形态"的形成，这些都表明了社会意识形态的某些变化。对于文艺理论研究来说，意识形态作为文艺属性的重要方面，表明了文艺社会思潮和社会主导意识形态的本质关联，当后者随着社会的历史性转型而发生变化，那么这种新变自然会被纳入文艺理论研究的思考视野。

就理论背景而言，一方面是西方马克思主义文论研究的深化，另一方面是文化研究的兴起，两者在某种程度上互为依托，推动了再反思的展开。对于西方马克思主义文论来说，从90年代后期开始尤其是新世纪以来，我国对它的研究和接受显然已经走出了单纯为之"定性"的初级阶段研究，而逐步进入了学理层面的探讨，西方马克思主义文论研究专著不断问世。将西方马克思主义文论归属于广义上的马克思主义阵营，归属于马克思主义文论在20世纪西方的发展，承认和尊重现代资本主义社会知识界尤其是马克思主义文艺工作者的思考和努力，这已经成为我国相当一部分文艺工作者的共识，反过来，对于西方马克思主义文论认识的深化也意味着西方马克思主义文论影响从表层走向深层。考察"新意识形态"这一提法中对于意识形态范畴的使用可以发现，意识形态范畴是在两个层面上使用的，一方面，将意识形态视为"遮蔽和粉饰现实"的思想体系，这基本是对于马克思经典阐释的部分继承；另一方面又有所扩大，在对意识形态的理解中显然吸收了西方马克思主义意识形态话语。正如本书第三章所指出的，意识形态在西方马克思主义文论话语中已经多元化了，这种多元化理解对于我国学者产生了较大影响。"新意识形态"这一提法中的意识形态范畴就"大体是依照马尔库塞所论述的意义而使用的，即指一种与真实并不相符，但能在一定程度上系统地阐述历史、社会现实和未来生活的意义和趣味等等,并为社会的多数人不同程度地接受的思想观念"[53],由此可见新意识形态范畴中对于西方马克思主义意识形态话语的吸收和借鉴。

文化研究显然也是西方马克思主义文论研究的重要领域之一,不论是葛兰西的复兴、法兰克福学派的大众文化研究,还是晚近的伊格尔顿、詹姆逊关于文艺与政治的思考以及对于本雅明的重视,无不表明了西方马克思主义文化研究的论域逐渐扩大。如今,阶级、种族和性别等已经构成其中的三个核心问题,而权力要素更被认为渗透其间,研究当代资本主义社会中的阶级、种族和性别中的权力关系及其文化运作,成为当代西方马克思主义理论家的思考热点所在。实际上,考察西方马克思主义意识形态话语也可以发现,西方马克思主义理论家对于意识形态的多元化理解中已经内在的蕴含了这一思路。从卢卡奇对于商品拜物教的思考到阿多诺对于大众文化的犀利批判,从洛文塔尔、本雅明、马尔库塞对于大众文化颠覆功能的彷徨和希冀,到90年代以来对当代资本主义社会中以审美商品化和商品审美化为直接表现的文化消费主义的正视和思考,意识形态话语的论域不断扩大,权力因素显然包容其内。对于意识形态话语论域的扩展也意味着对于文艺与政治、审美与意识形态的思考范围的扩展,意味着对于西方马克思主义意识形态批评的再认识,也意味着对于我们自己的关于文艺意识形态属性认识的再思考,其中的一个焦点问题是不能回避的,那就是文学研究与文化研究的关系问题。本书无意将如此复杂的问题简单化,但是围绕本书的研究主旨摆明一个基本的立场还是必要的。如果说,80年代的文学研究本身就承担了太多的本不属于文学视野内的使命,因而在反抗"文革"专制意识形态的同时本身就成为意识形态的[54],那么,至90年代,文学回归自身行动的完成就同时意味着这一越位的承担已经失去了历史的合法性,就此而言,所谓文学的边缘化正是其走向正常化的表征,与此而来的则是对于意识形态职能越位使命的让渡,那么文化研究

245

第五章 意识形态与审美

则成为当仁不让的新旗手，而对于文学与政治、审美与意识形态的重新反思就是必然的了。

在上述社会文化和理论背景下，新世纪以来，我国学者展开了对于文艺与政治、审美与意识形态关系问题的再思考。这一方面表现为对于西方马克思主义意识形态批评的再认识，另一方面表现为对文艺政治维度和形态属性认识的再思考。一般认为，是否关注文艺与意识形态的关系问题是马克思主义文论与非马克思主义文论之间的一个重要分界线，但对于意识形态的认识，西方马克思主义、苏联马克思主义和中国马克思主义却不尽相同。相比较而言，苏联马克思主义文论在相当长的时期内占主导地位的认识，是将文艺的意识形态性直接等同于阶级性和党性，强调文艺为无产阶级具体的政治服务，20世纪60年代提出的社会主义现实主义就是这一认识的理论体现。历史地看，这一理论倾向自有其毋庸置疑的合理性，但是同时也不可避免地将意识形态更为丰富的内涵简化掉了。英国学者戴维·莱恩指出，20世纪中后期马克思主义在艺术理论和实践方面都表现出较之20年代苏联以来的任何一个时期更富有生机和活力，它将活力的由来归功于马克思主义者、尤其是西方马克思主义者经典对于马克思主义理论中的"上层建筑意识形态"问题广泛的强调，[55]但西方马克思主义理论家对于意识形态的强调显然与苏联不同。即使在西方马克思主义文论的开创时期，卢卡奇、葛兰西、柯尔施等处于革命风暴和政治斗争之中也没有将暴力革命视为实现无产阶级解放的唯一途径，虽然其意识形态理论的核心仍然是阶级和阶级斗争，但他们对于政治和意识形态也都作了较为宽泛的理解，而没有将政治仅仅局限于政党策略方面。当然，到了法兰克福学派以及晚近的西方马克思主义理论家，他们将苏联马克思主义文论作为批判的靶子，并逐步展开对于日常生活异化对于商品意识形态的全面批判以及强调审美与艺术的政治实践性，从而与苏联马克思主义文论区别就更为明显了。上述方面已经逐渐引起了我国学者的注意。童庆炳根据西方马克思主义文论所偏向的学术领域将其归结为一种社会政治文论,冯宪光从本体论角度将政治学文论归结为西方马克思主义四种文艺理论基本形态之一,也有学者从历时性的角度将西方马克思主义文论的演变历程归纳为从阶级意识向文化政治的转变[56]。在这些归纳中,对于政治的内涵的理解并不一致,但可以肯定的是,这些理解都没有将政治简单地局限于阶级性和党性的狭隘层面。应该说,这一理解无疑是准确的,也表明了我们对于西方马克思主义意识形态话语把握的深入程度,考察对于伊格尔顿的一个观点的理解可以对此做出进一步阐发。

伊格尔顿在《二十世纪西方文学理论》一书中提出:包括文学理论在内的所有文学批评都是政治批评,"现代文学理论的历史是我们时代的政治和意识形态史的一部分"。[57]这一观点被我国学者广为引用,但对于从80年代对文艺工具论批判中走出来的人们来说,尤其是考虑到80年代对于文学自律性的拯救和打捞的艰苦努力来说,这一论断却多少让人诧异:文学批评怎么能是政治批评呢? 问题的关键也许在于,在伊格尔顿话语中政治、意识形态范畴意指什么。他写道:"我用政治一词所指的仅仅是我们组织自己的社会生活的方式,及其所包括的权力",如此一来,政治就成为文学理论的一个内在的维度,"从一开始就在那里",因此,"文学理论不应因其政治性而受到谴责,应该谴责的是它对自己的政治性的掩盖或无知。"那么,意识形态又是什么呢? 伊格尔顿接着写道,"一切话语、符号系统和意志实践,从电影与电视到小说和自然科学语言,都产生效果,形成各种形式的意识和潜意识,我们现存权力关系的维持或者改变则与此密切相关。……而意识形态一词所表明的正是这种关系——即话语与权力之间的关系或联系。"[58]这样看来,说一切文学批评都是政治批评,也就是说文学批评作为观察社会历史的一个特殊角度,不能不促进或者拒绝某些社会价值、反映某些社会意识,因而不能不是某种特定的政治形式。进一步的推论就必然是,既然政治内在于文学理论之中,那么,文艺的政治维度或者说文艺的意识形态属性与文艺的审美自律性的关系也就是内在的了。这就与苏联马克思主义文论的理解不同,也与我们80年代初批判文艺工具论时对于政治和意识形态的理解不同。

我们在上一章考察我国当代文论对于西方马克思主义艺术生产理论的接受和借鉴时曾经指出,西方马克思主义艺术生产理论的意识形态维度在我国80年代中期以来消解文学艺术意识形态性的思潮中被遮蔽了,其根源在于新时期以来我国文艺理论在某种程度上对于自律性与他律性、文艺与政治之间对立关系的虚构,而且这种对立进一步定型为我国当代文论一贯的、连续的发展方向和底层逻辑。这种逻辑的具体表现就是:首先是将政治范畴的历史性和内涵的多层次性简约化、狭隘化,进而将文艺的政治维度具体化为阶级性、党性,将文艺的他律性等同于政治性,由此便直接通向了文学工具论和庸俗社会学。这样一来,自然而然的推论就只能是,文艺理论的基本出路在于非政治化,文学的政治维度和审美维度是二元对立、不可兼容的。对此,陶东风指出,长期以来的文学理论界认为,"当代中国文学理论知识的政治化是其最大的历史性灾难,它直接导致了文学理论自主性的丧失,使文学理论沦为政治的奴隶","以至于任何重新肯定文学理论知识生产之政治维度的言论,都可能被视为一种倒退——倒退到'文艺为政治服务'的年代",这种看法虽"普遍流行但未经深入审理"。[59] 应该说,这一指认是深刻的。佩里·安德森在谈到中国知识分子时也指出,"一方面,有些知识分子觉得政治是肮脏的、大众文化如此堕落,他们在大学中发展他们的专业;另一方面,还有一些知识分子,特别是经济学家,他们成为党和国家的顾问,也许在将来会扮演某个角色。对于中国知识分子来说,这两者可能都是危险的。"[60]对此,下面将对马尔库塞的接受作为个案做进一步探讨。

马尔库塞在《审美之维》一文开宗明义:"本文的目的在于:对流行于马克思主义美学中的正统观念提出疑问,以便对马克思主义美学的研讨作出贡献。"马尔库塞所谓的马克思主义美学中的正统观念,"是指那种从占统治地位的生产关系的总体出发去解释一件艺术作品的性质和真实性;尤其是指那种把艺术作品看做是以某种确定的方式,表现着特定社会阶级的利益和世界观的看法"。他列举了以下几种观点:在艺术与物质基础之间、在艺术与生产关系总体之间、在艺术作品和社会阶级之间存在着"定形"的联系;政治和审美、革命内容和艺术的性质一致,因而没落的阶级与腐朽的艺术相对应、现实主义与"正确"的艺术形式相对应;作家的责任在于揭示上升阶级的利益和需求。[61]显然,马尔库塞所质疑的乃是特定时期的苏联主流马克思主义文论和美学观点。就批判的目标而言,马尔库塞与我们新时期伊始所面对的文艺现状具有某种程度上的相似性,然而,马尔库塞虽然致力于批判地考察马克思主义美学中的那些所谓"正统观点",但是他没有将审美与文艺的政治性割裂或者对立起来,而是明确指出:"我批判这种正统理论,是以马克思本人的理论为理论依据的,因为马克思的理论也是在占统治地位的社会关系的背景下考察艺术,并认为艺术具有政治潜能。但是,与正统的马克思主义美学相反,我认为艺术的政治潜能在于艺术本身,即在审美形式本身。"[62]可见,马尔库塞反对将政治等同于文艺,但他却丝毫不否认文艺具有政治功能,事实上,发掘文艺本身的政治潜能,由审美之自由和解放的视域而通达政治,这正是包括马尔库塞在内的几乎所有西方马克思主义理论家一致的理路。

从审美通达政治,从审美形式发掘政治潜能,而不是将文艺与政治对立起来,这是马尔库塞在一开始就摆明了的基本思路,然而,在整个

80 年代的接受中,虽然马尔库塞被当做恢复文艺审美自律性以及主体性讨论的重要理论资源,而这一基本思路却被断然晾在一边,仿佛批判性考察正统马克思主义美学观点的批判性所在就是要反对艺术的政治功能,就是抛弃文艺的政治维度。这看似奇怪,但只要回到马尔库塞接受的背景,却并不难理解。理论的接受永远无法完全摆脱接受者历史性的内在需求,后者为前者提供必需的动力,马尔库塞的接受也不例外。

从 1978 年开始到 20 世纪 80 年代中期是中国社会发展进程一个十分重要的时期,在这一时期,"文革"结束、拨乱反正开始,十一届三中全会召开,真理标准大讨论,中国社会开始走上改革开放的道路,思想束缚逐渐解除,全民性的思想解放运动逐步兴起。这是一个经济、政治、文化、思想、历史等的转型时期,也是重新确定文艺身份的转型时期。批判僵化的话语环境和扭曲的文化思想路径,反思文艺的本质、价值、地位,重新争取一度失去的学术话语权力和启蒙地位,成为人文知识分子的共同行动。正是在这样的社会思想背景下,从"文革"摧残中走出的新时期文论开始了批判和反思,首当其冲的则是冲破文艺对于政治的工具论、从属论、服务论的偏颇和束缚,结束了长期禁锢文艺生命的错误文艺路线和"左"的极端化思想。以 1979 年发表的《工具论还是反映论——关于文艺与政治的关系》《为文艺正名——驳"文艺是阶级斗争的工具"说》[63]为起点,标志着新时期文论反思期的开始,检讨、批判和讨论文艺的属性及其本质,呼吁为文学正名,让文学回归本身,逐步克服在文艺与政治关系、文艺的社会意识形态等问题上认识的简单化、绝对化、庸俗化倾向,清理出文学回归自身的道路,成为文艺界的共识。"为文艺正名"讨论的实质是如何看待和理解文艺与政治的关系问题。因此围绕文艺与政治的关系问题,讨论逐步扩展、集中到"文艺是阶级斗争的工具"、"文艺从属于政治"、"文艺为政治服务"等三种长期以来占主流地位的传统观点上。其后的两年时间里,学界的广泛讨论和争鸣,讨论愈加广泛,全国各大报纸、刊物发表数百篇文章,文艺理论界多次举行学术研讨会,就文艺与政治关系的问题展开了深入持久的学术讨论甚至激烈的学术论争。正是在这样的背景下,较早译介进入学界视野的马尔库塞的文论和美学思考成为重要的理论资源;然而另一方面,也还是这样的背景,马尔库塞文论和美学的另一方面却被无情地遮蔽了。文艺与政治关系问题的讨论不仅认真清算文艺与政治问题上的简单化、庸俗化和片面化倾向,为文艺正名,而且为文艺的突破和发展创造了必要的社会氛围和文化前提,为文艺自身的回归清理了必需的地基。但这一思潮却同时存在着将文艺与政治的关系推向另一个极端的危险,文艺的意识形态属性被有意无意地淡漠了,于是,马尔库塞美学和文论中关于艺术政治功能的揭示就完全淹没在对人的主体性和艺术自律性的强调之中,关于从审美自律通达艺术政治潜能的基本思路反而在学界的马尔库塞热中晦暗不明了。

强调马尔库塞文论和美学中的人本主义一面、汲取其关于审美自律的论述以作为文学政治化的反动,这些都具有不争的合理性,即使是误读,那也是一种为我所用的合理误读。然而,倘若我们进一步把意识形态与文艺问题联系起来,就会发现对于马尔库塞的误读显然不是一个偶然现象,而是我国 80 年代中期以来文艺理论中存在的消解文学艺术意识形态性思潮的一个体现。考虑到文艺的政治化以及文艺意识形态属性狭隘化对于文艺工作者和文艺理论本身所造成的沉痛记忆和惨重伤害,对于文艺的政治维度保持一定的担忧和警惕完全可以理解,但这并不等于说将文艺的审美自律性和政治功能以及意识形态性对立起来的思维方式就是合理的,考察马尔库塞接受的要义就在于此,而下面对于反思审美意识形态论的考察将会表明,这一思维方式是何等的根深蒂固。

二、 反思新时期审美意识形态论

对于文艺理论的政治维度的重新审视标志着对于文艺与政治、审美与意识形态关系的认识开始走出新时期文艺理论批判和重建的视域,从而在更为宽广的视域中开始新的思考,在此语境下,审美意识形态论也受到了重新审视。

从 20 世纪 80 年代新时期中期提出文学是一种审美意识形态算起,审美意识形态论至今已 20 年。20 年跨越两个世纪,20 年来我国文艺观念以及文艺知识生产和话语也都发生了不小的变化,因此,重新审视和反思审美意识形态这样一种在我国新时期文艺发展史上占有重要地位的文艺观念,也在情理之中。2000 年,童庆炳先生针对一些总结和评述性文章将审美意识形态的理论价值仅仅定位为特定历史时期对于文艺政治论的冲击这一观点,着重对审美意识形态论进行了阐发和评价,两年之后有学者对童文提出质疑。随后,围绕审美意识形态论,形成了批评和反批评:批评文章质疑,审美意识形态不过是"人为虚构和神话出的概念",审美意识形态论不能成立;反批评文章迅速进行了回应,对于如何理解审美意识形态论做了阐发。[64]之后讨论迅速升温,并在 2006 年达到高潮。2006 年 4 月,北京大学中文系和多个全国性的马列文论研究机构在北京大学联合召开了全国性的"文艺意识形态理论研讨会",其中一个重要议题就是反思和批评文学是意识形态说与文学审美意识形态论;也有与会者表达了不同意见。会后,一些批评审美意识形态论的文章陆续发表,而坚持这一立场的学者也撰写文章进行反批评,影响最大的主要是几位审美意识形态论的提出者。

钱中文撰文指出,审美意识形态的逻辑起点并不是意识形态,而是审美意识。审美意识是与意识同步生成的,是人类审美的把握世界方式中的重要现象,是人的本质力量的确证。把审美意识作为逻辑起点,就是试图从发生学、人类学的观点,揭示文学发生的原生点,及其在历史发展生成中的自然形态。讨论人类审美意识如何历史地生成口头的审美意识，随后又融入了蕴含民族文化精神的语言文字结构，进而历史地生成为现代意义上的审美意识形态，找回文学本质特征探讨与文学观念形成中的历史感。另一方面，又对马克思经典作家语境中的意识形态范畴进行了多语境阐释，驳斥批评者对这一范畴的错误理解。总之，他认为，审美意识形态既不是单纯的审美，也不是单纯的意识形态，而是审美意识的自然地历史生成。审美与意识形态的融合，强调的是文学本质符合特性的有机融合与统一，并在融合与统一的关系中使得各自的特性和功能有所改变，形成文学本质的新的系统质。[65]童庆炳进一步认为，"从社会结构这个层面，从上层建筑和社会意识形态这个层面去把握文学的特性"，还是最为恰当的。文学的审美意识形态理论既着眼于文学的对象的审美特性，也重视把握对象的审美方式，因此，审美意识形态论可以作为文艺学的第一原理，为新时期文艺学的进一步发展奠定坚实的理论基础。[66]王元骧则从不同的角度对于审美意识形态进行了阐发和反驳。他将审美意识形态论的争议概括为两个方面：一是审美与意识形态的关系，二是对于审美本身的理解。提出，意识形态是整个艺术特别是文学的最基本的属性，而审美是对于文学艺术这种特殊的意识形态形式做出的进一步的具体界定，因此，用审美来界定文学艺术特性，认为文学艺术的意识形态性只能以审美的方式予以体现，不仅没有以审美来消解意识形态之嫌，不存在对于意识形态的理解流于空疏宽泛，而且恰恰是避免了因抽象谈论而导致的文学艺术意识形态性被架空的危险，从而使意识形态与文学艺术相交融而具有了自己真正的落脚点。[67]

概而言之，围绕审美意识形态论的反思主要集中在以下三个方面：意识形态范畴；文艺审美性与意识形态性的关系；审美意识形态论的合法性问题。如何理解马克思主义意识形态范畴是直接关系到对文艺本质以及文艺意识形态性的认识的重大问题,这一问题从 70 年代末 80 年代初开始就成为探讨文艺本质时无法绕过的话题,新世纪反思审美意识论也不例外。反思集中于三组相关范畴的区分:意识形态与意识形式、意识形态与意识形态性、意识形态与社会意识形态。关于意识形态与意识形式,认为意识形态作为社会上层建筑是诸意识形式的总和,意识形态寓于意识形式之中,并通过意识形式表现出来;关于意识形态与意识形态性,则认为意识形态性是诸意识形式一般所具有的一种属性,文艺作为意识形态形式具有意识形态性,但不能说艺术就是意识形态;就意识形态与社会意识形态两个范畴而言,虽然前者歧义多变,但经西方马克思主义意识形态论多元化以后,其内涵已经极大扩展,而要以社会意识形态后者取代前者来界定文艺本质,还需对其进行进一步阐发。[68] 显然,讨论并没有在对于意识形态范畴的认识上达成共识,分歧仍然存在,究其根源,乃在于意识形态范畴把握上的多元化,这在某种程度上体现了西方马克思主义意识形态话语的影响。事实上,新时期几乎所有对于意识形态问题的谈论——不论是质疑、批评,还是反思、赞同,都不同程度上援引了西方马克思主义意识形态理论作为自己的理论支撑,对比 20 年前围绕意识形态问题的讨论,这一倾向就更为明显。如果说,80 年代围绕文艺与意识形态的讨论经历了一个从"意识形态究竟是否属于上层建筑"到"文艺是否是意识形态"这样一个问题域的迁移过程,而对马克思主义意识形态论的精神实质的理解为其中的焦点,那么,新世纪的理解虽然仍然聚焦于这个焦点,但是基本思路却有所扩展,不仅从马克思主义经典作家的有关话语中寻求理论支持,而且将西方马克思主义意识形态理论作为重要的理论资源。这一扩展不仅对于文艺研究思维的发散具有重要意义,同时将新时期的反思与西方马克思主义意识形态批评的接受紧密联系在一起。当然,文艺研究思维的发散也许无助于在意识形态认识问题上达成共识,却有助于对于意识形态问题认识的深化。

在文艺与意识形态关系上，一个主要的倾向是主张将文艺作为意识形态与文艺的意识形态性区分开来，反对将文艺的本质归结为意识形态，认为文艺是意识形态的表现领域，具有意识形态性，却不能说文艺就是意识形态；意识形态与艺术可以互为对象、互相影响，但不能互为本质。具体到审美与意识形态的关系，就是强调审美与意识形态的区分，认为审美意识只是一种以全部感觉在对象世界中肯定自己的意识形态的形式，其中的感性形态只有在观念中发展和上升为理性范畴才能被称之为审美意识形态。由此认识出发，一个重要的批评观点就是，审美意识形态论的重点不是意识形态，而是审美，因而其实质乃是审美成为艺术的另一种命名，它通过与马克思主义的意识形态的结合而取得合法性后又自我膨胀为艺术的核心本质，以及评价艺术的文艺尺度，并将意识形态置于中立、淡化、消解乃至空置的位置，因此，审美意识形态在概念上是模糊的，理论上将意识形态狭隘化，用抽象的审美溶解了文艺的意识形态作用。这种观点可以简单概括为，审美意识形态论将会导致文艺理论的"非意识形态化"，甚至会"消解意识形态"，这也是所有审美意识形态反思中最为要害的观点。

对于所谓的"非意识形态化"的批评，有学者认为，意识形态具有知识属性和价值属性两种形式，前者是社会意识形式，后者才是通常所讲的意识形态，审美意识形态论以意识形态来界定文学艺术的最基本属性，又认为文学艺术的意识形态性只能以审美的方式来体现，这正是避免因抽象谈论而导致把文学艺术的意识形态性架空，从而使它与文学艺术相融而有了自己真正的落脚点，因此真正消解社会主义意识形态的不是由于提出了文艺的本质在审美，而恰恰在于取消文艺的审美特性。[69]这一认识值得重视，其中重要的一点在于，这一观点从价值论的角度对于审美以及审美与意识形态做出了新的阐释。的确，在价值论层面上，审美与意识形态是统一的，两者统一于人，统一于对人的塑造和提升，这当然是审美意识形态论的意识形态表现。在这一反驳中，意识形态范畴从价值论层面得到建构向度的理解，即从意识形态对于人的积极意义上来理解，这一思路与马尔库塞"新感性"理论有相似之处，与批评意识形态理论的思路也基本一致，不同的是对于意识形态范畴的把握。

意识形态与审美关系问题的关键在于如何看待理解马克思意识形态理论，但这不能不令人产生这样的疑问和担忧：如是，我们会再次折回到 20 年前讨论的起点吗？如果我们将马克思关于意识形态的阐述归纳为这样两点，事实也许正是如此：一是意识形态被理解为表达统治阶级利益的观念体系，因而，二，这种观念体系必然是颠倒的、虚假的。如此理解，则必然将审美意识形态推论为否定性的，内在矛盾的，文艺不仅是审美意识形态，而应该是反意识形态的。但对于意识形态范畴来说，这委实是一个极大误解，它不仅误解了马克思的论述，也误解了西方马克思主义理论家的有关论述。关于马克思的意识形态范畴，我们前面已经做过阐述，指出这一概念并非仅仅否定性的，它还有描述性的一面，而且认为正是如此，西方马克思主义意识形态批评才有多元化展开的诸多可能性。比如，广为学者引述的伊格尔顿的话："从广义上说，我认为，美学范畴在现代欧洲思想中占有重要地位，因为美学在谈论艺术时也谈到了其他问题——中产阶级争夺政治领导权的斗争中的中心问题。美学著作的现代观念的建构与现代阶级社会的占统治地位的意识形态的各种形式的建构、与适合于那种社会秩序的人类主体性的新形式都是密不可分的。"[70] 是否据此就可以认为伊格尔顿与我们一样将意识形态仅仅理解为否定性的呢？问题显然并非如此简单，因为紧接着上述引文，伊格尔顿又写道："但是，我也认为，从某种意义上来理解，美学对占统治地位的意识形态形式提出了异常强有力的挑战，并提供了新的选择，因此，美学又是一种极其矛盾的现象。"在他看来，审美本身就是意识形态的，内在于文艺之内，并与话语权力都有着密切的联系。就此而言，所谓文学不仅不是意识形态、而是反意识形态的这样一种对审美意识形态的批评，就显得对意识形态的理解过于狭隘了。

这样看来，审美意识形态论的新世纪反思与西方马克思主义意识形态批评具有复杂的关联域，也许只有立足于这一关联域中才能对新世纪的反思做出更有效的考察。我们在第三章曾指出，20世纪五六十年代西方"意识形态终结论"的蔓延是西方马克思主义意识形态批评的重要理论背景之一，而新世纪的反思似乎也拥有与此相似的背景，但审美意识形态论是否也是如此，那就另当别论了。事实上，意识形态在新时期话语中的确似乎是一个贬义的过时的概念，以至于到90年代还有学者呼吁："我们已经到了彻底抛弃过于热衷于意识形态和乌托邦的激情的时候了，我们也不需要任何新的意识形态和乌托邦"，甚至连对抗"原有的旧意识形态的"的先锋文学，其对于艺术现象的社会政治分析也免不了"社会学话语和意识形态思维方式"的"误读"，由此可见意识形态批评在新时期文论话语中的尴尬处境，"'意识形态'成为僵化的社会政治文化的理念性符号，向这种'符号'的告别成了80年代文化、文学运动的内在意义"[71]。显而易见，中西意识形态告别论都有各自所处的特定历史背景，中西方马克思主义文论也对此做出了自己的回应。如果说西方马克思主义文论的回应表现为西方马克思主义意识形态批评，那么，我们的回应则部分地包括有两方面：一是反思文艺的政治维度和审美意识形态论；一是重建"新意识形态批评"或"意识形态批判"。

新世纪的反思批评审美意识形态论倾向与否定文艺的意识形态性表明了反思活动与"意识形态告别论"思潮背景的联系，也成为对此回应的方式之一。这里的问题有两个：一，审美意识形态理论是否也是这一思潮的体现；二，如何把握西方马克思主义文论对于审美与意识形态的思考。关于第一个问题，一个不争的事实是，审美意识形态理论作为新时期以来一个集体的理论创新，它首先是对于文艺工具论长期抹煞艺术审美自律性的一个反拨和恢复，但另一方面，就对于艺术本质的认识而言，将文艺的意识形态属性与审美属性综合而提出了审美意识形态论表现了对于文艺本质的一种较为辩证的认识，对此学者已经多有论述。文艺是意识形态的，但也是审美的，这是文艺最为基本的规定，没有审美性，文艺便失去了与其他意识形态形式的本质区别，说文艺是一种审美的意识形态，而不说是一种特殊的意识形态，正是出于对文艺本质的一种界定。实际上，无论从审美意识形态论提出的理论背景还是对其内涵的不同阐述，都没有见到对于文艺意识形态性的明确否定和抛弃。坚持而不是抛弃意识形态维度，这在西方马克思主义理论家那里同样如此，甚至可以说，对于那种以文艺审美性遮蔽意识形态性的观点的批判正是西方马克思主义文论一个基本一致的倾向。必须强调指出的是，西方马克思主义理论家突出文艺的意识形态性，既有批判当代资本主义现实文化生活的明确指向，也有对于意识形态终结论的批驳，但是，他们认为文艺的审美性或文学性本身就具有政治性和意识形态性，却并不是将审美与意识形态割裂、对立起来，并没有因此而忽视文艺审美性。实际上，倒是我们对于西方马克思主义文论的接受在一定程度上存在片面化倾向。如果说，80年代对于西方马克思主义文论的接受受制于特定语境而更多地强调了西方马克思主义文论中对于审美、人本主义的阐释，而在某种程度上遮蔽了其意识形态以及政治维度，没有看到其对于审美的强调乃是服务于对当代资本主义的批判，或者说是一种审美的批判，而非仅仅是审美乌托邦；那么，如今的反思又似乎仅仅看到了其意识形态批判的一面。从强调其审美自律性到强调意识形态性，固然表明了对于西方马克思主义文论认识的深化和基本学术立场的确立，但相同的是，两者都没有对于西方马克思主义意识形

影响与对话

态批评做出完整全面的把握，因此，以西方马克思主义文论关于审美即意识形态的阐述来批驳审美意识形态论遮蔽乃至抛弃了意识形态立场，看起来还是有一定问题的，仍然没有走出非此即彼的对立思维方式的陷阱。

任何文艺观念的提出都有其特定的社会历史和思想文化背景，因而也有其特定的阐释效力和逻辑行程。对于审美意识形态论来说，要求它对无限复杂的文艺现象做出一劳永逸的阐释，显然是不现实的，但是，若以为文艺理论研究的发展总是必须建立在推翻以往认识的基础上才能继续前行，那也将是一种线性思维方式，一种非此即彼的思维方式。因此，如何在新的历史条件下历史地、开放地理解和阐释马克思主义经典作家的有关阐述，如何辩证地、历史地理解、把握和反思审美意识形态论，并在此基础上以进一步深化对于文艺规律性的认识，似乎应该是新世纪审美意识形态论所要反思的重要问题。不仅如此，进一步讲，在新的历史条件下发展马克思主义文论，重要的不仅仅在于反思，而更在于建设。如何在根据马克思主义文论的基本原理和基本原则，对于新的事实、新的现象做出马克思主义的理论回应和合理阐释，是马克思主义文论中国化研究所不能回避的重要课题。

值得注意的是，在反思审美意识形态论的同时，也有学者在理论建设方面进行了有益的探索，较为突出的是提出重建意识形态文论，主要表现为一是提出新意识形态批评，一是重建审美意识形态批判。

新意识形态批评是一种广义的人文批评，所谓新，是相对于过去多少年来的偏误而言的，它实质上是重新思考马克思的一种批评思想，因此，所谓新的意识形态批评，"就是企图建立一种以人文核心为内涵的文学观，这种文学观的新在于：第一，它对独断决定论的历史社会观进行修正"；"第二，提出文学作品中的人的塑造要求"。新意识形态批评一方面承认历史与社会发展受到由于生产力发展而被决定的一面，另一方面又承认历史社会发展又是以人,特别是活生生的个人为中介的。所以从意识形态的人文关切的层面上讲,文艺作品绝不可能是消遣性的,而必然承载着揭示当代人的实际命运的使命,具有巨大的社会历史内涵。新意识形态批评的社会历史内涵将要求与倡导"开放的现实主义"的创作路线,它的最大特点就是创作思维上的一系列变革:多视点思维,偶然性的重视,反映论模式中的主体性以及发现的方法。总而言之,新意识形态批评就是要"回归意识形态","这种提法的全部要求只是在新的意义上重新面对现实生活",它直接诉诸社会历史、人与文化,诉诸作家、作品和生活在新的层面上的贴近。[72]应该说,在新的历史条件下建构新意识形态批评本身表明了对于告别意识形态论倾向的反拨,以及对于文艺人文维度的关切,因而对于防止对文艺研究论从70年代僵化的社会政治意识形态文化模式的极端中走出来后却又走向抛弃意识形态维度的另一极端是有启示意义的。

随着西方马克思主义文论研究的深化和我国审美文化语境的嬗变,审美意识形态批判重建问题受到关注。首先是要借鉴西方马克思主义文论关注现代社会、坚持审美意识形态批评立场的思想。新一代西方马克思主义理论家,如伊格尔顿、詹姆逊等从马克思关于商品、资本的基本理论出发,对当代发达资本主义社会及其文化生产方式和意识形态进行敏锐观察和深刻剖析,这既是他们之为马克思主义的地方,也是马克思主义文艺研究不能变易的基本立场,对于处于社会主义商品经济飞速发展这一社会背景中的我国当代文论发展来说,值得借鉴。其次,审美意识形态批判与"文革"期间的将文艺政治化的简单批判不同,也不认为它是唯一可行的审美批判方式。文艺和审美不能摆脱意识形态的缠缚,但是"文革"期间批判乃是一种赤裸裸的政治批判行为,而如今我们面临的是商品拜物教和资本意识形态对于艺术的浸染,因此对此进行意识形态批判,重新高扬人文精神,重新审视人的生存意义无疑是必要的。第三，重建审美意识形态批判应该充分认识、借鉴和吸收 80 年代以来我国文艺理论建设所取得的成果，其中也包括对于审美意识形态论。80 年代中期以来我国学者"对审美意识形态的理论探索具有很高的理论价值。这些理论成果可以运用来进行对艺术品和审美活动的意识形态批判。中国美学研究在 20 世纪 80 年代的主要学术成果基本上就是这方面的成就。这些理论成果还可以进一步整理、提升，形成对艺术品、审美活动进行美学的意识形态分析的成熟方法"。[73]总之，中国新一代马克思主义文论和美学建设应该关注当下现代与后现代之间的审美新现象，合理和正确地进行审美意识形态批判。

综上所述，西方马克思主义文论在意识形态与审美关系问题上的思考成果由于受制于西方马克思主义文论在我国传播和接受的制约影响以及我国文论研究自身的理论视野和逻辑行程的影响，实际上并没有对于我国审美意识形态论的提出产生重大影响，但是随着西方马克思主义文论研究的深入，其真正的影响表现在新世纪的反思之中。正是在这一反思中，一方面，意识形态与文艺及其属性问题得以用更为完整和辨证的眼光重新审视，曾经被不止一次批判和反思过的文艺的意识形态性问题在新的文化语境中应该继续受到新的考量，另一方面，此前在西方马克思主义文论接受和阐释中所产生的选择性、局部性乃至非完整性的问题也得以呈现。在走出了西方马克思主义文论定性问题的争论之后，如何阐发清理西方马克思主义文论之与马克思主义文论的关系，以及如何认识这种关系之于发展和建设中国马克思主义文论的启示，理应是马克思主义文论中国化研究必须严肃对待的课题。

注　释

[1] 一般来说，文艺的意识形态属性本身就是从其功能性存在的角度加以界定的，虽然

其固有的功利性一面与服务于某特定目的并非一回事,但本书认可这一差异的前提下,依然认为,将意识形态属性与意识形态功能区分开来对于本书研究来说并非必要。

[2] 康有为:《日本书目志》,《康南海先生遗著汇刊》(十一),台湾宏业书局 1976 年版,第 734 页。

[3] 梁启超:《论小说与群治之关系》,载《梁启超文选》(下),中国广播电视出版社 1992年版,第 4 页。

[4] 钱中文:《新理性精神文论》,华中师范大学出版社 2000 年版,第 84 页。

[5] 仁丹:《关于"第三种文学"的倾向与理论》,载《现代》第 2 卷第 3 期,1933 年 1 月。

[6] 马克思:《1844 年经济学哲学手稿》,中央编译局译,人民出版社 2000 年版,第82 页。

[7] 马克思、恩格斯:《马克思恩格斯选集》第 3 卷,中央编译局译,人民出版社 1995 年版,第 128 页。

[8] 李大钊:《我的马克思主义观》,《李大钊文集》(2),人民出版社 1999 年版,第 27 页。

[9] 李大钊:《马克思主义的历史哲学和理凯尔的历史哲学》,载《李大钊文集》(3),人民出版社 1999 年版,第 304 页。

[10] 成仿吾:《从文学革命到革命文学》,载《成仿吾文集》,山东大学出版社 1985 年版,第 241—247 页。

[11] 李初梨:《怎样地建设革命文学》,载北京大学等编《文学运动史料选》第二册,上海教育出版社 1979 年版,第 32、35 页。

[12] 瞿秋白:《论弗理契》,载《瞿秋白文集》文学编第二卷,人民文学出版社 1986 年版,第 270 页。

[13] 毛泽东:《毛泽东选集》第三卷,人民出版社 1991 年版,第 860、861 页。

[14] 王国维:《王国维文学美学论著集》,北岳文艺出版社 1987 年版,第 31、24、37 页。

[15] 鲁迅:《鲁迅全集》第一卷,人民文学出版社 1981 年版,第 71、64 页。

[16] 鲁迅:《鲁迅全集》第八卷,人民文学出版社 1981 年版,第 45—46 页。

[17] 范寿康:《艺术之本质》,上海商务印书馆 1930 年版,第 13 页。

[18] 李泽厚:《美学论集》,上海文艺出版社 1980 年版,第 391 页。

[19] 朱光潜:《朱光潜全集》第十卷,安徽教育出版社 1993 年版,第 215 页。

[20] 谭好哲:《现代性和民族性:中国文学理论建设的双重追求》,社会科学文献出版社 2005 年版,第 454 页。

[21] 蔡仪:《文学概论》,人民文学出版社 1979 年版,第 1、17 页。

[22] 李泽厚:《美学论集》,上海文艺出版社 1980 年版,第 282、563 页。

[23] 易健、王先霈：《文学概论》，湖南教育出版社1983年版，第15—30页。

[24] 童庆炳：《文学概论》，红旗出版社1984年版，第47、51页。

[25] 陈理宣：《文艺的意识形态性讨论综述》，《文艺研究》1992年第2期。

[26] 钱中文：《论文学观念的系统性特征》，《文艺研究》1987年第6期。

[27] 王元骧：《文学原理》，浙江教育出版社1989年版，第24—38页。

[28] 童庆炳：《文学理论教程》，高等教育出版社1998年版，第49—75页。

[29] 谭好哲：《文艺与意识形态》，山东大学出版社2000年版，第119页。

[30] 阿·布罗夫：《艺术的审美实质》，高叔眉等译，上海译文出版社1985年版，第218页。

[31] 格·尼·波斯彼洛夫：《论美与艺术》，刘宾雁译，上海译文出版社1981年版，第61页。

[32] 钱中文：《新理性精神文论》，华中师范大学出版社2000年版，第84页。

[33] 童庆炳：《文学审美特征论》，华中师范大学出版社2000年版，第293—301页。

[34] 冯宪光：《意识形态的流转》，《社会科学研究》2007年第1期。

[35] 对此问题的探讨可参看：谭好哲：《文艺与意识形态》，山东大学出版社2000年版；代迅：《马克思主义文艺理论中国化的内在逻辑》，《文学评论》1997年第4期；钱中文：《文学的反思与"前苏联体系"问题》，《文学评论》2005年第1期；季水河：《百年反思：20世纪马克思主义文艺理论在中国的传播、发展与问题》，《湖南师范大学社会科学学报》2005年第1期。

[36] 鲁枢元：《大地与云霓》，《文艺报》1987年7月11日。

[37] 钱中文：《新理性精神文论》，华中师范大学出版社2000年版，第118页。

[38] 参看：柴焰：《伊格尔顿文艺思想研究》，中国海洋大学出版社2001年版，第136页；傅晓林：《立场与方法》，巴蜀书社2006年版，第279页。

[39] 参看：伊格尔顿：《审美的意识形态·导言》，傅德根译，《国外社会科学》1994年第1期；《美学意识形态》，王杰等译，广西师范大学出版社1997年版；《审美意识形态》，王杰等译，广西师范大学出版社2001年版。

[40] 王杰：《〈审美意识形态〉再版后记》，王杰等译，广西师范大学出版社2001年版，第425页。

[41] 伊格尔顿：《美学意识形态·导言》，王杰等译，广西师范大学出版社1997年版，第1页。

[42] 伊格尔顿：《美学意识形态·导言》，王杰等译，广西师范大学出版社1997年版，第3页。

[43] 伊格尔顿：《马克思主义与文学批评》，文宝译，人民文学出版社1980年版，第

13 页。

[44] Eagleton, Criticism and Ideology, London: Verso, 1978, p. 60.

[45] 伊格尔顿：《审美意识形态》，王杰等译，广西师范大学出版社 2001 年版，第 16—17 页。

[46] 伊格尔顿：《审美意识形态》，王杰等译，广西师范大学出版社 2001 年版，第 32 页。

[47] 伊格尔顿：《审美意识形态》，王杰等译，广西师范大学出版社 2001 年版，第 192 页。

[48] 钱中文：《新理性精神文论》，华中师范大学出版社 2000 年版，第 118 页，又见《论文学形式的发生》，《文艺研究》1988 年第 4 期。

[49] 王杰：《当代中国语境中的审美意识形态理论》，《文艺研究》2006 年第 8 期。

[50] 马克思、恩格斯：《马克思恩格斯全集》第 46 卷下，人民出版社 1972 年版，第 83 页。

[51] 黄力之：《新时期审美文化冲突的意识形态解读》，《文艺研究》1998 年第 6 期。

[52] 参看王晓明：《90 年代中国的新意识形态》，《半张脸：中国的新意识形态》，牛津大学出版社 2004 年版，第 23—25 页；又见王晓明：《在新意识形态笼罩下》，江苏人民出版社 2000 年版，第 18—20 页。

[53] 王晓明：《90 年代中国的新意识形态》，《半张脸：中国的新意识形态》，牛津大学出版社 2004 年版，第 23 页注 35。

[54] 一个基本的事实是，新时期文艺理论，从人道主义讨论到异化研究，从文学是人学的命题重提到文学主体性讨论，甚至连文体问题研究本身，从来就不是纯粹的文学问题或者文学理论问题，而都不同程度的参与到意识形态的泥淖之中，并引以为豪。

[55] 戴维·莱恩：《马克思主义的艺术理论·引言》，艾晓明等译，湖南人民出版社 1987 年版，第 1 页。

[56] 分别参看童庆炳等：《马克思与现代美学》，高等教育出版社 2001 年版，第 57 页；冯宪光：《〈从立场到方法〉导论》，四川人民出版社 2006 年版，第 51—57 页；孙盛涛：《政治与美学的变奏》，社会科学文献出版社 2005 年版，第 46—50 页。

[57] 伊格尔顿：《二十世纪西方文学理论》，伍晓明译，陕西师范大学出版社 1986 年版，第 244 页。

[58] 伊格尔顿：《二十世纪西方文学理论》，伍晓明译，陕西师范大学出版社 1986 年版，第 244、263 页。

[59] 陶东风：《重审文学理论的政治维度》，《文艺研究》2006 年第 10 期。

[60] 佩里·安德森：《新左翼、自由主义和社会主义——安德森访谈》，载李陀等主编《视界》第 4 辑，河北教育出版社 2001 年版，第 105 页。

[61] 马尔库塞：《审美之维——对马克思主义美学的批判性考察》，载《审美之维：马尔库

塞美学论著集》，李小兵译，三联书店1989年版，第203、207、208页。

[62] 马尔库塞：《审美之维——对马克思主义美学的批判性考察》，载《审美之维：马尔库塞美学论著集》，李小兵译，三联书店1989年版，第203页。

[63] 陈恭敏：《工具论还是反映论——关于文艺与政治的关系》，《戏剧艺术》1979年第1期；本报评论员《为文艺正名——驳"文艺是阶级斗争的工具"说》，《上海文学》1979年第4期。

[64] 童庆炳：《审美意识形态论的再认识》，《文艺研究》2000年第2期；刘根生：《对〈审美意识形态论的再认识〉一文的几点质疑》，《衡水师专学报》2002年第4期；单小曦：《"文学的审美意识形态论"质疑》，《文艺争鸣》2003年第1期；陈雪虎：《如何理解"审美意识形态论"》，《文艺争鸣》2003年第2期。

[65] 参看钱中文：《对文学不是意识形态考论的考论》，《文艺研究》2007年第1期；《意识形态的多语境阐释——兼析虚假意识问题》，《河北学刊》2007年第1期；《论文学审美意识形态的逻辑起点和历史生成》，《文学评论》2007年第1期。

[66] 童庆炳：《审美意识形态论作为文艺学的第一原理》，《学术研究》2000年第1期。

[67] 王元骧：《我对审美意识形态论的理解》，《文艺研究》2006年第8期。

[68] 参见：吴元迈：《再谈文艺和意识形态的关系》，赖大仁《唯物史观视野中的意识形态与文艺》，胡亚敏《关于文学及其意识形态性质的思考》，以上诸文载李志宏主编：《文艺意识形态学说论争集》，吉林大学出版社2006年版。

[69] 王元骧：《我对"审美意识形态论"的理解》，《文艺研究》2006年第8期。

[70] 伊格尔顿：《〈美学意识形态〉导言》，王杰等译，广西师范大学出版社1997年版，第3页。

[71] 李银河：《必要的冷淡》，《读书》1993年第6期；张清华：《启蒙主义到存在主义》，《中国社会科学》1997年第6期；许明：《新意识形态批评》，首都师范大学出版社2003年版，第30页。

[72] 许明：《新意识形态批评》，首都师范大学出版社2003年版，第30—39页。

[73] 冯宪光：《重建审美意识形态批判》，载《马克思主义美学研究》第七辑，广西师范大学出版社2004年版，第9—12页，又见《马克思主义文艺学的当代问题》，中国社会科学出版社2005年版，第273—275页。

第六章
意识形态与审美乌托邦

　　西方文化的乌托邦传统、审美本身的超越性维度以及近代思想家的理论触角赋予了西方马克思主义审美乌托邦以坚实的文化和理论根基,20世纪当代西方发达资本主义情势则为其提供深厚的现实基础,由此西方马克思主义美学展示出了鲜明的乌托邦倾向。面对日益清晰的消费时代的到来,重新审视西方马克思主义审美乌托邦冲动,及其与新时期以来我国文论和美学思潮的某种关联,对于思考马克思主义文论发展和建设来说应该是必要的。本章将以西方马克思主义审美乌托邦冲动为切入点考察西方马克思主义文论与新时期文论话语的关联,首先是对乌托邦精神和审美进行价值论维度的考察,在此基础上阐发西方马克思主义审美乌托邦冲动及意义,然后考察西方马克思主义审美乌托邦对于新时期文论建设的影响和启示。

第一节　审美乌托邦再阐释

　　在进入论题之前,我们也许将首先面对黑格尔式的质问:研究对象存在吗? 如果存在,它是什么? 要回答这两个问题,我们又将面临语言分析哲学的进一步追问:"西方马克思主义审美乌托邦"所指为何? 无论是"西方马克思主义"还是"审美乌托邦",抑或"乌托邦",这些关键词都是内涵比较宽泛甚至有些游移的历史性概念,如此,对于前两个问题的回答就被延宕为对于基本概念的前提性澄清。在此,我们将首先对审美乌托邦这一范畴进行简要考察,并结合西方文化传统对其内涵做出阐发。

一、 西方文化传统中的乌托邦及其精神

乌托邦一词最早出现在文艺复兴时期托马斯·莫尔的《乌托邦》中。从字面上看,utopia 由"ou"和"topia"两个词根组成,"topia"这个词根来自希腊语"topos",意为"地方",加上否定词"ou",表示没有什么地方,即乌有之乡。然而,美国学者刘易斯·芒福德认为,这只是这一概念的内涵之一,即 Outopia 的意思,而它的另一拼法则是 Eutopia,表示福地乐土的意思。[1]对此,法国学者阿兰·弗龙蒂埃(Alain Frontier)做了剖析。他认为,莫尔若要表达乌有之乡意,应该使用否定词"a"而不是"ou",才合乎语法规范,但他使用的是"utopia"而不是"atopia",这是因为希腊语中已经有"atopia"这个词,意指某些非凡的、新的、奇异的事物。[2]这一剖析表明,乌托邦这一概念包含相反相成的两层含义:对幸福之地执著的向往,对乌有之乡寻找的徒劳。表面看来,两方面含义相互冲突和矛盾,而实际却并非如此。内涵上的矛盾、冲突和含混也许并非这一个概念的缺点,而恰是它的意味深长之所在,"正因为乌托邦在历史上从未实现过——它的确是某种在历史上未必会有而且也许是不可能实现的东西——才赋予乌托邦思想以理智的和历史的持续活力"[3]。乌托邦的活力一方面来自关于应然世界的理性设想与已然世界的非完美现实之间的张力,另一方面则来自于对于理想状态的历史性追求。已然的世界赋予对于应然的向往以历史的合法性,"现实存在与理想"之间的紧张感,孕育了对于未来的希望感,从而为人类企图按

照自己的理想改变世界的活动创造了基本前提。

乌托邦概念所内含的人类执著的向往、徒劳的寻找根源于人生存的独特性。一方面，作为感性的肉体的存在物，人是自然的一部分，因而不能不处于现实与物的缠缚之中，另一方面，人又是一种精神性的存在物，作为精神存在，人保持着对于自然世界、现实社会和人自身的超越性希望：在自然面前树立自己的主体性地位，在社会中趋向自身的"全面"发展，在自身中于灵与肉的和谐统一中高举精神的雍容和崇高。正是如此，人类从没有放弃超越现实的跋涉，以及对于未来的敞开。乌托邦概念的超越性、精神性是立于理性基础之上的，在此，它显示了与宗教的某种区别。奥古斯丁的《上帝之城》反映了中世纪乌托邦概念的典型特点。在他看来，乌托邦不在人世，建立于现世的理想世界只能显示出人的虚妄和不自量力，理想在天国，光荣在上帝。上帝之城与乌托邦的指向正好相反：前者指向灵魂和天堂的幻想，后者指向现实社会。对此，克利杉·库玛（Krishan Kumar）指出，宗教与乌托邦之间存在着根本性的矛盾，因为宗教总是典型的来世关怀，而乌托邦却立足于现世。[4]立足于现世，却眺望着远方，在这之间回荡的当是对于现实的理性思考。实际上，莫尔的《乌托邦》成书的时代背景也暗示了这一点：文艺复兴、宗教改革、地理大发现。因此，曼海姆说，"如果摒弃了乌托邦，人类将会失去塑造历史的愿望，从而也会失去理解它的能力"[5]，其实，失去的也许不仅仅是理解历史的能力，还应包括理解世界、理解自身的能力。在此意义上则可以说，没有理性基础的乌托邦是空洞的，正如脱离了希望激情的理性将是僵硬的。

乌托邦概念的理性基础不仅赋予其超越性、精神性以坚实的此岸性和人间性，而且还暗示出它对于现实的批判性否定向度。按照黑格尔的看法，思想由于不能在现实中实现自己，于是便保留它最纯粹的形式，并在概念深处保存着巨大的力量，因而它本身就是一种实践，是对于现实直接性的否定。这话用在对于乌托邦的评价上也可谓恰切。当然，黑格尔虽然清晰地揭示出当时德国思想上繁荣与现实无以改变之间的反差，突出了思想自身作为理论实践所具有否定和批判性力量，但他并没有指出这种实践本身的软弱性，对此的批判是由马克思做出的。法国学者费尔南多·艾因萨（Fernando Ainsa）指出，乌托邦理论家"普遍地为当时的政治、社会和经济问题焦虑不安"，他们"要唤起人们对于所处的时代作批判性思考"，"所描写的理想社会总是以某种方式与周围世界的价值观念发生关系"，[6]这一概括切中了乌托邦的面向现实的一面。托马斯·莫尔在《乌托邦》中所构想的岛国在某种程度上成为当时英国在腐败、贫困、混乱以及各种巧取豪夺之下的岌岌可危景象的寓言，托马斯·康帕内拉的《太阳城》则直指社会的种种不公，而詹姆斯·哈林顿《大洋共和国》可以看做针对克伦威尔治下英国的一纸檄文，弗朗西斯·培根的《新大西洋》不啻是为开明君主拟定的政治行动纲领。就其本性来说，乌托邦是颠覆性的，它反对现存权威，抵制现存权威推行的世界观和价值观，在艺术和想象中实施对于时代和现实的批判，莫尔并由此而招致的杀身之祸就直接证实了乌托邦批判本性，以及这种批判"与周围世界的价值观念"的实质性关联。正是如此，罗纳德·克雷（Ronald Creagh）写道，"乌托邦的作用在于激励人们摆脱历史的束缚，反对常规，打破事物的既定秩序。乌托邦思想从本质上就具有'颠覆性'，它使人们敢于想象，不受任何限制。"[7]

历史地看，远在乌托邦这一概念出现以前，甚至在柏拉图的《理想国》之前，希伯来的先知阿莫斯、霍奇亚、艾塞亚、杰里迈亚等在对于社会的设计和评论中就表现出乌托邦倾向。他们从伦理的立场不仅要求建立正常的人类关系，而且要求建立超人类、超尘世的关系。继先知者之后出现的所谓启示录著作，则由于对先知者所预言的失望转而希望通过奇迹以达到解救的目的，于是希望和理想离开人世而远涉彼岸。

269

处于希腊政治生活解体之际的柏拉图在《理想国》中对社会和政治情况经过密切考察，并在他的老师苏格拉底遭到不公正处决之后，构想出一个从极端放纵的腐败现象和面临暴政危险中解脱出来的国家，在那里，法律和制度体现着道义性的个人和社会化的国家处于完美的和谐之中。中世纪以后，托马斯·莫尔、托马斯·康帕内拉、詹姆斯·哈林顿、弗朗西斯·培根等近代思想家试图描绘出一个解放了国度和人民，渴望回到人类之初的原始和谐状态，标示着乌托邦思想的再一次涌现；而法国的空想社会主义者们在"理性的、具有永恒正义的王国"的设计中表现出"无限向往于追求完美境界的乌托邦精神"，但由于"没有认识到尊重历史的深远意义"而使他们成为"最后的乌托邦思想家"。随着时代和思想的不断发展，真正的完美无缺的乌托邦已经失去了存在的根基，而现代乌托邦则凸显了其可实现性。但正如赫茨勒所指出的，虽然"乌托邦不会真正得以实现，因为它始终是可望而不可即的东西"，乌托邦思想家也将为人们所遗忘，然而，他坚信，作为现有秩序的抗议者，乌托邦思想家"点燃了骚动的火焰"，因为乌托邦不仅凸显出与现实世界的反差，而且"间接启发人们思想的威力，它唤醒人民并最终导致行动"。[8]乌托邦正是通过保持对现实进行理性反思的距离，而在一定程度上获得了否定和批判现实的可能性，并作为历史性实践而不断实现着对于社会的理想性导引。

对于乌托邦问题的考察无法越过德国著名学者卡尔·曼海姆。他在《意识形态与乌托邦》中写道："一种思想状况如果与他所处的现实状况不一致，则这种思想状况就是乌托邦。这种不一致常常在以下事实中很明显：这种思想状况在经验上、思想上和实践上都朝向于在实际环境中并不存在的目标。然而，我们不应当把每一种与直接环境不一致的和超越它的（并在此意义上'脱离现实'的）思想状况都看做是乌托邦。我们称之为乌托邦的，只能是那样一些超越现实的取向：当它们转化为行动时,倾向于局部或全部的打破当时占统治地位的事物的秩序。"[9]解读上述表述,我们可以看到,在曼海姆这里乌托邦意指一种思想状况,这种思想状况因指向于现实环境中并不存在的目标而与其自身发生其中的现实秩序不一致,正是这种与现实秩序不一致的思想状况,乌托邦体现为现实超越性,同时又具有以行动打破当时占统治地位的现存秩序的取向。在曼海姆看来,一方面具有超越性,另一方面又具有转化为行动的取向,这正是乌托邦不同于意识形态的地方:"当把乌托邦这一术语的含义限定为超越现实,同时又打破现存秩序的结合力的那类取向时,我们就确立了思想意识形态与乌托邦之间的区别。"[10]然而在既定条件下,什么表现为乌托邦,什么表现为意识形态,本质上取决于人们运用这种标准来衡量的现实的阶段和程度。曼海姆认为,一般说来,是与现存秩序完全一致的统治集团来决定应该把什么看做乌托邦,而与现存秩序冲突的上升集团则决定把什么看做意识形态。然而,要在一定时期准确区分什么应被视为意识形态,什么被视为乌托邦,仍因下述事实而存在困难:乌托邦因素与意识形态因素在历史进程中并非单独出现。比如,上升阶级的乌托邦在很大程度上就常常浸润着意识形态因素,而统治阶级思想中意识形态因素与乌托邦因素的区分只能由后来登上历史舞台的向现存秩序挑战的社会阶层或集团来进行。即使如此,曼海姆还是为我们区分意识形态和乌托邦确定了一个"相当恰当的标准",这就是"它们能否实现","那些后来证明只是歪曲的说明过去或潜在的社会秩序的思想,就是意识形态,而那些在后来的社会秩序中得以恰当实现的思想则是相对的乌托邦"。[11]

曼海姆对于乌托邦与意识形态的区分服从于他建构知识社会学这一最终目的,但我们从上述比较中还是可以引申出曼海姆在乌托邦问题上的基本认识:首先,曼海姆在坚持乌托邦的超越性的基础上,将乌托邦视为一个历史性概念,并与现存社会秩序和社会结构存在重要关联。乌托邦就其本义来讲是不可实现的，然而从不同的视角和历史阶段来看，它又具有实现的现实土壤。片面强调其不可实现性无疑抽空了乌托邦的现实性基础，单纯强调其可实现性又遮蔽了其超越维度。应该说，在乌托邦视域中加入社会和历史维度，具有一定的理论合理性。正是社会和历史维度的敞开，曼海姆赋予了乌托邦新的含义、新的评判标准。其次，曼海姆突出了乌托邦的积极方面。在分析当下情势中的乌托邦状况时，曼海姆最后不无忧虑地指出："从我们对世界上彻底消除超越现实的成分，又会把我们引向'事实性问题'，而这个问题最终将意味着人类意志的衰退。……乌托邦成分从人类的思想和行动中的完全消失，则可能意味着人类本性和人类发展会呈现出全新的特性。乌托邦的消失带来事物的静态，在静态中，人本身变成了不过是物。于是我们将面临着可以想象的最大的自相矛盾的状态，即达到了理性支配存在的最高程度的人已没有任何理想，变成了不过是有冲动的生物而已。"曼海姆的担忧是不无道理的，因为说到底，乌托邦的消失不是纯粹的知识论问题，而是与"现代生活趋势"、与"艺术领域中它们的相应趋势并行的"，"人道主义从艺术中消失，性生活、艺术和建筑中的'事实性问题'的出现，以及体育运动中自然冲动的表现"等等成为人类理想淡化直至消失的征兆，[12]失去乌托邦的理性最终将人引入总体性物化的陷阱之中，显而易见，曼海姆在这里已经将乌托邦与现代性反思联系在一起，与人的自由联系在一起。

《意识形态与乌托邦》写作于上世纪 20 年代后期，在路易斯·沃思看来，这是一个骚动不安的时代，人类此时面临着危险的知识遗产的丧失，经历着以往所有文化危机中所曾经经受的最大的震惊，思想价值的被广泛压制和贬低成为现代文化日薄西山的不祥之兆，[13]而这一时期也正是西方马克思主义思潮发轫的时期。西方马克思主义理论家对于乌托邦否定性、超越性的坚持，对于乌托邦与社会关系的重视，对于乌

272

托邦之于异化社会中作用的强调,都表明了两者的相类之处。从某种程度上讲,这些共同之处也为我们重新理解西方马克思主义审美乌托邦维度打开了新的视野。总之,强调乌托邦概念所内含的超越性、精神性和批判性并非否定其虚妄性和软弱性的一面,而只是通过这种强调意在反拨对于将乌托邦等同于虚妄性的过于负面的评价,并进一步切入对于审美乌托邦的考察。

二、 审美乌托邦:价值论维度的考察

众所周知,美学作为学科意义上的概念要归功于鲍姆加登,在他的《美学》中,美学被视为感性认识的科学,而美则是感性认识的完善,[14]但审美的历史则显然要久远得多,并在漫长的理论形成中留下极为丰富的美学理论遗产。如果苏格拉底关于"美是难的"的感叹不曾被遗忘,那么,从对于美的本质的徒劳探讨转向对于审美活动的考察就并非不智之举,这可以追溯到柏拉图的《对话集》。

柏拉图从理念论出发,将与"美的东西"相对的"美本身"视为绝对的、超验的、本体性存在,从而赋予美以超越性维度,而这一维度的根基却并"不是星空的世界,而是地上,它不是想着幻影,而是人"[15],而是在于对人的生存意义的思考:真正的人不应只是生活在物质和感性满足的束缚之中,而还应具有一种超越于感性物质之上的精神追求,"对于柏拉图这个雅典人来说,所有形而上学的思辨不过是人在充满激情地寻求理想生活方式时的工具——简而言之,是探求救人的工具"[16]。显然,柏拉图关于美的超越性的思想赋予了对美的问题的探讨以哲学的品质,而更为重要的是,他将对美的超越性的探讨与对于人的生存的现实关怀结合起来。美不等于就是善,但却是真正的理想的人的生存活动的一个不可或缺的重要方面。在《会饮篇》中,柏拉图描述了审美对于人性的提升过程:"先从人间个别的美的事物开始,逐渐提升到最

高境界的美，好像升梯，逐步上进，从一个美形体到两个美形体，从两个美形体到全体美形体；再从美形体到美的行为制度，从美的行为制度到美的学问知识，最后再次从各种美的学问知识一直到只以美本身为对象的那种学问"，从而进入审美所能达到的一种最高的境，[17]这就将美、美的超越性与人、与人的生存问题联系起来。实际上，柏拉图在《理想国》中对于美的探讨正是在对政治、城邦、教育等问题的谈论中进行的，因此，柏拉图关于美的超越性的思想显示出强烈的现实关怀和现实指向，或者反过来说，在其强烈的现实关怀指向中始终不乏超越性维度。总之，对于人及其生存的精神性、超越性思考构成柏拉图美学思想中的宝贵的遗产之一，并越过亚里士多德以后在康德那里发生回响。

康德美学的出发点在于对于近代美学情势的思考和解决，即经验主义和理性主义两种不同美学思考路向的对立，鲍桑葵将这种对立归结为哲学思想上"普遍性"和"个性"两种倾向的差异。在康德看来，存在了两千多年的形而上学在经验主义和理性主义的争执中陷入危机，恢复审美的超越性维度就是在拯救形而上学的过程中进行的。康德美学的"哥白尼式的革命"简单说来可以归结为两点：一是认为自然立法，二是主体构造表象。这两点深刻地渗透在康德美学之中。在《审美判断力批判》中，康德论证了审美的四个契机，又最终将美视为道德的象征，在审美无功利性之外看到了审美功利性，审美被安置在人类走向超越性的路途之中，这可以从康德对于自由问题的重视中看出。康德自由范畴在内涵上具有感性维度、先验维度以及超越维度，它们共同保证了美学的形而上指向。在康德看来，人类真正的持久的幸福取决于形而上学，审美的超越性与人具有本质相关性，因为正是审美活动建构了自然、文化和道德的有机整体，"如果我们将自然看做一个目的系统，那么文化就是它的进化发展的顶峰，而文化又必须以道德为目的，只有这样一个目的系统才是完满的"[18]。人是最后的目的，通过文化启蒙，实践理性所要求的指令是可以实现的。所谓"启蒙",就是"人从自己造成的未成年状态走出","而现在,人更多的是机器",但康德相信,"如果自然使它精心照料的这颗种子,即自由思维的爱好和使命,在这个坚硬的外壳下面发芽生成,那么,它会逐渐地反过来影响到民族的性情,并最终影响到政府的基本原则,政府会认为按照人的尊严来对待人是非常有益的"[19]。因此审美最终超越自然因果必然性而指向道德世界,"对于建立鉴赏的真正入门就是发展道德理念和培养道德情感,因为只有当感性与道德情感达到一致时,真正的鉴赏才能具有某种确定不变的形式。"[20]所以康德的一个重要结论就是"美是道德的象征"。这一结论意味着,作为有限存在的人可以通过审美创造出第二自然,从而一方面"体现出道德律令的要求,同时也促进了道德的现实化"[21]。如何走出未成年状态,如何走出人更多的作为机器的状态,康德在审美无功利性之外看到了审美功利性,审美在人类走向自由之途中找到了自己的位置。这里就明显显露出康德用审美来改造人性、变革社会的审美乌托邦路向,尽管它依然蜿蜒在形而上学的云雾中。

席勒"以康德的原则为依据",进一步论证了审美对于人的解放和自由的意义。他认为人有感性冲动、形式冲动和游戏冲动等三种冲动或本能,在以古希腊为典范的古代社会中,感性冲动与形式冲动处于协调、平衡关系中,和谐和人生存于原始的自然的和谐状态之中,而在现代社会中,现代文明导致并推动了感性冲动与形式冲动之间的协调和平衡状态被打破,从而使现代处于人性的分裂状态中:"给近代人造成这种创伤的正是文明本身。只要一方面由于经验的扩大和思维更确定因而必须更加精确地区分各种科学。另一方面由于国家更加错综复杂因而必须更加严格地划分各种等级和职业,人的天性的内在联系就要被撕裂开来,一种破坏性的纷争就要分裂本来处于和谐状态的人的各种力量。"[22]在席勒看来,修复破碎的人性与改变现代文明二位一体,因为现代社会既是人性分裂的根源也是人性分裂的结果，因此它本身并不能提供拯救的途径。为了恢复人性和谐统一，"必须找到一种国家不能给予的工具，必须打开尽管政治腐败不堪但仍能保持纯洁的源泉"，"这个工具就是美的艺术，这些源泉即使在美的艺术那不朽的典范中启开的"。[23] 审美之所以能够修复和拯救人性，一方面是因为它超然于现代现实之外，另一方面也因为其人类学基础，即独立于感性冲动与形式冲动之外的游戏冲动。席勒认为，游戏冲动作为审美的人类学基础可以克服感性冲动与形式冲动的片面与失衡，即审美通过其"溶解作用"和"振奋作用"恢复人性的完整与生机而重获自由。

审美的超越性表明艺术本身对于精神彼岸性的担负，审美的非功利性实施人对生活功利性地断裂式超越，审美的精神性渡载人的心灵暂时通达到精神的彼岸，从而充分展开了艺术自身价值论层面。就特定的现实来说，艺术的价值不仅体现为超越性，而且凭借审美的非功利性和精神性而成为实现精神救赎的途径，因而，对审美超越性的寻找和确立总是伴随着具体的现实诉求。从 19 世纪下半叶起，随着启蒙运动而日益扩张的工业文明在为社会提供丰富的物质财富的同时，也开始了日益严重的对于人性的总体性异化。在人与自己，而不是人与自然、人与社会的关系上，人承担着更为隐蔽也更为惨重的压抑，对于这种内在的异化和物化，传统乌托邦所设想的理想王国，某种程度上已经失去了批判功能，这使得许多思想家从审美和艺术中寻找解放的动力。就消极意义而言，面对无法改变的既定现实，人们一般采取三种基本态度：一是在空间上逃向没有受到工业文明污染的乡村，如湖畔诗人；二是在时间上逃向前技术时代的古希腊，如德国浪漫派；三是在精神上逃向个体内心世界，如荷尔德林。无论是逃向乡村还是逃向远古，其所保存或者试图保存的都是内在精神和人性的完整。事实上，历史上的德国思想家，例如席勒和整个浪漫派，在一场真正意义上的社会运动落空以后,往往转向内心的探索。德国浪漫派对于刚刚走出地平线的工业文明的恐惧和批判就是一个很好的例证,它反抗刚刚从地平线升起的工业文明,要求重返前技术时代的古希腊和德国中世纪,因为这些前技术时代包含着未被异化的完整的形象,人和大地、诸神、世界和谐共处。显然,这是一种文学艺术的想象,一个心灵的慰藉,一个据以反对当前时代的美学基地。这样一来,通过赋予前工业时代伦理和美学的价值,时间性让位于空间性,前工业时代成为一个具有超越性的审美乌托邦,并沿着从卢梭到尼采、韦伯、齐美尔和西方马克思主义理论家的思考延伸。

其实,早在尼采之前,卢梭就敏锐地注意到了现代化进程与人性的矛盾和冲突。他在《爱弥儿》一书中指出:"出自造物主之手的东西,都是好的,而一到了人的手里,就完全变坏了。"变坏的根源在于所谓的现代文明,文明人沉溺于奴隶状态中而不自知,"只要他还保持着人的样子,他就要受到我们的制度的束缚"[24]。现代文明侵害了人类的自然倾向,因此,卢梭引进自然概念就是要恢复人的自然状态,以拯救作为现代文明根基的理性主义对于人性的荼毒。正如查尔斯·泰勒所指出的:"他(卢梭)是现代文化转向更深刻的内在深度性和激进自律的出发点。"[25]

而面对社会日益理性化,尼采高举"酒神精神"。尼采在对狄奥尼索斯的打捞和描述中展示了一种崭新的生存状态,认为酒神精神是前苏格拉底时代的产物,是一种理想的审美的生存,与苏格拉底精神对立,也就是与理性原则、与启蒙精神对立。在尼采看来,现代文明凋敝破败的根源就在于苏格拉底以后的理性主义:"谁也别想摧毁我们对正在来临的希腊精神复活的信念,因为凭借这信念,我们才有希望用音乐的圣火更新和净化德国精神。否则我们该指望什么东西,在今日文化凋敝荒芜之中,能够唤起对未来的任何令人欣慰的期待呢?""现代萎靡不振的文化的荒漠,一旦接触酒神的魔力,将如何发生变化!"[26]酒神精神实际上就成为理解尼采全部思想的一把钥匙,酒神精神所代表的审美精神就是尼采的哲学命题的出发点又是其归宿。对此尼采有精炼的概括:"只有作为审美现象,人世的生存才有充足理由。"他进一步解释道,"事实上,全书只承认一种艺术家的意义,只承认在一切现象背后有一种艺术家的隐蔽意义——如果愿意,也可以说只承认一位'神',但无疑仅是一位全然非思辨、非道德的艺术家之神。"[27]对此,哈贝马斯认为,尼采从理论和实践的结合中继续着浪漫主义的审美纯粹化,而艺术直接开启着通向酒神精神之路,因为"在审美体验中,酒神之现实被一条'忘川'所阻断,这一'忘川'抵御着理论知识和道德行为的世界,抵御着日常性。""只有在理性的知行范畴被颠倒,日常生活规范瓦解,习惯的常态性幻象崩溃时——只有在这之后,一个不可预见的和令人惊异的世界敞开了"。[28]

相对于尼采通过重归酒神精神而释放被现代文明压制的精神潜能,韦伯则将审美视为一个有效摆脱理性主义压力的手段,并赋予其颠覆和反抗工具理性的重要职能。韦伯则发现,宗教败落以后,生存的意义成了问题,而审美作为一个有效摆脱理性主义压力的手段就具有颠覆和反抗效用。他在《新教伦理与资本主义精神》中问道:"为什么资本主义利益没有在印度、在中国也做出同样的事情呢?为什么科学的、艺术的、政治的或经济的发展没有在印度、在中国也走上西方现今特有的这条理性化道路呢?在以上所有情况中所涉及的实际上是一个关于西方文化特有的理性主义问题。"[29]韦伯从理性化的角度不仅揭示西方社会现代化的历史行程,而且注意到了这一理性化本身所隐含的理性主义统治的危险,即理性主义一方面通过科层化和世俗化推动社会的进步和发展,使得现代社会告别传统社会,另一方面也带来工具理性对于社会生活的全面征服。"自从禁欲主义着手塑造尘世并树立起它在尘世的理想起,物质产品对人类的生存就开始了一种前所未有的控制力量,这力量不断增长,且不屈不挠","今天这些条件正以不可抗拒的力量决定着降生于这一机制之中的每一个人的生活,而且不仅仅使那些直接参与经济获利的人的生活","对于圣徒来说,身外之物只应是'披在他们肩上一件随时可以甩掉都轻飘飘的斗篷',然而命运却注定这斗篷将变成一只铁的牢笼。"[30]在这只工具理性统治的铁笼中,随着宗教的衰落,审美和艺术成为最为重要的精神活动,并为从铁笼中获得解放指明了方向。在韦伯看来,审美是伸张人的感性欲望的重要领域,具有把人从认知和道德活动的理性主义压抑中解放出来的世俗的救赎功能。[31]

齐美尔则在其著名的文化悲剧理论中提出以"生命"(审美)来颠覆"形式"(社会政治等的现代化)。"每一种形式一经出现,就立即要求在一种超越历史阶段和摆脱生命律动的效力。由于这个原因,生命同形式总是处于一种潜在的对抗之中。这种关系很快就在各个领域里表现出来,并终于发展成为一种综合的文化危机。"[32]齐美尔认为,文化原本是一个极富精神性和人性的领域,但在从古典向现代的转换过程中被物化了,而社会也随着劳动分工和知识专业化程度的加深而走向破碎的物化状态,以至于"历史的发展已经达到真实的创造性的文化成就与个体文化发展日趋分道扬镳的时代"[33]。显然,在齐美尔的思路中延伸着的是德国哲学尤其马克思关于资本主义社会物化以及反抗物化的批判传统。与马克思不同的是,齐美尔侧重于在精神文化的视阈内考察艺术和审美在反抗物化中的功用,"来自物质文化的财富每一天都在不断增长,而个体心灵却只能通过远离物质文化来丰富自身发展的形式和内容"[34],也就是说,艺术只有站在物化现实的对立面,才能葆有将主体从日益严重的物化趋势中拯救出来的希望,审美与现实之间的"距离"成为艺术发挥社会功能的基本前提。对此,有学者指出,"齐美尔的距离概念既是社会学的,也是美学的,因为只有通过背离文化对象,主体才能把握现实"[35],艺术和审美通过疏离现实的物质文化来实现其对于它的批判和否定,以成就自身的纯净和本真,这就走向了审美解放的救赎之路。在此,齐美尔对西方马克思主义理论家产生了重要影响,相对于他的欧洲社会学界的直系后裔而言,西方马克思主义可以说是他的真正的、结出了丰硕果实的继承人。然而这也只是就相对而言,因为西方马克思主义理论家在不同程度上将齐美尔的形而上学改写为关于资本主义命运的历史哲学,又将其视为资本主义的同谋而拒绝承认他。西方马克思主义理论家在多大程度上继承了齐美尔的思想,又在多大程度上拒绝他批判他,这并不是一个可以概而言之的问题,但不管怎样,可以肯定的是,卢卡奇、布洛赫、本雅明等都毫无疑问地受到齐美尔的影响,卢卡奇甚至成为齐美尔最为得意的门生之一。

无论尼采、韦伯还是齐美尔,艺术和审美都被赋予了颠覆异化现实、反抗工具理性以实现人的解放的重要途径,这一思路在西方马克思主义美学和文论思想中得到进一步深化。与乌托邦的超越性和否定性指向一样,审美的超越性和否定性清楚地划出了人类审美活动的价值性领域。在西方美学史上,关于人类审美活动的价值功能问题的研究大体可以说经历了从鲍姆加登、康德、席勒到马克思的不同转换。如果说鲍姆加登和康德对于审美活动的特性作了初步界定,那么,席勒则从人类心灵感性与理性的分裂的角度探讨人类审美活动的救疗意义,并将它与人性的塑造结合起来,从而使审美体现出无比强大的人文功能:只有人才能审美,只有审美的人才是完整的人。马克思也强调审美活动的精神解放的性质,审美或者说按照美的规律进行的创造性活动,成为人类精神自由、人性完整的诗意象征,但与席勒不同,也与康德关于审美活动的非功利性不同,在马克思这里,审美是作为人类实践活动的一部分而存在的,因而远不是形而上的思辨问题。在马克思之后,西方马克思主义理论家抛弃了马克思主义经典作家从政治经济层面改造资本主义的思路，而继承了对于资本主义的批判精神，将马克思主义的政治经济批判改造成为文化批判，审美成为人类解放的基本途径。从康德到西方马克思主义理论家，可以看到审美价值论的理论轨迹：康德立足于形而上学基地，席勒满足于纯粹精神的领域，马克思立足于物质生产高度发达的共产主义社会，而西方马克思主义则重新回到精神的领域。"对于一个已经堕落为散文的世界而言，要让它返回到未脱落的状态，最重要的途径就是审美之维"[36]，这不仅仅是马尔库塞的思路，而且也是绝大多数西方马克思主义理论家的基本思路。

综上所述，西方文化的乌托邦传统、审美本身的超越性维度以及近代思想家的理论触角赋予了审美乌托邦以坚实的理论和文化根源，20世纪当代西方发达资本主义社会日益深入和广泛的异化趋势则赋予其深厚的现实基础，正是在此基础上，西方马克思主义美学和文论展示出鲜明的乌托邦倾向。

第二节　西方马克思主义审美乌托邦的营建

西方马克思主义美学在80余年的历史进程中，各种观点、倾向、主张相反相成，乃至截然对立而又多元共存，尽管如此，我们还是能够发现，聚集在西方马克思主义美学思潮中的理论家还是从各自不同的视角提出并思考了相同或相近的问题，从而形成相对一致、并历史性展开的理论倾向性，审美乌托邦则是其中最为突出的方面。西方马克思主义审美乌托邦的营建以异化批判为起点，而以人及其解放作为最终的归宿。

一、　从异化批判到审美乌托邦

法兰克福学派第一代理论家霍克海姆指出，"自从艺术成为自律的，它就存续了从宗教中脱胎而来的乌托邦。"[37] 而西方马克思主义著名理论家阿多诺则说："否定性是忠于乌托邦的，它在自身中包容了隐秘的和谐"[38]，"艺术就是对被挤掉了的幸福的展示"，它"补偿性地拯救了人曾经真正地、并与具体存在不可分的感受过的东西，拯救了被理智驱逐出具体存在的东西"[39]。西方马克思主义晚近理论家的杰出代表詹姆逊则写道，"人类生活也已被急剧地压缩为理性化、技术和市场这类事物，因而重新改变这个世界的乌托邦要求就变得越发刻不容缓了"。[40] 上述不同时期西方马克思主义理论家的话语关键词标示出西方马克思主义美学中的一个重要主题：审美乌托邦。正如另一位西方马克思主义理论家洛文塔尔坦言："深植于犹太教形而上学和神秘主义之中的乌托邦——弥赛亚主题，对本雅明起到了重要作用，当然，对于布洛赫、马尔库塞和我本人来说也是如此。"[41] 洛文塔尔无疑是坦诚的。今天，西方马克思主义美学与文论的乌托邦指向已为学界所普遍指认，"审美乌托邦的营建"被概括为西方马克思主义美学的基本特点之一。马尔库塞写道，"伟大艺术中的乌托邦从来不是对现实原则的简单否定，而是对它进行超越地扬弃"。[42] 超越和扬弃的基本出发点在于对于当代资本主义社会现实的判断，而文化和审美批判则是立足于这种判断之上的理论行动，其目的则通过审美的解放而实现对于异化之中的人的拯救。

异化是西方马克思主义理论家对于当代西方发达资本主义社会生活的基本判断，在他们看来，异化既是一个社会的和现实的问题，也是理论的和美学的问题。在黑格尔之前，卢梭、英国古典政治经济学派、费希特等都曾使用过异化这个范畴。异化范畴在黑格尔哲学中具有决定性地位，但它仍局限于精神领域，而在此之后，异化成为哲学家、政治经济学家、社会学家常用的术语。费尔巴哈从抽象的人出发，指出宗教对于人的本质的异化，马克思将异化概念根植于历史唯物主义基础之上，对其进行了革命性的改造和创造性的发展，从而赋予其崭新的社会历史意义，但是在20世纪30年代《1844年经济学哲学手稿》重新出版以前，马克思的这个研究并不为人所知。卢卡奇凭借敏锐的理论洞察力，在1923年出版的《历史与阶级意识》中提出，异化（当时卢卡奇称之为"物化"）是马克思的重要范畴之一，他认为，马克思正是借助于异化理论揭示了资本主义生产的秘密以及资本主义剥削的实质。同时又指出，马克思的异化范畴将黑格尔作为主体的绝对精神改造为"人"本身，从而把马克思的资本批判归结到"人"这个中心点上。卢卡奇认为，在资本主义社会中，人的劳动实践已经不是人的主体性本质的对象化，而是人的本质的物化，人与人的关系蜕变为物与物的关系。但他又认为，存在着一个超越物化意识的历史主体，这就是能够把握历史总体性的无产阶级的革命意识，"马克思主义与资产阶级思想的根本分歧不在于从历史来解释经济动机和首要作用，而在于总体性的观点"。在总体性范畴和异化理论的框架中，卢卡奇确定了审美和艺术的本质、功能、特征和地位，认为席勒式的审美理想"远远地扩出了美学的界限，并把这一点看做是解决社会中人的存在问题的钥匙"[43]。卢卡奇的物化批判理论对于西方马克思主义美学思潮的发生发展产生了巨大影响，在某种程度上成为法兰克福学派批判理论的精神源头。

西方马克思主义理论家从不同程度上吸收了《1844年经济学哲学手稿》中的异化思想并进行了人本主义的阐释。人类历史的前提和出发点是人的本真的存在，但随着文明的发展尤其是资本的全面统治而发生越来越严重的异化，并且扩展到全部社会，任何个人都无法摆脱，异化已经成为现代人的命运，现代资本主义社会成为一种总体性异化的社会。与资本主义初期相比，20世纪西方发达资本主义社会中异化现象不仅没有随现代文明发展而减轻，相反，随着科技和生产的高度发达以及资本和商品意识形态的全面渗透和控制，异化表现出进一步强化的倾向。只有经过总体性革命的扬弃，才能回归实现人的本真存在，艺术和审美就是批判异化和拯救人性的重要乃至唯一的途径。对此，几乎每一位西方马克思主义美学家都从不同层面和角度投注了自己的才华和智慧。马尔库塞的新感性美学、哈贝马斯的交往合理化美学都是建立于对总体性异化的批判之上的。阿多诺虽然批判了卢卡奇对于整体性、总体性的维护，认为"整体是虚假的"，要求摧毁"总体性"的牢笼，但阿多诺所批判的只是以纯粹同一性为基础的总体性，而强调立足于非同一性、否定性基础之上的总体性。因为现代资本主义社会已经成为"普遍的社会压制的时代"，现代工业文明强制性地抹平了人们的个体性和差异性，人与世界被整齐划一化，这在现代"文化工业"中具有鲜明体现。阿多诺将"文化工业"喻为"社会水泥"，它以隐蔽的形式把个人整合到巩固资本主义制度的意识形态中，实现个人对于既存社会的认同，从而形成了总体异化。詹姆逊在对于晚期资本主义文化逻辑研究中以一种开放的态度看待总体性，肯定后现代主义是一个新的历史阶段，同时又坚持马克思主义理论有效性，认为总体性与马克思的生产方式范畴密切相关，提出"总体化问题可以以不同方式被推到前台，质疑它并不是因为其真理内容或有效性，而是其可能性的历史条件"。对于异化，他则做了扩大化的理解，认为相对于原始共产主义状态，随着社会分工细化和人类感官的专门化而分化出来的艺术，其本身就有异化的意味，它以异化的形式对失去了的原始的丰富性作了某种程度上的补偿，因而异化不再仅仅是消极的否定的现象。

与马克思侧重于关注政治经济层面的异化及其克服相比，西方马克思主义理论家更关注审美、文化、心理、精神等层面的异化。以人的异化及其克服作为美学和艺术的探讨的思想准则，把对现代资本主义总体性异化的否定、批判以及人的自由和解放同艺术和审美的本质、功能联系起来，成为西方马克思主义审美批判的基本思路。卢卡奇的"伟大的现实主义"美学、费舍尔的新现实主义美学、加洛蒂的人本主义的现实主义美学,列斐伏尔新浪漫主义美学,显然就是这一思路的具体化。即使是围绕现实主义和现代主义的论争,无论是卢卡奇还是布莱希特、阿多诺,无论是坚守19世纪批判现实主义传统、批判现代主义的非理性主义,还是批判僵化封闭的现实主义、倡导有力表现人性被扼杀的现代主义,它们的基本立论点也仍是资本主义人性异化及其如何回归的人本主义精神。历史地看,西方马克思主义美学经历了一个由传统的现实主义美学观念向开放的现实主义美学观乃至现代主义美学观的转变过程。除了卢卡奇之外,加洛蒂、费舍尔、布莱希特在吸收卢卡奇异化理论和总体性范畴,同时又抛弃了卢卡奇现实主义美学观的保守和片面之处,扩展了现实主义美学的理论视野,并由此从对现代主义、从敌视和疏离走向认可和亲近。整体上说,对于异化现实的关注、忧虑是西方马克思主义审美批判的基本认识论出发点,当然,上述理论家的美学思想也与下面其他理论关注点都有密切联系,其中阿多诺、马尔库塞、本雅明、哈贝马斯、詹姆逊等理论家的学术成就更多地体现在对于社会文化批判和审美乌托邦的建构等理论关注点的思考上。需要指出的是,与上述西方马克思主义对待异化问题的人本主义倾向相对,还有以阿尔都塞为代表的科学主义一脉,他们对于马克思主义科学性的捍卫在某种程度上与西方马克思主义人本主义倾向相互参照和补充,开拓了西方马克思主义美学发展的新思路。

审美批判既与西方马克思主义理论家对于社会历史的研究路向有关,也与他们特定的学理背景有关。如前所述,"西方马克思主义"从根源来说是对20世纪以来发生的一系列重大社会历史事件所提出的问题的关注、思考和回答,但是他们切入的角度已经主要不是社会历史,而是主观文化心理结构和意识形态,"西方马克思主义典型的研究对象,并不是国家或法律。它注意的焦点是文化"[44]。在对20世纪初期欧洲无产阶级革命运动普遍失败的反思中,主体性思想在早期西方马克思主义理论家那里得到普遍强调,而纳粹法西斯主义的蔓延又使他们感到反思大众心理问题的必要。随着工业资本主义时代的来临,当代资本主义社会进入了"全面管理的社会"(阿多诺),统治阶级的意识形态通过技术理性——尤其是在现代传媒推动下的大众文化——渗透到社会的每一个角落,甚至曾被马克思视为资产阶级掘墓人的无产阶级也被资本主义社会所整合,这种文化现象不能不进入西方马克思主义理论家的思考视野。另一方面,西方马克思主义美学与其他现当代西方美学思潮不同之处就在于,它高举马克思主义旗帜,实际上,西方马克思主义理论家对于大众文化的剖析,既吸收了马克思关于商品拜物教理论,也吸收了《1844年经济学哲学手稿》中关注人性异化及其克服的人本主义思想,乃至马克思关于人类解放的学说也构成社会文化批判理论资源的重要组成部分。

西方马克思主义理论家走向审美乌托邦的营建,既有坚实的社会现实基础,也有深厚的思想和理论渊源。20世纪上半叶的两次世界大战、纳粹法西斯主义的体验或记忆、当代资本主义的异化现象、科技理性的过分膨胀以及苏联斯大林主义等都是西方马克思主义美学探讨并走向审美乌托邦的重要现实背景。"奥斯威辛之后,写诗是野蛮的",阿多诺的话从一个侧面揭示了西方马克思主义理论家营建审美乌托邦的现实的动力因素。就思想渊源来说,除了理查德·沃林所提到的犹太教救赎传统之外,康德关于判断力在从自然的人向道德的人的过渡中处于中介和桥梁作用的思想,席勒关于审美是解决人性异化和分裂状态的理想工具的思想,齐美尔关于审美和社会之间的"距离"观念,韦伯关于现代艺术分化和自身合法化以及审美活动区别于日常生活实践的思想等,成为西方马克思主义审美乌托邦走向的重要理论资源。此外,他们对于马克思主义、尤其是对于马克思主义关于人类解放和人的全面自由发展的理论的继承和阐释也构成了营建美学乌托邦的重要理论动力:一方面,马克思从政治经济领域,认为只有推翻了资本主义制度,才能获得对于人的本质的真正占有,才能向人的完整性复归,西方马克思主义理论家继承了这一思路并将其转向精神、意识和文化领域;另一方面,西方马克思主义理论家接受了青年马克思的人本主义立场以及成熟时期马克思的社会批判理论,但是,他们又找不到现实的进步力量的主体,于是,审美乌托邦就成了孳生批判性力量的替代性源泉。

在西方马克思主义奠基人那里,美学就已经具有了乌托邦色彩,卢卡奇认为在一个全面异化的世界中,艺术不仅是认识也是实践,对于资本主义的认识和批判本身就是对于现实的改造,从而艺术承担起它本无力承担的解放和自由的重任。他在《心灵与形式》中指出,现时的生命被异化了,但是美的领域还作为幸免于污染的价值领域而存在,则意味着作品被理解为生命的客观化和体验的具体化了:"用未能被接受读者意识到的方式,作品才具有了其固有的体验内容和本质,因此对于接受者来说,作品意味着对应自己、使自己充实起来的乌托邦的现实。"[45]这样,从体验的现实脱离出来并与他相悬隔的乌托邦式的现实就形成了。后来的西方马克思主义理论家都在美学理论中不同程度地表现出乌托邦倾向。列斐伏尔丝毫不掩饰自己的乌托邦立场,坦言自己"的的确确是乌托邦的(utopian)"、"是坚信可能性者"[46]。在列斐伏尔那里,乌托邦不是一种关于未来的假说,而是对于可能性的选择,是通往未来的实践。艺术本身并不仅仅局限于对于现实的真理性认识,而且要通过批判而实现异化的扬弃,这使他走向日常生活批判,强调艺术是我们在异化生活中去选择新的可能性,列斐伏尔在坚守马克思主义批判立场的同时也继承了解放全人类的乌托邦事业。

法兰克福学派沿着这一方向进行了更为自觉、更为明确的理论实践。法兰克福成员的学术生涯大多存在着一个从早期的哲学和社会学研究到中晚期的艺术与美学研究的转向，他们赋予艺术和美学以明确的政治功能，审美承担了通过变革主体意识而实现否定、超越资本主义现实实现人类解放的重任，这从一个侧面暗示了他们对于审美王国的极端重视，以及从中探索拯救人类心灵之路的意图。阿多诺将救赎的希望种植在生长在对于现实的审美批判中，与世隔绝的审美乌托邦中蕴藏着消除人性的分裂、拯救绝望心灵的巨大资源。马尔库塞的审美也不再是席勒意义上的工具和桥梁，而是目的和归宿，审美和艺术就是要通过造就新感性和新主体来摧毁总体性异化统治，恢复人性的自由与和谐，实现人的审美的解放。在哈贝马斯看来，晚期资本主义科技理性的统治造成了人性的全面异化，人与人之间缺乏信任和理解，交往行为日趋不合理，整个社会出现合法性危机，对西方马克思主义理论家前辈批判综合基础上，哈贝马斯将摆脱异化、实现人的全面解放的希望寄托于审美和艺术，其交往合理化美学也成为一种乌托邦的建构，在那里，人们平等自由、不受任何限制地参与对话、协商和决策，完全独立于在现实的检验标准之外，因此，尽管哈贝马斯经常对于法兰克福学派浪漫主义的乌托邦倾向提出批评，但交往合理化在现实中显然仍是一个遥遥无期的话语理想，在他所倡导的法兰克福学派"语言论转向"中依然运行着乌托邦的力量。

　　一般认为，在西方马克思主义理论家中，对于乌托邦做出最为系统的理论阐述的是布洛赫。法兰克福学派的主要代表之一洛文塔尔就曾坦言，布洛赫的《乌托邦精神》是对其早期思想发展产生过最重大影响的两部著作之一[47]，而马尔库塞也强调，他的"具体的乌托邦"概念就来自于布洛赫[48]。因此，对于布洛赫乌托邦精神的考察也许有助于我们从一个更为根本的理论层面上领会审美乌托邦精神的某些方面。

　　首先，布洛赫对于乌托邦的思考是从对人的思考切入的。他认为，从美学和人类学的观点来看，资本主义已经丧失了存在的意义和价值，资本主义成为压抑和封闭的此刻的黑暗,在其中人丧失了个性,也丧失了抗争的意识和力量。那么,在当代世界中乌托邦哲学又何以可能呢?布洛赫指出,人是乌托邦的主体,是尚未实现的可能性的焦点,因此,人与世界都永远处于面向未来敞开的未完成的过程之中。人本质上不是生活在过去和现在,而是生活在未来,乌托邦哲学不是描述现状而是唤醒生活,催生出一个尚处于潜在状态、要靠人的首创精神才能出现的世界。正是这样尚未完成的指向未来的人和世界保证了此刻黑暗中乌托邦存在的可能性。布洛赫进一步将这种可能性概括为"希望"。"希望"范畴体现了它对于人的本质和人类社会追求完美境界的理想性把握,也渗透在他的艺术理论中,表现为艺术与现实、艺术与意识形态以及艺术的预言性幻想之中。

其次,布洛赫把"希望"视为对于人的基本规定。在他看来,"希望"是"人生本质的结构",换句话说,"希望"作为人的本质规定表明了,人不是既存的诸属性的总和,而是正在走向对于他自身的超越。就此而言,人的本质不是固定的既有的,而是开放的、尚未完成、尚未规定的,"希望"就是这种开放性,它根植于人性的内在需要之中,"人是他很前面的那个他",布洛赫指出,乌托邦哲学就是以"希望"为核心的哲学,而"希望"就是对世界未来可能面貌的揭示。相比美好的未来,我们生活于中的现实总是黑暗的,最黑暗的时刻就是我们正在世纪生活于其中的现在的时刻,但是我们总是怀有努力摆脱黑暗现实的冲动,一种追求未来完美境界的要求,这就是"希望"。乌托邦哲学以对于资本主义异化现实的否定为现实出发点。布洛赫认为人对于自然的人化过程也是人自身的异化过程,人征服自然的同时也被人用于征服自然的工具所控制,因此在这最黑暗的时刻,异化的扬弃只能发生在未来的现实中,即人与自然、人与人和谐统一的乌托邦中。

第三,正像乌托邦哲学具有现实出发点一样,布洛赫强调艺术乌托

289

邦的现实基础。他认为，乌托邦是高度现实性的，乌托邦的现实性源于现实本身的未完成性。现实就是未完成的，处于一种面向理想的开放状态，因此它本身就具有乌托邦性质，艺术的乌托邦性质显然就是世界的乌托邦本性的反映。他指出，正是乌托邦赋予了艺术以生命并借助于艺术来拯救人类文化。因此，艺术立足于现实而又具有超越性，这也决定了艺术与意识形态的关系。布洛赫指出，艺术根植于特定社会和时代的意识形态，因而不能不具有意识形态属性，但是，就创造性而言，艺术"显然是通过一种先在外观的完美和丰富的乌托邦意味而发挥作用"，艺术的价值和魅力"总是存在于那些向终极预言的敞开的窗口之中"。也就是说，构成艺术真正本质和永恒魅力的不是艺术的意识形态性，而是超越意识形态而面向"终极预言"的乌托邦。正是乌托邦性使艺术作品超越特定意识形态的局限而通向未来，具有长久的生命力，一句话，艺术的本质是表达人类乌托邦希望的预言形式。

第四，艺术作为表达人类乌托邦希望的预言形式，具体表现为对于世界的审美地和想象地"超前显现"。布洛赫指出，艺术在历史存在的层面上以象征的方式暗示人的内在世界的秘密，揭示人在实现自身本质过程中对于未来非异化的渴望和追求，认为艺术就是"对那'尚未意识到'的东西加以确切的想象"，一种能展示未来本质的预言性幻想和想象，因而艺术能面向未来，揭示被隐匿的尚未展现的意义，超前显现未来的可能性。布洛赫还指出，艺术之所以具有超前显现的功能，是因为，在异化的世界中，艺术保持了一块审美的净土，在幻想和想象中显现出"希望"的存在，艺术就是在"超前显现"中实现对于现实的否定和超越，"一个时代愈是被怀疑地否定，或是专断地禁绝那尚未到来的东西，人们就愈是要求助于这种尚未来临的乌托邦"[49]，正是在表达乌托邦的预言形式中人们看到走向未来的希望。

概而言之，在布洛赫看来，人是乌托邦的主体，而乌托邦精神则是

影响与对话

人之为人的根本，乌托邦哲学的目的就是要通过唤醒人的想象力和主观创造性而召唤新的世界的出现。面对第一次世界大战的灾难和废墟，布洛赫关于乌托邦精神的思考以人为根本出发点和最终的归宿，以现代人的精神的萎缩和超越性的丧失为标的，试图唤醒在现代文明中沉睡已久的乌托邦精神，以揭示出拯救的希望，而对于资本主义异化现实的否定和批判以及将人的拯救置于无限开放的希望之中、置于审美和艺术的预言形式之中，则一方面表现出其浓厚的人本主义情怀，另一方面也流露出对于拯救行为本身的无奈和悲观情绪，从某种程度上可以说，布洛赫的思路和心绪也是西方马克思主义理论家在审美问题上的基本思路。

马尔库塞就曾自称"是一个绝对不可救药的感伤的浪漫主义者"[50]，事实上，《单面人》《爱欲与文明》都可以看做是一个浪漫主义者对于发达工业社会的批判，这种批判一定程度上就是当初浪漫派感伤主义的延续。然而，当马尔库塞在怀旧的情绪中退回到前技术时代的时候，他就不能不同时放弃救赎的理想；而当它面对单维的社会而祭起批判和救赎的大旗，可供行走的道路就只剩下审美一途。矛盾根源在于马尔库塞对马克思和弗洛伊德做出双重肯定并使之融合的企图。在他看来，通过席勒可以从弗洛伊德走向马克思，即可以从审美通达政治，或者反过来说，通过马克思与弗洛伊德的融合而走向席勒，如此一来，审美作为从必然王国走向自由王国的中介，就成为必然的选择。"艺术不能改变世界，但是，它能够致力于变革那些能够改变世界的男人和女人的意识和冲动。"[51]所谓变革人的意识和冲动，也就是通过高雅文化造就人的"新感性"，而"新感性"能够超越抑制理性的界限和力量，形成和谐的感性和理性的新关系。艺术和审美通过解放被理性压抑的感性，使感性和理性得到和谐统一状态，从而造就新感性，同时释放被异化的现实和消费控制所束缚的审美力量，而新感性作为一种改造、重建社会的现实生产力,则为把现实改造为艺术品提供了可能。"审美的世界是一个生活世界,依靠它,自由的需求和潜能寻找着自身的解放"[52],在那里,异化被扬弃,消费控制被消解,审美与现实重新统一,具有乌托邦冲动的历史主体也就具有在历史中实现乌托邦的可能。"对于一个已经堕落为散文的世界而言,要让它返回到未堕落的状态,最重要的途径就是审美之维。"[53]显然,马尔库塞最终把救赎的希望寄托于审美。

美国学者理查德·沃林曾指出,布洛赫、本雅明、卢卡奇等第一代中欧犹太思想家对于法兰克福学派核心成员产生了决定性影响,"试想一下,假如霍克海姆、阿多诺和马尔库塞的工作被删去了乌托邦这一维度,那么它似乎丧失了最为根本的驱动力"[54]事实上,对于整个西方马克思主义美学和文论来说,乌托邦都是一个受到普遍关注的问题。与社会乌托邦或政治乌托邦不同,西方马克思主义审美乌托邦作为发达工业社会的产物是乌托邦的现代形态,西方马克思主义理论家从关注社会政治制度和物质的层面转移到关注精神意识的层面,转移到从艺术和审美与人性、主体性之间的功能性关系来思考人的自由和解放问题。它以审美和艺术为中心、并以其为手段,批判现存社会秩序,拯救陷于异化"铁笼"中的人性,以实现人的自由和解放,勾画出理想社会的蓝图。

二、 审美乌托邦正负面

让审美承担起拯救现代人灵魂的重任,审美的确难负其重,但是,如若将其视为一个以科学的名义编织的当代学术神话,那显然也有以偏概全之嫌。一般对于西方马克思主义审美乌托邦的评价,虽然也认识到其间所蕴含的批判意味,但整体上看是却是以负面评价为主导的,对于国内的研究来说尤其如此,而西方马克思主义理论家自己对此也有不同程度的反思。作为后期西方马克思主义美学杰出代表的哈贝马斯对西方马克思主义审美乌托邦倾向给出了深入的批评,他将此前的西方马克思主义美学对资本主义的浪漫批判被视为最薄弱的理论环节,认为其根源在于对于资产阶级现代性的诊断,即将现代性错误地等同于工具理性而忽视了交往理性的存在,从而导致了对于资本主义现实的批判走向了唯美主义的探索,审美成了批判性力量的源泉,关于人的自由和解放的设想也就只能成为乌托邦的想象,由此,他将充满乌托邦色彩的批判和救赎的美学扭转向交往合理性美学。对此,洛文塔尔感慨地说,哈贝马斯"可能是对的",西方马克思主义美学的批判激情在纳粹和斯大林主义的双重灾难后已经走向了决定性的退却,乌托邦崩溃,悲观主义蔓延。然而,在我们看来,虽然洛文塔尔对哈贝马斯批判和偏离的正确性的肯定留有分寸,但是哈贝马斯却可能只是对了一半,在乌托邦问题上他并没有离开他所批判的西方马克思主义前辈们多远,因为他精心构筑的交往行为合理化本身依然渲染着浓烈的乌托邦色彩,不同的是,审美乌托邦在这里具体化为语言乌托邦。

对于西方马克思主义审美乌托邦的虚幻性和非实践性,我们可以轻而易举地加以指认。我们可以质问阿多诺:当艺术与审美非同一性通过与现实保持距离而占有自身的宝贵的自律性的时候,它们同时不可避免的走向艺术的自恋的境地,或者反过来说,艺术与审美的自恋是保证非同一性、获得否定和批判冲动的力量的源泉,也是审美救赎的必经之路,然而这样一来,其审美的救赎功能又如何得以保证呢? 当阿多诺激烈地批判大众文化、文化工业的时候,他的确击中了启蒙理性软肋,但是以远离大众的自恋艺术来对抗文化工业,也不能不带有隔靴搔痒的意味:因为施救者是坚持非同一性而远离大众的艺术与审美,而被拯救者却恰恰是被疏离的大众,这无论如何都是审美乌托邦自身无法解决的内在矛盾。我们也可以质疑马尔库塞:通过艺术和审美虽然没有改变世界、却改变了去改变世界的男人和女人的意识和冲动,但这种通过艺术而唤醒的思维方式和革命冲动,或曰新感性,能否以及如何将其自身落实到实践中去呢？正如意识的能动作用在现实中的实现不等于意识的能动性本身一样,马尔库塞的设想显然是有问题的。新感性的获得和现实的革命之间还存在着巨大的鸿沟,而这却逃过了审问的程序而被当做了一个自明的前提,法国六月革命的造反者们最终成为资本主义意识形态驯服的成员,就充分证明了这一点。

如此这般,我们甚至可以将西方马克思主义理论家如数列入被质疑的名单之中,当然,提出质疑的不止我们,卡尔·波普尔就可能是西方马克思主义审美乌托邦批评者中最为更为严苛的一个。他针对马尔库塞思想中的乌托邦色彩提出:"在我看来,法西斯主义者中的'理想主义者'与马尔库塞的差异几乎微不足道。"[55]将马尔库塞与希特勒在乌托邦问题上等同起来,这不能不是人们联想起当时英国和美国流行的将黑格尔和法西斯主义联系在一起的做法,二者可谓异曲同工。后者认为黑格尔哲学是法西斯主义纳粹国家意识形态合法化的主要思想根源之一,因为黑格尔对于日耳曼国家的赞美和颂扬在这些国家中成为现实,用罗素的话说就是:"卢梭的哲学有许多东西是黑格尔为普鲁士独裁制度辩护时尽可以利用的。它实际上的最初收获是罗伯斯庇尔的执政;俄国、尤其是德国的独裁统治的一部分也是卢梭学说的结果。"[56]但是,对马尔库塞来说,这一观点似乎有些健忘,因为正是在《理性与革命》这本极具影响力的著作中,马尔库塞强调了黑格尔的理性主义与纳粹的非理性主义之间的对立,指出与纳粹主义牵连的哲学基础不是黑格尔主义,而是实证主义,黑格尔哲学的真正继承者不是纳粹主义,而是马克思主义的社会理论,并由此提出了一种黑格尔主义的马克思主义。对于上述指责来说,这无疑具有讽刺意味。将乌托邦与纳粹主义、极权主义关联起来,应该是对于乌托邦的批评中最具代表性的一种,对此的辨析将是一项本书难以承担的重任,在此,除了重温马尔库塞在《理性与革命》中的思路之外,法国学者阿兰·弗龙蒂埃(Alain Frontier)一针见血的批评可资借鉴:"世界上的问题并不是乌托邦所引起的,而是那些把乌托邦用政治行动纲领混淆起来的蠢人们所造成的"[57]。

也许,我们听一听西方马克思主义理论家本人的反思不无裨益。1987 年——也就是在法兰克福学派主要成员都辞世以后,洛文塔尔在一次访谈中对审美乌托邦问题进行了批判性反思:"每当谈起这些事情(按:乌托邦主题),我就感到有点陈旧和过时。一个人毕竟不能仅仅凭借理想之国的乌托邦希望为生。乌托邦即使有实现的可能,其概率也几乎微乎其微。这也许就是为什么我开头谈到乌托邦时为之悲伤了。然而,我意识到,哈贝马斯的理论唯实论也许是拯救批判理论中乌托邦主体的唯一手段,也是防止它们分离为空洞而忧郁的悲观主义的唯一手段。"[58]这一反思意味深长。它直面哈贝马斯对于美学乌托邦冲动的批判,并且事实上承认了这一批判的合法性。因为在洛文塔尔看来,乌托邦主题的陈旧和过时来源于它的非现实性,具体说来,就是乌托邦因其无法实现而对于既定社会秩序和实实在在的现实人生没有任何效应。洛文塔尔对于乌托邦的理解使我们不能不联系到马尔库塞为乌托邦所作的界定:"乌托邦是这样一个历史概念。它指的是那些被认为不可能实现的社会变革方案"。之所以不可能,一种情况是既定社会状况中的主客观因素妨碍着社会变革,另一种是社会变革与某些既定的科学法则和客观规律相矛盾,而我们正是在后一种意义上谈及乌托邦的,"也就是说,只有当社会变革的方案与真正的自然法则相矛盾时才能说这是乌托邦。"[59]而根据西方马克思主义理论家对于资本主义社会现实所做的判断——从卢卡奇转向对于无产阶级革命意识的关注,到法兰克福学派对于审美的否定和批判功能的强调,乃至哈贝马斯对于交往理性的揭示,伊格尔顿的审美意识形态批判,詹姆逊的政治无意识,在这些理论话语中,政治经济层面上进行社会革命的可能性已然消失,用马尔库塞的话来说就是,符合社会发展客观规律的社会变革已经不可能实现,而这正是乌托邦存在的现实依据。

然而,马尔库塞的推论在这里隐去了一个没有明言的前提,即在一个充满压抑而且日见强化的社会中,变革的欲望和冲动是无法消解的。如此一来,接下来的矛盾就是:既然不可能实现,为何又真诚地反复"谈及"呢? 进一步的疑问就是,那种弥漫于西方马克思主义美学文本中可贵的人文激情、那些真诚而又持久的批判和救赎的冲动又该如何解释呢? 对于这些问题的解答最终可以归结为对于西方马克思主义审美乌托邦倾向的评价:审美乌托邦仅仅作为虚妄的代名词吗? 仅仅是西方马克思主义美学悲观主义的退却之后的悲壮不归路? 或者,对于乌托邦的思考和谈论是否因为"一个人不可能只是生活在某个虚无缥缈的乌托邦希望之中,一个人的希望只有在可能的王国里才能得到实现"而只能被视为"迂腐和过时"[60]? 从本书的研究主旨出发,我们并不否定上述负面评价的真实性,所要反对的乃是以其负面遮蔽了对于正面意义的发掘和认识。就上述问题而言,揭示西方马克思主义审美乌托邦倾向的人学视界、现实指向以及批判精神也许在一定程度上有助于探询解决的线索。

西方马克思主义审美乌托邦倾向具有宽广的人学视界。西方马克思主义美学的中心问题是人的问题,这既是对于马克思人学思想的继承,也是对于当代发达资本主义条件下对于人的生存现实的深切关注,从一定意义上说,西方马克思主义审美乌托邦的人学视界就是马克思主义的人道主义关怀、异化理论、社会批判态度以及贯穿始终的人类自我解放信念与当代资本主义社会现实批判性关联的直接产物。马克思的人学思想建立了奠基于历史唯物主义基础之上的以人的主体性与价

296

值为核心的人学形态,如果说,在 1844 年之前,马克思更多地关注于个体感性和人的总体性问题,那么,在这之后则更多地关注人的社会性以及人在资本主义条件下的具体生存,而贯穿其中的是人道主义关怀、异化批判以及对于人类解放之途探寻,这就将其人学思想置于宏阔的历史唯物主义的视野之中:人在具体的历史的实践活动中成为人,在资本主义制度下私有制使人变得片面,"私有财产即人的异化"[61],而无产阶级革命和共产主义就是要彻底解放全人类,结束人的异化状态,实现人性在更高层面上的复归。从人到异化的人再到完整的全面发展的人,这就是马克思关于人的历史宏观描绘。而这一思路基本被西方马克思主义理论家所继承,在卢卡奇那里,具体化为无产阶级克服物化实现主体阶级意识觉醒的总体性逻辑,从而与马克思《巴黎手稿》的思路异曲同工,在葛兰西那里表现为通过文化领导权建设无产阶级意识来打破资产阶级意识的统治。西方马克思主义早期美学理论所表现出的人道主义关怀和社会批判的思路,不仅在法兰克福学派那里,而且在晚近西方马克思主义理论家那里也都是一脉相承的,虽然后者更多地表现为将个体关怀和批判意识置于在社会历史视野之中。正是如此,我们既在法兰克福学派理论家那里看到对于当代资本主义工具理性的文化批判,也在当代西方马克思主义理论家那里看到对于晚期资本主义社会中诸如社会整合、公共空间、女性主义等人的问题的关注。如果说,马克思人学提供了关于人的问题的复杂性以及人性复归和人的全面解放的基本思路,而这一思路在一些苏联马克思主义理论家狭隘化为机械的经济决定论,那么,西方马克思主义美学的人学视界则可以在某种程度上视为马克思人学思路的当代形态。需要指出的是,西方马克思主义美学的人学视界在不同西方马克思主义理论家那里具有不同的表现,比如在马尔库塞和列斐伏尔那里就表现出鲜明的存在主义倾向。作为西方马克思主义美学的代表人物之一,马尔库塞同时又是 20

世纪存在主义著名代表人物海德格尔的高足，因此它对于马克思尤其是《1844年经济学哲学手稿》的解读就带有存在主义的视角，从而"开创了将马克思主义进行存在主义解读的先河"，而列斐伏尔则在将马克思主义与存在主义的综合中付出了更大的心血，并成为法国存在主义马克思主义的重要代表之一。他们将人视为马克思主义的核心，将异化视为根源于人的存在、与人的存在无法分割的因素，有学者因此将其基本思想路向概括为"人学的辩证法"。[62]主张恢复马克思主义人学视野，却又将个人视为其核心，这显然是偏颇的，但是强调现代社会中人的处境及其出路仍然有其现实意义存在，同时也在某种程度上弥补了马克思因强调阶级以及阶级斗争而没有来得及对个人展开系统阐述的薄弱环节。

西方马克思主义美学对人的关注扎根于历史发展着的现代资本主义社会现实之中，从而表现为审美乌托邦的现实指向。审美被视为拯救人性的必由之路，这并非审美本身的悲哀，而是现实的悲哀，而这一现状不是成就了审美的神话，而是凸显了在当代社会生活中，人的形而上追求的萎落以及人性在异化中的无路可走。20世纪是一个充满悖论、矛盾和动荡的世纪，文明、自由、进步与野蛮、压抑、危机共存共生；20世纪，西方马克思主义理论家或目睹了纳粹主义的蔓延、奥斯威辛集中营的黑烟，苏联斯大林主义的集权统治，或亲历了美国大众文化的兴起，1968年学生运动的潮起潮落，所有这些都融入他们的生命体验之中并成为他们的思考背景和动力来源。虽然马丁·杰伊"毫不隐讳地说"，"我们都是'学院化的知识分子'"[63]，虽然批判理论的批判者经常以"缺乏经验上的论据"为由展开形形色色的质疑，比如国内学者朱学勤认为，相对于富有革命气质的批判者（比如恩格斯），西方马克思主义理论家对于资本主义的批判不过是"在文化的脂肪上搔痒"，从经济批判到政治批判再到文化批判的下降只不过是"一串失败的记录缀成一根历史的线"。[64]但是,有一点无法否认,那就是西方马克思主义美学和文论不仅根植于西方 20 世纪社会历史和思想文化的深厚土壤中,力图"从马克思那里选取一些理论线头来编织能令人信服的革命社会理论"[65],并把西方现代主义哲学思潮作为另一重要理论线头,从而形成了自己的基本哲学思想和观点,而且作为一种理论和思潮,它根源于对 20 世纪以来发生的一系列重大社会历史事件所提出的问题的回答,从不使自己与社会生活绝缘正是其富有长久生命力的根源之所在。

西方马克思主义理论晚近代表詹姆逊在对于意识形态与乌托邦关系辨析中突出了乌托邦的现实针对性。詹姆逊将意识形态模式归为七类,并进一步将前三种总结为"老式的"19 世纪理论,而后四种是成熟的、复杂的学说,两大类模式之间存在着"断裂",认为这种断裂与复杂化根源于弗洛伊德的无意识学说、当代语言学冲击以及消费社会趋势。[66]而詹姆逊的辩证批评很大程度上就是对于这三种因素的融合,就如"政治无意识"范畴的提出与精神病分析学说存在着理论的渊源一样,他对于意识形态和乌托邦关系的分析也与语言学、无意识理论以及西方马克思主义文论的批判传统有着密切的关系。无意识范畴的引入使意识形态获得了无意识的叙述形式,而在文本中受到压抑的无意识也获得潜文本中的乌托邦欲望形式。在詹姆逊看来,任何意识形态都一方面必然是特定阶级利益的表达,具有虚假性和否定性;另一方面又渴望自己作为对于集体统一体的表达,渴望对历史的总体性有真正的把握,因而"就其表达集体统一体而言,不管什么类型的阶级意识都是乌托邦的"[67],然而这种乌托邦欲望又必须存在于意识形态的叙述结构之中并受意识形态的控制。詹姆逊动用弗洛伊德的无意识理论,认为意识形态与把握历史总体性欲望之间也存在着压抑与被压抑的关系,压抑的结果就是被压抑者遁入潜意识之中,潜意识的所有者是政治经济群体,而对象则是集体乌托邦欲望,这就是政治无意识。就如同力比多要寻求宣泄的途径,被压抑的政治无意识也寻求宣泄,其途径就是文本阐释。詹姆逊认为,文学既是意识形态的,也是乌托邦的,前者是政治无意识的表面叙述形式,后者潜伏于意识形态的叙述之中。这样就意味着,作家在通过文本将乌托邦欲望转化为政治无意识,而阐释者则通过文本的意识形态将政治无意识恢复为文本的乌托邦功能,实现文学挑战意识形态的革命性功能。[68]可见,詹姆逊对于文本中意识形态和乌托邦的分析,最终归宿乃是意识形态功能,这种文本的意识形态批评在某种程度上是向着马克思主义文论革命性传统的回归,在一个商品和消费逻辑横行、乌托邦欲望衰萎的时代来说,这一回归的针对性和时代意义是显然的。

审美乌托邦的批判性既体现在西方马克思主义者对艺术与现实关系的思考中,也体现在他们的审美救赎的冲动中。就后者而言,正如詹姆逊所指出的,"乌托邦的目的不在于帮助我们想象一个更美好的未来",而在于"揭示我们生活在一个非乌托邦的现在","没有乌托邦想象,就不会有任何一种实践的激进政治",[69]其中批判锋芒显而易见。这种批判性在法兰克福学派美学中尤为明显,法兰克福学派美学可以称为批判美学,它是批判理论的一部分或者具体化。法兰克福学派第二任所长霍克海姆在1937年正式提出"社会批判理论"的主张,认为相对于"传统理论","批判理论"是一种关于人的科学,也是关于社会的历史科学。它以人道主义为基础,把人当做研究对象,揭示一切既定现实的非合理性,通过对于资本主义社会中权力、资本和异化现象的批判寻求导致推翻现存社会再生产过程的革命结论。[70]这一批判思路为整个法兰克福学派规定了基本理论格局,并体现、渗透于其美学理论中。本雅明"惊颤"、"光晕"等独创的美学范畴中凝结着对于发达资本主义社会的深刻批判和剖析,其《发达资本主义时代的抒情诗人》就有对"机械主义"和异化劳动的猛烈抨击;阿多诺直接根基于对资本主义现实的否定和拒绝之上建构"否定性"美学;马尔库塞的"新感性"美学也以批判现代资本主义统治对人性和心灵的压抑为前提,哈贝马斯的交往合理化美学更是与对"晚期资本主义"深刻剖析和批判紧密结合在一起。总之,在法兰克福理论家看来,"写作社会理论和进行科学研究,只有在其批判、否定的冲动被保持的情况下,才是较可容忍的","只有拒绝赞美现状,才有可能保存一个未来:在那时,写诗将不再是野蛮的行为"。[71]

需要指出的是,就西方马克思主义理论家而言,审美与批判并非相互外在的,而是合二为一、二位一体的,这体现出对作为其理论资源之一的齐美尔思想的扬弃,在此,对两者做一比较是必要的。齐美尔的审美立场表现为两种心态的交织:一是与现实保持距离,一是独特的悲剧世界观。保持距离可以对现实审美化,从而退回内心世界;悲剧性世界观则在"完美的永恒形式"中表现印象主义的东西。这种两相结合的审美主义成为齐美尔悲剧性世界观的重要组成部分。然而,齐美尔与社会保持的距离,与后来的西方马克思主义理论家对于社会现实的批判性距离显然是不一样的。齐美尔颇似本雅明笔下的"游手好闲者",游走于社会各场景中,置身其中却又隔岸观火,这体现在齐美尔处理研究对象的方法论特征就是:"故意采用此小品文风,全神贯注于碎片的东西,行文时不喜欢暴露自己,对现实的审美化,跟现实保持着距离,以及集中把艺术品作为自己随笔的模式"。[72]对此,有学者指出,即使齐美尔"最敏锐的著作也'无伤大雅',只为'兴趣'而作,而且是有教养人士的兴趣,读者从中得到的也是审美的满足",可以说,"尽管齐美尔对现代文化冲突、'文化悲剧'的分析常有批判和审视的意味,甚至忧心忡忡,但在左翼批评者看来,这种批判和忧虑绝没有上升到对现实的否定,而是消融在审美印象式的解读和阐释中了"。[73]这源于两个方面:一是齐美尔"游手好闲者"的自我定位,这一定位本身将自己隔离在任何阶级视野之外,毋宁说,重要的根本不是身份本身,而是以一种匿名的无身份的身份来观察生活。正是这种身份上的超然决定了齐美尔在对社会观察中抹去了批判的视角，只是观察而不做任何判断，不管是肯定或者否定。当然，匿名的无身份性事实上并不意味着超然物外，也不能保证观察的纯粹客观性。二是卢卡奇所批评的齐美尔思想中的历史维度的空场。与现实的距离原本提供了批判性观察的可能性，然而，这一可能性的实现却并不在距离本身，而在于现实这一基本立足点。"远离了具体的经济情况，远离了具体的社会历史原因"，将对于社会生活的历史性观察和分置换为一般意义上的单纯的价值判断，那么，匿名式的观察除了沦为"贵族式""自我陶醉的玩世主义"还能有什么呢？显然，齐美尔所保持的与现实的距离因超然物外而在很大程度上丧失了批判的力量，即使拉尔弗·雷克通过将齐美尔的思想视为20世纪西方马克思主义的重要思想支点，来暗示齐美尔在反对具体时代的正统文化方面所体现的批判维度成为法兰克福学派批判理论的先声，但是，毕竟此批判非彼批判。如果说，西方马克思主义与齐美尔之间存在审美批判这一交集的话，那么，齐美尔的审美的批判乃是为审美而审美，而西方马克思主义则是为批判而审美，或者径直说，审美本身就是批判，批判就在审美中。

要之，尽管洛文塔尔以当事人的身份坦陈了西方马克思主义审美乌托邦的非现实性，但是他的反思和批判就和其他众多批评一样，也只能是为我们提供了审视这一冲动的一个角度，而不是唯一的角度，更不意味着为我们提供了全面否定充分理由。保罗·蒂里希曾言："如果没有预示未来的乌托邦展现的可能性，我们就会看到一个暗淡而停滞的现在，就会发现不仅在个人那里而且在整个文化之中，人类可能性的自我实现都受到了窒息。没有乌托邦的人总是沉沦于现在之中；没有乌托邦的文化总是被束缚于现在之中，并且会迅速地倒退到过去。现实之所以生气勃勃，就是因为它处于过去与未来之间的张力之中。"[74]对

影响与对话

于西方马克思主义审美乌托邦来说也同样如此。事实上,正是在这一冲动中显示出西方马克思主义理论家作为现代知识分子所具有的弥足珍贵的人文激情,正是在审美乌托邦的人学视界、现实指向以及批判精神里我们得以重温艺术和审美所具有的超越和批判意蕴。

第三节 西方马克思主义审美乌托邦与新时期文论话语

对于西方马克思主义文论与我国新时期文论来说,相似的历史处境和时代使命提供相同的动力因素,对于马克思主义立场的一致坚持又赋予中西马克思主义理论家在发展和建设马克思主义意识形态批评方面以基本相同的入思路径,因此,西方马克思主义文论不仅与新时期文论享有共同的视阈,而且对于后者产生了深层次的影响,其中,蕴涵在西方马克思主义审美乌托邦冲动中的人学视界、现实指向以及批判精神就为新时期文学的人学基础的重新确立提供了重要的理论支持,并在日益清晰的消费时代中提醒文艺和审美的人文精神的存在和意义。

一、"人"的视角

新时期文论不仅仅是对于我国特定时期文论发展阶段的一个命名,在一定意义上来说也是我国现代文论才重获新生的标志,新的生命的开始于对人的关注和寻找。随着新时期对于人性、人道主义等问题展开批判性反思,"人"的意识开始复苏和觉醒,表现为人性、人道主义、异化问题讨论突破原有的理论禁区,"文学是人学"命题得以确立,而这一过程为我们考察西方马克思主义审美乌托邦与新时期文论话语之间的关联划出了视阈。

对于我国西方马克思主义文论和美学研究来说,西方马克思主义审美乌托邦倾向并非一个难以辨认的理论特征。较早研究从事西方马克思主义美学和文论的学者徐崇温在 80 年代初就在评述法兰克福学派时明确将马尔库塞审美批判的"革命"理论概括为"法兰克福学派的乌托邦'革命'理论",认为相对于马克思是社会主义从空想变成科学,"马尔库塞却企图使社会主义从科学退为空想","从马克思退回傅立叶".[75] 显然,这一评论所指向的乃是西方马克思主义内部围绕科学和乌托邦关系问题的争论。与阿尔都塞强调从乌托邦到科学相对,马尔库塞主张从科学走向乌托邦,突出根植于科学技术基础之上的乌托邦的历史性,在他看来发达工业社会的变革必须经历一个"从马克思到傅立叶……从现实主义到超现实主义的理论和实践的运动"[76]。如果说上述指认还是主要着眼于西方马克思主义社会学领域,那么冯宪光则对其美学领域做出了同样的指认,他认为西方马克思主义美学和文论在总体性思想中为艺术和审美设置地位的思路,并没有超出思辨哲学的基本范围,因而在社会实践中必定是软弱无力的一种空想,与马克思主义美学相对,"只有'西方马克思主义'按其总体性思想所重建的美学才是审美乌托邦"。[77]事实上,几乎所有试图把握西方马克思主义美学和文论总体特征的研究都不忘指出这一点。然而,值得注意的是,对于西方马克思主义美学的乌托邦倾向的指认却并没有影响将其作为理论资源的倚重。实际上,从西方马克思主义接受的一开始,学者就注意到西方马克思主义文论和美学话语的对于人的问题的关注,其中最为明显的体现就是对于西方马克思主义人道主义维度的注意[78]。法兰克福学派的美学就被明确概括为"一种现代的人道主义美学",这样一种人道主义传统在西方马克思主义美学内部可以追溯到卢卡奇,在后来的马尔库塞、阿多诺、弗洛姆、列斐伏尔等理论家那里都有突出的体现。它将美学的关注放在人性以及人的本质的异化和复归上,人性、人的本质就是对资本主义进行审美批判的出发点和归宿。[79]众所周知,法兰克福学派美学是西方马克思主义美学成就的最为重要的体现,因此说这一概括同样适用于西方马克思主义美学也并非牵强。对于西方马克思主义美学乌托邦倾向和人道主义(也有学者称为人本主义)特征的指认表明了我国学者西方马克思主义美学思想的把握程度,同时也意味深长地表明现实语境对于这一把握的诉求。

"理论在一个国家的实现程度,取决于理论满足这个国家需要的程度"[80],而对于现实需要的满足程度,也不能不取决于人对于现实的理解和把握程度。那么,现实又是什么呢?众所周知,新时期文论的发展开始于文学观念的突破,尤其是在文艺功能上对工具论文艺观的突破,以及文学的人学观念的重新确立,而所谓为文学正名、让文学回归自身,归根结底乃是回到文学作为人学的基本认识上来。"文化大革命"前的17年和整个"文革"时期,人性、人道主义等问题因为涉及对文艺阶级性的淡化或否定,涉及对文艺作为阶级斗争工具性质的取消,涉及如何对待毛泽东文艺思想的大是大非问题,而成为学术禁区。在这样一种"左"的政治功利主义路线的全面统治下,甚至连"文学是人学"的传统命题也被斥为"修正主义文艺观点"而遭到批判。新时期伊始,"人"的问题在文艺领域突出地被提了出来,关于人性、人道主义和异化等问题的讨论逐步展开,开始突破这个理论禁区。在此背景下,上述对于西方马克思主义美学和文论基本倾向的指认就不可避免地与我国新时期对于人性、人道主义和异化问题的讨论紧密联系了起来。

在80年代涌动的文艺思潮中,人道主义的历史语境应该是影响西方马克思主义文论接受的最为重要的思潮之一,批判教条主义、呼唤人性和人的归来,强调人的主体性和艺术的自律性,正是新时期文艺理论的首要任务。概而言之,西方马克思主义文论之进入新时期文论视野,不仅使我们看到苏联马克思主义之外的马克思主义的存在,更为重要的是,西方马克思主义理论家对于马克思早期人学思想的强调启发了

305

我国学者对于马克思主义的人道主义的论证。李泽厚作为"主体性"哲学的重要探索者曾自称"新马克思主义者",他说,"后马克思主义是指经过马克思,超越马克思。我认为,我所追求的哲学保存了马克思最基本的理论观念,但舍弃了其他的东西","叫它'新马克思主义'也可以"。[81]所谓"新马克思主义",从泛指不同于正统马克思主义的西方当代形态来说,也就是西方马克思主义,李泽厚的这一表态表明西方马克思主义文论的影响程度,也为我们探讨西方马克思主义文论与新时期文论在人的问题上的影响提供了思路。

新时期人道主义讨论的现实背景是"文革"时期的兽道主义与神道主义,因此带着惨痛的身心记忆来呼吁和寻找人、人的独立尊严和价值,这无论对于现实的人生来说还是对于理论话语来说,都具有十分正当的合法性和必要性。从根本上说,新时期人道主义论证的本质问题是如何认识青年马克思与成熟马克思——所谓两个马克思的问题,更为直接的说,就是任何认识人道主义和科学社会主义的问题。当时一种颇有影响的观点认为,"人道主义和科学社会主义,是两个对立的概念",马克思主义的出发点并不是人,而是社会物质生产实践;因此人道主义论证者所引用的马克思的论述来自于革命导师的早期著作,"在某些方面往往新旧思想相互交错,其中既有天才思想的萌芽,又有旧观念的遗迹和残痕",而所有关于人道主义的论述是"马克思当时接受了而不久就批判和扬弃了的费尔巴哈的人本主义哲学思想"。相似的观点认为,即使是青年时期的马克思也都是否定了人道主义的,他们"是将人性复归、人的解放跟无产阶级解放联系起来,是从无产阶级革命提出问题,不是撇开无产阶级革命去抽象地解放'人',也不是撇开现实的劳资矛盾去抽象地分析'人'"。"无论是马克思,还是恩格斯,都没有认为存在着由他们来谈论人道主义的必要,何来'马克思主义的人道主义'?"[82]的确,对于人道主义的论证来说,这里存在一个危险的陷阱:

306

如果否认马克思主义人道主义的存在，或者说只承认它在不成熟时期的存在，那么，新时期文论对于人道主义的论证就完全失去合法性根基；而退一步讲，即使承认人道主义在青年马克思思想中的存在，那也意味着，对于兽道主义与神道主义的批判是建立在将批判对象视为社会主义特定阶段的封建法西斯主义从而赋予资产阶级人道主义以合法性的基础之上的，如此一来，就不能不给人道主义的反对者留下一个实实在在的口实，那就是人道主义的价值仅仅是在相对的意义上，尤其是相对于社会主义特定阶段的封建残余的意义上而言的，因而必然无法保证其自身的普适性。而对于西方马克思主义文论和美学的发现和阐释及时地解决了这一难题。西方马克思主义的出现在苏联马克思主义之外表明了另一种马克思主义的存在，这不仅极大地开阔了阐释经典马克思主义的理论视野和思维方式，而且为人道主义的论证提供了既坚持马克思主义而又批判左倾主义等错误意识形态的方法。

西方马克思主义文论和美学中也存在与上面所引述的观点相类似的认识，其基本哲学观点中就有所谓"马克思与恩格斯的对立论"和"两个马克思论"。前者强调马克思的"人本学"，指责恩格斯在马克思逝世后的理论和实践上的"实证主义"违背了马克思；后者认为写作《1844年经济学哲学手稿》的马克思与写作《资本论》的马克思是"两个马克思"，《1844年经济学哲学手稿》时期的马克思代表了真正的"人道主义的马克思主义"，《资本论》时期的马克思代表了真正的"唯物主义的马克思主义"，从而开创了把马克思主义发展史的不同时期割裂和对立起来的先例。强调马克思的"人本学"的观点在卢卡奇《历史与阶级意识》中得到沿袭和体现，卢卡奇强调作为实践主体的人及其意识在历史运动中的能动作用，认为"异化"（卢卡奇称之为"物化"）是马克思的基本理论，提出恩格斯《自然辩证法》的实证主义倾向背叛了马克思始终如一的人道主义思想。而所谓两个"马克思"的观点在法兰克福学派那里

第六章　意识形态与审美乌托邦

体现为对于《手稿》时期的马克思即"人道主义的马克思主义"的倚重，在阿尔都塞那里体现为对《资本论》的马克思即"科学主义的马克思"的青睐，但阿尔都塞的结构主义马克思主义美学理论从捍卫马克思主义科学性出发，最终归于对社会现实的审美批判，艺术疏离意识形态而走向科学认识乃是为了"在观众中产生和发展一种新意识。这种新意识是尚未完成的意识，他的这种未完成状态、这种由此产生的间离状态以及这种源源不断的批判的推动下通过演出而创造出新的观众。"[83]这实际上与西方马克思主义美学中的人本主义倾向批判思路殊途同归。正是西方马克思主义理论家对于马克思的人学思想的强调与揭示为新时期人道主义讨论提供了理论资源，并由此摆明了，仅仅强调马克思主义阶级斗争学说是片面的，真正的马克思主义是以人为目的的，是一种最彻底的人道主义。"人的根本就是人自身"、"人本身是人的最高本质"、"共产主义就是现实的人道主义"等等西方马克思主义所强调的马克思早年关于"人的解放"的论述，因此而在 80 年代初深入人心，这也解释了马尔库塞何以在 80 年代初就受到重视的原因。

马尔库塞的《审美之维》开宗明义："本文的目的在于：对流行的马克思主义美学中的正统观念提出疑问，以便对马克思主义美学的研讨作出贡献"，因此该书的副标题就是"对马克思主义美学的批判性考察"。具体说来，马尔库塞的批判性考察所针对的是正统马克思主义美学的如下观点："1. 在艺术与物质基础之间、在艺术与生产关系总体之间，有一种定形的联系。……2. 在艺术作品与社会的阶级之间，也有一种定形的联系。……3. 所以，政治和审美，革命的内容和艺术的性质，趋于一致。4. 作家的责任，就是去揭示和表现上升阶级的利益和需求（而在资本主义，上升阶级就是无产阶级）。5. 没落的阶级或它的代表，只能创造出'腐朽的'艺术。6. 现实主义（以多种不同的含义）被看做是最适应于表现社会关系的艺术形式，因而是'正确的'艺术形式。"[84]马尔库塞所列举的这些观点,相信对于80年代初期的人们来说绝非陌生,甚至说这就是对于我们当时所正在面对的文论真实情势的概括也不过分。而对于新时期文论批判文艺工具论、反思文艺与意识形态的关系来说,马尔库塞的下列论述也同样应该正中下怀:"文学并不是因为他写的是工人阶级,写的是'革命',因而就是革命的。文学的革命性,只有在文学关心它自身的问题,只有把它的内容转化为形式时,才是富有意义的。因此,艺术的政治潜能仅仅存在于它自身的审美之维。""艺术作品直接的政治性越强,就越会弱化自身的异在力量、越会迷失根本性的、超越的变革目标。"[85]可以说,马尔库塞对于将文艺等同于政治的批判,以及对于教条主义者忽视审美形式,忽视人的主体力量和主体意识的批判,以及对于人的主体性和艺术的审美自律性的强调,都正好及时地迎合了我国新时期文艺的理论诉求。

新时期文论对于人道主义的论证逻辑地与对于异化现象的批判和讨论具有紧密联系,两者原本就是人的问题的正反两个方面。对"文革"的反思,对于人道主义的论证,以及学界对于马克思《巴黎手稿》的热烈讨论,使得异化问题得到关注。历史地看,人道主义和异化问题在50年代前期有过初步的短暂的讨论,先后发表了一些正面阐述的文章[86],呼唤人性、人道主义,批判异化,但讨论随着上述观点被打成修正主义、受到批判而在50年代中后期就很快沉寂下来,并在1960年周扬公开发表在第三届文代会上所做的题为《我国社会主义文学艺术的道路》的报告中"盖棺论定":"以抽象的共同人性来解释各种历史现象和社会现象,以人性或'人道主义'来作为道德和艺术的标准,反对文艺为无产阶级和劳动人民的解放事业服务。"人性论、人道主义被定性为资产阶级文艺观和修正主义思想,人道主义和异化讨论被彻底否定,从此后近30年成为思想和理论禁区。新时期伊始,汝信、周扬等发表文章重提异化问题,周扬在《关于马克思主义的几个理论问题的探讨》一文中对自己在"文革"前的观点做了反思和自我批评,指出,马克思主义包含着人道主义,马克思在扬弃费尔巴哈旧唯物主义的过程中,异化概念的改造起了关键作用。"'异化'是一个辩证的概念,不是唯心的概念。……马克思所讲的'异化',是现实的人的异化,主要是劳动的异化。""那种认为马克思后期抛弃了'异化'概念的说法,是没有根据的。""各种异化现象,都是束缚人、奴役人、贬低人的价值的。马克思和恩格斯理想中的人类解放,不仅是从剥削制度下解放,而且是从一切异化形式的束缚下的解放,即全面的解放。"[87]文章发表后,在学界引起了较大反响,并逐步展开广泛的学术争鸣。

应该说,正是在西方马克思主义人学思想的启示下,新时期人道主义和异化问题的讨论和论证将人的地位问题突出地提了出来,在某种程度上为以后文学主体性的提出做了必要的铺垫;在价值层面关注和张扬人的价值和独立也有力地支持了当时的文学创作,到 80 年代中后期,以人道主义为基本线索概括、论述新时期文学逐渐成为文艺理论界的主流话语。历史地看,这一讨论不仅一举突破原有的理论禁区,起到了思想解放的重要作用,更为重要的是,它逻辑地勾画出文学与人性、人道主义和异化的内在关联,为新时期文艺学以人为出发点的文学观念的确立和"文学是人学"命题的恢复以及文学主体性的张扬奠定了坚实的基础。因而,在学者对于 20 世纪中国文艺学学术史的叙述中,人的主体精神的伸张就被概括为新时期文艺学的主导倾向,它既体现在文学是人学的命题中,也体现在文学主体论、文艺心理学以及文学人类学的探讨中[88]。

然而,西方马克思主义文论与新时期文论虽然都是作为马克思主义文论的发展形态,但两者又毕竟是不同文化传统和社会现实共同作用的产物,因而两者之间的影响效应无疑将是复杂的,探讨这种复杂性有助于我们深入理解西方马克思主义文论在我国理论旅行。在我们看

310

来,这一复杂性体现在以下两个方面:一是意识形态影响的程度差异;二是理论指向的错位。

客观而论,人道主义与异化问题原本就与意识形态问题存在本质的关联,其理论话语无法摆脱意识形态的影响和制约是十分自然的事情,所不同的只是不同现实语境下的影响程度而已。而在中国文论话语语境中,人道主义和异化讨论就远不是纯粹的学术问题,而是关系到理解和认识马克思主义的重大政治问题,因此,这一影响就来得尤为明显。就新时期异化讨论而言,周扬在重提异化问题后不久,便通过对新华社记者发表谈话的方式,就发表论述异化和人道主义文章的错误进行了公开检讨和自我批评,承认把社会主义社会的一些性质不同的阴暗面用异化来笼统概括和解释任意扩大了异化范畴,无助于对这些问题的认识和解决,讲人道主义要考虑社会主义发展的现状、可能和需要,以避免抽象化乃至曲解和误解。[89]紧接着,1984年1月胡乔木发表了《关于人道主义和异化问题》文章,对于这次讨论进行了总结和定性,认为"宣传人道主义世界观、历史观和社会主义异化论的思潮,不是一般的学术理论问题",而是关系到是否坚持马克思主义基本原理和能否正确认识社会主义实践的具有重大现实政治意义的理论问题,强调"离开了具体的社会关系和具体的社会发展状况来谈论人,并由此谈论人性、人的本质、人的价值,那么,这种以人为出发点的命题,就只能是抽象的人道主义,实际上也就是资产阶级人道主义的命题。"[90]事实上,异化问题讨论中一直或多或少掺杂着政治和权力话语,甚至后期出现这种话语的直接介入和干预。当然随着思想的进一步解放,胡乔木的文章没有对后来人文学术发展构成很大的阻碍作用,不过,就意识形态的影响程度而言,新时期异化讨论与西方马克思主义文论对于异化现象的现实关注和理论思考相比较,差异是显而易见的,但两者更大的不同在于理论指向的错位。

众所周知,在西方马克思主义文艺和美学话语中,所谓异化批判和"人的解放",所指向的乃是西方资本主义社会尤其是发达资本主义社会中与"工具理性"密切相关的"异化"现实。对于西方马克思主义理论家来说,审美批判的现实基础来自对于当代西方发达资本主义社会生活异化的基本判断,在他们看来,异化既是一个社会的和现实的问题,也是理论的和美学的问题。卢卡奇的物化理论某种程度上作为法兰克福学派批判理论的精神源头,其基本观点就是,在资本主义社会中,人的劳动实践已经不是人的主体性本质的对象化,而是人的本质的物化,人与人的关系蜕变为物与物的关系,因此提出作为超越物化意识的历史主体问题。无论阿多诺批判现代资本主义社会的"普遍的社会压制"和总体异化,还是马尔库塞对于发达资本主义社会意识形态"单面性"的批判,詹姆逊对于异化范畴的扩大化理解,其基本都是指向社会生活非人的一面,一个总的认识就是,工具理性与人的解放背道而驰,艺术和审美却打开了另一通途。与此不同,在新时期文论语境中,"人的解放"却与社会生产力的解放紧密联系在一起,相应的,"异化"批判所指向的却主要是社会政治层面,人的异化在文艺话语中主要体现为官僚权力的对人的异化,这就与西方马克思主义文论的异化批判指向存在着明显的错位。错位的存在表明了中西文论语境的历史性差异,也表明了新时期文论接受西方马克思主义文论时在本土现实主导下的选择性。

　　意识形态影响的程度差异和理论指向的错位表明了本土语境的现实制约性,而受制约的理论接受却通过一种叙述方式的狡诈和变通接入了自己渴望的话语资源。对于一个马克思主义制度化了的社会来说,接受和理解一个来自于异域的自称为马克思主义的文论,意识形态的警觉性无疑将会在更高的程度上行使自己职能,而西方马克思主义文论与新时期文论之建立在马克思主义立场之上的亲和性又将意识形态的影响导向对于具体社会实践和文化思想演进的层面上去,其最为典型的体现就是 80 年代激荡的启蒙话语。这一话语兴起于"文革"结束后的思想解放运动当中,以反思和批判文化专制主义与蒙昧主义、进行思想文化的新启蒙为旗帜,以推动经济领域和文化政治领域的现代化进程为自己的意识形态功能,它以人道主义为指向,呼唤人的价值和尊严,呼唤人道主义和人性复归。显然,这一时代话语决定了新时期文论与西方马克思主义文论接受之间的复杂张力:一方面,文艺和审美所承担的这种社会启蒙运动指向对于现代性的追求;另一方面,赖以作为重要理论资源的西方马克思主义文论却是立足于对现代性后果的理性反思。于是,对于人的拯救在新时期语境中表现为走向现代化的人,而在西方马克思主义文论语境中却是与现代化逆向行动的人,原本相逆的理论思考却通过人道主义的关节而得到选择性的接受和理解——具体说来就是以马克思《1844 年经济学哲学手稿》为对话平台,连接起西方马克思主义文论的人学视界和新时期思想启蒙运动。这一关节的微妙之处就在于,它既葆有话语的马克思主义合法性,又悄悄地将理论阵地前移至人道主义的青年马克思那里去。

对此,有必要立足于 20 世纪中国马克思主义文论发展的历史背景从话语资源与理论前提的变化做进一步探讨。从马克思主义文论最初传入中国到民族革命和解放战争时期的理论重点的转移和文艺社会职能的凸显,再到新时期以来马克思主义文论建设和发展的新面貌,回顾 20 世纪中国马克思主义文论的历史行程,可以看到社会历史语境的巨大转折对于文论发展趋向的规导和影响。当然,主导意识形态及其话语以及理论自身的内部逻辑无疑也是考察这一历史进程的重要方面,然而,就考察我国马克思主义文论的人学视角来说,赖以获得合法性基础的话语资源的变化却是我们考察新时期文论与苏联马克思主义文论以及西方马克思主义文论的极好的角度。众所周知,无论是苏联马克思主义文论、西方马克思主义文论还是中国马克思主义文论,作为马克思主义文论的当代形态和理论范式,经典马克思主义相关阐述都是根本性和旗帜性的话语资源和理论前提,唯一的区别也许就在于在当下社会语境中对于阐释维度和层面的不同选择而已。当然,任何选择都不是完美的,任何对于理论资源的索取都不同程度的意味着对于其他维度遮蔽,但这并不是不做选择的理由。这样一来,不同理论资源、乃至同一理论资源不同侧重点的选择就成为理论本身的言说理路、逻辑规范以及理论指向等差异的重要表征。比如研究审美和文艺性质,西方马克思主义文论与苏联马克思主义文论判然有别,国内学者冯宪光指出,前者"一般都以《1844年经济学哲学手稿》中的论述为其理论前提","这一点与梅林、普列汉诺夫等人以《〈政治经济学批判〉序言》中论述为其理论前提是迥然不同的"。[91]这一不同显而易见地与他们的理论兴奋点、着力点甚至思想概貌的区别联系在一起。同样,我们也可以清晰地看到新时期文论与前此的文论在理论资源上的不同。

虽然马克思主义唯物史观和意识形态理论在20世纪初就传入中国,但是20世纪20年代到30年代初显然是一个译介较为集中的时期,在这些集中译介的马克思经典著作中,阐释意识形态理论的著作占据了显而易见的突出位置。对此,我们仅以看看左联成立前后为例,据统计,在这不到5年时间内,马克思主义经典作家的著作翻译了有40余种,其中与意识形态理论有关的重要著作就有《资本论》第一卷、《费尔巴哈与德国古典哲学的终结》《政治经济学批判》《反杜林论》《在马克思墓前的讲话》等近10种,而译介的苏联马克思主义者的著作也涵盖了普列汉诺夫、卢那察尔斯基、波格丹诺夫、沃洛夫斯基等人。就个体接受来说,最早进入我国早期马克思主义者视野中的也基本首先是意识形态论,比如李大钊在《我的马克思主义观》中就节译了《共产党宣言》《〈政治经济学批判〉序言》等以阐述马克思的意识形态理论(他译为

"观念的形态"），随后在《马克思的历史哲学与理凯尔的历史哲学》《物质变动与道德变动》等文中做出了进一步阐述。而在革命文学论争中，马克思主义意识形态理论已经为邓中夏、沈泽民、蒋光慈等所接受，并具体化为"无产阶级文学"、"革命文学"、"第四阶级文学"等提法中。40年代毛泽东《在延安文艺座谈会上的讲话》显然是中国特色的马克思主义艺术意识形态理论的最杰出和最系统的阐述，之后，对于论争的批判最顺手的武器更是来自于马克思的意识形态理论，当然这已经是我们自己的阐释了，乃至新时期伊始围绕经济基础和上层建筑问题的论争，所持有和依赖的理论资源仍是《政治经济学批判》《费尔巴哈与德国古典哲学的终结》等。但是理论资源视野的单一化状况很快得到改变，马克思《1844年经济学哲学手稿》不仅作为学术论争的对象，而且作为理论资源得到发掘和重视，该书关于人的发展、人的解放的思想以及关于艺术的掌握世界的方式的论述，对于认识文艺的审美特性、乃至对于文学的人学基础讨论和后来的主体性问题讨论都产生了重要影响。这在某种程度上意味着，中国学者对于作为理论资源的马克思主义文论思想的认识走出了单一阐释视角的束缚，这不仅影响了当下的文论思考，影响了阐释经典马克思主义文论的思维方式，而且对于接受同样看重《1844年经济学哲学手稿》的西方马克思主义文论初步打造了赖以对话的话语平台。

新时期文论从人学基础的确立到主体性的张扬具体地表征了上述策略的成功，然而同时也不能不为此成功而付出代价。首先是对于西方马克思主义理论关于马克思人道主义思考的接受具有简单化倾向，表现为在当下理论话语语境的压力下直接地未经反思地全盘接受了所谓人道主义的马克思这一见解，应该说，发掘并强调这一维度本身并无问题，问题在于将这一维度等同于马克思整体，其实质是对于两个马克思断裂论的接受。其次，将作为启蒙反思中的人接受和阐释为作为新时期思想启蒙的人,暗含着将西方马克思主义文论中现代性反思的维度被有意无意地抹掉的危险,对此,学者赵稀方认为,"这一维度的丧失,在中国日益卷入现代化进程之后显示出愈来愈严重的后果",其表现之一就是,当中国在 90 年代真正地进入了市场经济进程中的时候,理论话语便突然发现自己失去了对于社会的诊断能力,新时期文学理想主义精神的失落、"痞子"文学的盛行,及其商业化社会进程所带来的全社会的金钱至上和道德腐败,都让人文知识分子愤激不已,但他们却又不能不承认现在正处于自己所追求的现代化进程中。传统和现代、中国和西方的视角使中国的人文主义者无法从全球性的资本活动及其与文化的关系方面做出分析,只能从其原来的立场出发,发出人文精神失落哀叹。[92]于是我们发现,在人道主义的马尔库塞之外致力于大众文化批判的阿多诺以及被视为后现代话语源头之一的本雅明被逐步发掘和阐释[93],启蒙运动的思路延伸到对于大众文化的批判和对于理想主义、启蒙话语的主导者地位的挽救和怀旧之中。在一个日益明晰的消费时代,西方马克思主义美学和文论在批判和救赎话语中所蕴含的可贵的人文激情正逐步逝去,甚至对于西方马克思主义美学批判精神的一时的倾慕和接受都成为一种有污点的过去,一件特别跌份的事情。

二、 乌托邦的失落:一个反思

如果说 80 年代是一个充满激情、理想和英雄主义气息的时代,那么进入 90 年代,随着由于社会全面转型,商品经济的迅猛推进,新思想启蒙运动不可避免地走向世纪末的终结,曾被我国 80 年代启蒙知识分子所宣扬的理想主义、英雄主义衰微。社会和时代的转型意味着社会价值观的转变,并最终在文化思想中反映出来。

让我们首先从对于西方马克思主义美学的乌托邦倾向的认识谈起。我们已经在本章第二节对于西方马克思主义审美乌托邦正负面考察时指出,即使在西方马克思主义理论家内部也存在着对于这一倾向的反思和批评,比如洛文塔尔和哈贝马斯,这也并不意味着完全不存在阐发和评价其积极价值的空间。事实上,人们对于西方马克思主义审美乌托邦消极一面的认识似乎远比其积极意义的认识来得更为容易和普遍。对于作为西方马克思主义美学成就的最重要的代表法兰克福学派,国内研究界一个有代表性的观点认为,该学派在揭露和批判发达资本主义社会压抑和异化中,反复探索却不能为人们指出一条摆脱它的正确道路,甚至引导西方社会的新左派去不断碰壁,一个根本的原因就在于它由对现实关系的具体分析转向了抽象的人本主义和精神分析,由科学转向了乌托邦。[94]就社会革命层面而言,这一指认无疑是准确的,空想原本就是乌托邦的其内在的维度之一。需要指出的是,即使社会革命层面是极为重要的评价角度,但它也许并不是唯一的角度。一个了然的事实是,如果我们承认西方马克思主义理论家在美学、文艺和文化领域就取得了突出的成就,而这些领域在某种程度上正是经典马克思主义的薄弱环节,那么,西方马克思主义审美乌托邦倾向中所蕴含的超越性和批判性指向及其对于现代社会异化现实中人的命运的关怀也就具有了合法性的根基。毕竟,美学不等于社会学,审美乌托邦也不等于批判理论,两者虽有千丝万缕的联系,但终归不能等同。法兰克福学派的理论之被称为批判理论,并不意味着对其美学价值论维度的遮蔽。用清除了美学维度之后的单纯的批判理论来解释西方马克思主义,不仅这样的批判理论本身可能是残缺的,而且也根本抓不住西方马克思主义的本质所在;同样,如果西方马克思主义美学清除了社会批判的维度,也同样就是被抽空了存在的根基。而正是在这里,审美乌托邦成为西方马克思主义的社会学和美学之间的交叉地带,一个结合部。实际上,国内外对于西方马克思主义美学的研究都和对于西方马克思主义理论的批判维度紧密结合在一起,比如周宪《20 世纪西方美学》整

317

个上篇就是以批判理论为线索和骨干展开的,从批判理论的序曲一直讲到批判理论的转向;而麦克莱伦《马克思主义以后的马克思主义》对于批判理论和法兰克福学派的讨论也无法绕过美学。

我们当然承认,西方马克思主义美学对于艺术自律性的强调,对于解放的终极想象,以及对于作为原子个体的内在精神的维护,都已经受到后现代主义的质疑,而社会总体的异化状态也将会以新的形式继续存在下去,但是它们对抗、否定和批判现实物化世界的社会政治指向即便在今天也很难就直截了当地为之贴上失败的标签。学者杨小滨在对于法兰克福学派的文艺理论和文化批评做了一番深入的探讨之后发出这样的追问:在后现代主义席卷而来的当今世界,法兰克福学派的批判美学从此就注定只是历史的回声了吗? 显然,任何简单化的回答都于事无补,但对于批评当代文化而言,法兰克福学派美学依然是一个有效的视角。[95]这一视角的有效性可以作为我们重新审视西方马克思主义审美乌托邦的导引。

事实上,如果说,80 年代对于西方马克思主义美学乌托邦倾向的指认意味着对于西方马克思主义审美救赎冲动的空想性质在社会革命层面上予以揭示的话,那么,进入 90 年代以后,对于这一倾向的认识则不再那么异口同声。突出的表现就是西方马克思主义审美乌托邦的现实基础得以突出,超越性和批判性指向得以确认,乌托邦维度对于人类生存的意义得到正面的阐发,审美乌托邦思想得到再认识。[96]陆俊将西方马克思主义审美乌托邦归为现代乌托邦之列,并指出现代乌托邦思想与其他一些相关乌托邦思想的相区别的理论特征:第一,与近代乌托邦社会主义思想相比,更具"现代性";第二,与当代非马克思主义传统的乌托邦思想相比,更具有"革命性";第三,与马克思主义科学社会主义相比,则具有强烈的"空想性"。"失望和幻想——就是'西方马克思主义'乌托邦理想主义者心境生动传神的刻画":失望源自于资本主义制度、物质文明、价值观念以及社会主义模式,而幻想则源自西方启蒙精神的熏陶和人文主义崇高价值理念以及宗教救赎、社会批判传统和马克思的革命热情。在一个乌托邦意识、社会主义理想和为美好社会奋斗的热忱丧失殆尽,经济主义、商品意识和市侩哲学深入人心的现代资本主义社会中,"尽管他们的许多主张往往陷于不切实际的幻想,甚至沾染着浓厚的浪漫主义情怀,但在当代物化、异化已经根深蒂固于大众意识中的资本主义社会来说,这种乌托邦的意义是积极的。"[97]

产生上述认识的根源一方面在于西方马克思主义美学接受和研究的深化,另一方面也有90年代以来我国文论语境的压力,而反过来,对于价值论维度的重新重视也启发了对于西方马克思主义审美乌托邦的发掘。不容否认的是,乌托邦的泛滥也曾在历史上造成严重的后果,比如集权统治,法西斯统治,对于刚刚从"文革"惨痛记忆中走出的人们来说,感受尤为如此,但是就90年代而论,我们面对的也许不是乌托邦价值的泛滥,而是乌托邦价值的缺失;这种缺失也毫无疑问造成了诸多恶果,最为典型的就是人文精神的失落,理想与价值理念的被漠视,整个社会处于物质主义的包围之中,甚至怡然沉溺其中,对此的理论反映则是人文精神大讨论。

就90年代我国文论发展而言,人文精神大讨论是一个值得重视的具有风向标意义的事件。市场经济的迅猛推进和社会生活的加速转型,直接引发对于文学原有的价值、意义和地位的挑战,文艺价值受到新的审视。80年代中后期,人们试图通过对文艺精神价值的强调,使之与普通商品价值区分开来,以此重新确立文艺在当代社会中的必要性与合法性,然而进入90年代,随着文艺本身承受更大的压力,这一思路的有效性迅速淡化,文学和人文精神的危机问题日益凸显,并引起了学界的普遍关注。他们指出,文学的危机触目惊心地标示出当代中国精神生活的被普遍漠视,以及人文素质的急剧降低,其原因则被归结于商品经济的发展所导致的享乐主义的盛行。由于金钱成了衡量一切的价值标准,刺激人的消费和享乐欲望,销蚀人的精神追求,于是欲望的满足代替了意义的追求,人文精神和终极关怀便失落了。[98]的确,造成人文精神和终极关怀的失落的原因是综合的,但商品经济的发展和随之而来的社会生活的急遽转型无疑是其中最直接的显见的重要原因。

从20世纪我国文艺学学术史的视野中来看,人文精神的呼唤逻辑地促使文论完成时代话语的更新,以及在新的时代变化中角色定位。两种选择:一种是强调文艺接入社会现实的使命意识,视中国改革事关中国知识分子命运,以世俗的关怀和历史期待视野去唤起世俗化大潮下的良知,由边缘重返中心,重建知识分子对于人类存在与命运的终极关怀,以及对于人的价值追求的文化关怀;另一种是强调人文知识分子的人格独立,超越人文知识的意识形态化和政治实用立场,以独立的话语完成对于时代和文化的阐释使命。[99]前者强调人文理想的重建,是中国文论家面对世俗化浪潮对文学艺术精神价值的被破坏和人文精神的缺失而发出的对于文艺的理想精神的呼唤。1995年5月3日《中华读书报》开始连续三期关于"文学可以放弃理想吗"的讨论,就集中反映了中国知识分子重建文学新的理想主义和精神乌托邦的强烈愿望,谢冕强调"文学建设最终作用于人的精神。作为物质世界不可缺少的补充,文学营造超越现实的理想的世界。文学不可捉摸的功效在人的灵魂。它可以忽略一切,但不可忽略的是它始终坚持使人提高和上升。文学不应认同与浑浑噩噩的人生,而降低乃至泯灭自己。文学应当有用,小而言之,是用于世道人心,大而言之,是用于匡正是谬,重铸民魂。"[100]显然,这里的理想主义已经与80年代那种针对非人性、非人道的"文革"封建专制主义倾向的人道主义理想有所区别,文艺对于人类精神星空的守望和抚育功能得到重新强调。

也有学者将这一时代归结为"后乌托邦"的时代。他们指出"虽然乌托邦具有其根本的虚幻性,……但是,乌托邦又是真实有效的,每一个乌托邦都是对人类可能性的预示,没有这种预示的能力,人类历史上无数的可能性也许至今仍然得不到实现。没有预示未来的乌托邦的可能性,我们就会看到一个颓废的现在,就会发现不仅在个人而且在整个文化中,人类可能性的自我实现都受到窒息。没有乌托邦的人总是沉沦于现世之中;没有乌托邦的文化总是被束缚于现实之中,无所发展。没有可能性的生存无异于动物的苟延残喘。没有任何意义的生存无异于死亡。因而,乌托邦虽然是虚化的,但正是这种虚幻性使得它向任何可能性开放,使得人生成为一件能够承受的事情。"因此,一切文化的争端最后都源于对乌托邦的态度,据此可以把当代文化概括为三种类型:"对乌托邦的绝望、对乌托邦的焦虑以及对乌托邦的生存化的反应。"[101]无论是绝望、焦虑还是对于生存化的思考,思考当下文化语境中的人文精神问题都不能不同时指向对于思考者自身的反思。如果说商品经济的迅猛发展作为人文精神讨论的外在根源,那么,文化转型期知识分子的精神生存境遇则是其内在根源,尤其是世俗文化的风行颇有些夸张地撼动了知识分子曾经的作为启蒙旗手的地位和精英心态,从而推动了知识分子在变革的时代自我反省和重新定位。

无论称其为人文精神失落的时代,还是所谓后乌托邦的时代,也无论这一时代具有怎样复杂的推动力,一个必须直面的事实是:立足于资本逻辑之上的消费时代正在日益招摇地向我们走来。对此,我们的追问是:如果乌托邦的消失是必然的,那么,文论对此又该如何言说?

面对这样的时代,有学者指认了乌托邦的正在消失,并从新时期审美文化的演进的层面论证这一消失的必然性。这一观点认为,在20世纪80年代的中国,艺术正是被赋予了一种想象的解放作用,但生活的艺术化可以增进个人的修养,也可以成为以审美为形式的社会生活的全面商品化。自然的人化可以是审美教育的目标,但在特定历史条件下也完全可以演变为人的心理和感性的彻底物化。审美理想的背后也可以是资本的运作。因此,无视当代社会以资本为核心形成的社会权力关系,追求抽象的心灵解放,历史已经证实这是徒劳无益的。事实是,所有这些审美乌托邦在 20 世纪 30 年代以后便淡出人们的视野之外。正如劳动力成为商品的前奏是劳动者获得支配自己身体的自由,而从封建领地解放出来的农民所获得的独立性恰恰是进入市场并成为新的工业社会奴隶的先决条件;审美从政治活动中独立出来也同样是为其商品化扫清了道路。人的感性存在脱离了政治意识形态控制之后,又成为资本控制的对象,这就是审美的悖论:审美作为乌托邦从救赎到物化的历史宿命。[102]在我们看来,如果将"正在消失的乌托邦"视为一个事实判断,对其消失原因的美学层面的发掘乃是为了引起"疗救的注意"(鲁迅语),那么,上述分析是可以接受的,所不能接受的乃是:在一个消费欲望膨胀、资本逻辑横行的时代中,审美的物化和乌托邦的消失竟是一个无以挽回的宿命!

然而,事实却是,审美和乌托邦却深深根植于人的本性之中。美国学者迪萨纳亚克指出,人天生就是审美的,一如她的著作《审美的人》的书名所标示的那样。[103]英国学者梅内尔在探讨审美价值的本性时指出,就一般的概念来说,审美愉悦来自构成人类意识能力的锻炼和扩大的愉悦,正是在这些意识能力的锻炼和扩大中,我们得到满足。[104]伽达默尔哀叹当今的时代是一个乌托邦精神已经死亡的时代,并将之归结为我们这个世界的悲剧。审美的失落和乌托邦的消失乃是人文精神的失落,其核心是人的失落,是人的超越性精神维度在物质挤压下的失落,对此,国内一些学者做出了严肃的思考。鲁枢元以诗意的语言表达了对于乌托邦在现代社会失落的沉思:"乌托邦! 应有而无有的乡土,渴求而无可安置的邦国。声音洪亮而语义含混;语义含混而富有神韵。

词语丛林的一枝奇葩;精神天空的一颗彗星。"它曾在人类精神的星空中闪烁,见证着真善美的追求,而如今却仿佛那远去的黄鹤一样消失在现代社会之中,"人类的乌托邦之思,已处于一个新的大周期的起点之上",使它成为一个问题也许是走出困境的一线生机。[105]使乌托邦成为一个问题,使精神的头颅在反思中昂向精神的苍穹,也许真的扶起走出匍匐于物质大地之上现代身躯的一线生机。

与将审美也置于被物化的命运之中不同,王元骧针对当下时代精神与文艺和审美的关系所做的思考值得重视,他指出:"我国传统美学思想和文艺理论中的审美超越性的思想,在所谓的全球化的语境下正面临着被颠覆和解构的危险","在今天,当艺术为金钱所收买,丧失它自身所固有的人文性,而沦为人们休闲、消遣的玩物;当作家不再有自己的理想和追求,满足于对所谓'原生态'生活的真实呈现,而使作品日趋粗鄙化、浅俗化;当艺术理论正在怀疑美是否还是艺术的本质属性,致力于消解美的超验的、形而上学的意蕴,而把它降贬为只是感官和欲望的对象的时候,回过头来再重新探讨和阐述艺术的形而上学性的问题,对于我们思考和认识艺术的性质,恐怕是不无启示意义的。"[106]这一思考之所以值得重视,原因就在于它在当下消费时代的包围中,并没有放弃形而上学的超越性维度,而这正是艺术和审美的维度所在。审美救赎的声音在大都市商品文化的滚滚红尘之中的确微不足道,我们更可以亲身体验到审美如何转化为自己的对立面、成为物欲横流的市场经济中的一部分,但这些并不意味着对于超越性精神向度的追求。事实上,在人文精神大讨论、在关于新理性精神的思考以及在对于西方马克思主义大众文化批判理论的汲取中都体现出张扬人文精神的可贵努力。

新理性精神同样是针对当代中国人文精神的淡化、文学艺术的贬值以及人的生存意义的缺失等现实状况而提出的,以此来重新理解和

323

阐释人的生存和文艺的意义与价值。认为文学艺术价值的下滑、人文精神的淡化和贬抑，与人的生存质量、处境密切相关。当前，我们需要寻找一个新的立足点，重新理解和阐释人的生存和文艺的意义和价值的立足点，新的人文精神的立足点，这就是新理性精神。新理性精神从大视野的历史唯物主义出发，首先来审视人的生存意义与文学艺术的意义，在物的挤压中，在反文化、反艺术的氛围中，重建文化艺术的价值与精神，寻找人的精神家园。[107]新理性精神在学界引起强烈反响，十分鲜明的体现出当代人文知识分子守护精神星空的强烈的使命感，正如有学者所指出的，它关注着文化哲学的基本问题，追问知识分子在各种思潮变化中所应有的立场和方法；它与当今中国人实际存在方式和意识形态结构紧密相关，是对中国独特问题的思考和解答，是对市场经济大潮中滋生的文化虚无主义的有力回应与反拨。[108]

　　就我国新时期文论话语而论，无论是人文精神大讨论还是理性精神的重建，无论艺术形而上学维度的强调还是对于乌托邦的沉思，抑或对于批判精神的汲取，所有这些严肃的思考都体现了人文知识分子的可贵情怀，体现了对于艺术和审美价值论维度的坚守。因此，说消费时代的到来是一个无法阻挡、也不能视而不见的现实，并不意味着在这一现实中，乌托邦精神已经到了日薄西山，更不意味着面对这一现实，我们袖手旁观或者束手无策。自称为"新马克思主义者"的李泽厚通过对于自由概念的重新阐释接通了西方美学的价值论思路，他将美规定为"自由的形式"[109]，将美感阐释为"人类的积淀为个体的，理性的积淀为感性的，社会的积淀为自然的，人类精神诸要素于是实现了充分和谐的自由境界"。[110]这样理想的审美状态就成为一种建构人性的事业，其中弥漫的价值论色彩是显而易见的，这在一些当代学者身上也有具体体现。王岳川在《艺术本体论》中将汲取马尔库塞《审美之维》的论述将审美超越性旨意安置在生活感性上，周宪在《超越文学》中提出于文学的文化思考中将艺术视为人类探求形而上学的途径之一,王一川的《意义的瞬间生成》则提出在审美体验中探寻超越性结构的存在。王元骧则突破审美体验的狭隘层面,对于艺术的形而上学性质进行了更为深入和全面的探讨,认为艺术的形而上学性质是"它的对象本身所必有的","是对人的生存所必需的","是一切美的艺术所必具的"。"通过艺术活动,就不仅使得被科技理性和工业文明所分解了人复归统一,而且还可以从经验世界和超验世界的沟通中使人在精神上获得提升,这对于处于异化和物化这一危险境遇中的人来说,又何尝不是一种拯救?"[111]应该说,这一认识在当下消费主义意识形态蔓延的现实面前具有警示意义。

拯救与其说是一种行动,毋宁说是一种承担,一种责任,一种人文主义的立场。萨义德指出:"人文主义就是努力运用一个人的语言才能,以便理解、重新阐释、掌握我们历史上的语言文字成果,乃至其他语言和其他历史上的成果。以我对于它在今天的适用性的理解,人文主义不使用来巩固和确认'我们'一直知道如何感受到的东西的方式,而毋宁是一种质问、颠覆、重新塑型的途径,针对那些作为商品化的、包装了的、未经争辩的、不加辨别地予以合法化的确定的事实呈现给我们的那么多东西,包括在'经典作品'的大红标题下聚集起来的那些名著中所包含的东西。"萨义德断言,除非我们以自我认识来补充自我认识,乃至认识到,自我认识本身乃由自我批评构成,人文主义以及作为其学术表现的人文学科才会在我们的视野中清晰可见,而且正是文学研究使得上述补充和新的认识成为可能。由此可见,萨义德虽然对于人文主义的阐述仍然根植于语文学的古老传统,并且也未就人文主义的实质做出正面的回答,但是,他却立场鲜明地突出了人文主义的实践——一种质问、颠覆、重建的途径。这一实践的实质是批评实践,具体说就是人文批评实践:"我所期望的是,对一个文本所言说的内容的一种经过训练的敞开(在那种敞开的同时,也带有一定程度的反抗)乃是达到最宽广、最好的意义上的人文主义理解之正道(royal road)。"[112]无论是对于人的经验、人的尊严的尊重,还是对于人文主义实践的强调,都表明对于人、人的生存及其意义的关注从来就没有也不应该任其轻飘飘地滑出人文主义的视野,更不意味着对于这一人文主义责任的推脱,这不能不使我们的思考再次回到西方马克思主义审美乌托邦冲动上来。有学者在反思法兰克福学派文化工业理论时指出,即便晚近出现了对法兰克福文化工业理论的质疑,但是在他们"对文化工业所抱有的敌视和忧虑态度中,那一种对晚期、资本主义文明的深刻的批判精神,以及强烈探求用文化救赎人生的使命感,每每思量下来,也难叫人等闲视之。"[113]的确,我们尽可以嘲弄西方马克思主义理论家的虚幻乃至虚妄、无力、无奈以至悲观,但是如果我们立足于消费时代却对于正在消失的乌托邦而无动于衷甚至欢欣鼓舞,那么,当我们面对西方马克思主义理论家在资本全面统治、启蒙理性蜕化神话的现实语境下试图寻求人的解放的悲壮努力,面对他们所展现的作为具有道德良知和坚守人文立场的知识分子所具有的那种可贵的人文激情和姿态,面对蕴含的超越性、批判性和精神性的西方马克思主义审美乌托邦冲动所展现的思想的高贵,我们又何以能够理直气壮地找寻嘲弄的资本、欢欣的理由? 重温凯尔纳的话也许并非无益,虽然这些话是针对西方马克思主义理论家个人而言的,但以之指称西方马克思主义审美乌托邦冲动似无不适:"那些抛弃了马尔库塞'乌托邦主义'或'浪漫主义'的人,不仅无法欣赏其思想中那些更有魅力的特征,也无法欣赏那些基本的张力和含混。"[114]也许应该补充上:无法欣赏的还有那份可贵的人文情怀,以及厚重沉实的使命感。

综上所述,新时期文论通过对于西方马克思主义审美乌托邦人文关怀、超越性和批判性维度的不断阐发而接通了对于中国文论的资源性支撑,同时新时期文论在逻辑维度和经验维度上的语境压力下而形成的讨论、争鸣和重建又提供了对于前者的认识不断深入的重要动力,两者之间的动态交互关系使西方马克思主义文论在中国的接受和影响逐渐走向良性互动。也必须指出,这一互动本身是部分地跨越在以现代性为中心的经验维度的断裂之上的,对于西方马克思主义审美乌托邦精神的解读已经触及这一问题,但对此的理解和认识仍然需要进一步深入,以促成经验维度上的本土语境压力与逻辑维度上的中西话语对话压力之间的和解,这也是马克思主义文论中国化研究的应有之义。

注　释

[1] Lewis Mumford. The Story of Utopias. New York：Viking Press, 1962, p. 1.

[2] 阿兰·弗龙蒂埃:《柏拉图的寓言》,载张穗华主编《大革命与乌托邦》,中国对外翻译出版公司 2003 年版,第 120—121 页。

[3] 莫里斯·迈斯纳:《马克思主义、毛泽东主义和乌托邦主义》,张宁等译,中国人民出版社 2006 年版,第 1—2 页。

[4] 克利杉·库玛:《现代的乌托邦与反乌托邦》,转引自曹莉主编《永远的乌托邦》,清华大学出版社 2002 年版,第 168 页以下。

[5] Karl Mannheim. Ideology and Utopia：Introduction to the Sociology of Knowledge. New York：Harcourt Brace, 1952, p. 236.

[6] 费尔南多·艾因萨:《我们需要乌托邦吗》,载张穗华主编《大革命与乌托邦》,中国对外翻译出版公司 2003 年版,第 105 页。

[7] 罗纳德·克雷:《美国的试验地》,载张穗华主编《大革命与乌托邦》,中国对外翻译出版公司 2003 年版,第 131 页。

[8] 乔·奥·赫茨勒:《乌托邦思想史》,张兆麟等译,商务印书馆 1990 年版,第 215—218、287—302 页,本书关于乌托邦思想的历史考察参考借鉴了该书的阐述。

[9] 卡尔·曼海姆:《意识形态与乌托邦》,黎明、李书崇译,商务印书馆 2000 年版,第 196 页。

[10] 卡尔·曼海姆:《意识形态与乌托邦》,黎明、李书崇译,商务印书馆 2000 年版,第 196 页。

[11] 卡尔·曼海姆:《意识形态与乌托邦》,黎明、李书崇译,商务印书馆 2000 年版,第 208—209 页。

[12] 卡尔·曼海姆:《意识形态与乌托邦》,黎明、李书崇译,商务印书馆 2000 年版,第 268、262 页。

[13] 路易斯·沃思:《意识形态与乌托邦·序言》,黎明、李书崇译,商务印书馆 2000 年版,第 17—18 页。

[14] 鲍姆加登:《美学》第 1 卷,载马奇主编《西方美学史资料选编》上卷,上海人民出版社 1987 年版,第 694—695 页。

[15] 车尔尼雪夫斯基:《车尔尼雪夫斯基论文学》(中卷),辛未艾译,上海译文出版社 1979 年版,第 186 页。

[16] 威廉·巴雷特:《非理性的人——存在主义哲学研究》,段德智译,上海译文出版社 1992 年版,第 89 页。

[17] 柏拉图:《会饮篇》,《文艺对话集》,人民文学出版社 1963 年版,第 273 页。

[18] 张志伟:《康德的道德世界观》,中国人民大学出版社 1995 年版,第 236 页。

[19] 康德:《康德书信百封》,李秋零编译,上海人民出版社 1992 年版,第 277—278 页。

[20] 康德:《判断力批判》,邓晓芒译,人民出版社 2002 年版,第 204 页;宗白华译本,商务印书馆 1995 年版,第 205 页。

[21] 梁慧:《康德审美中介说及其理论效应》,《浙江社会科学》2002 年第 3 期,本书关于康德美学乌托邦指向的论述部分地借鉴吸收了该文的观点。

[22] 席勒:《审美教育书简》,冯至、范大灿译,北京大学出版社 1985 年版,第 29 页。

[23] 席勒:《审美教育书简》,冯至、范大灿译,北京大学出版社 1985 年版,第 44、45 页。

[24] 卢梭:《爱弥儿》(上卷),李平沤译,商务印书馆 1978 年版,第 5、15 页。

[25] 泰勒:《自我的根源》,韩震等译,译林出版社 2001 年版,第 559 页。

[26] 尼采:《悲剧的诞生》,周国平译,三联书店 1986 年版,第 50、65 页。

[27] 尼采:《悲剧的诞生》,周国平译,三联书店 1986 年版,第 275 页。

[28] Jurgen Habeimas. The Philosophical Discourse of Modernity. Cambridge：Polity, 1987, p. 93—94.

[29] 马克斯·韦伯:《新教伦理与资本主义精神》,于晓、陈维钢等译,三联书店 1987 年版,第 15 页。

[30] 马克斯·韦伯:《新教伦理与资本主义精神》,于晓、陈维钢等译,三联书店 1987 年版,第 142 页。

[31] H. H. Gerth & C. W. Mills eds. From Max Weber：Essays in Sociology. New York：Oxford University Press, 1946，p. 342.

［32］G. 齐美尔《现代文化的冲突》，王志敏译，载《人类困境中的审美精神》，刘小枫主编，知识出版社 1994 年版，第 242 页。

［33］G. 齐美尔：《桥与门——齐美尔随笔》，涯鸿等译，上海三联书店 1991 年版，第 93 页。

［34］Simmel. The Philosophy of Mony. London：Routledge & Kengan Paul，1978，p. 446.

［35］Swingewood. Sociological Poetics and Aesthetic Theory. London：Macmillan，1986，p. 53.

［36］Alain Martineau. Herbert Marcuse's Utopia. University of California Press，1987，p. 61.

［37］霍克海姆：《批判理论》，李小兵等译，重庆出版社 1989 年版，第 260 页，译文据英文版有改动：Max Horkheimer. Critical Theory. Translated by Matthew J Connel and others，Continuum，New York，1982.

［38］Theodor W. Adorno，Minima Morality：Reflection from Damaged Life. London，1974，p. 45.

［39］Theodor W. Adorno，Aesthetics Theory，trans. C. Lenhardt，London：Routledge & Kegan Paul，1984，p. 191.

［40］F. 詹姆逊：《晚期资本主义的文化逻辑》，张旭东编，陈清侨等译，三联书店、牛津大学出版社 1997 年版，第 34—35 页。

［41］Martin Jay. ed. An Unmastered Past：The Autobiographical Reflection of Lpwenthal. University of California Press，1987，p. 232.

［42］Herbert Marcuse. The Aesthtic Dimention：Toward A Critique of Marxist Aesthetics. Boton：Beacon Press，1978，p. 73.

［43］卢卡契(即卢卡奇)：《历史与阶级意识》，张西平译，重庆出版社 1989 年版，第 30、156 页。

［44］佩里·安德森：《西方马克思主义探讨》，人民出版社 1981 年版，第 97 页。

［45］初日基：《卢卡奇——物象化》，范景式译，河北教育出版社 2001 年版，第 132 页。

［46］Henri Lefebvre. Everyday Life in the Modern Word. trans，Sacha Rabinovtch，Harper Torchbooks，p. 192.

［47］理查德·沃林：《文化批评的观念》，张国清译，商务印书馆 2000 年版，第 326 页，注释③。

［48］Douglas Kellner. Herbert Marcuse and the Crisis of Marxism. Berkeley：University of California Press，1984，p. 324.

［49］ 所罗门:《马克思主义和艺术》,王以铸译,文化艺术出版社 1989 年版,第 629 页。

［50］ Herbert Macuse. Five Lectures, Boston: Beacon Press, 1970, p. 82.

［51］ 马尔库塞:《审美之维》,李小兵译,三联出版社 1989 年版,第 229 页,译文据英文版有所改动: Herbert Marcuse. The Aesthetic Dimention: Toward a Critique of Marxist Aesthetics. Boston: Beacon Press, 1978.

［52］ 马尔库塞:《审美之维》,李小兵译,三联出版社 1989 年版,第 113 页。

［53］ Alain Martineau. Herbert Marcuse's Utopia. Montreal House Ltd. , 1986, p. 61.

［54］ 理查德·沃林:《文化批评的观念》,张国清译,商务印书馆 2000 年版,第 110 页。

［55］ 卡尔·波普尔:《通过知识获得解放》,范景中译,中国美术学院出版社 1998 年版,第 120 页。

［56］ 罗素:《西方哲学史》,马元德译,商务印书馆 1983 年版,第 243 页。

［57］ 阿兰·弗龙蒂埃:《柏拉图的寓言》,载张穗华主编《大革命与乌托邦》,中国对外翻译出版公司 2003 年版,第 121 页。

［58］ Martin Jay. ed. , An Unmastered Past: The Autobiographical Reflection of Lpwenthal, University of California Press, 1987, p. 245—246.

［59］ Herbert Macuse. Five Lectures, Boston: Beacon Press, 1970, p. 63.

［60］ Martin Jay. ed. , An Unmastered Past: The Autobiographical Reflection of Lpwenthal, University of California Press, 1987, p. 237.

［61］ 马克思、恩格斯:《马克思恩格斯全集》第 42 卷,中央编译局译,人民出版社 1979 年版,第 120 页。

［62］ 张翼星:《理论视角的重大转移》,重庆出版社 1997 年版,第 163—164 页。

［63］ 王逢振:《今日西方文学批评理论——十四位著名批评家访谈录》,漓江出版社 1988 年版,第 110 页。

［64］ 朱学勤:《书斋里的革命》,长春出版社 1999 年版,第 168—175 页。

［65］ A. 戈德曼:《新马克思主义研究辞典》,社会科学文献出版社 1989 年版,第Ⅶ页。

［66］ 詹姆逊:《后现代主义与文化》,唐小兵译,北京大学出版社 1997 年版,第 248—287 页。

［67］ 詹姆逊:《政治无意识》,王逢振等译,中国社会科学出版社 1999 年版,第 277 页,译文略有改动。

［68］ 刘进:《弗雷德里克·詹姆逊文化诗学研究》,巴蜀书社 2003 年版,第 60 页。

［69］ 詹姆逊:《詹姆逊文集》(第 3 卷),王逢振主编,中国人民大学出版社 2004 年版,第 380、371 页。

［70］ 霍克海姆:《传统理论和批判理论》,莱比锡《社会研究杂志》1937 年第 6 卷第 6 期。

［71］ 马丁·杰伊:《法兰克福学派史》,单世联译,广东人民出版社 1996 年版,第 338 页。

[72]弗里斯比:《〈货币哲学〉英文版导言》,阮殷之译,载刘小枫主编《金钱、性别、现代生活风格》,学林出版社 2000 年版,第 78 页。

[73]陈戎女:《齐美尔与现代性》,上海书店出版社 2006 年版,第 37—39 页。

[74]保罗·蒂里希:《政治期望》,徐钧尧译,四川人民出版社 1989 年版,第 215—216页,译文据英文版有所改动:Paul Tillich. Political Expectation. New York:Harper and Row,1971.

[75]徐崇温:《法兰克福学派述评》,三联书店 1980 年版,第 142—143 页。

[76]Herbert Macuse. Five Lectures:Psychoanalysis, Politics, and Utopia, trans. , Jeremy J. Shapiro & Shierry M. Weber, Boston:Beacon Press,1970, p. 22.

[77]冯宪光:《"西方马克思主义"美学研究》,重庆出版社 1997 年版,第 45—46 页。

[78]参见:楼培敏、魏敦庸:《西方对"马克思主义人道主义"的研究》,《社会科学》1980年第 6 期;黄楠森:《西方马克思主义与人道主义》,《北京大学学报》1987 年第 1 期;金德万:《生产方式·意识形态·乌托邦——当代西方马克思主义观点译介》,《湖北社会科学》1988 年第 4 期;王景和:《试论"西方马克思主义"的心理分析》,《心理学探新》1983 年第 1 期;张一兵:《西方马克思主义人学理论述评》,《青海师范大学学报》1991 年第 2 期。

[79]朱立元:《法兰克福学派美学思想论稿》,复旦大学出版社 1997 年版,第 7 页。

[80]马克思、恩格斯:《马克思恩格斯选集》第 1 卷,人民出版社 1972 年版,第 10 页。

[81]李泽厚:《批判哲学的批判》(再修订版),安徽教育出版社 1994 年版,第 504、510 页。

[82]陆梅林:《马克思主义和人道主义》,《文艺研究》1981 年第 3 期;杨柄:《马克思恩格斯青年时代所论及人性和人道主义问题》,《江淮论坛》1980 年第 6 期。

[83]阿尔都塞:《保卫马克思》,顾良译,商务印书馆 1984 年版,第 127 页。

[84]马尔库塞:《审美之维》,李小兵译,三联书店 1989 年版,第 203—208 页。

[85]马尔库塞:《审美之维》,李小兵译,三联书店 1989 年版,第 206 页。

[86]参见巴人:《论人情》,《新港》1957 年 1 月号;钱谷融:《论"文学是人学"》,《文艺月报》1957 年 5 月号;王叔明:《关于人性问题的笔记》,《文学评论》1960 年第 3 期。

[87]参看:周扬:《我国社会主义文学艺术的道路》,人民文学出版社 1960 年版;汝信:《青年黑格尔关于劳动和异化的思想》,《哲学研究》1978 年第 8 期;周扬:《关于马克思主义的几个理论问题的探讨》,《人民日报》1983 年 3 月 16 日。

[88]张婷婷:《中国 20 世纪文艺学学术史》(第四部),上海文艺出版社 2001 年版,第97 页。

[89]周扬:《拥护整党决定和消除精神污染的决策》,《人民日报》1983 年 11 月 6 日。

［90］胡乔木：《关于人道主义和异化问题》，《人民日报》1984 年 1 月 27 日。

［91］冯宪光：《"西方马克思主义"美学研究》，重庆出版社 1997 年版，第 30 页。

［92］赵稀方：《"西马"、"现代主义"的理论旅行及新左派的视域》，《开放时代》2003 年第 5 期。

［93］笔者曾就马尔库塞、阿多诺和本雅明于 2007 年 3 月在网上做过一些简单统计，输入 Herbert Marcuse、Theodor Adorno、Walter Benjamin，通过 Goole 搜索分别得到网页数量如下：872 000、1 180 000、4 940 000。而输入马尔库塞、阿多诺、本雅明，分别得到数据如下：32 000、47 000、105 000。比较可见两组数据所反映的趋势完全一致。而在"中国期刊网"分新时期 20 年和新世纪 7 年两个时间段对于三者研究论文数量以关键词进行检索，则得到如下结果：马尔库塞由 355 增加到 434 篇；阿多诺由 197 篇增加到 384 篇；本雅明由 75 篇增加到 230 篇。

［94］徐崇温：《用马克思主义评析西方思潮》，重庆出版社 1990 年版，第 394 页。

［95］杨小滨：《否定的美学》，上海三联书店 1999 年版，第 223—225 页。

［96］参见赵仁伟：《审美乌托邦：马尔库塞的文艺政治学》，《河北师范大学学报》2002 年第 6 期；王峰：《布洛赫希望美学的内在结构》，《华东师范大学学报》2004 年第 2 期；尚党卫：《传统本体论和人类的乌托邦精神》，《华东船舶工业学院学报》2003 年第 4 期；邹强：《法兰克福学派审美乌托邦思想再认识》，《辽宁师范大学学报》2004 年第 6 期；姚文放：《马尔库塞形式主义美学的理论特征》，《学习与探讨》2004 年第 5 期。

［97］陆俊：《理想的界限》，社会科学文献出版社 1998 年版，第 26—37 页。

［98］参看王晓明等：《旷野上的废墟——文学和人文精神的危机》，《上海文学》1993 年第 6 期；张汝伦等：《人文精神寻踪》，《读书》1994 年第 4 期。

［99］张婷婷：《中国 20 世纪文艺学学术史》（第四部），上海文艺出版社 2001 年版，第 323 页。

［100］谢冕：《理想的呼唤》，《中华读书报》1995 年 5 月 3 日。

［101］陈刚：《当代文化和乌托邦》，作家出版社 1996 年版，第 53—57 页。

［102］曹顺庆、吴兴明：《正在消失的乌托邦》，《文学评论》2003 年第 3 期。

［103］埃伦·迪萨纳亚克：《审美的人》，卢晓辉译，商务印书馆 2004 年版。

［104］H. A. 梅内尔：《审美价值的本性》，刘敏译，商务印书馆 2005 年版，第 27 页。

［105］鲁枢元：《乌托邦之思》，《花城》1997 年第 4 期，又见《猞猁言说》，社会科学文献出版社 2001 年版，第 315—349 页。

［106］王元骧：《审美超越与艺术精神》，浙江大学出版社 2006 年版，第 180、80 页。

［107］钱中文：《文学艺术价值、精神的重建——新理性精神》，《文学评论》1995 年第

5期。

[108] 张婷婷:《中国20世纪文艺学学术史》(第四部),上海文艺出版社2001年版,第330—332页。

[109] 李泽厚:《美学论集》,上海文艺出版社1980年版,第164页。

[110] 李泽厚:《美学四讲》,安徽文艺出版社1999年版,第510—511页。

[111] 王元骧:《审美超越与艺术精神》,浙江大学出版社2006年版,第91—98页。

[112] 爱德华·萨义德:《人文主义和政治批评·自序》,朱生坚译,新星出版社2006年版,第33、3页。

[113] 陆扬:《大众文化理论》,(台湾)扬智文化视事业股份公司2002年版,第102页。

[114] Douglas Kellner. Herbert Marcuse and the Crisis of Marxism. Berkeley: University of California Press, 1984, p. 371.

结　语

　　在对西方马克思主义意识形态批评之中国影响和对话进行一番考察之后，让我们再回到文章的起点。

　　在本书开头，我们提出，西方马克思主义文论作为马克思主义文论在一个完全不同于中国的社会文化和历史语境中具体化的产物，为我们思考和审视马克思主义文论中国化问题打开了新的视阈。在这一视阈中，关于中国马克思主义文论的现实性、批判性、人文性以及马克思主义文论原典阐释等方面的思考有可能得到某些启示。经历了一番梳理分析，我们重申：西方马克思主义文论对我国新时期文论产生了深层次影响，而中国戏曲传统和思想以及毛泽东思想等作为理论资源分别在布莱希特、阿尔都塞、马舍雷等西方马克思主义理论家文论话语中的存在表明了影响的非单向性；西方马克思主义意识形态批评对新时期文论发生影响的重要支点在于其在对于意识形态多元化理解，马克思理论话语中的意识形态并非仅仅是否定性的、批判性的，西方马克思主义理论家正是在此基础上将其由作为虚假意识的阶级向度扩展到心理、语言和日常生活等向度；西方马克思主义意识形态批评关于意识形态生产、审美意识形态的思考及其审美乌托邦倾向在新时期话语语境中得到选择性理解和接受。在这一影响和对话场域中，中国当代文论关于文艺意识形态属性与生产属性、文学审美意识形态论以及消费意识形态下文论人文指向的思考受到审视，而且西方马克思主义意识形态批评本身的本土性特征也得以凸显。

　　尽管关于"西马非马"还是"西马即马"的争论之声逐渐淡去，日益增多的西方马克思主义研究专著的出版标示着学理层面的逐步敞开，但就马克思主义文论中国化研究而言，我们还是愿意指出，西方马克思主义文论在中国语境压力下的被接受和研究浸润了太多的意识形态因素，从而在一定程度上表现为某种学术实用主义倾向。中国学者对于西方马克思主义文论的选择性研究，应该是中西方马克思主义文论互通互异的思想交锋与学术对话的结果，是一种理论自身的逻辑冲动使然，而不是对于自身合法性和真理性的意识形态证明，更不是单纯的意识形态实践诉求的直接延伸。我们有必要坦然承认，西方马克思主义理论家对于马克思主义文论的研究和思考，无论在成果上还是在态度上，都不存在让我们轻视的理由，但如若忽视了西方马克思主义文论阐释效力与产生它的特定社会文化土壤之间的关联，那么在对于西方马克思主义文论的理解和对话中也将存在着某些文化殖民主义的陷阱。然而可以肯定的是，在苏联马克思主义文论的影响逐步淡化以后，西方马克思主义文论对于中国马克思主义文论的影响显现，并表现出日益增强的趋势，而随着社会政治和文化话境的逐渐改善，对于文艺与意识形态问题的认识也必将获得新的推进，学界关于文学政治维度的重提在某种程度上证实了这一点。我们坦然面对马克思主义文论的意识形态动机，但也反对关于文艺意识形态问题讨论中的某种情绪化因素倾向，对于学理层面内在规定性的强调不应被视为马克思主义文论中国化进程的无谓言说。

　　对于中国马克思主义文论来说，西方马克思主义文论在中国的理论旅行到底意味着什么，这远不是一个能够一蹴而就的研究课题，但如若将此简约化为某些非此即彼的论争性命题，我们也将会发现任何有关西方马克思主义文论在中国之类的言说都无法给出一个满意的答案。因此,如果把西方马克思主义文论在中国的理论旅行视为一个人物众多、情节曲折、结构复杂、规模宏大的故事,那么,本书以西方马克思主义意识形态批评为中心而展开的对于中西马克思主义文论影响和效应关系的考察显然只是这故事的情节之一,尽管如此,我们仍然期望通过对于中国语境下西方马克思主义意识形态批评移植、重生或者变异情节的梳理,来获得一个审视当代文论和西方马克思主义文论的视角,也许这就是阅读这一故事并试图发掘隐藏其中的意蕴的旨意所在。我们的阅读也许是仓促的,肤浅的,我们甚至无法直接归纳出一两个简单的结论,但如果这些并不妨碍这一故事的延展乃至进一步丰富,那么,我们愿意指出,诸多可能的结论也许就生长在对于这些故事的不断阅读和回味之中。

从一个论域的出现到兴起和繁荣,西方马克思主义文论在中国走过了80余年的历程,这一历程,是我们从一种对异于自身经验的理论的旁观,到对一种关涉20世纪现实和理论变迁的理论话语的理解和沟通,再到一种在对话中推进中国当代马克思主义文论话语的建构的历程,这一历程从一个角度见证了中国马克思主义文论在曲折中的发展和推进,对此进行梳理和思考显然是马克思主义文论中国化研究必须面对的一个课题。在我们看来,以下问题也许值得进一步关注:西方马克思主义文论在中国接受和研究的现代性视野;西方马克思主义文论与中国马克思主义文论在马克思主义人学问题上的沟通和对话;中西马克思主义文论对话场域中的文学与权力问题。

附录
参考文献

英 文 部 分

Alain Martineau. Herbert Marcuse's Utopia [M]. Berkeley: University of California Press, 1987.

Bernard Susser. The Grammar of Modern Ideology[M]. London: Routledge & Kegan Paul, 1988.

C. Summer. Reading Ideologies: An Investigation into Marxist Theory of Ideology and Law[M]. London: Academic Press, 1979.

Daniel Bell. The Cultural Contradiction of Capitalism[M]. New York, 1976.

Douglas Kellner. Herbert Marcuse and the Crisis of Marxism [M]. Berkeley: University of California Press, 1984.

E. Fromm. Beyond the Chains of Illusion: My Encounter with Marx and Freud[M]. London, 1980.

E. Fromm. Escape from Freedom[M]. London: Verso, 1956.

Giovanni Sartori. Politics, Ideology and Belief System [M]. American Political Science Review, Vol. 63, 1969.

Herbert Marcuse. One Dimensional Man: Studies in the Ideology of Advanced Idustrial Society[M]. Boston: Becon Press, 1964.

Geoge Fridman. The Political Philosophy of the Frankfurt School [M]. Ithaca and London: Cornell University Press, 1981.

Herbert Marcuse. The Aesthtic Dimention: Toward A Critique of Marxist Aesthetics[M]. Boton: Beacon Press, 1978.

Herbert Macuse. Five Lectures [M]. Boston: Beacon Press, 1970.

Herbert Marcuse. The Aesthetic Dimension [M]. Boston: Beacon Press, 1979.

Louis Althusser. Reading Capital[M], trans. by Ben Brewster. London: Verso, 1979.

Louis Althusser. The Future Lasts a Long Time and the Facts [M], Olivier Corpet & Yann Moulier ed. Richard Veasey trans. London: Chatto & Windus, 1993.

Louis Althusser. Ideology and Ideological State Apparatuses[C], in Slavoj Zizek, ed. Mapping Ideology[M]. London: Verso, 1994.

Louis Althusser. For Marx[M], London: Verso, 1965.

Louis Althusser. Lenin and Philosophy and Other Essays[M], New York; Monthly Review Press, 1971.

Karl Korsch. Marxism and Philosophy[M], New York and London: Monthy Review Press, 1970.

Max Horkheimer. Critical Theory[M]. Translated by Matthew J. Connel and others. New York: The Continuum Publishing Corporation, 1982.

Martin Jay. ed. An Unmastered Past: The Autobiographical Reflection of Lpwenthal[M]. Berkeley: University of California Press,

1987.

Max Weber. The Sociology of Religion[M]. Boston: Beacon Press, 1963.

Paul Tillich. Political Expectation[M]. New York: Harper and Row, 1971.

Pierre Macherey. A Theory of Literary Production[M]. London: Routledge, 1978.

Plamenatz John. Ideology[M]. London: Pall Mall, 1970.

Raymond Geuss. The Idea of a Critical Theory, Habermas and Frankfurt School[M]. Cambridge University Press, 1981.

Raymond Williams. Keywords: A Vocabulary of Culture and Society[M], London: Fontana Paperkacks, 1983.

Robin Ridless. Ideology and Art: Theories of Mass Culture from Benjamin to Umberto Eco[M], New York: Peter Lang Publishing Inc, 1984.

Simmel. The Philosophy of Money[M]. London: Routledge & Kengan Paul, 1978.

Swingwood. Sociological Poetic and Aesthetic Theory[M]. London: Macmillan, 1986.

Swingewood. Sociological Poetics and Aesthetic Theory[M]. London: Macmillan, 1986.

Terry Eagleton. Ideology: An Introduction [M]. London: Verso, 1991.

Terry Eagleton. Criticism and Ideology[M]. London: Verso, 1978.

Terry Eagleton. Ideology and Scholarship: Historical Studies and Literay Criticism[M]. edt. Mcgann. University of Wisconsin Press, 1985.

Theodor Adorno. Aesthetic Theory[M], trans. , G. Lenhardt, London: Routledge & Kegan Paul, 1984.

John Thompson. Studies in the Theory of Ideology[M]. Cambridge: Polity Press, 1984.

Walter Benyamin. Reflections[M]. trans. , Edmund Jephcott, New York: Harcourt Brace Jovanovich, inc, 1978.

Walter Benyamin. Illuminations [M]. New York: Schocken Books, 1968.

Walter Benyamin. Selected Writings[M]. ed. by Michael W. Jennings. Cambridge: Harvard University Press, 1996.

中 文 部 分

A

阿·布罗夫:《艺术的审美实质》,高叔眉等译,上海译文出版社 1985 年版。

阿多诺:《美学理论》,王柯平译,四川人民出版社 1998 年版。

阿多尔诺:《否定的辩证法》,张峰译,重庆出版社 1993 年版。

阿道尔诺、霍克海默:《启蒙辩证法》,渠敬东等译,上海人民出版社 2003 年版。

阿尔都塞:《列宁和哲学及其他论文集》,杜章智译,(台湾)远流出版公司 1990 年版。

阿尔都塞:《保卫马克思》,顾良译,商务印书馆 1984 年版。

阿尔都塞:《自我批评文集》,杜章智等译,(台湾)远流出版公司 1990 年版。

影响与对话

阿格尔:《西方马克思主义概论》,慎之等译,中国人民大学出版社1991年版。

埃伦·迪萨纳亚克:《审美的人》,卢晓辉译,商务印书馆2004年版。

安德森:《西方马克思主义探讨》,高铦等译,人民出版社1981年版。

安德森:《当代西方马克思主义》,余文烈译,东方出版社1989年版。

安德鲁·凯尔纳:《技术批判理论》,韩连庆等译,北京大学出版社2005年版。

B

巴托莫尔:《法兰克福学派》,李兆林等译,河北教育出版社1998年版。

柏拉图:《文艺对话集》,人民文学出版社1963年版。

保罗·蒂里希:《政治期望》,徐钧尧译,四川人民出版社1989年版。

鲍桑葵:《美学史》,张今译,商务印书馆1985年版。

北京大学哲学系资料室:《1978年以来我国研究和介绍"西方马克思主义"的文章和著作目录》,北京大学出版社1989年版。

本雅明:《本雅明文选》,陈永国等编译,中国社会科学出版社1999年版。

本雅明:《德国悲剧的起源》,陈永国译,文化艺术出版社2001年版。

本雅明:《机械复制时代的艺术品》,王才勇译,中国城市出版社2001年版。

本雅明:《历史与阶级意识》,杜章智译,商务印书馆1996年版。

波格诺达夫:《社会意识学大纲》,陈望道、施存蛰译,(上海)开明书店1929年版。

布莱希特:《布莱希特戏剧选》,人民文学出版社1980年版。

布莱希特:《布莱希特论戏剧》,中国戏剧出版社1990年版。

布莱恩·麦基:《思想家——当代哲学的创造者们》,周穗明等译,三联书店1987年版。

C

柴焰:《伊格尔顿文艺思想研究》,中国海洋大学出版社2001年版。

车尔尼雪夫斯基:《艺术与现实的审美关系》,周扬译,人民文学出版社1979年版。

车尔尼雪夫斯基:《车尔尼雪夫斯基论文学》中卷,辛未艾译,上海译文出版社1979年版。

陈岸瑛、陆丁:《新乌托邦主义》,(台湾)扬智文化事业股份公司2001年版。

陈戎女:《西美尔与现代性》,上海书店出版社2006年版。

陈刚:《大众文化和乌托邦》,作家出版社1996年版。

陈世雄:《三角对话:斯坦尼、布莱希特和中国戏剧》,厦门大学出版社2003年版。

陈学明:《西方马克思主义的探索》,(台湾)唐山出版社1994年版。

陈学明:《新左派》,(台湾)扬智文化事业股份公司1995年版。

陈学明:《"西方马克思主义"命题词典》,东方出版社2004年版。

陈振明:《"西方马克思主义"——从卢卡奇、科尔施到法兰克福学派》,厦门大学出版社1992年版。

程巍:《否定的思维》,北京大学出版社2001年版。

初日基:《卢卡奇——物象化》,范景式译,河北教育出版社2001年版。

D

大卫·麦克里兰:《意识形态》第二版,孔兆政译,吉林人民出版社2005年版。

戴维·莱恩:《马克思主义的艺术理论》,艾晓明等译,湖南人民出版社1987年版。

戴维·麦克莱伦:《马克思之后的马克思主义》,李智译,中国人民大学出版社2004年版。

丹尼尔·贝尔:《意识形态的终结》,张国庆译,江苏人民出版社2001年版。

德里达:《马克思主义的幽灵》,何一译,中国人民大学出版社1999年版。

狄其骢:《马克思恩格斯艺术哲学》,山东文艺出版社1991年版。

董学文等:《现代美学新维度——"西方马克思主义"美学论文精选》,北京大学出版社1990年版。

董学文:《马克思和美学问题》,北京大学出版社1983年版。

董学文:《文艺学当代形态》,北京大学出版社1998年版。

F

范寿康:《艺术之本质》,(上海)商务印书馆1930年版。

冯宪光:《"西方马克思主义"文艺美学思想》,四川大学出版社1988年版。

冯宪光:《"西方马克思主义"美学研究》,重庆出版社1997年版。

冯宪光:《审美意识形态的文本分析》,四川大学出版社2001年版。

冯宪光:《马克思主义美学的现代阐释》,四川教育出版社2002年版。

佛克马:《走向后现代主义》,王宁等译,北京大学出版社1991年版。

佛克马、易布思:《二十世纪文学理论》,林书武译,三联书店 1988年版。

弗洛姆:《健全的社会》,欧阳谦译,中国文联出版社 1988 年版。

G

高小康:《大众的梦——当代趣味与流行文化》,东方出版社 1999年版。

戈德曼:《新马克思主义研究辞典》,社会科学文献出版社 1989年版。

葛兰西:《狱中札记》,葆煦译,人民文学出版社 1983 年版。

古兹塔夫·豪克:《绝望与信心——论 20 世纪末的文学与艺术》,李永平译,中国社会科学出版社 1992 年版。

郭军等编:《论瓦尔特·本雅明:现代性、寓言和寓言的种子》,吉林人民出版社 2003 年版。

H

哈贝马斯:《交往行为理论》(第一卷),曹卫东译,上海人民出版社 2004 年版。

哈贝马斯:《作为"意识形态"的技术与科学》,李黎等译,学林出版社 2002 年版。

豪泽尔:《艺术社会学》,居延安译,学林出版社 1987 年版。

何国瑞:《艺术生产原理》,人民文学出版社 1989 年版。

黑格尔:《美学》(第一卷),朱光潜译,商务印书馆 1979 年版。

胡风:《胡风评论集》中、下,人民文学出版社 1985 年版。

霍克海姆:《批判理论》,李小兵译,重庆出版社 1989 年版。

霍克海姆:《霍克海姆集》,曹卫东编译,上海远东出版社 1997 年版。

J

季广茂:《意识形态》,广西师范大学出版社 2005 年版。

江天骥:《法兰克福学派》,上海人民出版社 1981 年版。

金耀基:《从传统到现代》,中国人民大学出版社 1999 年版。

居伊·德波:《景观社会》,王昭凤译,南京大学出版社 2006 年版。

姜哲军:《西方马克思主义艺术和美学批评》,社会科学文献出版社 2002 年版。

K

卡尔·波普尔:《通过知识获得解放》,范景中译,中国美术学院出版社 1996 年版。

卡尔·曼海姆:《意识形态与乌托邦》,黎明、李书崇译,商务印书馆 2000 年版。

康德:《康德书信百封》,李秋零编译,上海人民出版社 1992 年版。

康德:《判断力批判》,邓晓芒译,人民出版社 2002 年版。

康德:《判断力批判》,宗白华译,商务印书馆 1995 年版。

柯可:《文化产业论》,广东经济出版社 2001 年版。

科尔施:《马克思主义和哲学》,王南湜等译,重庆出版社 1989 年版。

L

赖希:《法西斯主义群众心理学》,张峰译,重庆出版社 1990 年版。

理查德·沃林:《海德格尔的弟子》,张国清等译,江苏教育出版社 2005 年版。

理查德·沃林:《文化批评的观念》,张国清译,商务印书馆 2000 年版。

李大钊:《李大钊文集》2、3,人民出版社 1999 年版。

李衍柱:《马克思主义文艺理论在中国》,山东文艺出版社 1990 年版。

李心峰:《20 世纪中国艺术理论主题史》,辽海出版社 2005 年版。

李泽厚：《美学论集》，上海文艺出版社 1980 年版。

李泽厚：《美学四讲》，安徽文艺出版社 1999 年版。

李志宏：《文艺意识形态学说论争集》，吉林大学出版社 2006 年版。

林澎、龚曙光：《艺术生产概论》，湖南人民出版社 1995 年版。

林赛·沃斯特：《美学权威主义批判》，昂智慧译，北京大学出版社 2000 年版。

刘纲纪：《马克思主义美学研究》第 9 辑，中央编译出版社 2006 年版。

刘进：《弗雷德里克·詹姆逊文化诗学研究》，巴蜀书社 2003 年版。

刘秀兰：《卢卡奇新论》，西北大学出版社 2000 年版。

刘小枫：《金钱、性别、现代生活风格》，学林出版社 2000 年版。

刘小枫：《人类困境中的审美精神》，知识出版社 1994 年版。

刘小枫：《现代性中的审美精神——经典美学文选》，学林出版社 1997 年版。

陆俊：《理想的界限——西方马克思主义现代乌托邦社会主义理论研究》，社会科学文献出版社 1998 年版。

陆俊：《马尔库塞》，湖南教育出版社 1999 年版。

卢卡奇：《历史与阶级意识》，张西平译，重庆出版社 1989 年版。

卢卡奇：《理性的毁灭》，王玖兴等译，江苏教育出版社 1989 年版。

卢卡奇：《社会存在本体论》，白锡堃等译，重庆出版社 1993 年版。

陆梅林等编选：《西方马克思主义美学文选》，漓江出版社 1988 年版。

卢那察尔斯基：《卢那察尔斯基美学文选》，吴谷鹰译，三联书店 1991 年版。

鲁枢元：《猞猁言说》，社会科学文献出版社 2001 年版。

陆扬：《大众文化理论》，（台湾）扬智文化事业股份公司 2002 年版。

罗素:《西方哲学史》,马元德译,商务印书馆1981年版。

M

马驰:《新马克思主义文论》,山东教育出版社1998年版。

马驰:《艰难的革命》,首都师范大学出版社2006年版。

马丁·杰伊:《法兰克福学派史》,单世联译,广东人民出版社1996年版。

马尔赫恩:《当代马克思主义文学批评》,刘象愚等译,北京大学出版社2002年版。

马尔库塞:《审美之维》,李小兵译,三联书店1989年版。

马尔库塞:《单向度的人》,刘继译,上海译文出版社1989年版。

马尔库塞:《现代美学析疑》,绿原译,文化艺术出版社1987年版。

马尔库塞:《现代文明与人的困境》,李小兵译,三联书店1989年版。

马海良:《文化政治美学——伊格尔顿批评理论研究》,中国社会科学出版社2004年版。

马克思:《剩余价值学说史》第1卷,人民出版社1975年版。

马克思、恩格斯:《马克思恩格斯全集》第49卷,人民出版社1963年版。

马克思、恩格斯:《德意志意识形态》节选本,人民出版社2003年版。

马克思:《1844年经济学哲学手稿》,人民出版社2000年版。

马克·杰木乃兹:《阿多诺:艺术、意识形态和美学理论》,(台湾)远流出版事业公司1990年版。

马奇:《西方美学史资料选编》,上海人民出版社1987年版。

毛崇杰:《20世纪中下叶的马克思主义美学思想》,中央编译出版社1999年版。

毛泽东：《毛泽东选集》第 1 卷，人民出版社 1991 年版。

毛泽东：《毛泽东选集》第 3 卷，人民出版社 1991 年版。

毛泽东：《毛泽东文集》第 2 卷，人民出版社 1993 年版。

梅内尔：《审美价值的本性》，刘敏译，商务印书馆 2005 年版。

孟登迎：《意识形态与主体建构》，中国社会科学出版社 2002 年版。

N

New Left Review 编：《西方马克思主义批判文选》，徐平译，（台湾）远流出版事业公司 1994 年版。

尼采：《悲剧的诞生》，周国平译，三联书店 1986 年版。

O

欧力同、张伟法：《法兰克福学派研究》，重庆出版社 1990 年版。

欧阳谦：《西方马克思主义的文化哲学》，（台湾）雅典出版社 1988 年版。

Q

齐美尔：《桥与门——齐美尔随笔》，涯鸿等译，上海三联书店 1991 年版。

钱中文：《文学发展论》，高等教育出版社 2005 年版。

钱中文：《新理性精神文论》，华中师范大学出版社 2000 年版。

乔·赫茨勒：《乌托邦思想史》，张兆麟等译，商务印书馆 1990 年版。

乔治·拉伦：《意识形态和文化身份：现代性和第三世界的在场》，戴从容译，上海教育出版社 2005 年版。

邱晓林：《从立场到方法——二十世纪国外马克思主义意识形态文艺理论研究》，巴蜀书社 2006 年版。

瞿秋白：《瞿秋白文集》文学编第二卷，人民文学出版社 1986 年版。

R

日下公人：《新文化产业论》，范作申译，东方出版社 1989 年版。

S

塞尔维尔:《意识形态》,吴永昌译,(台湾)远流出版事业公司1989年版。

萨义德:《人文主义和民主批评》,朱生坚译,新星出版社2006年版。

赛义德:《赛义德自选集》,谢少波等译,中国社会科学出版社1999年版。

单世联:《现代性与文化工业》,广东人民出版社2001年版。

上海社会科学院哲学研究所外国哲学研究室:《法兰克福学派论著选辑》,商务印书馆1998年版。

盛宁:《人文困惑与反思——西方后现代主义思潮批判》,三联书店1997年版。

施密特:《历史与结构——论黑格尔马克思主义和结构主义的历史学说》,张伟译,重庆出版社1993年版。

斯拉沃伊·齐泽克:《意识形态的崇高客体》,季广茂译,中央编译出版社2002年版。

斯拉沃伊·齐泽克等:《图绘意识形态》,方杰译,南京大学出版社2002年版。

孙斌:《守护精神的夜空——美学问题史中的阿多诺》,复旦大学出版社2004年版。

孙盛涛:《政治与美学的变奏》,社会科学出版社2005年版。

所罗门:《马克思主义和艺术》,杜章智等译,文化艺术出版社1989年版。

T

谭好哲:《文艺与意识形态》,山东大学出版社2000年版。

谭好哲:《现代性和民族性:中国文学理论建设的双重追求》,社会科学文献出版社 2005 年版。

谭好哲:《艺术与人的解放》,山东大学出版社 2005 年版。

汤普森:《意识形态与现代化》,高铦译,译林出版社 2005 年版。

陶东风:《文化研究:西方与中国》,北京师范大学出版社 2002 年版。

童庆炳:《中国现代文学理论价值观的演变》,北京大学出版社 2005 年版。

童庆炳:《文学审美特征论》,华中师范大学出版社 2000 年版。

W

王德胜:《扩张与危机》,中国社会科学出版社 1996 年版。

王逢振:《今日西方文学批评理论——十四位著名批评家访谈录》,漓江出版社 1988 年版。

王杰、廖伟国:《艺术与审美的当代形态》,人民文学出版社 2002 年版。

王鲁湘等编译:《西方学者眼中的西方现代美学》,北京大学出版社 1987 年版。

王一川:《语言乌托邦——20 世纪西方语言论美学探究》,云南人民出版社 1994 年版。

王元骧:《文学理论和当今时代》,浙江大学出版社 2002 年版。

王元骧:《审美超越与艺术精神》,浙江大学出版社 2006 年版。

王岳川:《艺术本体论》,上海三联书店 1994 年版。

威廉·巴雷特:《非理性的人——存在主义哲学研究》,段德智译,上海译文出版社 1992 年版。

X

席勒:《审美教育书简》,冯至、范大灿译,北京大学出版社 1985 年版。

谢名家等:《文化产业的时代审视》,人民出版社 2002 年版。

徐崇温:《"西方马克思主义"论丛》,重庆出版社 1989 年版。

徐崇温:《用马克思主义评析西方思潮》,重庆出版社 1990 年版。

徐崇温:《法兰克福学派述评》,三联书店 1980 年版。

徐崇温:《"西方马克思主义"》,天津人民出版社 1982 年版。

徐文泽:《西方马克思主义文艺理论评析》,广东高等教育出版社 1995 年版。

Y

杨小滨:《否定的美学——法兰克福学派的文艺理论和文化批评》,上海三联书店 1999 年版。

叶水夫:《苏联文学史》第 1 卷,中国社会科学出版社 1994 年版。

伊格尔顿:《美学意识形态》,王杰等译,广西师范大学出版社 1997 年版。

伊格尔顿:《历史中的政治、哲学、爱欲》,马海良译,中国社会科学出版社 1999 年版。

伊格尔顿:《后现代主义的幻象》,华明译,商务印书馆 2000 年版。

伊格尔顿:《马克思主义与文学批评》,文宝译,人民文学出版社 1980 年版。

伊格尔顿:《二十世纪西方文学理论》,伍晓明译,陕西师范大学出版社 1996 年版。

殷国明:《20 世纪中西文艺理论交流史论》,华东师范大学出版社 1999 年版。

余虹:《革命·审美·解构——20 世纪中国文学理论的现代性与后现代性》,广西师范大学出版社 2001 年版。

俞吾金、陈学明:《国外马克思主义哲学流派新编》,复旦大学出版社 2002 年版。

俞吾金:《现代性现象学》,上海社会科学院出版社 2002 年版。

俞吾金:《意识形态论》,上海人民出版社 1993 年版。

Z

臧元惟人:《新写实主义论文集》,吴之本译,(上海)现代书局 1930 年版。

詹姆逊:《后现代主义与文化理论》,唐小兵译,北京大学出版社 1997 年版。

詹姆逊:《布莱希特与方法》,陈永国译,中国社会科学出版社 1998 年版。

詹姆逊:《语言的牢笼》,钱佼汝译,百花洲文艺出版社 1997 年版。

詹姆逊:《晚期资本主义的文化逻辑》,张旭东编,陈清侨等译,三联书店 1997 年版。

詹姆逊:《政治无意识》,王逢振译,社会科学文献出版社 1999 年版。

詹姆逊:《詹姆逊文集》,王逢振主编,中国人民大学出版社 2004 年版。

张辉:《审美现代性批判》,北京大学出版社 1999 年版。

张黎编选:《布莱希特研究》,中国社会科学出版社 1984 年版。

张穗华:《大革命与乌托邦》,中国对外翻译出版公司 2003 年版。

张婷婷:《中国 20 世纪文艺学学术史》,第四部,上海文艺出版社 2001 年版。

张伟:《弗洛姆思想研究》,重庆出版社 1996 年版。

张西平:《历史哲学的重建:卢卡奇与当代西方社会思潮》,三联书店 1997 年版。

张秀琴:《西方马克思主义意识形态理论的当代阐释》,中国传媒大学出版社 2005 年版。

张旭东:《批评的踪迹:文化理论和文化批评:1985—2002》,三联书店 2003 年版。

张一兵:《问题式、症候阅读与意识形态:关于阿尔都塞的一种文本学解读》,中央编译出版社 2003 年版。

张一兵:《无调式的辩证想象:阿多诺〈否定的辩证法〉的文本解读》,三联书店 2001 年版。

张一兵:《西方马克思主义哲学的历史逻辑》,南京大学出版社 2003 年版。

张翼星:《理论视角的重大转移》,重庆出版社 1997 年版。

张泽厚:《艺术学大纲》,(上海)光华书局 1933 年版。

张志伟:《康德的道德世界观》,中国人民大学出版社 1995 年版。

珍妮特·沃尔芙:《艺术的社会生产》,董学文等译,华夏出版社 1990 年版。

赵海峰:《阿多诺"否定的辩证法"研究》,黑龙江人民出版社 2003 年版。

赵宪章:《西方形式美学——关于形式的美学研究》,上海人民出版社 1996 年版。

赵勇:《整合与颠覆——大众文化的辩证法》,北京大学出版社 2005 年版。

周宏:《理解与批判——马克思意识形态理论的文本学分析》,上海三联书店 2003 年版。

周宪:《20 世纪西方美学》,南京大学出版社 1997 年版。

周宪:《审美现代性批判》,商务印书馆 2005 年版。

周小仪:《唯美主义与消费文化》,北京大学出版社 2002 年版。

周扬:《我国社会主义文学艺术的道路》,人民文学出版社 1960 年版。

朱光潜:《朱光潜全集》第五卷,安徽教育出版社 1989 年版。

朱光潜:《朱光潜全集》第十卷,安徽教育出版社 1993 年版。

朱立元:《法兰克福学派美学论稿》,复旦大学出版社 1997 年版。

朱永国:《文化的政治阐释学——后现代语境中的詹姆逊》,中国社会科学出版社 2000 年版。

后　记

初进复旦园的忐忑、紧张乃至些微的兴奋仿佛还在昨天,三年的学习生活却已结束。敲下论文的最后一个句号,窗外已是江南的三月。

三月的江南草长莺飞,北国却依然春寒料峭,去年如此,今年亦是。哲人有言:太阳底下没有什么新鲜事。然而于我而言,有些事情不仅新鲜,而且算得上人生的一个事件,博士论文的写作就是如此。

午夜的复旦北苑永远地宁静而安详,夜航的班机照例夸张地飞过。眼前,光标已闪动在论文的结尾处,静坐电脑前,曾经期许的如释重负并没有如期而至。也许是自知学养和才力疏浅,抑或文章硬伤累累、漏洞百出,也许更多地是一种学术的压力和思考的惯性使然。但无论如何,在这些电子符码一次次的跳动里,安置着三年复旦生活所有的痛苦和欢乐,并且只有与这些符码相联系,回忆乃至生命才变得清晰和实在起来。

海德格尔说:思想即谢恩。所谓思想,距离后生小子不免千里万里,但即便是浅薄的思考,感恩之情也不曾稍逊半分。

我首先要感谢我的导师朱立元先生。三年来,先生严谨的治学作风、深厚的学术素养塑造规整了我的学术道路,先生严于律己、宽以待人的学者风范为我无声地讲述为人为学的道理,先生无私的关怀和照顾更是刻骨铭心、终生难忘。

感谢复旦大学文艺理论教研室诸先生,他们的教诲帮我开拓了视野,积累了知识;感谢师兄同门以及同窗好友给予我多方面的关怀和帮助。

感谢华东师范大学朱志荣先生多年前将我领上学术研究的道路,并给予无私的关怀、帮助和教诲。

我还要感谢我的妻子朱学庆,多年来独自挑起家庭的重担,坚定地为我支撑起一片思考和写作的宁静空间。

感谢我的父母和亲人多年来给予我的支持和宽容。

感谢一切关心我、牵挂我的人。

结束是为了新的开始,而感恩之心永存。

孙士聪

2007 年 3 月于复旦大学北苑

图书在版编目(CIP)数据

影响与对话:西方马克思主义意识形态批评研究/孙
士聪著.—上海:上海人民出版社,2008
ISBN 978 - 7 - 208 - 08321 - 9

Ⅰ. 影… Ⅱ. 孙… Ⅲ. 西方马克思主义-意识形态-理
论研究 Ⅳ. B089.1

中国版本图书馆 CIP 数据核字(2008)第 196773 号

责任编辑 龚维才

影响与对话
——西方马克思主义意识形态批评研究
孙士聪 著

世 纪 出 版 集 团
上海人民出版社出版
(200001 上海福建中路 193 号 www.ewen.cc)
世纪出版集团发行中心发行
上海商务联西印刷有限公司印刷
开本 635×965 1/16 印张 23 插页 4 字数 272,000
2008 年 12 月第 1 版 2008 年 12 月第 1 次印刷
ISBN 978 - 7 - 208 - 08321 - 9/B·697
定价 37.00 元

马克思主义研究　哲学社会科学研究　第二十一辑　(2008年12月)

非总体的星丛——对阿多诺《美学理论》的一种文本解读　李骁　著

社会保障筹资机制研究　于洪　著

清代地方吏役制度研究　周保明　著

晚清之"西政"东渐及本土回应　孙青　著

周作人文学思想及创作的民俗文化视野　常峻　著

知性诗学与中国现代诗歌　汪云霞　著

上海犹太人社会生活史　王健　著

滩簧考论　朱恒夫　著

博士文库　第十一辑　(2008年12月)

环境、适应与社会复杂化——环太湖与宁绍地区史前文化演变　郑建明　著

影响与对话——西方马克思主义意识形态批评研究　孙士聪　著

清末检察制度及其实践　谢如程　著

各国问题金融机构处理的比较法研究　刘俊　著

中国经济高速增长期的充分就业与失业预警研究　张得志　著

汉娜·阿伦特：在哲学与政治之间　王寅丽　著

殷商甲骨文字型系统再研究　陈婷珠　著

明清"江南海塘"的建设与环境　王大学　著

出版与文化政治：晚清的"卫生"书籍研究　张仲民　著

《中国评论》(1872—1901)与西方汉学　王国强　著

中国民间传统吉祥图像的理论阐释　尹笑非　著

别尔嘉耶夫与俄罗斯文学　耿海英　著